SV

W0347537

Louise Doughty

DECKNAME: BIRD

Thriller

Aus dem Englischen von
Astrid Arz

Herausgegeben von
Thomas Wörtche

Suhrkamp

Die Originalausgabe erschien 2023 unter dem Titel
A Bird in Winter
bei Faber & Faber Ltd., London

Erste Auflage 2025
suhrkamp taschenbuch 5494
Deutsche Erstausgabe
© der deutschsprachigen Ausgabe
Suhrkamp Verlag GmbH, Berlin, 2025
© Louise Doughty, 2023
Alle Rechte vorbehalten.
Wir behalten uns auch eine Nutzung des Werks
für Text und Data Mining im Sinne von § 44b UrhG vor.
Druck und Bindung: CPI books GmbH, Leck
Umschlagfotos: Mark Owen/Trevillion Images (Frau im Wald),
FinePic® (Kratzer)
Umschlaggestaltung: zero-media.net, München
Printed in Germany
ISBN 978-3-518-47494-5

Suhrkamp Verlag GmbH
Torstraße 44, 10119 Berlin
info@suhrkamp.de
www.suhrkamp.de

DECKNAME:
BIRD

Für Ruby
(alias Jill Dawson)
für alles

Schnee ist ein eigenes weißes Wort;
Nicht Frost noch Eis
Sehnen Knospe oder Vogel fort
Um Winters Preis.

Isaac Rosenberg,
On Receiving News of the War

1. TEIL

Und das Morgengrauen ist, meine ich, die Stunde, zu welcher der Paria ausgeht ... Das ist die Stunde des Gesetzlosen, des Verfolgten, des Verdammten, denn kein Mensch, der je geboren, könnte umhin, draußen in der freien Natur, wenn gleich die Sonne aufgeht, wenigstens einen Schatten der Hoffnung zu verspüren.

Geoffrey Household: *Einzelgänger, männlich*
(Deutsch von Michel Bodmer)

1

Die Wahrheit liegt im Auge der Betrachterin. Alaska. Erst wenn ich das Bild in seiner Gesamtheit betrachtet und alle Details entziffert habe, werde ich wissen, was wirklich geschehen ist: Ich werde wissen, was mich in die Flucht getrieben hat. Wenn ich nur lange genug das Bild betrachte, werde ich früher oder später darauf kommen.

Und dies ist das Bild.

Alaska ist ein Eckraum mit zwei Außenwänden und bodentiefen Fenstern, in dem es immer kalt ist. Daher der Name Alaska. Das Glas ist natürlich einseitig verspiegelt – von der Straße aus sieht man lediglich dunkelblaue Wandflächen. Mitten in Alaska steht ein großer ovaler Glastisch mit verchromten Beinen. Um den Tisch sind ein Dutzend Stühle gruppiert, auch verchromt, mit weißen Kunstlederpolstern. Außer Tisch und Stühlen gibt es weiter keine Möbel in dem Raum. Die Farbe der kahlen Wände ist vom denkbar hellsten Blassgrau.

Ich sitze mittig an einer der Tischseiten, mit dem Rücken zur Tür. Kieron, unser Chef, steht am hohen Fenster und blickt über die Dächer der Stadt hinweg. Unsere Gebäudeseite ist von der New Street und dem Bullring abgewandt, er sieht also über den Rathausparkplatz, die A38 und das neue Gewerbegebiet, in das sich unser kleiner Verein unauffällig einfügt. Der schwere Himmel über Birmingham ist wolkenverhangen, so dicke weiße Wolken, dass sie wie eine feste Materie aussehen, undurchdringlich.

Ich beobachte Kieron. Er steht mit dem Rücken zu mir, aber etwas diagonal – ich kann sein Gesicht im Halbprofil sehen und warte auf irgendeine Regung, vielleicht ein Zucken seines Kiefermuskels, das mir verrät, was er denkt oder fühlt, doch er verharrt reglos. Er hebt seine Kaffeetasse von der Untertasse, um sich einen Schluck zu genehmigen, doch sein Rumpf hält so still, dass es mir vorkommt, als würde sich sein Arm selbständig bewegen, als wäre er ein Zinnsoldat mit künstlichen Gelenken – gefühllos, roboterhaft. Mörder gibt es schließlich in den unterschiedlichsten Formen und Größen – mal tragen sie Uniform, mal cremeweiße Hemden.

Carmella sitzt mir gegenüber, mit dem Rücken zu Kieron, den Blick mit konzentriertem Gesichtsausdruck auf die Papiere vor ihr gesenkt. Am unteren Tischende sitzen James, Samuel und Kit auf einem Haufen wie Spatzen auf einem Ast. Schließlich sind sie noch Grünschnäbel, wohl keiner von ihnen über fünfunddreißig. Sie rücken gern zusammen, wenn es Probleme gibt: In der Gruppe fühlen sie sich sicherer.

Wir haben alle Kaffeetassen vor uns, und in der Tischmitte steht ein Teller mit Gebäck, noch unberührt, bis auf ein Croissant, das Carmella sich vor Kurzem genommen und wieder zurückgelegt hat, nachdem sie sich das abgerissene Ende in den Mund gesteckt und ein paar Blätterteigkrümel auf dem Tisch verteilt hat. Sie und ich haben uns immer bemüht, in Meetings verschiedener Meinung zu sein, ein Pakt, den wir am ersten Tag geschlossen haben, an dem wir zusammen Alaska betraten und sie sich zu mir vorbeugte und allen Ernstes flüsterte: »Achte drauf, dass wir einander nicht immer zustimmen, damit die Jungs nicht sagen, dass wir das Gespräch dominieren.« Ich weiß, dass es ein taktischer Fehler wäre, Carmella in die Augen zu sehen, wenn Kieron voll loslegt.

Genau jetzt würde ich aber wirklich gern ihren Blick abfangen. Ich möchte wissen, was sie von dem hält, was uns soeben verkündet wurde – doch sie starrt eisern auf ihre Unterlagen, obwohl wir doch alle wissen, dass die Papiere gerade unwichtig geworden sind. Den drei Jungs am Tischende bleibt offenbar die Luft weg. Wir alle sind sprachlos.

Während ich so dasitze und Kierons Ansage sacken lasse, geht er zum Tisch zurück und stellt seine Tasse mit Untertasse wieder auf die Glasplatte. Er wendet sich Carmella zu und legt ihr die linke Hand locker auf die Schulter, und in dem Moment – mehr war nicht drin, wie mir später aufgeht – richtet sie ihren Blick auf mich, wobei sie sich so angestrengt einen neutralen Gesichtsausdruck bewahrt, dass sie mir ihre Gedanken nicht deutlicher vermitteln könnte. Ich spüre, wie ich aufstehe, und währenddessen denke, vielmehr berechne ich Folgendes: *Bis zu den Aufzügen sind es keine dreißig Schritte.*

Mein Vater litt unter Schlafstörungen. Wenn ich nachts wach wurde, hörte ich ihn umhertapern – wir bewohnten ein bröckelndes altes Haus. Man konnte kaum einen Schritt tun, ohne dass eine Bodendiele knarzte. Ich weiß noch, wie ich eines Nachts aus dem Bett schlüpfte und auf den oberen Flur raustappte. Ich wusste, dass mein Vater irgendwo im Haus war, auf und ab ging, und verspürte den Wunsch, ihn zu trösten.

Damals muss ich wohl so um die fünf gewesen sein – meine kleinen Brüder waren noch Babys und schliefen in Kinderbettchen im Elternschlafzimmer. Ich blieb vor der offenen Tür stehen und spähte rein. Meine Mutter lag leise schnarchend auf dem Rücken. Die Bettchen der Kleinen standen nebeneinander unter dem Fenster. Ich konnte ihre Umrisse sehen, kleine Hügel wie Nacktschnecken, still. Die Vorhänge meiner Eltern waren dünn, und das Zimmer wurde vom Mond beschienen. Ihre blaue Tagesdecke aus Plüsch war zerwühlt und verrutscht. Meine Mutter lag halb frei, ein kräftiges Bein bloß und ihr Nachthemd bis zur Hüfte hochgerutscht. Wenn ich ein mutigeres Kind gewesen wäre, wäre ich an ihre Bettseite gegangen und hätte sie zugedeckt, aber ich zog mich von der Schwelle zurück und ging durch den Flur meinen Vater suchen. Ich war so klein, so leicht, dass die Bodendielen unter mir nicht knarzten.

Ich fand meinen Vater am anderen Ende des Flurs, seine Silhouette vor einem Fenster, das auf unseren weitläufigen, verwilderten Garten hinausging. Er rauchte und blickte auf den struppigen Rasen, die Hecke, die Felder dahinter. Unser Haus war das letzte in unserer Straße vor freiem Feld – Jahrhundertwende, hohe Schiebefenster, die winters in ihren Rahmen klapperten. 1940 hatte ein Bomben-Irrläufer den Rest der Straße weggefegt, der danach mit modernen Backstein-Doppelhäusern und Bungalows neu bebaut worden war. Unser Haus war als einziges Überbleibsel aus der Vorkriegszeit stehen geblieben, im wahrsten Sinne des Wortes freistehend.

Ich weiß noch, dass ich dachte: *Er ist einsam.*

Er drehte sich zu mir um, als ich näher kam. »Bird«, sagte er. Solange ich zurückdenken konnte, nannte er mich Bird, Vogel. »Wieso bist du nicht im Bett?«, fragte er zerstreut, als würde er eine Antwort weder wollen noch erwarten, wandte den Blick wieder Richtung Garten, hob das Kinn und legte den Kopf in den Nacken, um eine feine Rauchsäule Richtung Decke zu pusten.

Ich stand in meinem langen Baumwollnachthemd neben ihm, den Kopf an seine Hüfte geschmiegt. Er legte mir die linke Hand auf den Scheitel und strich mir übers Haar, mit festem Druck nach unten, als wäre ich eine Katze. So standen wir eine Weile da, mein Vater und ich, und verständigten uns ohne Worte.

»Was guckst du dir an?«, fragte ich schließlich.

Er neigte den Kopf zu mir runter und flüsterte: »Den Mond …«

Ich spähte aus dem Fenster in den Himmel. »Wo ist er?«, fragte ich. Aus meiner Perspektive war kein Mond in Sicht.

»Ach, der ist immer da, Bird«, erwiderte er. »Auch wenn man ihn nicht sehen kann, ist er doch immer da.« Seine Zigarette war heruntergebrannt, und er betrachtete die glühende Spitze zwischen seinen Fingern. »Der Mond folgt einem, wohin man auch geht. Mal ist er dick und rund, mal nur eine Sichel, und dann wieder kann man ihn wegen der Wolkendecke gar nicht sehen, aber er ist trotzdem da.« Bei ihm hörte sich der Mond wie ein Suchscheinwerfer an, dem man nie entkam.

Mein fünfjähriges Ich verstand noch nicht, dass die Gedanken und überhaupt das Leben meiner Eltern auch unabhängig von mir existierten, auch jenseits der Grenzen meiner Welt. Trotzdem begriff ich genug, um zu merken, dass mein Vater vor etwas dort draußen im Dunkeln Angst hatte – oder davor, dass etwas ans Licht kam.

Offenbar verstehen wir bis zum Alter von zwei Jahren nicht, dass unsere Eltern woanders weiterexistieren, wenn sie aus dem Zimmer gehen. Einem Baby kommt es so vor, als hätte sich die Bezugsperson, von der sein Leben abhängt, in Luft aufgelöst. Kein Wunder, dass Säuglinge ständig schreien. Das ist keine Unart, sondern existenzielle Verzweiflung.

Mit etwa acht Jahren ging mir auf, dass mein Vater ein Lügner war.

»Ich fahre nach Frankreich, Bird«, erklärte er eines Tages vollmundig, »soll ich dir etwas Käse mitbringen?«

»Ich hätte gern eine Puppe in Landestracht«, erwiderte ich in ernsthaftem, respektvollem Tonfall, der meiner Erfahrung nach am besten bei meinem Vater anschlug. Damals besaß ich ein Buch, ein großes bebildertes Buch nach der Art eines Kinderlexikons, das *Landestrachten der Welt* hieß. Ich konnte stundenlang auf dem Bauch auf meinem Bett liegen und es durchblättern, mir vorstellen, ich wäre Mila aus der Schweiz mit einer weißen Schürze mit rotem Kreuz vorne drauf oder Kakalina aus Hawaii mit einer Blumenkette (Kakalina hatte zwar ein schöneres Outfit, aber Mila einen Hund). Ich sehnte mich nach einer eigenen

Sammlung, hatte mir schon ausgemalt, wie ich sie auf dem Regalbrett über meinem Bett aufstellen würde. Vorerst besaß ich bloß eine Holländerin mit Holzpantinen und steifen blonden Strohzöpfen.

Mein Vater lachte wie über einen Witz. »Mit einer Zwiebelkette um den Hals, Streifenshirt und Baskenmütze?«

Na ja, wenn sie das dort tragen …

Er war über drei Wochen fort. Als er wiederkam, wartete ich darauf, dass er eine Puppe aus dem Hut zauberte. Ich rechnete nicht gleich damit, als er zur Tür hereinkam – meine Brüder und meine Mutter waren auch noch da, und natürlich konnte er nicht jedem von uns ein Geschenk mitbringen, aber ich war doch immerhin sein Liebling …

Erst drei oder vier Tage nach seiner Rückkehr hatte ich an einem Sonntagvormittag Gelegenheit, ihn allein zu sprechen. Meine Mutter hatte meine frommen kleinen Brüder in die Kirche mitgenommen – mein Vater und ich waren beide Atheisten; das hatten wir so besprochen. Ich wartete, bis die Luft rein war, und ging dann zu ihm, wo er im vorderen Wohnzimmer saß, dem Raum, der früher der Salon gewesen wäre. Er hatte vor etwa einem Jahr mit Rauchen aufgehört, aber in diesem Teil des Hauses hielt sich immer noch eine leichte Grundnote von Zigarettenasche, und in meiner Erinnerung hatte das Licht aus dem Erkerfenster etwas leicht Dunstiges.

Er saß in seinem Lieblingssessel und las die Zeitung. Zu jener Zeit waren Zeitungen noch so groß, dass Männer in Sesseln sie hochhalten und dahinter verschwinden konnten – da stand ich also vor meinem Vater und redete mit der Zeitung. An dem Tag lautete die Schlagzeile ALDERMASTON MARSCH KURZ VOR LONDON, über einem Foto von Männern mit Mänteln und Hüten vor einer Menschenmenge, die Plakate und Transparente hochhielt.

»Dad«, setzte ich an, in einer Silbe ausgesprochen, dann nochmal zweisilbig: »Da-ad …«

»Ja-ha …«, murmelte er hinter seiner Zeitung.

»Wie war's in Frankreich?« Ich wählte einen sanften Einstieg, indem ich Interesse an seiner Reise bekundete.

Er ließ die Zeitung sinken. Der Aldermaston-Marsch, was auch immer das sein mochte, sackte beim Ablegen auf seinem Schoß in sich zusammen. »Frankreich?«, fragte er.

»Ja«, sagte ich.

Einen kurzen, aber verräterischen Moment lang setzte er eine verständnislose Miene auf. »Ach so, Frankreich, ja, *Frankreich*, ja, danke, Frankreich war großartig.« Er hielt die Zeitung wieder hoch und redete dahinter weiter. »Deine Mum kommt gleich wieder, Bird, sei ein braves Mädchen.«

Ich ging mit finsterer Miene aus dem Zimmer. Mein Vater ist ein Lügner. Er war überhaupt nicht in Frankreich. Es war meiner Erinnerung nach das erste, aber bei Weitem nicht das letzte Mal, dass er mich unterschätzte.

»Dein Vater ist im Krankenhaus.« Der Anruf meiner Mutter an einem Dienstagnachmittag war ungewöhnlich – normalerweise redeten wir sonntags miteinander. Ich war fünfunddreißig. Mein Vater sollte vor meinem sechsunddreißigsten Lebensjahr sterben. *Dein Vater ist im Krankenhaus.* Später würde ich diesen Satz meiner Mutter etwas sonderbar finden, so als handelte es sich bei dem Mann im Krankenhaus in erster Linie um meinen Angehörigen. Vielleicht wollte sie mir zugestehen, dass es eine Sache war, seinen Mann zu verlieren, aber seinen Vater nochmal etwas ganz anderes. »Ich hab deine Brüder angerufen. Louis meint, dass er es morgen hierher schafft.«

Mein Vater hatte an dem Morgen einen Schlaganfall gehabt, fuhr sie fort, einen kleinen, nahmen sie an. Er hatte sich über den Mülleimer gebückt, und als er sich aufrichtete, hatte er geschwankt und sich mit einer Hand an der Küchenarbeitsplatte festgehalten. »Ich sehe auf einmal ganz verschwommen«, hatte er gesagt.

Sie half ihm auf einen Küchenstuhl, und sie hätten den Vorfall beide damit abgetan, dass er sich zu schnell aufgerichtet hatte, wäre ihr nicht aufgefallen, dass er den linken Fuß nachzog, als sie ihm auf den Stuhl half.

Das CT bestätigte später, dass es ein leichter Schlaganfall gewesen war – aber so verlief das oft: der Mini-Schlaganfall als Vorbote, als Schuss vor den Bug. Der große fällt einen hinterher, so auch bei meinem Vater.

Sie sagte mir, in welchem Krankenhaus er lag – ich kannte es nicht, aber als ich nachschaute, sah ich, dass es auf der richtigen Seite von Coventry lag, sodass ich von London hinfahren und mitten am Abend ankommen konnte.

Dann sagte sie etwas, das mich verwirrte: »Er liegt auf Station C3. Es ist die Psychiatrie.«

Erst auf der Fahrt zum Krankenhaus rief ich mir das ganze vergangene Jahr ins Gedächtnis und machte mir klar, wie stark mein Vater abgebaut und wie meine Mutter das vor mir verborgen hatte. Auf meine vielbeschäftige, abgelenkte Art hatte ich schon bemerkt, dass er bei meinen Besuchen oft geistesabwesend oder unaufmerksam war – manchmal schlief er im Sessel, dann wieder hieß es, er »ruht sich oben etwas aus«. Aber jetzt erinnerte ich mich an diese seltsame Leere in seinem Blick, wenn er mich bei der Begrüßung betrachtete, wie er mich minutenlang nur ansah, bis plötzlich etwas an mir – eine vertraute Geste oder Redewendung – seinem Gedächtnis auf die Sprünge half und er lächelnd sagte: »Bird! Wie geht's dir?«

Das hier hat sich schon länger angebahnt, dachte ich, während ich auf den Krankenhausparkplatz einbog, auch wenn ich mir da noch nicht eindeutig sicher war, was das hier eigentlich bedeutete. Ich war noch nicht beunruhigt genug, um an die Tragweite zu denken. Während ich im Dunkeln über den Parkplatz ging, der schwarze Asphalt glänzend vom Regen, herrschte in meinem Kopf der Ärger darüber vor, dass meine Mutter mir nicht schon längst von der Verfassung meines Vaters berichtet hatte.

Ich hatte die beiden seit drei Monaten nicht mehr besucht und war nicht vorbereitet auf die Veränderungen, die ich jetzt an ihm wahrnahm: die unordentlichen Bartstoppeln, die eingefallenen Wangen, der argwöhnische Blick aus großen dunklen Augen. An seiner Zimmertür musste ich mich kurz sammeln, während meine Mutter vom Stuhl neben seinem Bett aufstand und sagte: »Setz dich ein wenig zu ihm, ich geh nur mal rasch zur Toilette.«

Ihr Gesicht wirkte abgespannt, und mich überkamen kurz Schuldgefühle – offensichtlich hatten sie es viel schwerer gehabt, als sie sich anmerken ließen, während ich so ganz in meiner Arbeit aufgegangen war, das Universum zu retten.

Mein Vater starrte reglos vor sich hin. Wenn die offenen Augen nicht gewesen wären, hätte ich gedacht, er würde schlafen. »Geh und hol dir einen Kaffee, ein Sandwich«, sagte ich zu ihr, den Blick noch auf ihn gerichtet. »Du kannst mich auf neuesten Stand bringen, wenn du wiederkommst.« Sie nickte, kam auf mich zu und drückte mich kurz, beide Handflächen an meinen Rücken gepresst, gleich viel Dankbarkeit und Zuneigung in der Umarmung.

»Ich komm bald wieder«, sagte sie leise und zog die Tür hinter sich zu.

Ich saß am Bett meines Vaters und nahm seine Hand, und er wandte mir den Kopf zu und sah mich aus wässrigen, nicht wiedererkennenden Augen an, ehe er sich wieder abwandte. Weil mich sein Blick aufgewühlt hatte, sah ich mir seine Hand an, die grünen Venenknoten unter der Haut, die langen dunklen Haare an jedem Finger. Ich sah, dass seine Fingernägel akkurat geschnitten waren, und wunderte mich, dass er noch die Geistesgegenwart dafür besessen, aber zugleich die Fähigkeit eingebüßt hatte, sich richtig zu rasieren. Ich dachte über seine Körperpflege nach, und weil ich noch nicht um ihn trauern konnte – dafür schien es noch zu früh zu sein, es kam mir ungehörig vor –, trauerte ich stattdessen seiner verlorenen Eitelkeit nach und allem, wofür das stand.

»Es ist so …« Seine Stimme klang erstaunlich klar und deutlich. »Es ist so …«, wiederholte er.

Ich sah ihn an, doch er erwiderte meinen Blick nicht, sondern sah vor sich hin. Er war wieder verstummt, als hätte er bereits gesagt, wie es war. Dann setzte er erneut an.

»Wenn sich D467 nicht binnen zwölf Stunden zurückmeldet, müssen wir alle unsere Leute in Kenntnis setzen.« Und, nach der nächsten Pause: »Bratislava.«

Meine Mutter würde nicht lange wegbleiben, das wusste ich. Mobilfunktelefone, wie wir damals dazu sagten, waren noch etwas Ungewöhnliches – komische Vorstellung jetzt, aber wenn man in der Öffentlichkeit eins hervorzog, fragten einen die Leute, wozu man so etwas besaß. Als ich aus dem Zimmer ging, sah ich mich auf dem Gang um, ehe ich meins aus der Handtasche nahm. Es war zehn Uhr abends und keiner da. Sie hatten Dad in das am weitesten von der Stationsleitung entfernte Krankenzimmer gelegt. Ich blickte den ganzen Flur entlang auf die lange Reihe immer kleiner werdender Wände und Türen. Die gelblichen Leuchtröhren an der Decke über mir summten leise. Davon abgesehen war da nichts, niemand, nur die grauen und eierschalenfarbenen Flächen eines leeren Krankenhausflurs.

Ich zögerte. Ich wusste, dass ich den Bereitschaftsdienst anrufen sollte, aber mein erster Impuls war, mich bei Richard Semple zu melden, dem ehemaligen Protegé meines Vaters. Ich fürchtete um die Verletzlichkeit meines Vaters und wollte, dass sich jemand, der ihn kannte und mochte, dieser Sache annahm. Aber dann hielt ich mich doch an das Protokoll, wählte, nannte den Code, gefolgt von meinen Identifikationsangaben, und erreichte eine diensthabende Beamtin. »Ich muss mit jemandem über meinen Vater sprechen, Robert Berriman«, sagte ich. »Er ist pensioniert und wurde vor Kurzem ins Newland Krankenhaus eingewiesen, ein paar Meilen südwestlich von Coventry. Er hatte einen Schlaganfall, aber ich nehme auch an, dass er im Demenz-Frühstadium ist, und er redet.«

Die Frau im Bereitschaftsdienst befragte mich nach weiteren Einzelheiten und sagte dann: »Bleiben Sie kurz dran.« Während sie meine Angaben ins System eingab, hörte ich ihre Tastatur klappern, Pause, weiterklappern.

Beim Warten blickte ich immer noch den Gang auf und ab. Hoffentlich dauerte es nicht lange – ich wollte nicht von meiner Mutter gesehen werden, wie ich vor dem Zimmer stand.

Wenig später meldete sich die Bereitschaftsbeamtin mit den Worten zurück: »Danke für Ihren Anruf, wir sind im Bilde.«

Nachdem ich aufgelegt hatte, blieb ich kurz auf dem grau-gelben Flur stehen, betrachtete ihn in voller leerer Länge, horchte auf das leise Summen der Neonröhren und ein rhythmisches Klicken. Eine kleine Motte war irgendwo da drin gefangen.

Als ich meine obligatorische psychologische Beurteilung für den Service absolvierte, war der Psychiater ein älterer weißer Herr mit Bart. »Stellen Sie sich vor, Sie zeigen mir ein typisches Familienfoto aus Ihrer Kindheit«, sagte er, »und beschreiben es mir: Wer ist drauf zu sehen, wer sitzt in welchem Verhältnis zu wem?«

Da sah ich uns als Familie vor mir, wie wir abends Fernsehen schauten. Wir hatten ein großes Schwarz-Weiß-Gerät in einer Mahagonischrankwand in der Zimmerecke. Auf diesem Bild drückte meine Mutter meine Brüder auf dem Sofa an sich, während die beiden sich gegenseitig wetteifernde Blicke zuwarfen; mein Vater saß mit konzentrierter Miene auf seinem Sessel. Immer mal wieder ärgerte er sich über die fehlerhafte Wortwahl eines Moderators oder einer Ansagerin und korrigierte die Betreffenden laut. Ich saß im Schneidersitz auf dem Teppichboden und stellte mich fernsehend, während ich aus den Augenwinkeln meinen Vater und die kleine zusammengeschweißte Einheit aus meiner Mutter und den Brüdern beobachtete. Klarsichtig, so dachte ich im späteren Leben an mich selbst zurück, eine, der nichts entging.

Auf diesem Bild waren Timothy und Louis etwa drei. Tim war drall und selbstzufrieden, ein robuster Brocken von einem Kind – schon damals war erkennbar, dass er mal gut in Sport und der Schrecken des Spielplatzes sein würde. Später im Leben ging er in die Versicherungsbranche und machte massenhaft Geld in einer obskuren Sparte, die mir ein ewiges Rätsel blieb, irgendwas mit Handelsschifffahrt. Er zog nach San Diego und heiratete eine Amerikanerin, die mich – mit dem zerstreuten Gebaren einer Person, die sich nicht richtig an meinen Namen erinnern konnte – immer nur *Süße* nannte. Louis war der Schwächling, dünner und blasser als Tim, hatte ein besonders enges Verhältnis zu unserer Mutter und war ein sehr, sehr stilles Kind. Über weite Teile seiner Kindheit gab es, im Sprachgebrauch jener Zeit, Sorgen, er wäre »ein bisschen zurückgeblieben«, aber getestet wurde er nie. Später zog er nach Madrid, um eine Linguistik-Professur anzutreten. Offenbar ist er eine ziemliche Koryphäe auf seinem Gebiet.

In dem Alter waren beide Zwillinge ganz verrückt nach unserer Mutter, klammerten sich an sie und konkurrierten um ihre Aufmerksamkeit. Wenn wir abends zusammen fernsahen – für gewöhnlich die Dokumentarfilme, auf denen mein Vater bestand –, kuschelten sie sich beidseitig in ihren Pyjamas an sie und wurden in die üppigen Täler ihres Oberkörpers und der weichen Oberarme gedrückt. Louis lutschte am Daumen, und Tim zwirbelte das Haar hinter seinem rechten Ohr um einen Finger. Dann zog sie sie fest an sich und verkündete fröhlich: »Wie gut, dass ich zwei Arme habe.«

»Wir waren eine sehr liebevolle Familie«, antwortete ich, »ich hatte eine behütete Kindheit, glücklich. Völlig normal.«

Der bärtige Doktor schwieg kurz und sagte dann leise: »Danach habe ich nicht gefragt.«

Einmal fragte ich meine Mutter, ob es ihr etwas ausgemacht habe, dass ihr Ehemann nie von seiner Arbeit erzählte, dass er immer mal wieder verschwand und es in unserem Haus still wurde. Damals war ich Anfang dreißig und ein knappes Jahr in dem Beruf – mir war schleierhaft, wie irgendwer, ob Mann oder Frau, ihn mit einem normalen Familienleben vereinbaren konnte. Ich war neugierig.

Für einen Samstag im März war es ungewöhnlich warm. Ich war am Vorabend angekommen und wollte bis Sonntagvormittag bleiben. Für mich war das immer noch ein »Nachhausekommen am Wochenende«. Dad hatte sich ein Jahr zuvor pensionieren lassen, mit sechzig, obwohl er natürlich schon vor zehn Jahren aus dem aktiven Dienst abgezogen worden war. Er hatte Glück, dass sie ihn noch ein weiteres Jahrzehnt in der Verwaltung unterbringen konnten, aber es war doch zu früh für ihn gewesen. Er war ruhelos, immer noch körperlich fit und stark, und verschwand weiterhin ganze Tage am Stück aus unklarer Ursache – manchmal fragte ich mich, ob er eine späte Affäre hatte, obwohl ich mir jetzt im Nachhinein sage, er konnte wohl einfach nur nicht von der Gewohnheit lassen. Geheimnisvoll sein macht schließlich süchtig – es stellt uns in den Mittelpunkt des Geschehens.

Mum sagte, er ginge jeden Tag auf einen langen Spaziergang, zu den Läden im Zentrum oder zum War Memorial Park, angeblich um in Form zu bleiben, aber ich vermute, dass er es einfach nicht den ganzen Tag zu Hause aushielt. Jetzt, im Nachhinein, macht es mich traurig. In unserer Branche bleibt man lebenslang, was man ist. Die Vorstellung, aufzuhören, musste sich für ihn wie eine Art Tod angefühlt haben, und all sein Verschwinden und Sich-körperlich-fit-Halten auf der Welt nichts weiter als Aufschieben – und wie sich herausstellen sollte, lag er damit natürlich richtig. Er konnte die Gewitterwolken am Horizont erahnen und fürchtete sich vor ihnen.

Er hatte sich entgegen den Einwänden meiner Mutter zu einem Spaziergang in die Stadt aufgemacht, etwas Tee in einer Thermoskanne und ein Stück Früchtekuchen in Butterbrotpapier eingesteckt – wir sollten nicht mit dem Mittagessen auf ihn warten. Ich freute mich insgeheim. Ich redete gern mit meinem Vater, und ich redete gern mit meiner Mutter, hatte aber ganz unterschiedliche Beziehungen zu beiden: Wir redeten über verschiedene Themen, verwendeten sogar andere Ausdrücke. Wenn wir alle zusammen waren, nahmen wir unsere Zuflucht zu Smalltalk, der Lingua franca einer jeden Familie.

Sein Aufbruch erinnerte mich daran, wie ich jedes Mal, wenn Dad aus dem Haus ging, damit gerechnet hatte, dass seine Erklärung dafür unwahr sein könnte.

Ich sprach das Thema beiläufig an, als meine Mutter uns am Samstag einen Sonntagsbraten auftischte, weil ich am nächsten Tag nach dem Frühstück losfahren musste. Nachdem wir darüber geredet hatten, dass Dad rausgegangen war, konnte ich ganz unverfänglich einwerfen: »Hat es dir je was ausgemacht, dass er viel unterwegs war, meine ich? Wegen seiner Arbeit.«

Meine Mutter kam aus einer Frauengeneration, der man antrainiert hatte, dass ihnen alles Mögliche nichts ausmachte – doch da gab es schon noch einen Unterschied zwischen sich unbeeindruckt geben und sich tatsächlich nichts draus machen. Wir haben schon so viel von dem vergessen, was für Frauen ihres Alters selbstverständlich war: mit der Heirat die eigene Berufstätigkeit aufgeben, weder einen eigenen Pass noch ein Bankkonto haben, keine Hypothek ausgestellt bekommen. Wie ähnlich Frauen damals aussehen sollten – Dauerwelle, Glockenröcke, Kopftücher – und wie einig sich die Männer waren, dass *Frauen* alle miteinander *so* oder *so* waren, allesamt eine homogene Masse, die den lieben langen Tag ein und dasselbe fühlte und dachte.

Zu jener Zeit ging es vielen ihrer Freundinnen schlechter als ihr. Ich erinnerte mich sehr gut an das vorstädtische Coventry der fünfziger und sechziger Jahre. Joy Kendall von gegenüber konnte samstags nicht aus dem Haus gehen, ohne dass ihr Mann mit angehobenem Unterarm im Erkerfenster stand, mit starrem Blick auf sein Handgelenk. Traf sie auch nur eine Minute später als ihre geschätzte Rückkehrzeit ein, stellte er sich in die Haustür, während sie die Straße raufkam, und man konnte von gegenüber hören, wie er sie anbrüllte. Mrs Carlton aus der Zweiundfünfzig hatte einen Mann, der mit der städtischen Bibliothekarin schlief. Meine Mutter musste bloß unauffällig sein und sich nicht beklagen – jedenfalls soweit ich es wusste.

Als ich sie also fragte: »Hat es dir nichts ausgemacht?«, und sie ihr übliches verträumtes Lächeln aufsetzte, erwartete ich von ihr die Antwort: »Nein, eigentlich nicht …«

Stattdessen sagte sie, während sie mir Kartoffeln auftat: »Na ja, nur ein einziges Mal.«

Ich wartete, was nun kommen würde.

Nachdem sie mir aufgetan hatte, hob sie ein Kartoffeltrio von der Schüssel und hielt es ein Weilchen über ihren Teller, ehe sie den Löffel in Schräglage brachte, um es runterrutschen zu lassen – im Frühling mochte sie schon immer neue Kartoffeln, mit Butter und Schnittlauch aus dem Garten, mit der Küchenschere feingeschnitten. Damals war sie Mitte fünfzig, aber ihre Haare blieben immer graumeliert, wurden nie ganz weiß. Mit neunundsiebzig sollte sie in ihrem Bett an einem Aortenaneurysma sterben.

Sie griff zu ihrer Serviette und betupfte damit ihre Lippen, obwohl sie noch nichts gegessen hatte. Sie schaute auf ihren Teller hinunter. »Das war an unserem ersten Morgen als Ehepaar. Wir frühstückten im Hotel, und er schenkte mir etwas Kakao ein und sagte, ich müsse ihm eins versprechen.« Sie griff zu ihrem Besteck und legte es wieder ab. »Ich hab mir gedacht, er würde gleich so was sagen wie, du weißt schon, versprich mir ewige Treue, oder – weiß auch nicht. Ich merkte, dass es ihm ernst war, na ja, vielleicht ging es ja so in die Richtung, falls ich mal körperbehindert werde, musst du mir ein Kissen aufs Gesicht drücken – er hatte einen Horror davor, irgendwie entmündigt oder eingesperrt zu sein, das weißt du bestimmt noch …«

Diese Geschichte war jetzt schon länger als das meiste, was meine Mutter mir je aus ihrem Leben erzählt hatte. Ich hielt den Atem an.

»Stattdessen sagte er zu mir, sobald wir ins Haus eingezogen sind, musst du eine Tasche packen, keinen Koffer, sondern eine Einkaufstasche, etwas, was du nehmen würdest, wenn du bloß einen Tagesausflug mit einer Freundin machst. Da muss eine Wechselgarnitur Kleider und etwas Geld in einem Umschlag drin sein, den ich dir geben werde. Wenn ich weg bin, oder auch bloß tagsüber bei der Arbeit, und ich rufe dich an und sage, kannst du uns Rindfleisch-Nieren-Pastete zum Abendessen machen, ich hatte schon ewig keine mehr und hab richtigen Jieper drauf, falls ich das je sagen sollte, dann antwortest du, ja, aber dann muss ich erst einkaufen gehen, und gehst und holst die Tasche und verlässt sofort das Haus. Sofort, ich meine, du ziehst nur Schuhe und Mantel an und bist weg …«

Sie schob mit der Gabel eine Kartoffel auf ihrem Teller hin und her, griff dann zum Messer und schnitt sie in zwei Hälften, immer noch ohne davon zu essen. »Also als Erstes hab ich natürlich gesagt, wo soll ich hingehen? Und er wieder, wenn du die Tasche gepackt hast, zeig sie mir, und dann einigen wir uns darauf, wo das Geld versteckt sein soll. Wahrscheinlich kommt noch ein zweiter Umschlag dazu, mit Anweisungen. Wenn nicht, gehst du zum Bahnhof, auf der Hauptstraße, nicht die Abkürzung nehmen, und setzt dich in den Warteraum und wartest auf Anweisungen. Achte drauf, dass andere Leute da sind. Wenn niemand sonst im Warteraum ist, setzt du dich draußen auf eine Bank.«

Ich wollte ihr Fragen stellen, wusste aber, wenn ich zu neugierig wirkte, würde sie das verschrecken. Wenn meine Mutter irgendwie von sich selbst erzählte, wurde sie zum kleinen scheuen Reh. Es war wichtig, sie nicht aufzuscheuchen. Ich griff zur Gabel und stocherte an einem Stück Lammbraten auf meinem Teller herum – sie hatte mir die knusprigen Stücke vom Rand gegeben, weil sie wusste, dass ich die mochte.

»Natürlich«, fuhr sie fort, »fiel es mir da wie Schuppen von den Augen. Ich glaube, ich hatte es schon immer gewusst, aber es machte mir doch was aus, dass er es mir nicht vorher gesagt hatte. Er hat es mir erst erzählt, als ich seine Frau war, und ich hab mir gedacht, das würde bedeuten, er hätte mir nicht genügend vertraut, um es mir vor unserer Heirat zu verraten, als ob ich ihm deswegen weglaufen könnte oder so, als hätte er nicht geglaubt, dass ich trotzdem bei ihm bleiben würde.«

Sie schaute auf ihren Teller hinab, nahm das Besteck in beide

Hände und begann das Lammfleisch in kleine Stücke zu schneiden. »Also hab ich zu ihm gesagt, warum erzählst du mir das erst jetzt, an unserem ersten Morgen als Ehepaar? Und er hat gesagt«, bei der Erinnerung musste sie ein wenig lächeln, »er hat gesagt, na ja, ich hab gedacht, es wär vielleicht nicht so angebracht, mich am Altar runterzubeugen und es dir ins Ohr zu flüstern.«

Mittlerweile aßen wir beide, hatten das Kunststück zuwege gebracht, damit anzufangen, ohne das Gespräch abzuwürgen.

»Und was war, als wir auf die Welt kamen?«, fragte ich.

»Ach, als du so etwa drei, vier Monate alt warst, hat er mich gefragt: Du erinnerst dich doch an unser Gespräch, nicht wahr? Mehr brauchte er nicht zu sagen. Wir wussten beide, welches Gespräch gemeint war. Als ihr ganz klein wart, war es kein Problem. Ich hab einfach eine Wickeltasche gepackt, niemand hätte es gewundert, wenn ich mit so einer rumgelaufen wäre. Als ihr älter wurdet, war es natürlich schwieriger, zu wissen, was reinmusste, weil ich ja nie wusste, für wie lange es war, und natürlich hat der Platz kaum gereicht, als ihr zu dritt wart.«

»Habt ihr je wieder drüber geredet?«

»Das war nicht nötig«, sagte sie stirnrunzelnd, als habe sie auf einen zähen Fleischbrocken gebissen. Sie schluckte energisch runter. »Etwa einmal im Jahr hab ich mir die Tasche angesehen und ein bisschen was am Inhalt geändert: ein kleines Buch oder ein paar Buntstifte, um euch beschäftigen zu können, Unterwäsche, all so was. Ich konnte nur raten.« Sie hielt inne und warf mir einen irgendwie amüsierten Blick zu. »Es ist nie wirklich dazu gekommen. Um ehrlich zu sein, ich glaube nicht, dass es besonders wahrscheinlich war – es ging mehr darum, dass dein Vater ruhig schlafen konnte.«

Mir fiel ein, wie mein Vater auf einer Kiesauffahrt vor unserem Haus bestanden hatte, damit man morgens immer hörte, wenn der Briefträger kam. Und wie er jeden Abend vor dem

Schlafengehen mindestens zwei Runden durchs ganze Haus gedreht hatte, alle Türen abgeschlossen, sämtliche Elektrostecker rausgezogen und dann nochmal überprüft hatte, ob die Türen wirklich fest verschlossen waren. Ich dachte an das ausufernde Schweigen, das unser Familienleben wie ein großer, breiter, träge dahinströmender Fluss mit sich geführt hatte, wie wir uns alle einfach auf diesem Fluss des Schweigens hatten treiben lassen.

»Die Soße ist ja schon kalt geworden«, sagte meine Mutter, während sie eine Hand seitlich an die Sauciere legte. Die Sauciere meiner Mutter – weißes Porzellan mit Goldrand – sah so hübsch aus, die große weiße Zunge zum Ausgießen der Soße, wie ein von der Zeit glattgeschliffener Felsvorsprung unter einem Wasserfall. »Soll ich sie kurz in der Mikrowelle aufwärmen?«

Und daher nehme ich an, dass ich es schon immer im Blut hatte, das Weglaufen, meine ich – vielleicht weniger das Rennen an sich als das Warten aufs Losrennen –, die Fähigkeit, jeden Tag in dem Bewusstsein zu leben, sofort aufbrechen zu können. Wenn man damit aufwächst, kommt es einem nur noch wie eine Konstante vor, etwas, das zu einem gehört, wie ein leichtes Asthma oder eine Allergie gegen Meeresfrüchte. Es bestimmt nicht das Leben, man ist sich nur immerzu niedrigschwellig dessen bewusst, befindet sich in einem instinktiven Wachsamkeitsmodus, ohne groß darüber nachzudenken.

Und dann, eines Tages, passiert etwas, und während man mit einem Teil seiner selbst in der jeweiligen Situation verharrt, in der man da gerade ist – etwa in einem Meeting mit vier oder fünf Kollegen in einem Büro namens Alaska mit einem Glastisch, übersät mit den Krümeln halb aufgegessener Gebäckstücke –, läuft der andere Teil innerlich heiß, der Atem wird rau in der Kehle, und man denkt bereits: *Wenn ich an den Aufzügen bin und eine Tür auf Knopfdruck aufgeht, komme ich damit am schnellsten ins Erdgeschoss, aber wenn beide Aufzüge in einem anderen Stockwerk feststecken, muss ich die Treppe nehmen, um kostbare Sekunden einzusparen.*

2

Von Alaska aus sind es keine dreißig Schritte bis zu den Aufzügen – ich gehe rasch, aber ruhig und zähle: dreiundzwanzig. Der Flur vor unseren Büros ist leer. Ein Glück, denke ich, denn als ich in der Sitzung Kieron beobachtet habe, war eine meiner Sorgen: *Sie könnten schon draußen sein.* Hierher unterwegs werden sie aber schon sein. Während ich auf den Abwärts-Knopf drücke, stelle ich mir ein Grüppchen durchschnittlich aussehender Männer in Anzügen an den Lifttüren im Erdgeschoss vor, die den Aufwärtsknopf betätigen. Das Besondere an dem Department of Standards, oder DOS, ist, dass es mit den am harmlosesten wirkenden Leuten besetzt ist, die einem je unterkommen werden – so als würden sie in unscheinbarem Aussehen trainiert. Wenn einem jemand von denen über den Weg liefe, würde man die Person für eine auf der mittleren Managementebene einer Bausparkasse an der Hauptstraße halten oder vielleicht für einen Erdkundelehrer.

Die Aufzugtüren gehen sofort auf – es ist früher Nachmittag, und der Lift ist leer. Während er abwärtsfährt, spüre ich den Sog von unten, als würde mich die Schwerkraft anziehen. Meine Ohren fallen zu, oder fühlt es sich nur so an? Und meine Haarwurzeln kribbeln. Ich atme tief durch die Nase und sage mir, dass das alles bloß psychosomatisch ist. Auf dem Weg nach unten hält der Lift dreimal an und sammelt jedes Mal eine Einzelperson auf: eine Frau mit pinker Haarsträhne und großer randloser Brille, einen großen Blonden und einen Jüngling mit Hakennase. Ich registriere nacheinander jedes einzelne ihrer besonderen Merkmale, ohne sie direkt anzusehen. Ich bin bereits hyperwachsam und finde dabei seltsamerweise auch noch Zeit, von mir selbst beeindruckt zu sein.

Drüben in Alaska, dort oben in der sechzehnten Etage, wird es nach meinem plötzlichen Abgang zu einer kurzen Schweigepause gekommen sein, man wird einander Blicke zugeworfen haben, und während der Abwärtsfahrt versuche ich mir auszumalen, was jetzt geschieht. Das Meeting wird noch ein wenig weitergehen – es dauert bestimmt etwas, bis sie merken, dass ich nicht wiederkomme. James stellt gerne kenntnisreiche Fragen, so formuliert, dass es sich anhört, als wisse er vermutlich die Antwort, wolle aber dazulernen. Gut möglich, dass er mir entscheidende Sekunden verschafft.

Wir sind unten angekommen. Die Aufzugtüren öffnen sich zischend … und ich sehe sofort, dass niemand im Eingangsbereich wartet. Die Zugangssperren zur Lobby sind diese eckzahnförmigen festen Plastikdreiecke, beidseitig an breiten Metallpfosten befestigt. Um reinzukommen, braucht man seinen Ausweis, aber am Ausgang funktionieren sie automatisch: Die Sperren öffnen sich, wenn man näher kommt, und schnappen hinter einem wieder zu. Beim Durchrauschen hebe ich eine Hand zum Gruß an den Pförtner. Heute steht Dennis am Schalter, beleibt und beruhigend in seiner schicken Uniform. Er erwidert meinen Gruß. Unsere Abschiedsgesten kommen mir vor wie in Zeitlupe, als würde das Heben und Senken unserer Hände all meine Arbeitsjahre umschließen, meinen Aufstieg durch die Ränge, um Kierons Stellvertreterin zu werden, samt meinem raschen Abstieg in – wohin? Das kann ich derzeit noch nicht sagen. Mit diesem knappen Handzeichen verabschiede ich mich von über zwei Jahrzehnten in meinem Beruf und noch einer Menge anderem dazu.

Und dann bin ich plötzlich draußen, ohne mich bewusst ans Anstoßen der Drehtür zu erinnern, und stehe auf den breiten flachen Stufen zum Platz, hole einmal tief Luft und gehe los. Ein Gefühl ist das, als wäre ich gerade an einem heißen Tag in einen

Fluss gesprungen: ein Schock, aber erfrischend. Solange ich weiterschwimme, komme ich klar.

Es sind acht Minuten zu Fuß von meiner Arbeit bis zum Laden. Ich bin den Weg oft gegangen und weiß, wie ich mich durch die Seitenstraßen schlage, um an möglichst wenig Überwachungskameras vorbeizukommen. Ich laufe auf Autopilot. Wenn ich überhaupt über das, was ich tue, nachdenke, dann nur, um mich selbst zu meiner gründlichen Vorbereitung zu beglückwünschen.

Ein älterer Herr steht an der Ladentheke – das muss wohl der Onkel sein; er war ein paarmal mit Adil im Laden, als ich reinkam, aber jetzt sehe ich ihn zum ersten Mal allein im Verkauf.

»Hallo«, sage ich, »ich bin Sue, das sind meine Sachen da hinten.« Dabei zeige ich Richtung Lagerraum.

Er sieht mich unverwandt aus klaren Augen an. Ich zeige nochmal nach hinten, und er nickt einmal kurz und dreht sich um.

Ich gehe mit ihm nach hinten. Die Tür zum Lagerraum steht offen, aber weil der zu vollgestellt ist mit Regalen, als dass wir beide reinpassen würden, weicht der Onkel zurück, um mich durchzulassen, während er auf der Schwelle stehen bleibt, mich beobachtet und sich ab und zu über die Schulter umsieht, falls ein anderer Kunde den Laden betreten sollte.

Ich gehe rein und hebe die Reisetasche auf, zuunterst in einem Regal, in dem Pappkartons mit Heißen Tassen ordentlich aufgereiht sind: Pilzcremesuppe, Hühnersuppe, Tomatensuppe mit Basilikum.

»Danke«, sage ich zu ihm, als ich gehe.

Vor mir ragt die Beton-Scheußlichkeit der New Street auf, die sich angeblich den Rang des schlimmsten Bahnhofs im ganzen Land mit der Liverpool Lime Street und East Croydon teilt und die bald Stein für Stein abgerissen und neu gebaut werden soll. Drinnen steuere ich das Reisezentrum an – da ist wenig los, es gibt vier besetzte Schalter und nur drei Kunden. Ich schlendere lässig an den leeren Platz und bitte den trägen Mann dahinter mit leiser Stimme um ein Ticket für eine einfache Fahrt nach London. Gegen Barzahlung. Ich brauche nicht in die linke obere Ecke zu schauen, um die auf mich gerichtete Überwachungskamera zu sehen, weil ich meine Hausaufgaben gemacht habe und genau weiß, wo sämtliche Kameras in diesem Reisezentrum sind. Wieder draußen in der Bahnhofshalle, stelle ich mich unter die breite Tafel mit den Abfahrtzeiten und verrenke mir den Hals wie alle anderen andächtigen Passagiere. Ein Zug nach Euston fährt in sieben Minuten. Und steht schon zum Einstieg bereit. Perfekt.

Auf Bahnsteig fünf steige ich durch die Tür direkt hinter der Ersten Klasse ein und gehe durch die Waggons, bis ich einen Zweisitzer entgegen der Fahrtrichtung in Nähe der Gepäckablage gefunden habe. Im Handumdrehen habe ich meine zwei Handys gezückt und in die schmale Lücke zwischen Sitzpolster und Wand gesteckt. Dann stehe ich auf und gehe auf direktem Wege ins WC hinter dem Waggon.

Drinnen drehe ich den Absperrriegel um, und er rastet mit zufriedenstellendem Klacken ein. Ich packe die Reisetasche auf den WC-Deckel, zerre am kaputten Reißverschluss und hole einen leichten Regenmantel, Turnschuhe, Leggings und eine Strickmütze raus. Ich ziehe meinen Rock aus und die Leggings über meine Strumpfhose, falte den Rock zusammen und stecke ihn mit meinen Blockabsatz-Pumps und dem schicken taillierten Blazer in die Tasche. Jetzt werde ich eine ganze Weile keine Business-Outfits mehr brauchen, aber das eine hier behalte ich doch, nur für alle Fälle. Ich schlüpfe in den Regenmantel und ziehe den Reißverschluss zu, stopfe meine Haare in die Mütze. In unter einer Minute bin ich nicht wiederzuerkennen, es sei denn, man käme an eine Nahaufnahme meines Gesichts. Vor dem Klo wende ich mich in Richtung Lokomotive um und gehe durch den Zug nach vorn. Es ist relativ wenig los, auf einen belegten Sitz kommen drei freie. Gleich darauf bin ich aus dem vordersten Zugteil wieder auf den Bahnsteig ausgestiegen.

Der nächste Zug nach Glasgow fährt in zwölf Minuten. In aller Ruhe gehe ich darauf zu. Zwei Polizisten stehen an den Bahnsteigsperren und plaudern mit einem Schaffner. Aus den Augenwinkeln sehe ich, dass sie entspannt dastehen – einer stützt den Ellenbogen auf eine Sperre, der andere hat seine Mütze abgenommen.

Trotzdem, als ich erst wieder im Zug nach Glasgow sitze – erneut auf einem Zweiersitz in Gepäckablagen- und Toilettennähe, der Stelle, wo es am unwahrscheinlichsten ist, dass sich jemand neben mich setzen wird – schaue ich auf meine Uhr und staune über die ewig lange Zeit, die elf Minuten, die vor der Abfahrt des Zuges noch vergehen müssen.

Endlich schließen die Zugtüren mit gebührender Schwere und Feierlichkeit. Im Kontrast dazu tönt die Pfeife hoch und nicht unangenehm schrill. Der Zug setzt sich in Bewegung, aber langsam, wie ein alter Mann mit müden Knochen. In der New Street Station sind alle Gleise unterirdisch, und während der Zug vorankriecht, blicke ich aus dem Fenster auf eine hohe schwarze, mit grünem Moos bewachsene Wand, eine Gefängniswand, das Licht darüber in weiter Ferne, und dann kommen wir in einen stockdunklen Tunnel, und der Zug fährt immer noch so langsam, mit quietschenden, knirschenden Rädern. Erst als wir am anderen Ende des Tunnels rauskommen, nimmt er Fahrt auf. *End-lich, end-lich* denke ich im Takt der rollenden Räder. Kieron mag wegen mir schon angerufen haben, aber meine Vorbereitungen waren gründlich. *Flavia, ich komme.* Der tief in uns vergrabene Gedanke – schließlich machen wir alles aus zweierlei Gründen: der Absicht, und der wahren Absicht.

Plötzlich ist da ein Himmel in hellstem Blau, und dicke grüne Bäume, und die graue Metalleinzäunung am Rande der Gleise, während sich die Räder immer schneller drehen, und schon sind wir draußen in der freien Landschaft, rasen vorbei an Lagerhäusern unter tief dahinjagenden Wolken, und niemand außer mir weiß, was ich vorhabe und wohin ich fahre: was für ein heimlicher, hochfliegender Gedanke. Ich rase aus meinem Leben. Ich hab's getan. Ich bin weg.

3

Alles geht glatt, bis wir nach Carlisle kommen. Ich bin keine dreizehn Kilometer mehr von der schottischen Grenze entfernt, da läuft es aus dem Ruder.

Wir sind noch nicht lange aus Oxenholme raus. Ich habe aus dem Fenster auf den Lake District gesehen und mir gewünscht, dass ich nicht in einem Zug stecken, sondern zu Fuß durch die Wildnis wandern würde – wäre so eine Flucht nicht viel spannender? Überleg dir gut, was du dir wünschst, wie man so sagt.

Wir sind irgendwo hinter der Stadtgrenze zum Halten gekommen, weit genug draußen, dass sich zu beiden Seiten des Zugs freies Feld erstreckt. Der Himmel ist immer noch blassblau, aber wenn ich aus dem linken Fenster nach vorn schaue, sehe ich geballte dunkelnde Wolken, die sich zusammenschieben wie ein Infanterieregiment vor dem Angriff. Ich rutsche zum Sitz am Gang rüber, um durch den Zug schauen zu können, und sehe einen Schaffner einen Waggon weiter vorn. Mit strahlendem Lächeln bittet er die Fahrgäste um *Ticket und BahnCard, bitte*, während er die Sitzreihen seitlich anrempelt, als würde der Zug noch fahren, und über seine eigene Comedyshow lacht. Ich habe ein gültiges Ticket, vor sechs Wochen gekauft, aber er ist der Typ, der zum Plaudern mit Kunden stehen bleibt, was mich nervös macht. Ich stehe auf, nehme meine Reisetasche und gehe nach hinten durch bis zum letzten Waggon. Derweil fährt der Zug wieder an, und einen Sekundenbruchteil lang habe ich den Eindruck, mich nicht vom Fleck zu rühren, obwohl wir Geschwindigkeit aufnehmen.

Im letzten Waggon entdecke ich am hinteren Ende ein paar Sitze um einen Tisch, die leer aussehen. Erst als ich mich etwas schwerfällig auf einen Sitz plumpsen lasse, sehe ich, dass mir schräg gegenüber eine Frau Mitte dreißig mit Kleinkind auf dem Schoß sitzt, gegen die Fahrtrichtung, neben sich ein etwa sechsjähriges Kind, das sich daumenlutschend an ihre Schulter lehnt.

Erschreckt von meiner plötzlichen Ankunft, starrt die Mutter mich böse an, und ich sehe, dass sie auf einer Wange einen blauen Fleck hat, nicht ganz von pudrigem Make-up verdeckt. Er ist schmal und halbmondförmig unter einem Auge und schon lila-grünlich mit Stich ins Gelbe, an den Rändern verschwommen, so wie der Mond manchmal am Rand unscharf aussehen kann. Die Stelle muss wehgetan haben, bevor sie sich verfärbt hat, denke ich. Jetzt, da die Schwellung abgeklungen ist, wird der Schmerz nachlassen, vielleicht so weit, dass sie kurz überrascht ist, wenn sie sich im Spiegel sieht. Oder sie könnte auch so an blaue Flecken gewöhnt sein, dass sie sie nie ganz vergisst. Wenn ein Mensch viel geschlagen wird, hängt seine Sicherheit davon ab, dass er nie vergisst.

Wir sehen uns in die Augen, und da erst merke ich, was sie mir nur zu deutlich herüberbringt – der blaue Fleck, ihr versteckter Sitzplatz im Zug, der stille, glasige Blick des Kindes –: Sie sieht etwas in mir, und ich möchte mich schon fast vorbeugen und leise sagen: *Es ist nicht, was Sie denken. Meine Situation ist eine andere. Die Gemeinsamkeit, die Sie da zwischen uns entdeckt haben, ist ein Trugschluss.*

Sie wirft mir einen kühlen Blick zu, ehe sie das Gesicht zum Fenster dreht. Ich weiß nicht, was mir unangenehmer ist, dass ich sie oder sie mich gesehen hat, aber ich stehe wieder von meinem Platz auf, nehme meine Reisetasche und steuere den Ein- und Ausstiegsbereich ganz am Ende des Zuges an, einen Leerraum, den niemand betreten wird. Ich verspüre das überwältigende Bedürfnis, tätig zu werden.

Ich hole mein Wegwerfhandy aus der Manteltasche, schalte es

ein und wähle, während der Zug wieder Fahrt aufnimmt und wir bald donnernd auf Carlisle zurasen.

Nach viermal Klingeln geht jemand ran. »Stuart«, sage ich, »Sophie Lester. Wir haben im Mai miteinander telefoniert.«

Nach kurzer Pause sagt er: »Ah ja, Sophie, aber klar, natürlich!«

Ich würde gerade noch rechtzeitig anrufen, sagt er. Ende September sei meine letzte Möglichkeit. Danach werde das Wetter zu schlecht für die Überfahrt sein.

Wir haben Ende August – Ende September bedeutet für mich, vier Wochen zu überbrücken, und in einer idealen Welt wäre ich in wenigen Tagen außer Landes.

»Vorher haben Sie nichts?«

»Sorry, die nächste ist ausgebucht, und mehr geht nicht, so viele Verrückte gibt es nun auch wieder nicht!« Er bricht in schallendes Lachen aus.

Ich überschlage es rasch im Kopf – ich habe immer gewusst, ich würde mindestens ein paar Tage untertauchen müssen, und hatte alles Nötige dabei. Es ist keine Katastrophe, nur ein Aufschub. Ich überlege, Stuart zu bestechen, damit er einen der letzten Teilnehmer von seiner Passagierliste streicht, aber das könnte Verdacht erregen, was ich mir nicht leisten kann. »Kein Problem, solange Sie dann definitiv übersetzen.«

»Na klar, muss wohl, ich hab schließlich einen Kredit abzubezahlen! Hahahaha!«

Nach ein paar obligatorischen Nettigkeiten verabschiede ich mich von Stuart, lege auf und überdenke meine Pläne. Vier Wochen. Ich werde meine Route umleiten müssen, mir bei jedem Halt Zeit lassen – ein Zickzackkurs wäre gut und machbar. Ich habe in den letzten Wochen so oft über meinen amtlichen Landvermessungskarten von Schottland gebrütet, dass ich praktisch das ganze Land auswendig im Kopf habe. Das wird mir sicherlich zugutekommen: Es sollte meine nächsten Entscheidungen wie zufällig aussehen lassen.

Ich muss Vikram eine Nachricht schreiben, denke ich, und den Code verwenden, auf den wir uns vorab geeinigt haben.

Und genau da, als ich im hinteren Ausstiegsbereich des Zuges stehe, der sich Carlisle nähert, und meinem Notar schreiben will, passiert etwas richtig Schlimmes – so schlimm, dass ich erst meine Gedanken sortieren muss, um mir Klarheit darüber zu verschaffen, wie schlimm es ist.

Das Handy in meiner Hand vibriert.

Der einzige Anruf, den ich je mit diesem Telefon gemacht habe, galt Stuart, dem Jachtkapitän, gerade eben, mit unterdrückter Nummer. Niemand hat diese Nummer. Es ist ein *unbekannter* Anrufer.

Ich halte mir das Handy ans Ohr.

»Heather …« Seine Stimme ist leise, fast ein Murmeln. »Handys im Zug nach London, bisschen zu offensichtlich. Dahin wirste wohl eher nicht unterwegs sein.«

Ich sage nichts. Ich wüsste gern, wo er ist, ob wieder in seinem Eckbüro oder noch in Alaska am Fenster, mit Blick auf Birmingham, nachdem er alle anderen rausgeschickt hat.

»Schon okay …«, sagt er. Klingt seine Stimme leicht belegt? Ich versuche dahinterzukommen, ob er sich ängstlich anhört. »Sie wissen schon, dass du nicht nach London fährst, also ist das hier …«

Ich lege auf und schalte das Handy aus. Dann bleibe ich kurz stehen, wo ich bin, kaue innen auf meinen Wangen und sehe der Tatsache ins Gesicht, dass ich längst nicht so schlau war, wie ich dachte.

Er hat nicht *wir* gesagt. Sondern *sie*. Das sind – möglicherweise – extrem schlechte Nachrichten.

Der Zug fährt in Carlisle ein. Ich steige aus, schultere die Reisetasche. Ich werfe keinen Blick in den Zug, habe aber das Gefühl, dass die Frau mit den zwei Kindern mir nachsieht, als ich an ihr vorbeigehe.

Der Bahnhof von Carlisle ist hübscher als erwartet: gewölbtes Glasdach, schmiedeeiserne Gitter, Sandstein. Das beruhigt mich ein wenig, als ich dem Ausgang zustrebe, in normalem Schritttempo, um keinerlei Aufmerksamkeit zu erregen. Als ich die Zugangssperren erreiche, gehen zwei Männer in Freizeithosen und Pullis, einer mit Fischgrätmuster-Mantel drüber, der andere mit Regenjacke, rasch und mit ernster Miene auf mich zu. Mit neutralem Gesichtsausdruck zeige ich dem Kontrolleur mein Ticket, während ich die Männer aus den Augenwinkeln beobachte. Am anderen Ende der Sperren steht noch ein Kontrolleur neben einem offenen Durchgang, und sie halten ihm kurz und unauffällig ihre Dienstmarken hin, ohne das Schritttempo zu verlangsamen. Weil ich es nicht riskieren kann, mich umzuschauen, weiß ich nicht, ob sie den Zug ansteuern, aus dem ich gerade gestiegen bin, oder aus einem anderen Grund hier sind. Ich muss irgendwo anhalten und mich sammeln, möchte dafür aber weiter weg vom Bahnhof sein.

Ich marschiere drauflos in Richtung Stadt, so mein Eindruck, vorbei an einer Kirche und zwei stattlichen runden Türmen, die aussehen wie die Türme in einem alten hölzernen Schachspiel, das wir mal hatten. Beim Vorübergehen halte ich nicht an, mein Blick fällt nur auf eine Tafel, auf der etwas von einer Zitadelle steht, und ich denke, na bitte, da hast du deine Zitadelle, alles wird gut. Kieron hat deine Handys also schon abgehört – den Verdacht hattest du sowieso. Das Wegwerfhandy ist zu alt für GPS-Tracking, aber dass er die Nummer hat, ist eine äußerst bedenkliche Entwicklung.

Ich gehe eine Straße entlang, die English Street heißt, was mir wie ein schlechter Witz vorkommt, wo ich doch jetzt schon fast an der schottischen Grenze sein könnte, wenn ich im Zug geblieben wäre. Vielleicht war ich voreilig – oder der Zug steckt noch im Bahnhof von Carlisle fest, während diese Beamten in Zivil auf der Suche nach mir sämtliche Waggons abgrasen.

Ich gehe durch eine Fußgängerzone und sehe, dass am Ende ein Altbau mit breiter Vortreppe steht, deren Stufen zu einer Touristeninformation führen, und einem Café darunter. Ich überlege, ob ich es riskieren kann, mir einen Stadtplan vom Ort zu holen, und entscheide mich dagegen – aber ich kann im Café sitzen, das groß und weitläufig ist, mit Plätzen drinnen und draußen und gutem Blick durch die gesamte Fußgängerzone.

Er hat nicht wir gesagt, sondern sie.

Wir nennen es den *Rundumblick.*

Einer der Gastredner in unserem Beschattungskurs beim Training war achtundsiebzig – eine Bohnenstange von einem Mann, blass und drahtig, weißhaarig, im Auftreten so cool wie ein Glas Eiswasser – er war in Jeans zum Vortrag erschienen. Ein Mann von Ende siebzig in Jeans, das fanden wir spitze. Seine Redeweise klang ein wenig nach vornehm-akzentfreiem Amerikanisch. Obwohl er ein älterer, freundlicher Herr war, hatte er doch auch etwas sexuell Aufgeladenes an sich, ein leichtes Knistern entstand im Raum, eine Art erotische Ausstrahlung wie ein Funksignal von einem Planeten in einer weit entfernten Galaxie.

An jenem Vormittag war er da, um eine PowerPoint-Präsentation diverser Fälle abzuliefern, mit denen er befasst gewesen war. Solche Vorträge hörten wir öfter, historische Beispiele erfolgreicher Operationen, und manchmal auch fehlgeschlagener: alles, was schiefgehen konnte und tatsächlich schiefgegangen war. Bei diesen Vorträgen lernten wir aus jenen Operationen, von denen die Öffentlichkeit nie erfährt – wie es bei vereitelten terroristischen Anschlägen zuging, warum und wie bei bestimmten Demonstrationen wertvolle Informationen gesammelt wurden.

Und manchmal erfuhren wir von den Fehlschlägen, den wahren Gründen, warum sechs, vierzehn oder zweiunddreißig Menschen ihr Leben lassen mussten, obwohl niemand hätte sterben sollen. Die Männer und Frauen, die diese Vorträge hielten, hatten etwas Gequältes an sich, wirkten manchmal zerknirscht, gelegentlich mit Trotz durchsetzt. Allesamt wie der »Ancient Mariner«, der Alte Seemann, in Coleridges Ballade.

Der Mann am Rednerpult vor uns war vor seinem Ruhestand als verantwortlicher Einsatzleiter mit besonderem Augenmerk auf Kontakte zwischen den befreundeten Mächten – den CAZAB-Staaten – tätig gewesen. Er war selbst draußen im aktiven Einsatz gewesen und hatte dann Agenten im aktiven Einsatz direkt geführt. Er hatte die ganze Welt bereist – sie im Geheimen regiert. Wir waren Wachs in seinen Händen.

Als die Fragestunde drankam, näherten wir uns rasch der Sache, die uns am meisten interessierte: Wie ist es, Sie zu sein? Dieser Mann war in jahrzehntelanger Tätigkeit, für die wir uns gerade ausbilden ließen, erfolgreich aufgestiegen. Er hatte das Leben gelebt und war heil am anderen Ende rausgekommen. Ein blasser, knochiger Vorbote – er war, was aus uns werden würde, wenn alles nach Plan verlief.

Einer meiner Mit-Anwärter, Ahmed, unheimlich intelligent und prädestiniert für einen rasanten Aufstieg, meldete sich und fragte: »Aber fehlt Ihnen der aktive Einsatz nicht? Ist das zivile Leben nicht ein bisschen langweilig?«

Das dachten wir natürlich alle. Dieser Mann da vor uns mochte ein Veteran sein, aber er war am Ende seiner Reise angelangt, nur noch eine Hülle. Wir hingegen waren heiße Schmetterlingspuppen im vollen Saft, die es kaum erwarten konnten, aus ihrem Ausbildungs-Kokon zu schlüpfen.

Unser Gastredner runzelte die Stirn. »Langweilig? Das zivile Leben?« Er hockte mit einer Gesäßhälfte auf der Tischkante vor unserer Klasse, hob beide Hände und ließ sie in seinen Schoß sinken. »Junger Mann, nichts könnte faszinierender sein. Jedes Zimmer, das man betritt, jedes Restaurant oder Café, jede Straße, durch die man schlendert. Das wird man nie los, wissen Sie. Den Rundumblick. Die Gewohnheit verlässt einen nicht. Und irgendwann, tja, da sagt man sich, da geht einem endlich auf: Ich suche nicht mehr nach den Schurken, das ist nicht mehr mein Job. Ich halte nicht mehr Ausschau nach der Bedrohung. Und da wird einem klar, dass man diese Fähigkeit dazu verwenden kann, sich Leute einfach nur aus reinem Interesse anzusehen, und man denkt sich, wie erstaunlich die Menschheit insgesamt ist. Die alte Dame dort, der Schuljunge hier – man betrachtet sie und sieht ihnen ihr ganzes Leben an und denkt sich, mein Gott, was für ein Geschenk Gott uns gemacht hat, uns Menschen meine ich, dass wir so ... *vielfältig* sind. Ich weiß nicht, ob Sie dieses Gedicht kennen ...«

Bei der Erwähnung Gottes verdrehten die Atheisten im Raum, wohl die überwiegende Mehrzahl, innerlich die Augen. Ich dachte selbstgefällig, die haben alle den Bezug auf Louis MacNeice nicht mitbekommen – anders als ich, denn meine Mutter war Englischlehrerin. Die Schulstreberin in mir stellte sich schon vor, wie sie dem ehrgeizigen Ahmed in der Pause eins auswischen und ihm über einen Plastikbecher mit Kaffee hinweg sagen würde: »Ach, du kennst das Gedicht nicht? *Schnee*. Das ist toll«, und vielleicht dazu noch einen Vers aufsagen: *»Ich schäle und teile / Eine Mandarine ...«*

»Die Sache ist die«, sagte unser Gastredner, und etwas an seinem Tonfall ließ uns aufhorchen. Sein lässiges Auftreten war verflogen, mit einem Mal lagen Leidenschaft und Dringlichkeit in seiner Stimme. »Die Sache ist die, alle werden Ihnen von den

Schattenseiten erzählen, was für Denkmuster man ausbildet, wie man sein ganzes Leben lang mit Vorsicht und Verfolgungswahn leben wird und dass es einen manchmal total fertigmachen kann, die Einsamkeit, weil man sich seinen nächsten Angehörigen nicht richtig anvertrauen kann, aber was einem niemand sagt, ist dies: Es ist ein Geschenk. Ihr Leben lang ist es, als hätten Sie einen Röntgenblick in die Seelen der Menschen, Sie durchleuchten die Leute auf eine Art, die Zivilisten einfach nie antrainiert wurde, und es ist fantastisch. Es ist ein Geschenk.«

Hinter mir saß eine kräftige Frau, Charlotte. Sie und ich waren die Ältesten in der Klasse – die meisten dort waren in ihren Zwanzigern rekrutiert worden. Ich war nach der Armee und einer gewissen Zeit in einem Bürojob in der City da; sie war Quereinsteigerin, vorher Polizei-Detective, weshalb sie sich uns anderen für etwas überlegen hielt. Ich hörte, wie sie vor sich hin murmelte: »Na, der hält sich wohl für Mr Obercool …«, und wollte mich umdrehen und sagen: »Halt deine verdammte Schnauze.«

Rundumblick. Natürlich kann sich jede Person ohne die geringste Ausbildung umsehen, wenn sie einen Raum betritt; der Trick ist der, es zu tun, ohne dass es irgendwer bemerkt.

Im Café sind acht Leute. Drei Frauen sitzen um den Tisch neben der Tür, in T-Shirts, Caprihosen und festem Schuhwerk – bestimmt ein Grüppchen, das sich regelmäßig zum Wandern und Kaffeetrinken trifft –, rühren mit Löffelchen in ihren Tassen und unterhalten sich leise. Keine von ihnen sieht sich nach mir um, als ich reinkomme. Ein älterer Herr mit Hörgerät hockt allein an einem Nebentisch und liest in einer Gratiszeitung, die kalten Reste einer Tasse Tee neben sich, mit feuchten Lippen und irgendwie schwammigem Gesichtsausdruck.

Zwei junge Mütter in den Zwanzigern mit Kleinkindern in Buggys sitzen in der Mitte des Cafés. Die eine, die das Glück hat, ihr Baby zum Schlafen gebracht zu haben, schiebt den Buggy mit einer Hand hin und her. Die andere nimmt Fritten von ihrem Teller und reicht sie geistesabwesend ihrem hellwachen kleinen Jungen, der sich die Pommes reihenweise in den Mund stopft und immer, wenn eine verschlungen ist, quäkend nach mehr verlangt.

In der hintersten Ecke schaukelt ein Mann mittleren Alters neben seiner Pflegerin, einer jungen Frau, still in einem Rollstuhl vor sich hin. Beide haben Teller mit einem Nudelgericht vor sich.

Als ich die Tür aufschiebe, folgt mir eine neunte Person – bei diesem kurzen Rundumblick haben die Kleinkinder nicht mitgezählt, schließlich erscheint es eher unwahrscheinlich, dass sie mit gezückten Dienstmarken und Handschellen aus ihren Buggys springen werden. Ich gehe zur Kühlvitrine rüber, um ihm Zeit zu geben, mich zu überholen, aber er folgt mir auch dorthin, wählt eine Limo-Dose und geht direkt zur Kasse. Ich trödele etwas, greife nach einer Flasche Wasser, stelle sie wieder zurück und blicke dabei zu dem jungen Mann rüber.

Er sieht aus wie etwa sechzehn – ich bekomme ihn gut in den Blick, als er zahlt und sich dann ganz nach hinten setzt, mit dem Rücken zur Wand, dem Gesicht zum Innenraum. Mir fällt wieder ein, dass ich immer eine Dose Limo gewählt habe, wenn ich eine bestimmte Zeitlang irgendwo sitzen musste, weil es unwahrscheinlicher ist, dass sie einem von einer Bedienung beim Tischabräumen weggenommen wird.

Der Junge stiert dumpf vor sich hin und macht einen mürrischen Eindruck. Er sieht aus, als hätte er sich mit einer Gruppe von Freunden im Park treffen wollen, sich aber mit einem von ihnen so heftig angelegt, dass der ihm Prügel angedroht hat, wenn er sich blicken lässt, weshalb er nicht hingeht, und jetzt hat er noch mehr Ärger, weil er in den Augen der anderen wie ein

Feigling dasteht. Er sieht ganz danach aus, als überlege er, sich beim Ladendiebstahl erwischen zu lassen, nur um auf Facebook posten zu können, dass er hochgenommen wurde, was ihm als Ausrede dienen könnte.

Andererseits ist ein Babyface ein unschätzbares Plus für einen Agenten im Einsatz. Bei einem Jugendlichen erklärt sich immer von allein, dass er angelegentlich seine Kapuze aufsetzt oder rauchend an einer Straßenecke steht, und sie sind so allgegenwärtig, dass die meisten Leute sie nicht weiter beachten – und wenn, dann fürchten sie sich ein wenig, wofür sie sich wiederum ein bisschen schämen.

Das Café ist sehr ruhig, von Leuten besucht, die nirgendwo sonst hinmüssen, und weil keine Musik läuft, reden alle leise. Ich trete an die Theke – es ist Selbstbedienung – und sage ruhig: »Cappuccino, bitte …«

Die junge Frau am Tresen antwortet beflissen: »Groß oder klein?«

»Klein.«

»Hier trinken oder zum Mitnehmen?«

Jetzt gib mir schon den verdammten Kaffee. »Hier.«

Ich zahle bar, nehme den Kaffee und setze mich an einen Tisch in Blickrichtung zu dem Jungen mit dem Rücken zur Wand – nicht direkt gegenüber, ein paar Tische weiter, aber so, dass wir uns beide immer noch deutlich sehen können. Die Bedienung hat zwei Tütchen Zucker auf die Untertasse gelegt, und ich nehme sie nacheinander in die Hand und biege sie hin und her, um die Körnchen darin aufzulockern, obwohl ich nichts weiter mit ihnen vorhabe, als sie einzustecken. Die Reisetasche steht unter dem Tisch, und ich ziehe sie mir zwischen die Füße.

Ich sehe Alaska vor mir. Ich sehe Kieron am bodentiefen Fenster stehen, mit dem Rücken zu mir, aber leicht diagonal, seine straffe Haltung: Er hat einen kleinen, aber deutlich definierten

Körper, ein kräftiger Muskelstrang verläuft quer über die Schultern bis zum Nacken, den man unter seinem teuren Hemd sieht – bei Hemden beweist er Geschmack, das muss ich ihm lassen. Die Art, wie er seine Kaffeetasse zurückstellt – ich sehe es vor mir und beobachte das lautlose Abstellen der Tasse, als sei es bedeutsam, wie der Trick eines Zauberers, der die Aufmerksamkeit des Publikums mit den Darbietungen der einen Hand fesselt, während er in der Handfläche der anderen etwas verschwinden lässt.

Er hat nicht wir gesagt, sondern sie. Wenn er uns gemeint hätte, den Service, das DOS, hätte er eindeutig »wir« gesagt. Was das bedeutet, lässt meinen Atem stocken, auch wenn ich den Verdacht schon länger hatte.

Ich habe die Wahl. Ich kann das Wegwerfhandy einschalten und einen Anruf tätigen – Richard hätte binnen einer Stunde Agenten im Einsatz hier – während ich sicher und gut sichtbar in der Öffentlichkeit dasitze. Sie würden mich abholen. Ich würde es auf die Ermittlungen ankommen lassen. Sicher, ich würde meine Festnahme riskieren, Anklage in einem Geheimprozess, Gefängnis.

Dann denke ich daran, was Carmella mir kurz vor der Sitzung gesagt hat, über Collins.

Ich habe noch nicht mal die schottische Grenze überquert. Ich kann nicht so einfach aufgeben. Ich muss bloß noch gründlicher untertauchen, als ich mir das vorgestellt hatte. Ich möchte Vikram anrufen, kann das Risiko aber jetzt nicht eingehen, nicht, wenn das Wegwerfhandy kompromittiert ist.

Der Kaffee ist lauwarm, schwach. Die Milch fühlt sich dickflüssig in meinem Mund an. Ich stehe auf und schnappe mir die Reisetasche. Ich sehe zu dem Jungen rüber – er schaut auf, als mein Stuhl über den Boden scharrt, und sieht mich an, bevor er den Blick wieder senkt. Natürlich ist er keiner von uns; wenn, dann hätte er mich auf gar keinen Fall angestarrt, als ich aufstand.

Vorläufig weiß niemand, wo ich bin – ich bin ihnen allen immer noch einen Schritt voraus, und dabei muss es bleiben. Ich werde zur nächsten öffentlichen Toilette gehen. Ich habe eine Schere; und andere Kleider, schmutzigere. Ich wünschte, ich hätte den Cappuccino mehr genossen; denn es wird für eine ganze Weile mein letzter gewesen sein.

4

Ich finde den wenig einladenden Backsteinquader von einer öffentlichen Toilette direkt hinter dem Bürgerzentrum am anderen Ende der Fußgängerzone. Drinnen riecht es nach Bleichmittel und Urin, und alles ist aus Metall: die Türen zu den Kabinen, die Toilette ohne Klobrille. Ein kleines Metallbecken ist in die Wand eingelassen, mit einer metallenen Öffnung für Wasser, Seife und Heißluft, in dieser Reihenfolge, bloß dass kein Wasser kommt.

Ich schließe mich in eine Kabine ein und hole mein nächstes Outfit aus der Reisetasche: hellgraue Jogginghose – die Farbe bewusst gewählt, weil Schmutz darauf deutlich zu sehen ist –, ein dünnes Kapuzenshirt mit zerfransten Ärmeln und eine braune Bomberjacke aus einem billigen filzigen Stoff, sehr abgetragen, aus einem Second-Hand-Laden. Regenmantel, Brille und die kleine Timex-Uhr, die ich bislang anhatte, wandern in die Tasche. Als Nächstes sind die Haare dran. Sie waren schon in einem eher kurzen Bob, und ich brauche gar nicht so viel mit der Schere abzuschneiden, sie nur fransiger zu machen und mir hinter die Ohren zu stecken.

Beim Rausgehen überlege ich mir, wie ich jetzt laufen, sitzen und stehen muss. Außenseiter der Gesellschaft sein zeigt sich vor allem in der Körpersprache. Das wird bald wie von selbst kommen. Einmal draußen übernachten, ein Gewitter, die geballte Wirkung von ein paar vernichtenden Passantenblicken – nicht mehr lange, und ich werde die feindseligen Blicke ebenso erwidern. Ich spüre schon, wie die Verwandlung beginnt, während ich über die Pflastersteine auf eine entfernte Schnellstraße zugehe, und die Wolken, die ich vom Zug aus gesehen habe, über Carlisle aufziehen. Regen trifft mich wie mit feinen Nadeln am Kopf, als wüsste das Wetter von meinen Plänen und hätte sich vorgenommen, meiner Verkleidung den letzten Schliff zu geben.

Wahrscheinlich habe ich es dem Regen zu verdanken, dass mich nach nicht mal zwanzig Minuten jemand mitnimmt – plus dem Umstand, dass ich ein kleines, in eine zu große Jacke geschmiegtes Persönchen bin. Aus der Entfernung sehe ich zierlich aus: vielleicht eine Studentin, die pleite ist. Als der Fahrer, der für mich anhält, meine schmutzigen Klamotten und das mittelalte Gesicht sieht, rutsche ich schon, nass wie ein begossener Pudel, mit einem »Danke, Kumpel, wo soll's denn hingehen?« auf seinen Leder-Beifahrersitz.

Er mustert mich kurz, ehe er seltsam tonlos und leiernd sagt: »Vielleicht weiter, als du denkst.« Mit quietschenden Reifen startet er vom Seitenstreifen.

Ich blicke stur geradeaus und sage kein Wort, während er fährt; genau wie er. Mir ist nicht wohl dabei, aber vielleicht ist er einfach nur ein mürrischer Zeitgenosse. Ich halte den Blick auf die Straße vor mir gerichtet und merke erst, dass wir die schottische Grenze überquert haben, als ich ein Schild nach Gretna Green sehe. Seit der Dezentralisierung gibt es die Anforderung, dass der Service nur in erwiesenen Fragen nationaler Sicherheit ein Hilfeersuchen an die schottische Polizei stellen darf, was natürlich nicht bedeutet, dass sie das nicht tun werden, aber es verlangsamt und bürokratisiert den Prozess.

Als wir an dem Schild vorbeifahren, wirft mir der Fahrer einen Blick zu und sagt mit einem Grinsen in der Stimme, aber dem gleichen monotonen Leiern: »Vielleicht sollten wir anhalten und heiraten, oder was meinst du?«

Er ist ein großer Mann mit breitem Brustkorb. Sein hellblaues, kurzärmeliges Business-Hemd gibt den Blick frei auf einen fleischigen, sommersprossigen Bizeps; die kleinen weißen Knöpfe spannen so, dass die Knopflöcher zu Ovalen verzerrt werden. Durch die Lücken im Stoff schimmern lange Brusthaare in weichem, blassem Fleisch. Ich wurde mein Leben lang von Männern unterschätzt, weil ich klein bin.

Ich starre weiter geradeaus, ohne zu antworten, hoffe, dass er den Wink mit dem Zaunpfahl versteht, wenn ich weiterschweige. Ich will mit dieser Fahrt wirklich so weit wie nur möglich kommen, ehe ich ihm sagen muss, dass er anhalten und mich rauslassen soll. Und überhaupt, je mehr ich rede, desto mehr Hinweise gebe ich ihm womöglich über mich.

Nach zehn weiteren Schweigeminuten greift er nach vorn und drückt einen Knopf an seinem Armaturenbrett. Aus den Lautsprechern kommt Musik, irgendeine Boyband, die mehrstimmig singt.

Wir fahren etwa eine Stunde lang schweigend weiter, die Musik einen Tick zu laut und ein Ideechen verzerrt. Wir sind an Lockerbie vorbei, aber noch auf der A74, als er wortlos den Blinker setzt und links abbiegt, erst auf die Standspur und dann in eine Abfahrt, die nach einer langen Kurve zu einem abgeschiedenen Rastplatz führt – später wird mir klar werden, dass er diese Gegend gut gekannt hat. Er fährt in einer schrägen Linie auf den Platz, bremst ab, zieht ruckhaft die Handbremse. Ohne jegliche Einleitung, ohne so zu tun, als wolle er bloß ein bisschen plaudern, und bevor ich dazu komme, etwas zu sagen, umklammert er mit der linken Hand meinen Oberschenkel, bohrt mir Fingerspitzen und Daumen ins Fleisch. Ich warte darauf, dass er etwas sagt oder sich vorbeugt, aber nichts dergleichen. Er wartet ab, wie ich wohl reagiere. Draußen regnet es in Strömen, und der Verkehrslärm von der Schnellstraße wird vom Trommeln der Regentropfen aufs Autodach übertönt. Der Himmel oben ist verschwommen. Ich sehe mir seine Hand auf meinem Oberschenkel an – ich könnte mit der Linken rübergreifen, seinen kleinen Finger packen und ihn so ruckhaft zurückbiegen, dass das Gelenk gebrochen wäre, bevor er wüsste, wie ihm geschieht, während ich seinem Schmerzensschrei zuvorkäme, indem ich ihm den rechten Ellenbogen in die Kehle rammen würde. Aber er ist nur so ein mieser Dreckskerl, der zur Polizei gehen und rumjammern würde, dass er mich mitgenommen hätte, weil er um die Sicherheit einer allein trampenden Frau besorgt gewesen wäre, und da würde man sehen, wie sie es ihm gedankt hätte, alles bloß, weil er seine Brieftasche nicht hätte rausrücken wollen. Sie würden nach meiner Personenbeschreibung fragen.

Der Augenblick zieht sich in die Länge. Aus dem Radio kommt immer noch Musik, diesmal ein wummerndes Tanzstück.

Der Verkehrslärm, der Beat im Radio, der Regen auf dem Dach – der Griff um meinen Oberschenkel lässt nicht nach, und ich rühre mich nicht.

Dann, ermutigt von meinem Stillhalten, wendet er sich um und kommt auf mich zu – mit weit gespreizten Fingern und angespannten Muskeln drücke ich beide Hände gegen seine Brust, höre aber gleichzeitig lautes Motorengedröhn, als ein anderes Auto vor uns auf den Rastplatz einbiegt, ein Range Rover mit Dachgepäckträger, die auf- und abhüpfenden Köpfe dreier Kinder im Fond. Noch bevor der Motor abgestellt wird, ist eine Frau vom Beifahrersitz gesprungen, hat die hintere Tür auf ihrer Seite aufgezogen und hineingelangt, um ein Kind herauszuholen.

Ich ziehe am Türgriff – die Zentralverriegelung ist aktiviert.

»Lassen Sie mich raus«, sage ich.

Er packt mich immer noch am Oberschenkel, hat sich aber abgewendet, um nach vorn zu sehen. Die Frau steht am Böschungsrand, gebückt, und tröstet das Kind, indem sie ihm den Rücken rubbelt – sieht so aus, als ob es sich übergibt. Auf der Fahrerseite ertönt ein lauter dumpfer Knall, und der Vater kommt hinten ums Auto gegangen.

Der Mann nimmt seine Hand von meinem Bein, hat aber so fest zugepackt, dass der Druck immer noch nachwirkt. In ein paar Stunden werde ich blaue Flecken haben.

»Dann verpiss dich eben, du alte Fotze«, sagt er, die einzelnen Silben mit gelangweilter Stimme ausstoßend, als wäre es zu viel von ihm verlangt, richtiges Gift zu versprühen. Er schaltet die Zentralverriegelung aus.

Ich grapsche mir meine Reisetasche, springe mit einem Satz aus dem Auto, wende mich ab und renne ohne einen Blick zurück zum anderen Ende des Rastplatzes, dann einen steilen Abhang mit Brombeeren und Brennnesseln hinunter zu einem Wassergraben, der ein paar Meter parallel zur Straße verläuft, ehe er breiter wird und in ein offenes Feld mündet.

Erst nachdem ich drei Felder hinter mich gebracht habe, sehe ich weiter vorne eine andere Fernverkehrsstraße. Dem Licht nach zu urteilen, bin ich Richtung Norden unterwegs, und es ist jetzt früher Abend. Bis zum Sonnenuntergang wird es noch etwas dauern, aber die grauen Wolken am Himmel sehen schon nach Zwielicht aus. Es regnet in Strömen, und die Second-Hand-Bomberjacke ist wie so ein weicher Lochschwamm, mit dem man die Küchenarbeitsfläche wischt. Allmählich bibbere ich, und daran, wie tief mir das geht, erkenne ich so etwas wie eine verzögerte Schockreaktion – vielleicht weniger Schock als der Adrenalinabfall, zu dem es nach einer Aufregung kommt. Seltsam, denke ich. Ich hatte mich nicht für ängstlich gehalten, aber mein Körper reagiert genau so, als wäre ich es.

Am Feldrand steht eine Baumreihe, auf die ich zulaufe, als der Regen stärker wird, über die Ackerfurchen im dunklen Brachland stolpernd. Als ich mich unterstellen kann, setze ich meine Reisetasche ab und hocke mich drauf, kauere mich mit über der Brust verschränkten Armen hin, bibbernd, obwohl es nicht kalt ist. Ich bin körperlich fit, aber aus der Übung. Nach kurzer Atempause kann ich wieder logisch denken, stehe auf, hole meinen wasserabweisenden Regenmantel aus der Tasche und ziehe ihn über die Jacke. Er ist aus Polyester, und der Plastiktüteneffekt bewirkt bestimmt, dass mein Körper die nasse Jacke aufwärmen wird.

Ich bin hungrig – in Filmen ärgere ich mich immer, wenn es so aussieht, als würden die Leute nie Hunger kriegen. Ich denke an den Teller mit Gebäck auf dem Tisch in Alaska und bin froh und dankbar, dass ich eins davon vor dem Meeting in der Küche gegessen habe, aber als Mittagessen zählt das nicht. Alaska, wie weit weg mir das schon vorkommt. Kaum zu glauben, dass ich noch vor wenigen Stunden im Business-Look an einem Glastisch gesessen haben soll. Ich könnte die Zuckertütchen in meiner Tasche essen, dafür habe ich sie mir aufgehoben, sollte sie aber behalten, bis ich wirklich unter Kalorienmangel leide. Eine Wasserflasche habe ich auch nicht. Ich muss bald einen Laden finden, mir aber noch dringender Gedanken um einen Unterschlupf für die Nacht machen – heute steige ich zu keinem Fremden mehr ins Auto. Ich kann mich nicht darauf verlassen, dass ich auch den nächsten ungeschoren davonkommen lassen werde.

Der Regen hat zwar nachgelassen, aber der Schutz durch den Baum über mir ist nicht der Rede wert. Es ist so ein Regen, der sich nicht zu bewegen braucht; sein bloßes Vorhandensein transportiert genug Feuchtigkeit – ein feines Nieseln, das kaum zu sehen ist, aber meine Kleider, meinen Körper durchnässt hat. Es fühlt sich an, als wäre es mir bis in die Knochen gekrochen. Ich denke an meinen Wanderrucksack in meiner Wohnung in Birmingham mit seiner versteckten Tasche ganz unten, aus der, wenn man den Reißverschluss aufzieht, eine knallpinke faltbare Regenhülle mit Gummizug am Rand kommt, die das gute Stück ganz abdeckt. Ich denke an meine dicken grauen Wandersocken und meine wasserdichte Hose. Und an all die Produkte zu meinem Schutz, die ich mir von meinem Gehalt und meinem Status als gutverdienendes und funktionierendes Mitglied der Gesellschaft in der Vergangenheit leisten konnte. Ich fühle mich viel erschöpfter, als die Uhrzeit rechtfertigen würde, und das ist kein gutes Gefühl. Ich brauche einen Schlafplatz.

Ich sehe die Unterführung, als ich das angrenzende Feld überquere, in Form einer niedrigen Brücke über einen breiten Graben. Darüber führt ein Zubringer zu einer Schnellstraße, es ist die, die ich aus der Ferne jenseits der Felder entdeckt hatte. Die Unterführung bildet einen flachen Bogen, einen schmalen Halbmond von ähnlicher Form wie der verblasste blaue Fleck auf der Wange der Frau im Zug. Beim Näherkommen merke ich, dass sie dunkel und feucht aussieht, und wegen des abnehmenden Lichts entdecke ich erst, als ich schon fast am Eingang bin, die Gestalt, die auf dem Boden an der Wand kauert. Von der Haltung, den gekrümmten Schultern her tippe ich auf ein schmächtiges Persönchen, aber sie trägt eine wuchtige Bomberjacke in Männergröße, schmuddelig schwarz, so regennass, dass sie glitschig glänzt und die Ärmel schwer nach unten hängen. Ich starre die Person an, das Gesicht unsichtbar unter der mächtigen Kapuze, und frage mich, wie kalt ihr wohl sein muss, so unter dem Gewicht der klammen Bomberjacke dazuhocken. Das ist doch, als habe jemand den Inbegriff von Nässe über einen gebreitet, der einen durchdringt, Besitz von einem ergreift. Dann überlege ich, was die Person da drin wohl geraucht oder getrunken haben mag, um ein derartiges körperliches Unbehagen so stoisch hinzunehmen. Oder vielleicht gibt es einen so allumfassenden Gipfel des Elends, dass man nichts mehr zu trinken oder rauchen braucht und einen das Elend an sich gegen die eigenen Empfindungen abstumpft. Ich will gerade umkehren und mir einen anderen

Unterschlupf suchen, als die Gestalt, das Gesicht immer noch im Dunkeln, etwas sagt. Es ist eine Frauenstimme mit weichem schottischem Akzent, weder Heiserkeit noch Tonfall verraten das Alter.

»Du kannst bleiben, wenn du willst«, sagt sie. »Ich tu dir nichts.« Dann kommt eine Art schnaubendes Halblachen, ein kehliges Luftholen. Mit einem klatschnassen Ärmel zeigt sie auf eine Stelle ein Stück weiter an der Mauer. »Er ist weg. Weiß nicht, wohin, aber weg ist er jedenfalls.«

»Danke«, sage ich.

Ich gehe zu der Stelle, tief im Inneren der Unterführung, wo ich eine Fleecedecke, ursprünglich hellblau, jetzt schmutzstarrend, in einem wirren Haufen aus ein paar Zeitungen, einem verbeulten, kaputten Koffer und ein paar Zweigen finde. Falls die Person in der Pufferjacke vorhat, hier unten ein Feuer zu machen, bleibe ich nicht. Erstens könnte es Aufmerksamkeit erregen, und zweitens habe ich keine Lust, an Rauchvergiftung zu sterben.

»Hier«, sagt die Frauenstimme – vermutlich eine ältere Dame – und stupst mit dem Fuß in Richtung einer dünnen Plastiktüte auf dem Boden zwischen uns. »Da drin.«

Ich beuge mich vor und schaue in die Tüte: eine Milchpackung, Vollmilch, und eine halb aufgebrauchte Rolle Klopapier.

»Kannste haben«, sagt sie. »Ich hab vier Stück von einer Inderin gekriegt, weil das Haltbarkeitsdatum abgelaufen war. Die gibt mir alles Mögliche – voll nett. Ist noch okay, aber bis morgen hält die nicht.«

Ich nehme den Karton – ungeöffnet – und wüsste gern, ob die Person in der Jacke heute wirklich schon drei Packungen getrunken hat oder ob sie in Wirklichkeit einfach keine Milch mag und mir nur ein gutes Gewissen machen wollte, das zu trinken. Ich öffne sie und mache die Geruchsprobe. Scheint okay. Als ich davon trinke, ist die Temperatur nicht viel anders als die des lauwarmen Cappuccinos in Carlisle, plus ein verschwindend leicht käsiger Beigeschmack – am Morgen wird sie umgekippt sein. Mein Magen revoltiert kurz, aber es ist besser als gar nichts, und hinzu kommt, dass die Bomberjacken-Lady näher am Eingang hockt und ich hier versteckt bleiben kann; sie dient mir als Frühwarnsystem, wenn sich wer nähert.

»Wie nennst du dich denn?«, fragt die Frau. Weil mich die Frage überrumpelt und ich müde bin, antworte ich unbedacht.

»Bird«, sage ich und weiß gleichzeitig, dass es dumm von mir war, das zu sagen. Wenn diese Frau irgendwann befragt wird, wird sie mich verraten – der Service kennt jedes Detail aus meiner Kindheit, und meine Akte wird mit der meines Vaters verknüpft sein. Ich war mein gesamtes Berufsleben lang Heather, aber mein Spitzname Bird wird irgendwo bei denen vermerkt sein.

Die Frau schiebt ihre Kapuze zurück – da sehe ich, dass sie weniger eine Frau ist als ein junges Mädchen. Sie kann kaum älter als sechzehn sein, höchstens achtzehn, mit der wächsernen Haut von einer, die über einen längeren Zeitraum unterernährt war, verfilzten braunen Haaren und einem schonungslosen Blick, der so alt ist wie ihre Stimme.

»Ich bin Dina«, sagt sie. »Und wo biste her? Wohl noch nicht allzu lang dabei, was? Haste mal 'ne Kippe?«

Ich schüttele den Kopf. »Nein, noch nicht besonders lang, erst ein paar Wochen.«

Dina starrt mich an, ehe sie sich die Kapuze wieder über den Kopf zieht. Mit dumpfer Stimme sagt sie: »Wirst dich schon dran gewöhnen.«

Das Licht am Eingang zu Unterführung nimmt minütlich ab. Dina und ich sitzen an gegenüberliegenden Seiten, ich weiter drinnen, aber beide gleich nass und frierend. Draußen hält der Regen an. Im Inneren löst das Donnern und Holpern des Verkehrs über uns Tropfen von der Decke, aber auch das gibt sich, als es dunkel wird, und ich dämmere allmählich immer mal wieder weg. Irgendwann fahre ich ruckhaft mit dem Kopf hoch – beim Einschlafen war er mir wie beim Nicken auf die Brust gesunken – und sehe zu meiner Linken, dass Dina schräg an einen durchnässten Haufen plattgedrückter Kartons herangerutscht ist und unter ihrer nasskalten Kapuze tief atmet. Die Kapuze ist ein wenig verrutscht, sodass ihr bleiches Gesicht im Profil im Finsteren gerade noch zu erkennen ist. Mit geschlossenen Augen sieht sie aus wie eine etwa Zwölfjährige.

Ich lege mich mit dem Kopf auf meine Reisetasche und ziehe die verdreckte hellblaue Decke über mich. Sie stinkt, und ich denke noch, dass mich der Gestank um den Schlaf bringen wird, da bin ich auch schon eingeschlafen.

5

Als ich aufwache, ist es dunkel. Dina rührt sich nicht. Ich bleibe etwas liegen, versuche gar nicht erst, mich zu bewegen, und denke an Dinge, an die ich nicht denken will.

Vor der Unterführung, am Ende der grasbewachsenen Böschung, macht sich graues Licht bemerkbar, noch so schwach, dass es kaum wahrnehmbar ist. So langsam nimmt der Verkehr über meinem Kopf wieder zu. Ich beobachte die Morgendämmerung, immer noch ohne mich zu bewegen.

Plötzlich plärrt die Hupe eines Fahrers direkt über unseren Köpfen, und Dina schreckt auf, sieht sich um und lässt den Kopf wieder sinken. Irgendwann richte ich mich auf einen Ellenbogen auf.

Oben auf der Böschung bleibe ich stehen, um mich umzuschauen. Wenigstens regnet es gerade nicht. Aus mittlerer Entfernung höre ich dumpf das Verkehrsrauschen der Schnellstraße – und rechts von mir sehe ich eine Raststätte: Zapfsäulen, Parkbuchten für Autos und Lkws, ein Supermarkt.

Bevor ich mich an den Abstieg mache, fasse ich in meine Jackentasche und schalte das Wegwerfhandy ein. Erst passiert nichts, doch dann, gerade als ich es wieder wegstecken will, vibriert es einmal kurz auf. Ich sehe mir die SMS an, schwarze Buchstaben auf grauem Grund:

Ruf mich an. Wir kriegen das geregelt.

Es war klar, dass er zuerst einen auf vernünftig machen würde, denke ich. Als Nächstes kämen die Drohungen, so sicher wie das Amen in der Kirche; darunter stehen noch zwei Nachrichten von gestern, spätabends – er setzt auf einen Mix aus Schmeicheln und Drohen.

Sei nicht dumm. Du bist kein Dummchen, sei also nicht dumm.

Die letzte ist offensichtlicher – unklug von ihm, denke ich. Sie wurde letzte Mitternacht gesendet. Ob er da wohl etwas getrunken hatte?

Bring mich nicht dazu, etwas zu tun, was ich nicht tun will.

Als ich seine Nachrichten lese, nehme ich den Anflug von Hysterie dahinter wahr.

Ich schalte das Handy aus und mache mich an den Abstieg, ein wenig humpelnd, weil meine Beine noch steif sind. Ich denke an die Nachtmanöver, an denen ich als junge Frau teilgenommen habe – wie viel schneller ein junger Körper regeneriert. Ich bin zu alt für das hier.

Dafür, dass es noch so früh ist, ist auf dem Parkplatz vor dem Supermarkt schon eine Menge los; die Frühaufsteher mit weiten Strecken vor sich sind unterwegs. Zwei Wohnwagen sind auf dem Lkw-Parkplatz abgestellt, beide an Familienkutschen gehängt. Ein Vierertrupp Lkw-Fahrer plaudert neben einem ihrer Laster, sie recken und strecken sich und trinken aus Thermosflaschen. Wie viele von ihnen wohl in ihrem Fahrerhaus übernachtet haben? Diese Aussicht erscheint mir jetzt so luxuriös wie ein Hotelzimmer.

Ich lehne mich an den Zaun und hole das Handy aus der Tasche, ohne es einzuschalten, beuge nur den Kopf darüber, so als würde ich eine Nachricht schreiben, während ich den Parkplatz und den Eingang zum Supermarkt ausspähe. Die Reisetasche habe ich mitgebracht, verfüge also über Bargeld, aber wenn ich in dieser Verfassung reingehe, falle ich auf. Ich will nicht, dass der Filialleiter vorsorglich die Polizei ruft. Nach einer Weile schlendere ich rüber zum Eingang.

Ich stelle die Reisetasche hinter mir ab und hocke mich im Schneidersitz auf den Betonboden des Eingangsbereichs draußen vor der Schiebetür, Kapuze hochgeschlagen, die Arme um beide Knie geschlungen und meine Strickmütze vor mir auf dem Boden, flachgedrückt zu einer Schale, als hoffte ich auf Kleingeld. Rechts von mir zischt die Tür auf und zu, auf und zu. Die Leute betreten und verlassen den Supermarkt, ohne dass mich irgendwer eines Blickes würdigt.

Irgendwann kommt einer von der Security, ein kleiner Weißer mit wenig überzeugenden Schulterklappen an seinem schwarzen Uniform-Pullover zum Eingang und mustert mich, aber als er sieht, dass ich niemanden belästige, wendet er sich ab. Natürlich bin ich hier im Fadenkreuz der Überwachungskamera, aber wer auch immer Kapuzen erfunden hat, war ein Freund von meinesgleichen, von Außenseitern und Streunern, Spionen und Verbrechern, von einfach nur Gestrandeten.

Von meinem Sitzplatz aus kann ich die einfahrenden Autos beobachten – das Parkleitsystem bewirkt, dass jedes Auto an mir vorbeifahren muss, bevor es abbiegt, um sich eine Parklücke zu suchen. Keine zehn Minuten sind vergangen, da entdecke ich genau das, wonach ich suche: ein kleiner Kia mit einer Frau am Steuer und einem Kleinkind im Kindersitz, daneben zwei Koffer und eine Plastikbox mit Spielzeug obendrauf. Auf dem Dachgepäckträger ist ein Reisekinderbett befestigt. Eine Alleinerziehende, die eine lange Fahrt vor sich hat: Jackpot.

Sie parkt in der Reihe mit Eltern-Kind-Buchten ganz in meiner Nähe, drei Autos weiter, öffnet die Hintertür und wuchtet das Kleinkind raus, einen pummeligen Jungen, noch im Schlafanzug, setzt ihn sich auf die Hüfte und trägt ihn zu einem verlassenen Einkaufswagen, keine vier Meter von da, wo ich im Schneidersitz auf dem Boden hocke. Das Kind sieht schläfrig und quengelig aus. Bestimmt bleibt sie nicht lange weg.

Zehn, fünfzehn Minuten später ist sie wieder da, den Kleinen jetzt vorne auf dem Sitz im Einkaufswagen, in dem eine große Windelpackung, eine weitere mit Klopapier und drei Plastiktüten obenauf liegen, in denen ich eine bunte Mischung an Lebensmitteln erkennen kann: ein Glas Nudelsoße, eine Familienpackung gemischte Lakritz, eine Flasche Rotwein. Gönn's dir, Mum.

Ich stehe auf und gehe hinter ihr her zu ihrem Auto, krame in meiner Tasche, halte Abstand und den Blick gesenkt, während ich mich so rasch und leise wie möglich bewege – sie ist zu beschäftigt, um sich umzuschauen.

Ich habe es genau richtig getimt. Sie hat die Windeln, das Klopapier und drei Tüten herauszuheben – fünf Sachen, das heißt, zwei Hebevorgänge vom Einkaufswagen zum offenen Kofferraum. Sie knallt den Kofferraumdeckel zu, und kurz befürchte ich, sie könnte so penibel sein, ihn abzuschließen, aber zum Glück nicht. Die Bucht zur Einkaufswagenrückgabe ist genau hinter meinem vorigen Sitzplatz, ein paar Meter entfernt; das Auto wird gut zu sehen sein, und den Schlüssel hat sie in der Tasche. Sie schiebt den Kleinen im Einkaufswagen zur Bucht zurück. Mir bleiben mehrere Sekunden, während sie ihn heraushebt, sich wieder auf die Hüfte setzt, den Wagen einhändig an die richtige Stelle schiebt und nach der Pfundmünze herumfummelt, die sie für die Rückgabe bekommt, denn selbst wenn man seinen Wagen umsonst benutzt hat, will man immer noch unbedingt das Pfund für die Rückgabe einkassieren.

Ich gehe zum Auto und öffne den Kofferraum, das Handy in der Linken. Was ich brauche, sehe ich sofort: eine gefaltete Zeitung, auf die sie die Gummistiefel des Kleinen und ihre eigenen Wanderschuhe gestellt hat, darunter der Filz der Kofferraumbodenabdeckung, ausgefranst und abgelöst vom Rand, wo der Übergang zum Fahrgestell ist. Ich stecke das Handy unter den Filzrand und schnappe mir den Wein und eine Papiertüte von der Bäckereiabteilung aus der einen Einkaufstüte.

»He! Nein!«

Sie hat mich entdeckt. Als ich mich umdrehe, sehe ich sie auf halbem Weg zwischen dem Supermarkteingang und ihrem Auto, wütend, aber zu ängstlich, um näher zu kommen. Der Mann von der Security ist zur Tür gekommen, aber es hat wieder zu regnen angefangen, und die Chancen, dass dieser Typ mir hinterherrennt, stehen gleich null.

Ich hebe entschuldigend die Bäckertüte an, mache kehrt und flitze davon.

Der Security-Mensch wird beide Hände hochrecken und auf die Oberschenkel klatschen lassen, um sich dann wieder kopfschüttelnd in den Supermarkt zurückzubegeben. Was kann man da machen? Die Frau wird ihm einen verächtlichen Blick zuwerfen – vielleicht selbst eine Hand zu einer *Wozu sind Sie überhaupt gut*-Geste recken –, aber das wird's auch schon gewesen sein. Sie wird zum Auto zurückgehen, den Kleinen noch auf der Hüfte, und sich vergewissern, dass nichts außer den Backwaren und dem Wein fehlt. Sie wird auch in den Koffern auf dem Rücksitz nachschauen, obwohl sie gesehen hat, dass ich nur am Kofferraum war. Und leise vor sich hin fluchen, während sie den Deckel zuschlägt. Während sie den Kleinen reinsetzt und anschnallt, wird sie ihm das Haar aus der Stirn streichen und plötzlich froh und dankbar sein, dass weder ihr noch ihrem Kind etwas passiert ist und sie bloß ein paar Lebensmittel verloren hat, also wirklich, hätte es nicht viel schlimmer kommen können? Schließlich hört man heutzutage doch von Messerstechereien selbst bei den kleinsten Raubüberfällen?

Beim Zurücksetzen aus ihrer Parklücke werden sie vielleicht kurz Gewissensbisse plagen, wenn ihr die Pfundmünze einfällt, die sie bei der Rückgabe des fremden Wagens eingesteckt hat, und dass die Person in der schmutzigen Jacke mit hochgezogener Kapuze wahrscheinlich bloß hungrig war, also wirklich, hätte sie ihr schließlich nicht etwas zu essen oder Kleingeld gegeben, wenn die sie gebeten hätte, und überhaupt, was für Erfahrungen bringen eine Person dazu, vor einem Supermarkt zu betteln, so verzweifelt, dass sie etwas zu essen aus dem Kofferraum eines Autos klaut, wenn niemand ihr Münzen zuwirft?

Wenn sie wieder an mich denkt, wird das Handy, die letzte Gelegenheit für jeden, mich zu erreichen, und meine letzte Gelegenheit, alles zu vermasseln, indem ich rangehe, mit etwas Glück hunderte Kilometer weit weg sein.

Ich hatte auf Donuts oder eine Fleischpastete gehofft, aber die Papiertüte, die ich geklaut habe, enthält vier einfache Brötchen, zwei helle, zwei dunkle. Während ich den Hang wieder hinaufgehe, esse ich eins von den dunklen. Ohne das Handy ist mir frei, schlau und leicht zumute. Bedenken, dass ich es losgeworden bin, kommen mir nur, weil ich Vikram jetzt nicht mehr auf dem Laufenden halten kann – aber für diese Eventualität haben wir vorgesorgt. Ich habe meine Lektion aus den Ereignissen am Vortag gelernt und bin aufbruchsbereit. Ich bin ihnen allen immer noch einen Schritt voraus, denke ich.

Wenn ich jetzt zurückblicke, komme ich mir wie ein Kind vor, das in einem Garten Verstecken spielt, ein kleines Mädchen, das sich hinter einem dünnen Baumstamm verbirgt und sich selbst einredet, dass es nicht gefunden werden kann, solange es sich mit beiden Händen vor den Augen dicht an die Rinde drückt, weil es selbst niemanden sieht.

In der Unterführung, zwischen den Kartons, liegt Dina in der Feuchtigkeit und Kälte, wo ich sie zuletzt gesehen habe, das Gesicht verdeckt. Ich bleibe kurz neben ihr stehen und frage mich, ob sie sich rühren wird, doch sie ist dermaßen weggetreten, dass es nach Koma aussieht – und regt sich kein bisschen. Sie könnte tot sein. Ich beuge mich zu ihr vor, kann aber kein Atemgeräusch über dem gleichmäßigen Verkehrsrauschen auf der Zufahrtsstraße und dem Tröpfeln von Wasser ganz in der Nähe ausmachen. Ich stelle die Weinflasche zwischen sie und die Mauer, etwas schräg, sodass sie aufrecht stehen bleibt, und die Brötchentüte daneben. Brot und Wein. Viel ist es nicht, aber wenigstens keine Milch.

Bevor ich mich wieder an den Abstieg mache, blicke ich zurück zur flachen Unterführung und sehe: Wenn jetzt irgendwelche Leute dort vorbeikämen, würden sie sich genauso täuschen wie ich am Vorabend. Sie würden nicht erkennen, dass da jemand liegt. Nur einen Haufen Müll an einer Wand sehen.

6

Während ich in Richtung Schnellstraße gehe, denke ich an Dina. Ich habe nicht mal nachgesehen, ob sie noch am Leben war … wie trostlos, so zu sterben, ganz allein, an solch einem Ort. Mich drückt etwas Festes, Schweres in der Brust, das ich mir nicht auf Anhieb erklären kann – trauere ich um sie, um ein Leben, das sie bis an diesen Punkt geführt hat? Bis mir leider Gottes aufgeht, dass das Bedrückende in mir drin nicht Trauer ist, jedenfalls nicht um Dina, sondern Schuldgefühle. *Na los, mach, dass du wegkommst, kümmer dich um deinen eigenen Scheiß, genau wie immer. Ist schließlich nicht die erste junge Frau, die du im Stich gelassen hast. Und wird auch nicht die letzte sein.*

Sie liebte Teddybären. Es wurde unser Ding, dass ich ihr bei jedem Besuch einen neuen Teddy mitbrachte. Es erinnerte mich an meinen Wunsch als Kind, Puppen in Landestracht zu sammeln. Sie hatte Dutzende von Bären. Einmal brachte ich ihr spaßeshalber ein Einhorn mit flauschigem weißem Fell und einem Horn in Regenbogenfarben mit. Ich hatte unsere Vereinbarung – bei jedem Besuch einen neuen Teddy – falsch ausgelegt, wie einen Insiderwitz in geheimem Einverständnis unter Erwachsenen. Nach ihrem ersten Blick auf das Einhorn flossen die Tränen. Den Fehler machte ich kein zweites Mal.

Ich weiß noch, wie ich sie eines Abends ins Bett brachte. Damals muss sie so etwa vier oder fünf gewesen sein; ihre Mutter kochte unten uns beiden das Abendessen. Ich brachte die Kleine unheimlich gern ins Bett, wenn ich zu Besuch kam, und quetschte auch noch das kleinste Fitzelchen Mutterinstinkt, das ich mobilisieren konnte, in diese kurze Zeitspanne mit ihr, diesem Mädchen mit den dunklen Augen, das mich so sehr an mich in dem Alter erinnerte, dass ich den Altersunterschied zwischen uns manchmal glatt vergessen konnte.

Ich hatte ihr vorgelesen – es wird wohl nicht der absolute Topfavorit gewesen sein, »Wir gehen auf Bärenjagd«, aber ein Bär irgendeiner Art kam mit Sicherheit darin vor. Bären in Bilderbüchern waren von einer so unglaublichen Vielseitigkeit – traten mal als Lehrer auf, mal als Naturforscher oder Krankenpfleger, dann wieder als Lokführer –, dass einem die menschliche Überlegenheit auf Erden wie ein kosmischer Witz vorkommen konnte, denn schließlich würden die Bären alles selbst erledigen, wenn man sie nur ließe, und vermutlich sogar besser. Außerdem verspürten sie in Kinderbüchern so gar keine Neigung, Leute anzufallen. Ich fragte mich schon, wie mein kleiner Schatz es verkraften würde, vom Fressverhalten ihrer Lieblingstiere in freier Wildbahn zu erfahren – das musste viel schlimmer für sie werden als die unvermeidliche Einsicht, dass es den Weihnachtsmann nicht gab.

Ich hatte das Bilderbuch ausgelesen, zugeklappt und weggelegt und saß bei ihr am Bett, während sie schläfrig wurde und in einer Art Singsang etwas über Sandwiches, einen Schmetterling und einen Jungen im Kindergarten, der gemein war, vor sich hin murmelte. Ich saß nur noch halb aufrecht auf der Bettkante, die Schläfe an das Kopfteil gelehnt, und strich ihr über die weichen, feinen Haare, während ihr die Augen zufielen. In Gedanken war ich schon bei einem Glas des süffigen Rotweins, der mich vor sich hin atmend unten auf dem Küchentisch erwartete.

»Feather …«, murmelte sie. Als Kleinkind hatte sie meinen Namen nicht aussprechen können, und seither war es bei *Feather* geblieben.

»Ja?«

»Weißt du … das ist ein Geheimnis …« Sie reckte ein Händchen nach dem Bord mit Kuscheltieren rechts vom Bett und packte die Pfote eines weißen Bären in aufrechter Sitzposition, der nach Plastik aussah. An den erinnerte ich mich. Ich hatte ihn voriges Weihnachten mitgebracht, in weißem Geschenkpapier, bedruckt mit Bären mit Weihnachtsmannmützen. Auf das Papier war ich stolz gewesen, auch wenn sie es kommentarlos abgerissen hatte.

Es war ein besonderer Leuchtbär. Wenn man auf einen Knopf an seinem Bauch drückte, schimmerte er von innen in verschiedenen Farben.

»*Es ist ein Geheimnis* …«, flüsterte sie. »*Mami weiß nichts davon* …«

Dieses *Mami* ließ mich aufhorchen. Sonst nannte sie ihre Mutter beim Vornamen, wie oft bei Einzelkindern Alleinerziehender. *Mami* hatte ich nur aus ihrem Mund gehört, wenn sie weinte oder aufgebracht war.

Jetzt schlug sie die Augen auf. Der Gedanke an das Geheimnis hatte sie wach gemacht. Sie hielt mit beiden Händen den Bären hoch und drückte auf den Knopf – es leuchtete blau aus seinem durchscheinenden Pelz.

»Gut«, sagte sie leise, mehr zu sich selbst als zu mir.

Sie drückte wieder. Grün.

»Das heißt, dass das Gras wächst«, erklärte sie mir. Ihre Unterlippe zitterte. »Nein, nicht …« Sie fiel wieder in den Flüsterton. »Bitte nicht, Bär …«

Sie drückte erneut. Gelb. Mit breitem Grinsen im Gesicht sah sie immer noch den Bären an, nicht mich. »Jippie! Sonne!«

Jetzt atmete sie stoßweise, so als bereitete sie sich auf einen richtig weiten Sprung vor. Sie drückte den Knopf, der Bär leuchtete rot auf, und wie von der Tarantel gestochen pfefferte sie ihn quer durchs Zimmer und vergrub den Kopf mit einem Wut- und Angstschrei im Kissen.

Ich streichelte ihr den Rücken, während sie wimmernd den

Kopf schüttelte, das Gesicht ins Kissen gepresst. »Ist ja schon gut«, sagte ich, etwas verunsichert. Mit Spielen und Vorlesen kam ich klar, mit Wutanfällen und Kummer eher weniger. »Schon gut …«

»*Gar* nicht …«, widersprach sie, wandte das Gesicht zu mir um und sah mich aus weit aufgerissenen Augen an. »Rot bedeutet, dass Mami *sterben* muss!«

Ich strich ihr lächelnd über den Kopf und sagte: »Nein, Schätzchen, deine Mami wird nicht sterben.«

Da warf sie sich auf den Rücken und erklärte heiter, so als wäre ich etwas schwer von Begriff: »O doch. Und du auch. Wir alle müssen sterben. Wenn wir alt sind.« Sie hob beide Hände, wackelte mit den Fingern in der Luft und schloss im Brustton der Überzeugung: »Und dann werden wir alle ein *Leichmann* …«

Später, zu unserer Lasagne, erzählte ich es Flavia. Sie verdrehte die Augen. »Dieser Scheißleuchtbär. Immer voll das Drama mit dem, aber sie kann nicht ohne. Man sollte doch meinen, irgendwer in der Spielzeugentwicklung wäre mal auf die Idee gekommen, dass Rot keine so gute Farbe ist? Das Ding kann nur ein Mann designt haben.«

»Sorry«, sagte ich.

Sie schüttelte den Kopf. »Über so was macht man sich ja keine Gedanken, solange man selber kein Kind hat.« Nicht zum ersten Mal hatte Flavia meinen Beitrag ganz nebenbei aufgrund meiner Kinderlosigkeit abgetan – und in dem Moment kam mir ein seltsamer Gedanke: Sollte Flavia *wirklich* sterben, könnte ich Adelina adoptieren. Wie abartig, und wie bescheuert, wo ich doch noch nie ein eigenes Kind, geschweige denn ein fremdes hatte großziehen wollen. Ich wusste, dass es Blödsinn war, aber … wie seidig ihre Haare waren, wie sie *Feather* lispelte, und dann diese vollkommen festen kleinen Zähnchen – all das zerrte an mir mit einer Sehnsucht, die sich nach Schmerz und Freude zu gleichen Teilen anfühlte, ein sehr unsauberes Mischungsverhältnis.

Am nächsten Tag musste ich auf meiner Rückfahrt im Zug über mich selber lachen, als mir dieser Gedanke wieder einfiel. Ich brach in der Woche nach Genf auf, zu einer Fachkonferenz über Zusammenarbeit. Damals stand ich immer noch weit unten in der Hierarchie, aber ich war unter anderen meines Jahrgangs ausgewählt worden, einen Vortrag über Informationsaustausch zu halten, und wenn es damit gut lief, bestand eine Chance auf zeitweise Abordnung. Thatcher war wiedergewählt worden, die IRA war auf dem europäischen Festland aktiv, und innereuropäische Kooperation stand hoch im Kurs – sie buddelten sogar einen Tunnel unter dem Ärmelkanal. Die Abordnung würde sechs Monate Genf bedeuten. Nichts lieber als das.

Flavia und ich redeten nie über meine Arbeit. Natürlich hatte man sie während meiner Sicherheitsüberprüfung befragt, als ich angeworben wurde. Damals hatte ich ihr gegenüber vage angedeutet, dass ich eine Stelle im öffentlichen Dienst mit Zugang zu Geheimakten annehmen wollte – wie die meisten in meinem Geschäftszweig hatte ich rasch den Dreh raus, es als eine möglichst langweilige Tätigkeit hinzustellen.

Flavias Fragen nach meinem Leben auszuweichen, war kein Problem, weil sie mir kaum welche stellte. Meistens machte mir das nichts aus – manchmal dann aber umso mehr. Ich wusste, dass sie meine häufigen Abwesenheiten im Leben mit ihrer Tochter meiner gewissen Unzulänglichkeit zuschrieb, was ja eine recht plausible Erklärung war. Und im Grunde genommen waren mir meine sporadischen Besuche ganz recht. Ich war kein Elternteil und wollte keines sein. Ich war die Bärenbringerin, die zu Freudenschreien und hochgeworfenen Ärmchen auf der Bildfläche erschien. Ich bekam die Sahnestückchen. Welcher Teufel hatte mich geritten, mir einzubilden, ich würde permanent für sie da sein wollen?

Die letzten Leute, die mich beim Trampen mitnehmen, sind zwei Hutladenbesitzerinnen mit einer Lieferung bis ins Stadtzentrum. Ich steige am George Square aus, bedanke mich und gehe zur Toilette in der Queen Street Station, wo der Wechselautomat für alle, die Zwanzigcentstücke fürs Damen-WC brauchen, kaputt ist, aber wir sind in Glasgow, und nach und nach sammelt sich ein Grüppchen fröhlich lächelnder, schwatzender Frauen und grüßt mich nickend, ohne sich darum zu scheren, wie abgerissen ich aussehe. Geduldig warten wir, bis jemand herauskommt und die Schranke für uns aufhält, damit wir alle reinkönnen. In der Kabine pinkle ich und warte ab, bis es draußen leise geworden ist, ehe ich rausgehe und mir Gesicht und Hände an einem Becken wasche. Ich behalte die Verkleidung bei, muss aber vorzeigbar genug aussehen, um mir bei einem Bäcker oder im Supermarkt etwas zum Frühstück kaufen zu können. Ein Croissant, ein halber Liter warme Milch und ein geklautes Brötchen während der letzten vierundzwanzig Stunden machen den Kohl nicht fett.

Wenig später sitze ich auf einer Bank am George Square, ein Brötchen mit Bacon und Ei in der einen und eine große Wasserflasche in der anderen Hand. Meine Verkleidung ist immer noch so überzeugend, dass mich niemand eines Blickes würdigt, und der Imbiss tut so gut, dass ich mir kurz vormache, all meine Ängste abgeworfen zu haben und niemand anderes zu sein als die, nach der ich aussehe.

Was nur so lange anhält, bis das Brötchen verputzt ist. Dann holt mich die Unsicherheit meiner Lage ein. Ich betrachte meine Hände. An der einen ist innen klebriges Eigelb entlanggeronnen, das schon stockt. Kieron hatte nicht nur die Nummer des Wegwerfhandys – nein, er konnte mich auch noch anrufen und später am selben Tag diese Nachrichten schicken. Das heißt, er ist nicht in Polizeigewahrsam, und so lange bin ich nicht in Sicherheit – womöglich nicht mal dann. Wenn ich frühestens in vier Wochen das Land verlassen kann, muss ich weg von den Straßen. Zeit, abzutauchen.

Ich bin auf so einer durchmischten Straße, wie man sie in jeder Innenstadt Großbritanniens vorfindet: ein paar glänzende moderne Bürogebäude im Wechsel mit steinernen Bauten aus dem neunzehnten Jahrhundert – schmutzige Steine. Schließlich ist der so ziemlich größte neuzeitliche Börsenkrach erst ein Jahr her. Hier wie überall haftet der Schmutz noch an den Hausmauern.

Als ich an einem hohen, schmalen Altbau vorbeikomme, geht die hölzerne Haustür auf und entlässt eine mit Gepäck beladene Familie: der Mann mit einem großen Rollkoffer, die Frau mit einem kleineren und der etwa achtjährige Sohn mit buntem Rucksack. Obwohl sie die Tür wortlos hinter sich zu ziehen, tippe ich von ihrem properen Äußeren her auf Amerikaner oder Kanadier. Als ich vorbeikomme, bleiben sie vor dem Haus stehen. Der Mann checkt sein Handy.

Ich gehe etwas weiter, über die Straße, mache kehrt und hocke mich nach ein paar Schritten mit hochgezogener Kapuze in einen Hauseingang gegenüber, um die Familie zu beobachten. Schließlich habe ich jetzt endlich die Zeit und Gelegenheit, nach Herzenslust Leute zu beobachten. Wenigstens eine kleine Entschädigung: Fernsehen für Obdachlose. Mann und Frau wechseln ein paar Sätze – ich kann sie bei dem Verkehrslärm nicht verstehen, aber ihren Gesten und Mienen entnehme ich, dass sie sich gelangweilt über den Weg streiten. Der Junge hält still, als sei er solche Szenen gewöhnt und habe sich über die Jahre mit Geduld gewappnet. Die Frau blickt seufzend zu Boden und bläst die Backen auf, ehe sich die Kleinfamilie in Bewegung setzt. Ein

Uhrturm am Ende der Straße verrät mir, dass es 10.25 Uhr ist. Die Check-out-Zeit wird wohl 11 Uhr sein. Das Erdgeschoss des Hauses ist fensterlos, und in zwei der drei oberen Stockwerke sind die grauen Rollos runtergelassen – nur in der obersten Etage nicht. Als die Familie außer Sicht ist, überquere ich die Straße und hocke mich in den Hauseingang, aus dem sie gekommen sind.

Nebenan ist ein kleines Café. Nach zehn Minuten kommt eine junge Bedienung heraus, eine zierliche junge Frau, vielleicht Italienerin oder Spanierin, und reicht mir mit schüchternem Lächeln einen Kaffee und einen Haferriegel in einer Papiertüte mit Plastikfenster. Ich bin keine Freundin des Haferriegels – sollte mir nach Hafer sein, nehme ich ihn in Breiform zu mir, wenn's recht ist –, hebe aber zum Dank und Gruß den Kaffeebecher.

Seit über einer Stunde bin ich jetzt hier. Und sitze in der prallen Sonne. Meine Wasserflasche ist leer, und ich muss pinkeln: Gleichzeitig Durst und Druck auf der Blase zu haben, drückt doppelt aufs Gemüt. Es fühlt sich gemein an.

Schließlich taucht eine Reinigungskraft auf. Eine kleine stämmige Frau, das dichte Haar sieht aus wie mit der Axt gehauen. Sie trägt Strass-Ohrringe. Putzsachen hat sie keine dabei – die müssen im Haus sein –, aber sie streift schon mal ein Paar cremeweiße Einweghandschuhe über.

Als sie fast durch die Tür ist, sieht sie mich. Sie bleibt stehen und funkelt mich böse an: Ich bin ihr im Weg. Die hier ist kein freundliches Cafémädel – das sehe ich ihr an. Sie hatte es auch schwer im Leben, und sie bettelt nicht an Straßenecken. Sondern verdient sich jeden Penny mit ehrlicher Arbeit.

Ich stehe auf und weiche zurück, wieder mit erhobenem Pappbecher, diesmal zu etwas wie einem unbeholfen entschuldigenden Gruß, der besagt: *Einfach nicht beachten, gute Frau, entschuldigen Sie, wenn ich Ihnen im Weg bin, ich trink hier nur meinen Kaffee aus und schon bin ich weg.*

Mit leisem Schnauben nimmt sie die Stufe, und ihr Finger huscht über die Zahlencode-Tastatur. Ich beobachte die Form, die er beschreibt: ein Buggy. Sowie die Tür hinter ihr ins Schloss gefallen ist, beuge ich mich vor und sehe mir zur Bestätigung die Zahlenreihen an: eins, neun, acht, fünf. 1985 – das Jahr, in dem ich angeworben wurde. Ich muss nur an Richard denken, mit seinem Pomadenhaar und dem väterlichen Lächeln. Ihre Hand bewegte sich zu einer Ecke der Tastatur, nachdem sie den Code eingegeben hatte, aber so geübt und flink, dass ich nicht mitbekam, ob nach rechts oder links unten. Entweder Richard Stern oder Richard Raute. Die Tastatur summt immer noch leise vor sich hin.

Ich schnappe mir die Reisetasche, gehe über die Straße zurück, hocke mich wieder in den Hauseingang schräg gegenüber und beobachte die Fenster. Im ersten und zweiten Stock bleiben die Rollos unten – die Putzfrau muss im dritten sein, und obwohl es für mich zu hoch oben ist, um reinschauen zu können, sehe ich in der nächsten Stunde ein- oder zweimal drinnen etwas vorbeihuschen. Mittlerweile platzt mir schon fast die Blase, und mir ist schwindlig vor Durst. Wenn sie nicht bald rauskommt, muss ich mich nach einer versteckten Gasse umsehen, aber dann würde ich sie vielleicht verpassen.

Um 13 Uhr verlässt die Putzfrau das Haus. Super, falls neue Gäste kommen, dürfen sie wahrscheinlich erst um vier, frühestens drei rein, das verschafft mir etwas Zeit. Sie trägt einen zugeknoteten schwarzen Müllbeutel, den sie neben dem städtischen Müllcontainer vor dem Café abstellt, ehe sie mit kräftigem Schritt losstapft, weiter zur nächsten Wohnung.

Ich gebe ihr noch eine Viertelstunde, falls sie etwas vergessen hat und zurückkommt, und warte, bis die junge Frau im Café mit einer Kundin am Tresen beschäftigt ist, ehe ich rasch nach links und rechts schauend die Straße überquere, auf den Hauseingang zusteuere und den Code eintippe. Eins, neun, acht, fünf, *Raute*. Die Tür summt, und ich bin drin.

Hinter mir schlägt sie mit lautem Rumms zu. Ich mag schwere Türen. Der Straßenlärm wird verschluckt. Der Hausflur ist schmal, kühl und mit Teppich ausgelegt, alles eierschalenfarben und von einer Art staubiger Stille. Ich bleibe kurz stehen und sehe mich um. Rechts von mir hängen drei Schlüsselkästen an der Wand, mit den Buchstaben A, B und C und mit Zahlenschlössern versehen. Auf den ersten Blick erkenne ich, wie solide sie sind: Nicht mal mit einem Metallwerkzeug könnte man sie ohne Weiteres aufbrechen. Am besten, ich sehe nach, ob die Wohnungstür weniger solide ist – heutzutage sind Türen oftmals leichter aufzubrechen als Schlösser. Auch weiter oben bleibt die Luft im Treppenhaus staubig. Die Tapete an den Wänden sieht frisch gestrichen aus, löst sich aber an den Kanten. Das Haus wirkt insgesamt frisch renoviert, aber kaum genutzt, was mir nur recht sein kann.

Die Wohnungstür ist mit einem alten Schließzylinder versehen, von der Sorte, die man mit einer Geldkarte aufdrücken kann. Meine alte Brieftasche habe ich schon längst aussortiert, aber zu der neuen Identität, die ich jetzt sicherheitshalber noch nicht verwenden kann, gehört eine Debitkarte, mit der ich das Schloss aufdrücke. Als ich die Tür aufstoßen will, gibt sie zwar etwas nach, geht aber nicht richtig auf. Weiter unten, auf Taillenhöhe, sehe ich den Übeltäter: ein Einsteckschloss, das fraglos nach einem Werkzeug verlangt. Ich gehe in den unteren Hausflur zurück, wo ich einen Wandschrank gesehen habe. Als ich eine der beiden Türen aufziehe, finden sich dort, zwischen all den Eimern, Wischmopps und Regalen voll mit Stapeln sauberer Bettwäsche und Handtücher, eine Leiter und einen Werkzeugkasten. Darin liegt im obersten Fach ein Stemmeisen, so ein großes, scharfes, wie mein Vater eins in seinem Gartenschuppen hatte, mit abgenutztem Holzgriff. Ich wiege es in der Hand – fühlt sich gut an. Das behalte ich auch danach; wer weiß, wozu es nochmal gut ist.

Die Wohnung im obersten Stock ist hell und geräumig – offene Küche und viel größer, als es von außen den Anschein hatte. Ich halte mich von den Küchenfenstern fern, die auf die Hauptstraße hinausgehen. Nach hinten raus hat man einen Blick auf einen kleinen Hof, umschlossen von den Mauern der Nachbarhäuser mit Fallrohren und Milchglasfenstern. Vom Wohnzimmer geht ein kleines Zimmer mit einem Einzelbett ab, und als ich in den Flur zurückgehe, merke ich, dass es sich um eine Maisonettewohnung handelt. Weiter oben entdecke ich eine Hochebene mit einem großen Schlafzimmer und einem zweiten, in die Gauben eingebauten Bad. Und endlich eine Toilette.

Danach gehe ich in die Küche zurück, halte mich in der Nähe der Kücheninsel und öffne den Kühlschrank. Schade, der ist leer – aber es gibt eine Kaffeemaschine, eine Glasschüssel mit Kapseln und in den Schränken Salz, Pfeffer, eine Tüte Nudeln, Olivenöl und noch ein paar andere Grundnahrungsmittel, etwa ein unangebrochener Müslikarton und ein Glas mit Honig.

Im Wohnzimmer finde ich, was ich wirklich brauche: die Infomappe zur Wohnung mit Namen und Telefonnummer der Firma, die sie vermietet. Keine Ahnung, wann ich zuletzt eine Telefonzelle an einer Straßenecke gesehen habe – kann sein, dass ich zur Queen Street Station zurückmuss –, aber ein kurzer Anruf in der Agentur genügt, um herauszufinden, ob die Wohnung leer steht, und wenn ja, wie lange. Ohne Kreditkarte kann ich nichts anmieten, aber jetzt, da ich mir Zugang verschafft habe, kann ich mich hier erstmal einnisten, solange ich weiß, dass keine Feriengäste aufkreuzen werden.

Erst als ich rausgehen möchte, fallen sie mir auf – die Sandalen, ordentlich abgestellt neben einem Sofa, das mit künstlich wirkendem braunem Leder bezogen ist. Die Sandalen sind fast im gleichen Farbton gehalten, daher leicht zu übersehen. Ich nehme sie so feindselig ins Visier wie eine soeben im Bad entdeckte Spinne. Sie sehen zu teuer aus, um der Putzfrau zu gehören, müssen also von der Frau sein, die zuvor mit ihrer Familie abgereist ist. Ich überschlage es rasch im Kopf: Sie wird den Verlust erst bemerken, wenn sie dazu kommt, ihren Koffer auszupacken. Mit etwas Glück sind sie zu ihrem Flug vom Glasgower Flughafen aufgebrochen. Jedenfalls werden sie wissen, dass sie nicht in die Wohnung zurückkönnen, weil sie den Schlüssel unten eingeworfen haben, also werden sie erst die Agentur anrufen. Ich muss aufpassen, darf mich nicht in Sicherheit wiegen – aber das gilt ja in jedem Fall.

Ich mache mir einen Kaffee, setze mich auf das braune Sofa und blättere die Mappe mit den Hinweisen durch – eine Anleitung für den Geschirrspüler, Restaurantempfehlungen –, ehe ich die Wohnung verlasse, nachdem ich mich davon überzeugt habe, dass keine Spuren von mir zu sehen sind, falls jemand kommt, während ich weg bin. Ich nehme meine Reisetasche mit, auch wenn es furchtbar lästig ist, sie durch die Stadt zu schleppen. Falls irgendwer auftaucht, während ich weg bin, werden sie nichts als eine rätselhafterweise aufgebrochene Tür vorfinden.

Mit einem Anruf bei der Agentur bekomme ich auf meine Frage nach Wohnungen in der Gegend mit dem Zusatz, dass ich meine Reisedaten noch nicht sicher weiß, die Auskunft, dass die von mir besetzte bis Mitte September frei ist. Auf dem Rückweg denke ich über die Möglichkeit nach, so lange dort zu bleiben – je länger ich auf die Art untertauchen und mich möglichst von den Straßen fernhalten kann, desto größer die Chance, dass meine Spur kalt wird. Trotzdem werde ich mich nur abends entspannen können, wenn keine Gefahr besteht, dass jemand von der Agentur vorbeischauen könnte.

An diesem ersten Abend koche ich mir einen tiefen Teller Nudeln, besprenkele sie mit dem Olivenöl und reibe ein Stückchen von dem Käse drüber, den ich in einem Eckladen gekauft habe. Eine Tüte mit Salat habe ich auch noch. Ich sitze mit hochgelegten Füßen auf dem geschmacklosen braunen Sofa, und es fühlt sich eine Weile richtig gut an – diese Nudeln, diese Wohnung, diese Lösung.

Als es dunkel wird, schlägt meine Stimmung um. Ich kann natürlich kein Licht anmachen, während es also drinnen wie draußen dämmert, spüle ich den Teller, stelle ihn an seinen Platz zurück und überlege, was sie jetzt wohl alle machen … warum laufen noch keine Ermittlungen gegen Kieron, wurde er noch nicht verhaftet? Der Service sucht nach mir, keine Frage, aber könnte sonst noch jemand jetzt schon hinter mir her sein? Ich würde so gern mit Carmella reden und herausbekommen, was passiert ist, nachdem ich das Meeting verlassen habe, doch selbst wenn ich ein Handy hätte, wäre es zu riskant, sie anzurufen. Die Unsicherheit macht mich fertig; diese Ungewissheit, wie viel Angst ich haben sollte, ist schwer auszuhalten.

Angst ist Zeitverschwendung, halte ich mir selbst vor, während ich eine Extragarnitur Daunendecke und Wolldecke aus einem Flurschrank hole und mir ein Bett auf dem Kunstledersofa mache. Wenn ich die Wohnzimmertür offen lasse, habe ich freie Sicht durch den Flur auf die Wohnungstür.

Gerade als ich einnicke, geht das Treppenhauslicht an. Fast noch ehe mein Hirn meine eigene Bewegung registriert, bin ich vom Sofa runter und kauere mich hin. In der Haltung warte ich mit pochendem Herzen ab und gehe in Gedanken die erforderlichen nächsten Schritte durch: Wo ist meine Reisetasche (an der Wand), wie lange brauche ich, um sie mir zu schnappen und die Treppe zur Hochebene raufzusprinten (vielleicht vier Sekunden), wie laut wird das Dachfenster im kleinsten Zimmer sein, wenn ich es öffne (laut genug, dass man es unten in der Wohnung hört? Mit Sicherheit). Ich weiß noch, dass ein kleiner Schminktisch direkt unter dem Dachfenster steht: Das macht es mir leicht, mich rauszustemmen.

Trotzdem bleibe ich zusammengekauert unten, statt loszurennen, obwohl mir das Herz bis zum Hals schlägt. Nach zwei Minuten geht das Licht wieder aus. Alles ist still, dunkel. Der Bewegungsmelder muss überempfindlich sein – das kommt schon mal vor. Ich lege mich wieder hin, brauche aber viel länger, als eigentlich angebracht wäre, um mein Herzklopfen zu beruhigen. Mir ist heiß, ich bin verschwitzt und sehe überall fremde Schatten in der Wohnung; die Straße draußen ist viel zu leise.

Irgendwann schlafe ich wieder ein, aber es wird eine unruhige Nacht – das Treppenhauslicht geht mindestens noch zweimal an und weckt mich, und selbst wenn nicht, schrecke ich auch so mehrmals aus dem Schlaf auf.

Am Morgen werde ich früh vom Sonnenlicht an den kahlen weißen Wänden geweckt. Ich setze mich im Bett auf, sehe mich um und merke, dass die Wohnung, die auf den ersten Blick schick wirkt, in Wirklichkeit eher trostlos aussieht. Das Wohnzimmer mit offener Küche kommt mir gähnend und hallenartig vor, ohne Bilder an den Wänden oder bunte Kissen auf dem Sofa. Vermutlich ist sie neu im Angebot und war noch nicht oft an Feriengäste vermietet – die Straße ist nicht besonders attraktiv, daher die geringe Auslastung um diese Jahreszeit. Ich frage mich, ob der amerikanische Familienvater ein Geizkragen war und die Frau sauer auf ihn, weil er das hier gebucht hat, obwohl sie etwas in einer netteren Gegend oder ein Hotel hätten haben können – oder vielleicht auch andersrum.

Nach dieser ersten unruhigen Nacht habe ich einen besseren Plan: Ich werde auf dem Einzelbett unten schlafen; aber bevor ich mich hinlege, gehe ich nach oben in das große Schlafzimmer und öffne das Dachfenster nur einen Spaltbreit. In einer Küchenschublade finde ich einen schwarzen Müllsack, in den ich meine Reisetasche stecke; ich ziehe ihn zu, ohne die Griffe zu verknoten. Ich gehe wieder nach oben, stelle mich auf den Frisiertisch, drücke das Dachfenster auf, packe den Müllsack auf das äußere Fensterbrett und ziehe das Fenster fast ganz zu, nur ohne am Griff zu drehen.

Dann lege ich einen Übungslauf hin und stoppe die Zeit mit meiner Uhr. In drei Sekunden kann ich die Treppe rauf und zum Dachfenster raus sein. Wieder unten angekommen, schiebe ich den schweren Couchtisch mit Glasplatte vor die Wohnungstür und baue einen Tannenbaum drauf, bestehend aus Trockengestell und Bügelbrett, die in einem Flurschrank waren, dekoriert mit Draht-Kleiderbügeln aus dem Schrank im großen Schlafzimmer. Ich werde nahe genug an der Wohnungstür schlafen, um aufzuwachen, wenn sich irgendwer Zutritt verschaffen will, wie langsam und vorsichtig auch immer. Der gläserne Couchtisch kann sie höchstens ein paar Sekunden aufhalten, wenn sie die Tür aufdrücken wollen, aber ich werde sie laut und deutlich hören. Ich schlafe in voller Montur.

Am vierten Tag gehe ich zum Einkaufen raus. Ich verbrauche so viel wie möglich von den Lebensmitteln in der Wohnung, will mein Bargeld immer noch zusammenhalten. Ich rufe die Agentur an und entschuldige mich, erzähle ihnen, dass meine Arbeitstermine ständig verschoben werden, weshalb ich noch nicht fest buchen konnte, aber ob diese Dachwohnung wohl noch frei ist? Dann gehe ich mit etwas frischem Brot, Hummus und Tomaten in einer dünnen Plastiktüte zur Wohnung zurück und tippe zügig und geübt den Haustürcode ein; bevor ich die Tür aufdrücke, stelle ich immer sicher, dass die freundliche Kellnerin abgelenkt oder nicht da ist. Als die Tür hinter mir ins Schloss fällt, überkommt mich ein geradezu heimeliges Gefühl, und ich trotte die Stufen mit dem hellbeigen Teppichboden schon fast so hoch, als wohnte ich jetzt hier. Später werde ich mir sagen, ich bin nachlässig geworden.

Ich drücke das Schnappschloss mit meiner Kreditkarte auf.

Im Flur ziehe ich die Tür behutsam hinter mir zu und mache ein paar Schritte, ehe ich innehalte und stehen bleibe. Etwas stimmt nicht.

Ich stehe auf der Schwelle zum Wohnzimmer mit offener Küche. Und halte mucksmäuschenstill. Alle meine Sinne sind angespannt.

Ich sehe mich um. Nichts wurde verändert. Die Infomappe ist da, wo ich sie gelassen habe, schräg auf dem Sofa. Der Schemel steht genau da, wo er war, als ich zuletzt dort saß und meine Füße darauflegte. Von meinen Sachen liegt nichts herum, weil ich jeden Tag absolut alles, was ich nicht am Leib trage, in die große Tasche gepackt habe, die jetzt noch auf dem Dach versteckt ist. Ich sehe mich im schmucklosen offenen Raum um. Was stimmt hier nicht?

Die Sandalen sind weg.

In dem Moment höre ich, wie die Haustür unten wuchtig ins Schloss fällt.

Sekunden später liege ich bäuchlings auf den Dachziegeln, die Reisetasche zu meiner Rechten im Müllsack und das Dachfenster, durch das ich mich eben rausgehievt habe, zur Linken. Ich habe es einen kleinen Fingerbreit offen gelassen, damit ich hören kann, was in der Wohnung vor sich geht.

Anfangs dringen nur undeutliche Geräusche bis zu mir durch –

Schritte von einer Person mit High Heels, einer mit Arbeitsschuhen. Dann Stimmen, eine helle weibliche, eine schroffe männliche, beide mit schottischem Akzent. Bestimmt wurde jemand von der Agentur vorbeigeschickt, um die Sandalen zu holen, und hat entdeckt, dass das Sicherheitsschloss an der Wohnungstür aufgebrochen ist – konnte es nicht aufstemmen, ohne den Lack am Türrahmen zu zerkratzen. Sie ist mit einem Handwerker wiedergekommen. Ich hatte Glück, dass sie die Sandalen holen kam, während ich weg war – und Pech, dass sie mit dem Mann wiederkam, als ich zurück war.

Dann höre ich die schweren Arbeitsschuhe die Treppe zum oberen Schlafzimmer hinaufpoltern. Ich ziehe den Kopf ein und drücke mich so flach wie möglich ans Dach, kann aber keine Bewegung mehr riskieren, falls ein Dachziegel locker ist. Eine kurze Pause kommt auf, während er herumgeht und sich in der oberen Etage umsieht, dann klappt er mit dumpfem Rumms das Dachfenster zu und dreht am Griff. Na super, denke ich, jetzt geht das Fenster nur noch von innen auf. Ich stecke auf einem Dach fest. Ein Glück, dass ich so vorausschauend war, meine Reisetasche hier oben zu verstecken.

Wohl eine knappe Stunde lang bleibe ich reglos auf dem Dach liegen, weil ich sichergehen will, dass sie weg sind, wenn ich mich wieder vom Fleck rühre – woher soll ich wissen, wie gut meine Bewegungen in der Wohnung zu hören sind? Wenn ich erst unten bin, muss ich sofort aus Glasgow verschwinden, falls sie den Einbruch melden und irgendwer irgendwo eins und eins zusammenzählt.

Ich gehe das Risiko ein, mit langem Hals durchs Dachfenster zu spähen – aus der Perspektive kann ich den Tisch darunter und die untere Betthälfte, die offene Zimmertür und ein kleines Stück vom oberen Flur sehen. Der städtische Verkehrslärm macht sich bemerkbar, und ich halte den Kopf schräg, um zu horchen. Offenbar alles mucksmäuschenstill unten. Nachdem ich noch ein bisschen gewartet habe, schiebe ich mich langsam vor, jeden Dachziegel einzeln erprobend, ehe ich Hand, Knie oder Fuß daraufsetze, bis hin zur anderen Dachseite. Ich kann so eine Wartungsleiter mit einer Art Käfig drüber erkennen, gebogene Eisenstangen, die einem helfen sollen, bei der Stange zu bleiben, wenn man von einer Stufe rutscht, anstatt wegzukippen und auf die Straße oder den Hof unten zu plumpsen. Jetzt kommt, was ich meinen Vorgesetzten in all der Zeit eisern verschwiegen habe, in der ich als Feldagentin tätig war: Höhenangst. Aber ich bin stark und kann gut klettern, solange ich nicht nach unten schaue. Wenn es eine Wartungsleiter gibt, muss es irgendeinen Weg nach unten durch dieses oder ein Nachbarhaus geben, und ich habe das Stemmeisen in meiner Reisetasche, die ich vor der Brust trage, nachdem ich beide Arme durch die Griffe gesteckt habe. Es war mir zu riskant, sie mir um die Schultern zu legen, falls mich das Gewicht nach hinten wegzieht. Ich riskiere einen raschen Schulterblick, um sicherzugehen, dass ich auf dem Dach nicht von irgendwelchen anderen nahe gelegenen Häusern aus gesehen werde, wobei sich vor mir eine wilde, schwindelerregende Rundumsicht auf hellen Himmel und dunkle Wolken auftut. Ich schließe die Augen. Ich schaffe das. Wenn ich die Wahl hätte zwischen dem, was mir jetzt bevorsteht, und noch so einem Arschloch wie dem letzten Autofahrer, ich würde jederzeit den scheiß Autofahrer nehmen.

Mit etwas zittrigen Beinen unten angekommen, mache ich mich auf direktem Weg auf zur Queen Street Station. Diesmal habe ich ein Zwanzigcentstück dabei, und sobald ich an dem Automaten eine Fahrkarte gezogen und mir die Abfahrtzeiten angesehen habe, gehe ich aufs Damenklo. Ich muss wieder jemand anderes werden.

Und schon komme ich als eine Dame mittleren Alters aus der Toilette, allein auf Wanderfahrt. Alle Klamotten, die ich als Obdachlose anhatte, liegen zusammengelegt in der Reisetasche, und ich trage wieder die Leggings und ein enganliegendes graues T-Shirt von Marks & Spencer, dazu um die Taille gebunden ein zitronengelbes – und, ganz wichtig: sauberes – Sweatshirt. Als ich noch in der Wohnung hauste, habe ich auf einem meiner Erkundungsgänge ein Sportgeschäft mit Ausverkauf entdeckt, sieben Minuten zu Fuß vom Bahnhof, und dorthin laufe ich jetzt. Mir bleiben vierunddreißig Minuten bis zur Abfahrt des Zuges.

Der Ausverkauf findet in einer Art Gemeindesaal in einer Nebenstraße statt, ein Stück hinter der Hauptverkehrsstraße. Ich ergattere einen Sommerschlussverkauf-Rucksack für fünfunddreißig Pfund und ein paar herabgesetzte Wanderschuhe guter Qualität für sechzig. Kurz bevor ich bei einem langhaarigen Mann an der Kasse in bar bezahle, nehme ich noch einen Dreierpack Wandersocken zu einem Pfund und eine Sonnenbrille zu zwei mit. In einer Gasse hinter dem Kirchenbau gehe ich hinter einem Müllcontainer in Deckung, ziehe meine Sneaker aus, stecke sie in die Rucksack-Seitentasche und packe dann alles aus der Reisetasche in den Rucksack um, wobei ich mir merke, was genau in welche Innentasche kommt. Mir bleibt keine Zeit, mir über meine Verwandlung Gedanken zu machen, aber es ist ein gutes Gefühl, den Rucksack zu schultern: Das gleichmäßig verteilte Gewicht fühlt sich so viel angenehmer an. Zu guter Letzt schmeiße ich die ramponierte, verschlissene Reisetasche in den Container – mit dieser Rolle habe ich jetzt abgeschlossen. Das wär's; mit einer flotten Geste streiche ich mir den Schmutz von beiden Handflächen, ehe ich mich abwende.

Der Zug nach Mallaig braucht über fünf Stunden, aber wir sind im Nu aus Glasgow raus und durch die Vororte. Hinter Helensburgh fahren wir an Gare Loch entlang, dann ein Stück über Land und dann wieder an Loch Long lang – der in der Tat sehr lang ist –, und die bewaldeten Hügel hinter den Seen werden von durchziehendem leichtem Sommernebel verschleiert. Mir geht das Herz auf, wie es das nur in Schottland tut, während ich mich an meine erste Reise hierher vor all den Jahren erinnere. Ich werde mir Zeit lassen mit der Anreise, habe mich schon für einen bewussten Umweg entschieden.

Manchmal können einem kurze, scheinbar unbedeutende Momente wie Scharniere in der Zeit vorkommen. Dieses Dorf hier war der Ort, an dem ich hätte sagen können: *Ich liebe dich, lass uns gemeinsam eine Lösung finden*, der Ort, an dem mein Leben eine Kehrtwende hätte nehmen können, vor all den Jahren, anstatt in der Spur weiterzulaufen, die mich hierhergeführt hat. Es war der Ort, an dem ich erfuhr, dass es Adelina geben würde.

Der Zug passiert eine Baumreihe, dicht an den Gleisen, von Sonnenlicht durchschienen, so verblüffend hell, dass es mir vor den Augen flirrt, wie wenn man sich so ein altmodisches Büchlein ansieht, ein Daumenkino, in dem das Umblättern einen Cartoon in Bewegung setzt. Mit einer kleinen Fingerbewegung erweckt man eine Figur zum Leben.

7

Als ich in Mallaig ankomme, gießt es in Strömen, und dazu weht ein Wind, kräftig genug, um einen Regenschirm außer Gefecht zu setzen, wenn ich denn einen hätte. Der Hafen ist nur fünf Minuten Fußweg vom Bahnhof entfernt, und ich habe eine halbe Stunde bis zur Abfahrt der Fähre. Hinter dem winzigen Terminal, kaum größer als ein Kiosk, überwacht ein stämmiger Weißhaariger mit Warnweste die Autoschlange, die darauf wartet, an Bord eines am Ende des Docks vertäuten großen Schiffes zu dürfen. Der gewaltige dreieckige Bug ragt hoch vor mir auf, so als hätte sich das vordere Viertel des Schiffes vom restlichen Rumpf getrennt, als wäre es ein Wal oder sonstiges Meeresgetier, das mit weit aufgeklapptem Oberkiefer nur darauf wartet, Autos zu verschlingen.

»Geht das nach Armadale?«, frage ich den Mann.

Er gluckst vor sich hin und sagt: »Nö, junge Frau, da nehmen Sie was deutlich Kleineres.«

Er sagt mir, wo ich warten soll: in einem kahlen, seitlich offenen Verschlag à la Buswartehäuschen, und ich beobachte, wie die Autos an Bord der Riesenfähre rollen, während etwa ein Dutzend weiter hinten in der Schlange auf die kleinere warten, ein schäbiger Pott, weiß mit Rostflecken, den man erst im Hafenbecken warten sieht, nachdem die große abgefahren ist.

Ich bin die einzige Fußgängerin, die mitfährt. Der stämmige Weißhaarige entwertet mein Ticket, und ich frage: »Wo sitzt man am besten auf dieser Fähre?«

Ohne eine Miene zu verziehen, gibt er zurück: »In einem Auto.«

Während meiner Zeit auf Skye wird es überwiegend regnen, und wenn nicht, ziehen tiefhängende Wolken über die Insel in einer

Art durchnässendem Nebel, der einem mit derartig sanfter Intensität in Haare und Kleidung dringt, dass es ebenso gut regnen könnte. Mir ist beschieden, diesen Teil meiner Flucht müßig unter den unglückseligen Touristen durch Portree zu schlendern, und wenn ich nicht herumschlendere, verkrieche ich mich in meinem Bed & Breakfast am Stadtrand. Dieser Zickzackkurs zur Nordspitze des Landes widerstrebt mir gründlich. Jeder Knochen in meinem Körper will in ständiger Bewegung sein – aber ich darf nicht riskieren, zu früh an meinem Ziel anzukommen, und sehe mich also gezwungen, mir Zeit zu lassen. Wenigstens habe ich Stuart angerufen, bevor ich das Wegwerfhandy losgeworden bin.

Es ist nicht leicht, eine Unterkunft zu finden – die erste Nacht verbringe ich in einer grasbewachsenen Kuhle. Schließlich versuche ich es damit, in den unattraktivsten Teil der Stadt zu gehen, eine Neubau-Häuserreihe entlang einer Hauptstraße, wo ich ein modernes Vorstadthaus dicht an der Straße ohne Aussicht und einem Schild im Fenster sehe, auf dem ZIMMER FREI steht.

Der ältere Mann mit dicken Brillengläsern, der die Tür aufmacht, beäugt mich misstrauisch von oben bis unten. Ich erkläre, dass ich eben mit der Fähre angekommen wäre, mich aber vorher nicht informiert und deshalb nicht geahnt hätte, wie schwer es sei, ohne Reservierung einen Übernachtungsplatz zu finden, und zu allem Überfluss hätte ich auch noch mein Kreditkartenetui verloren, aber zum Glück hätte ich Bargeld und könne auf Wunsch im Voraus bezahlen. Er weicht einen Schritt zurück und hält die Tür auf, um mich in einen weiß gestrichenen Flur mit makellosem grauem Teppichboden einzulassen. Rechts geht es in einen dotterblumengelben Frühstücksraum. Daneben ein kleiner Ständer mit Gästebuch, Stift und der Figur eines Royal-Scots-Dudelsackspielers im Kilt. Der Zimmerwirt senkt das Kinn und starrt durch seine dicken Brillengläser vielsagend auf meine Wanderschuhe. Dann wendet er den Blick auf ein Schild zu meiner Linken, auf dem steht: »Straßenschuhe in der Kiste im Flur lassen. In den Zimmern liegen bequeme Hausschuhe bereit.«

Ich bücke mich, um meine Schuhe aufzuschnüren.

Er führt mich in ein kleines Einzelzimmer im Erdgeschoss, links von der Eingangstür und vermutlich nur frei, weil es so winzig ist. Auf dem Bett ist ein kleines Pappschild aufgestellt, mit der Ansage: »Falls geraucht wird, fällt eine Reinigungsgebühr von 100£ an.« Das Zimmer liegt an der Vorderseite des Hauses, und der Straßenlärm vom Durchgangsverkehr ist ein ununterbrochenes dumpfes Dröhnen.

»Genau richtig«, sage ich.

Ich bezahle fünf Nächte im Voraus, und er lässt mich im Zimmer allein. Ich streife die Rucksackriemen von den Schultern, schlüpfe aus meiner Outdoorjacke, hänge sie an den Haken hinten an der Tür und gehe zu dem kleinen Wasserkocher auf einem Plastiktablett in der Ecke. Daneben noch ein Zettel: »Absolut kein mitgebrachtes oder selbstgekochtes Essen in den Zimmern.« Als ich später an dem Tag das Haus verlasse, sehe ich, dass er das Schild im Fenster umgedreht hat; jetzt steht da: AUSGEBUCHT.

Am dritten Morgen passiert etwas Seltsames. Ich gehe nach dem Frühstück auf mein Zimmer, in der Absicht, bald zu einer Wanderung aufzubrechen, wenn der Regen aufhört, lege mich aufs Bett und stelle fest, dass ich genau dort bleiben werde. Ich will das Zimmer nicht verlassen.

Lange bleibe ich so liegen, reglos auf dem Rücken mit hinter dem Kopf verschränkten Händen, die weiche graue Wolldecke bis zum Hals hochgezogen, starre an die weiße Zimmerdecke und höre mir an, wie der Verkehr vorbeibraust, der Regen aufs Fensterbrett trommelt, eine Regenrinne in der Nähe gluckert.

Ich habe das Gefühl, dahinzutreiben wie ein Heißluftballon, der seine Fesseln abgeworfen hat, solange er leer war.

Ein paar Stunden lang gebe ich nach, gebe auf, dort in meiner kleinen weißen Schuhschachtel – und liefere mich jedem Moment der Schwäche aus, den ich je empfunden habe. Es ist ein ganz seltsames Gefühl. Ich weiß, wenn ich irgendwann während dieser Stunden aus dem Fenster gespäht und zwei Polizisten oder Secret-Service-Mitarbeiter auf dem Weg zur Haustür gesehen hätte, um an der Tür des strengen Zimmerwirts zu klingeln, und dann das melodische Gebimmel dieser Klingel gehört hätte, ich hätte nicht einen Finger gerührt. Sondern wäre liegen geblieben, wo ich war, auf dem kühlen weißen Laken unter der warmen grauen Wolldecke, und hätte weiter an die Zimmerdecke geschaut und drauf gewartet, dass sie die Tür eintreten, weil es mir vollkommen egal wäre, wohin ich reise, was ich vorhabe und wer ich bin. An diesem Morgen ergebe ich mich vollständig.

Gegen Mittag klopft es leise an der Tür, und eine junge Frau ruft im Dialekt der Gegend: »Zimmerservice!«

»Nein danke«, rufe ich zurück, drehe mich auf die Seite, ziehe mir die weiche graue Decke über die Schulter und mache die Augen zu.

Als ich an meinem letzten Aufenthaltstag von einem Gang in die Stadt zur Erkundigung von Busrouten wiederkomme, finde ich einen handschriftlichen Zettel fein säuberlich diagonal auf der Bettdecke vor, die der Tür am nächsten ist: *Ihr Zimmer ist ab morgen weitervermietet, bitte räumen Sie es bis 11 Uhr.*

Frühstück gibt es bis 9.30 Uhr, daher packe ich meine Sachen und warte, obwohl ich früh wach war, bis 9.25 Uhr, um den anderen Gästen aus dem Weg zu gehen. Im dotterblumengelben

Frühstücksraum ist an meinem gewohnten Platz in der düstersten Ecke für eine Person gedeckt. Mein grummeliger Zimmerwirt kommt mit seiner dunkelblauen Nadelstreifenschürze, um meine Bestellung aufzunehmen, den winzig kleinen Notizblock mit passendem Bleistift gezückt. Ich bestelle das komplette Schottische Frühstück mit Blutwurst und allem. Schließlich gut möglich, dass ich heute wieder unter freiem Himmel nächtigen werde.

Im Frühstücksraum ist es ruhig – die meisten sind weg, nur ein älteres Ehepaar am anderen Ende plaudert leise miteinander. Der Wirt bringt mir mein Frühstück und ein Kännchen Kaffee, ohne Kommentar dazu, dass ich an diesem Tag abreisen werde.

Als ich um 11 Uhr aus dem kleinen weißen Zimmer komme, Rucksack auf dem Rücken, würde es mich nicht wundern, wenn er im Flur stünde, um meine rechtzeitige Abreise zu kontrollieren, aber nichts da, und als ich meinen Kopf in den Frühstücksraum stecke, sehe ich, dass alle Tische abgeräumt und leer sind. Beim Öffnen der Haustür werfe ich dem kleinen Dudelsackspieler der Royal Scots auf dem Ständer einen Blick zu und salutiere kurz in seine Richtung, von Soldatin zu Soldat.

Ich betrete den schmalen Fußpfad entlang der Hauptstraße – erst gegen Mittag fährt ein Bus zum Kyle of Lochalsh, ich habe also reichlich Zeit. Es regnet wieder.

Lebwohl, Skye. Ich weiß, es ist schön hier, doch ich hatte eine seltsam nebelverhangene Zeit. Ich bin bereit zum Aufbruch an mein nächstes Ziel, obwohl – oder gerade weil – die Vorstellung, dass es mich erwartet, für mich immer wie lange wogende Grashalme war, wie ein tiefer kalter Fluss und zäher sumpfiger Schlamm, wie ein großer finsterer Wald und wildes Flockenwirbeln bei Schneetreiben. Weder komme ich außen drum herum – auf welchem Weg? – noch unten drunter durch.

O nein.

8

Der Bahnhof am Kyle of Lochalsh ist ein erfreuliches Kuriosum – ein winziges Häuschen direkt an einem kleinen Fähranleger, umspült von den Inner Seas, der Schottischen See, mit Blick auf Skye, zur einen Seite das Festland und zur anderen die Meerenge Inner Sound bis hin zu den Äußeren Hebriden. Möwen kreisen und kreischen oben an einem blassblauen Himmel, der selbst im Sommer noch einen eisigen Hauch behält. Ich seufze vor Freude – es gibt so viele verschiedene Fluchtmöglichkeiten. Der Zug, der zwei Waggons hat, wartet schon mit offenen Türen am Bahnsteig. Hier ist Endstation – wer weiterfährt, landet im Meer. Ich hole mir einen Becher Kaffee von einem Kiosk und nippe daran, während ich den Fischerkuttern und den kleinen Frachtbooten zusehe. Am Kai sind gelbe Kräne aufgereiht, neben Bündeln, die an Bord gehievt werden sollen. Ich habe die Ruhe weg.

In meinem Wagen sitzen keine zwölf Leute, als wir losfahren – wahrscheinlich wird der Zug in den Dörfern und Städtchen, durch die wir auf unserem Weg durch die Berge und Täler der Highlands kommen, noch mehr auflesen. Ich werde später wieder zusteigen, doch jetzt gehe ich vorerst im zweiten Dorf von Bord: Nach Duirinish kommt Plockton.

Mit mir steigen noch zwei Leute aus; einer macht sich zu Fuß auf den Weg bergab zum Dorf, während der andere in ein Auto einsteigt. Ich setze mich auf eine Bank, um zu warten, bis sie weg sind, und nehme einen Schluck aus meiner Wasserflasche. Hier verläuft der Schienenstrang immer noch eingleisig, und der Bahnhof hat nur einen Bahnsteig – auf der anderen Seite fängt der Wald an. Hinter mir auf der Straße kommt gelegentlich ein Fahrzeug vorbeigefahren. In den Pausen dazwischen herrscht

Stille, bis auf Vogelgezwitscher und eine leichte Brise, die im Laub raschelt.

Ich habe mir schon vorgenommen, einen Umweg zum Cottage zu nehmen – dies hier ist schließlich nicht nur ein strategischer Halt, sondern auch eine Pilgerfahrt –, und erhoffe mir sogar ein wenig, dass ich in dem Cottage von früher unterkriechen kann, sollte es nach all den Jahren leerstehen oder verfallen sein. Man könnte es einen Nostalgietrip nennen, aber es wird auch von praktischem Nutzen sein. Wenn ich auf direktem Wege zu meinem Ziel durchstarte, an dem ich in drei Wochen sein will, brauche ich von hier aus höchstens drei, vier Tage. Ich muss also irgendwo Zwischenstation machen, und in praktischer Hinsicht ist es hier so gut wie anderswo – oder so schlecht, könnte man meinen, wenn es bei der ganzen Sache auch um meine Gefühle gehen sollte.

Mach es dir nicht selbst so schwer, denke ich, als ich, anstatt den direkten Weg vom Bahnhof ins Dorf zu nehmen, die Straße überquere und vom Wanderweg abbiege, um den Bergrücken zu erklimmen.

Es macht Spaß, mit geschultertem Rucksack einen steilen Hang hinaufzusteigen und sich gegen das Gefälle zu lehnen, damit das Gewicht auf dem Rücken im Zentrum der Schwerkraft bleibt. Wieder Wanderschuhe an den Füßen zu haben, und Ausrüstung, und draußen in der freien Natur zu sein … Über mir blauer Himmel, mit dahinziehenden Wolken, die oben schneeweiß sind und nach unten hin gestuft vom zartesten Grau in dunkelstes Anthrazit übergehen. Die Braun- und Grüntöne unter mir sind so satt, das Farnkraut frisch und ausgedörrt zugleich, saftig grün und packpapierfarben. Ich betrete den Wald auf dem Höhenzug in dem Gefühl, eher Jägerin als Gejagte zu sein, trete vorsichtig auf und sehe mich durch die Lücken zwischen den Baumstämmen in alle Richtungen um. Ich bin höchstens anderthalb Kilometer vom Dorf entfernt, könnte aber ebenso gut am Ende der Welt angelangt sein.

Der Weg bis zum Cottage kommt mir länger vor als in meiner Erinnerung – aber letztes Mal sind wir durchs Dorf und auf dem Weg gelaufen. Ich kann mich unmöglich in der Richtung irren, weiß es noch sehr genau – es muss das letzte Haus ganz am Dorfrand sein; am Ende eines Feldwegs duckte es sich unter eine Baumreihe. Auf meinem Anmarsch durch den Wald nähere ich mich von der Seite. Ich weiß noch, wie ich es das erste Mal sah, wie das Geduckte, Schutzhüttenartige es aussehen ließ, als kauerte es sich unter die Kiefern, versteckt und geborgen. Auf den ersten Blick war mir klar, warum sie es ausgesucht hatte.

Kaum habe ich die anderen Häuser hinter mir gelassen, mache ich mich an den Abstieg durch die Bäume nach unten. Wenn mich nicht alles täuscht, muss ich hier irgendwo dicht am Cottage herauskommen und sollte es von der Seite sehen. Die Kiefern stehen so dicht, dass ich erst fast ganz am Waldrand über eine kleine Brache zu dem flachen weißen Cottage hinübersehen kann, und da entdecke ich zu meiner Enttäuschung, dass ein Auto davor parkt. Ich bin nicht nur enttäuscht, ich bin am Boden zerstört. Ich merke, wie viel Hoffnung ich aus der Fantasievorstellung bezogen habe, dass es ein verlassener Unterschlupf sein könnte. Wie dumm von mir.

Der Kofferraumdeckel ist aufgeklappt, und neben der Haustür, die offen steht, sehe ich einen Koffer, aber keinen Menschen. Ich halte mich hinter einem Baum versteckt und beobachte zunächst einmal die Lage. Bald darauf taucht ein Paar um die sechzig in der Tür auf. Die Frau zieht den Koffer über die Türschwelle und macht dann kehrt, um ihrem Mann zu helfen, der angefangen hat, Taschen mit Lebensmitteln aus dem Kofferraum zu laden.

Ich beobachte sie aus meinem sicheren Versteck, so feindselig wie eine Wildkatze. Auf mich machen sie einen wohlhabenden Eindruck. Die Frau trägt einen lose fallenden Cardigan aus feiner Wolle über Skinny-Jeans und Schnürstiefeln von der Sorte, wie man sie zum Wandern tragen kann, aber ebenso gut auf einer dörflichen Hauptstraße, wenn man sich im Café einen Hafermilchkaffee holen geht. Ich stelle mir vor, wie sie an ihrem wiederverwendbaren Kaffeebecher nippt, während sie durch kleine Kunsthandwerksläden und Galerien streift und sich denkt, wie viel sie für Buntglas übrig hat. Der Mann ist groß, mit schütterem grauem Haar – bestimmt ein ehemaliger Bänker. Er sieht aus wie die Sorte Mann, die nach einer banalen Bemerkung für einen erwartungsvollen Blick pausieren, des Inhalts: Wo bleibt mein bewunderndes Lächeln?, ehe sie weiterreden.

Das ist also aus dem Cottage geworden, ein Ferienhaus, ein hervorragender Ausgangspunkt, um die atemberaubende Landschaft der schottischen Westküste zu erkunden. Später, wenn sie ihre Einkäufe ausgepackt und vielleicht ein Tässchen Tee getrunken haben, werden sie sich auf Erkundungstour begeben, bevor es dämmert und die Schnaken kommen. Vielleicht machen sie sogar ein Feuer im Kamin, wenn sie wiederkommen – schließlich sind sie in Schottland, wo es selbst an Sommerabenden recht frisch sein kann. Vielleicht wird einer von beiden, ich tippe auf den Mann, ein schmackhaftes Risotto zubereiten. Spargel. Zitrone.

Ich beobachte sie im Schutz eines Baumes, vor ihren Blicken verborgen. Und denke dabei, wie leicht es wäre, sie von dieser Warte aus abzuknallen – erst den Mann, während er sich in den Kofferraum vorbeugt, dann die Frau, einmal in die Brust, wenn sie aus dem Haus tritt, um nachzusehen, warum ihr Mann über dem Autoheck zusammengesackt ist. Ich denke daran, wie es sich anfühlt, das Gewicht einer Waffe in Händen zu spüren – vielleicht das viel geschmähte Sturmgewehr SA80. Die allermeisten Leute machen tagein, tagaus nur immer weiter vor sich hin, ohne je innezuhalten und drüber nachzudenken, wer sie ins Visier nehmen könnte.

Ich muss verrückt sein, nach all den Jahren hierherzukommen. Wie bin ich darauf verfallen, dass die Vergangenheit auf mich warten würde, nur weil ich sie brauchte, als ich vor der Gegenwart floh? War das nicht genau die Ichbezogenheit, wegen der ich schon immer solche Probleme mit Beziehungen hatte?

Die Vergangenheit ist tot. Ich hasse alle. Am meisten mich selbst.

Ich warte, bis das Pärchen drinnen ist und die Tür hinter sich zugezogen hat, ehe ich mich über die Brache zum Weg durchschlage. Es ist kein öffentlicher Fußweg, es gibt keinen Zauntritt, und als ich über den Zaun klettere, bleibe ich mit den Leggings an einem Stacheldrahtzacken hängen und reiße mir ein kleines Loch hinein. Was meiner Laune nicht gerade zuträglich ist.

Auf dem Pfad ins Dorf zurückzulaufen, dauert viel länger als in meiner Erinnerung.

Die Bucht: Wie hat sie sie nochmal genannt? Das habe ich schon lange vergessen. Sie beschreibt mit der Straße, die entlangführt, und den daran aufgereihten weißen Häusern mit Blick auf den Meeresarm – ein kleines Hotel, ein Pub, eine Mini-Kunstgalerie – einen weiten, flachen Bogen. Wir haben Ebbe, und das Watt ist eine ausgedehnte Moor-, Tümpel- und Kiesfläche. Unterwegs auf dem Fußpfad sehe ich den Parkplatz am anderen Ende, wo wir auf einem Steinmäuerchen gesessen und Eis gegessen haben. Dorthin gehe ich jetzt und setze mich auf dieselbe Stelle derselben Mauer, dem Inselchen gegenüber, das man bei Ebbe zu Fuß erreichen kann, mit Ginstersträuchern, die damals bei meinem Besuch in üppiger gelber Blüte standen. Auf der kleinen Insel gibt es eine Bank mit Blick auf meinen Sitzplatz. Man kann erst hier sitzen und zur Insel hinüberschauen, dann zur Insel rauswaten, dort auf der Bank sitzen und zum Dorf zurückblicken. Und wenn man diese schmale Meerenge noch so oft hin und her überquert: Ganz gleich, wo man sitzt, den schönsten Blick hat man immer von der anderen Seite.

Ein kleiner weißer Kutter tuckert um die Insel herum und nähert sich dem Anleger am anderen Ende des Parkplatzes – sieht aus wie das Seehundbeobachtungsboot, auf das sie mich mitgeschleppt hat, aber der Mann, der uns rausfuhr, war damals schon älter; der muss also lange tot sein. Ich sehe zu, wie das Boot anlegt und vier Passagiere ausspuckt, eine Familie mit zwei Kindern im Teenageralter. Auf dem Weg zu ihrem Auto kommen sie an mir vorbei, plaudern mit englischem Akzent von den Seehunden, die sie gesehen haben, ihren Barthaaren und Augen.

In meinem Rücken liegt immer noch die Eisdiele. Sie hatte Vanille und ich Schoko-Minz, das weiß ich immerhin noch, und jetzt kommen mir sogar die Eissorten unserer Wahl bezeichnend vor, sinnbildhaft für unsere gegensätzlichen Persönlichkeiten. Wie weit ist es mit einem gekommen, wenn man versucht, selbst eine Eistüte mit tieferem Sinn zu überfrachten? Na los, suhl dich in deinem Elend, sage ich mir. Eine kleine blasse Sonne kommt raus. Plockton hat mir im ausklingenden Winter besser gefallen – war es damals März oder April? Alles außer dem gelben Ginster war kahl und düster, die Schieferdächer, die kohlschwarzen Wolken, der kriechende Nebel. Damals lag Schnee auf den fernen Bergen jenseits der Bucht. Das passte besser ins Bild. Bei Sonnenschein ist es einfach ein touristisches Ziel, jegliche Bedeutung ausgeblichen. Wie kann ein Ort voll und leer zugleich sein? Wenn er mit Erinnerungen besetzt ist.

Nach etwa einer halben Stunde schwinge ich die Beine übers Mäuerchen zurück, um mich an den steilen Aufstieg zum Bahnhof zu machen. Ich hatte mir vorgestellt, zwei Wochen hier bleiben zu können, doch wie sich jetzt gezeigt hat, sind es lediglich ein paar Stunden. Vielleicht soll es ja so sein. Fehlt noch ein weiterer Halt, bevor ich den Zug wieder besteige, auf meinem Weg Richtung Inverness.

An die genaue Stelle kann ich mich nicht erinnern – nur, dass man die Steinbogenbrücke vom Weg aus sehen kann. Ich weiß nicht mal, wer sie gebaut hat; mit Handy könnte ich das natürlich googeln, aber weil ich keins habe, fällt das flach. Ein kleines Holzschild weist vom Weg aus Richtung Brücke. »Open-Air Kirche«. Das war früher noch nicht da, glaube ich. Ich verlasse den Weg und steige den kurzen steilen Hang hoch.

Der breite Bogen führt zu einem weiten Kessel mit kratzigem Gras auf dem Boden und hohen Steinwänden, an denen struppiges Farnkraut und Ginster schräg emporwachsen. Ein Dach gibt es – natürlich – nicht. Ich denke an sie, wie sie mit weit ausgebreiteten Armen mitten auf dem Gras stand und sich langsam im Kreis drehte, das Gesicht träumerisch gen Himmel gewandt. *Toll, oder?* Plötzlich packt mich die Wut. Diese ganze Gefühlsduselei – die hat mich damals schon genervt. Was haben ihr ihre Träumereien geholfen, haben sie sie vor dem beschützt, was an jenem Tag passierte, als sie nichts weiter tat als zum Einkaufen die Straße langzugehen?

Ich will hier nicht noch mehr Zeit vertun; es reicht schon, dass ich mir das Cottage angesehen und über die Bucht geblickt habe. Ich wende mich nach rechts und gehe direkt auf die Stelle zu, die sie mir gezeigt hat, nachdem sie mir das Versprechen abnahm, dort nachzusehen, falls ihr jemals etwas zustoßen sollte.

Hier führt der mit Gestrüpp bewachsene Hang steil nach oben, und das Farnkraut wuchert noch wilder als zuvor. Ich muss den Rucksack abnehmen und an den Steinbogen lehnen, ehe ich mich hinknie und mit beiden Händen in der Erde wühle, wobei ich sie saftig verfluche für diese bescheuerte Mission, auf die ich mich hier einlasse, nur weil ich es ihr vor ewigen Zeiten geschworen habe und nur weil ich in der Hoffnung auf ein Versteck hier gestrandet bin. Ansonsten, bei Gott, ich schwör's, würde ich mir wirklich, *wirklich* nicht die Mühe machen. Ich bin nicht von der sentimentalen Sorte.

Ich verfluche sie wegen meiner dreckigen Hände, der Erde unter meinen Nägeln. Ich verfluche sie, weil sie mir dieses Versprechen abgerungen hat, und ich verfluche mich selbst, weil ich mich daran halte. Als ich schon aufgeben will, kratzen meine Fingernägel an Holz, und ein Splitter dringt in die Kuppe meines einen Zeigefingers.

Ich hocke mich auf die Fersen, sauge am Finger und ziehe dann, nach angemessen feierlicher Pause, das Kästchen hervor.

Ich weiß nicht, woher sie es hatte – es ist kleiner als eine Schuhschachtel und ganz schlicht. Zu meiner Überraschung hat es sich über die Jahre gut erhalten, auch wenn es mit einer Art Lack überzogen ist, der sich stellenweise abgeschält hat. Als Vorsichtsmaßnahme ist der Inhalt in eine einfache weiße Plastiktüte gewickelt. Ich nehme sie raus und spähe rein, ehe ich das Innere Stück für Stück ans Licht befördere: ein Samtbeutelchen mit hübscher Verschlusskordel oben, darin ein silbernes Gliederarmband. Ich halte es hoch. Außerdem ein durchsichtiges Plastiketui im DIN-A5-Format mit diversen Papierfoto-Bündeln, ein paar Schulheften, einem winzigen Nähzeug, einem Schmuckkästchen mit einer altmodischen kaputten Armbanduhr … und ein kleiner weißer Briefumschlag.

Ich nehme den Umschlag in die Hand und mustere ihn vorsichtig, als könnte er sich beim Anfassen in Nichts auflösen. Vorne drauf ein Wort: *Heather*.

Um Zeit zu schinden, stopfe ich alles bis auf den Brief in die Plastiktüte zurück, die ich zusammengewickelt in das Hauptfach meines Rucksacks packe. Ich muss das Kästchen hierlassen, vergrabe es also wieder. Es würde nicht in den Rucksack passen, und selbst wenn, werde ich den Teufel tun und es über die Nordsee mitschleppen. Dann, am Fuß des steilen Abhangs sitzend, schultere ich den Rucksack wieder, setze die Unterseite aber auf einem rauen Stein direkt hinter mir ab, so, dass ich ihn immer noch auf habe und sofort aufstehen kann, falls sich jemand blicken lässt. Erst dann öffne ich den Brief.

Liebe Heather,

was für eine seltsame Vorstellung, dass ich nicht mehr sein werde, wenn du dies liest. Ich tue mich schwer mit dem Gedanken, dass die Welt einfach weitermachen wird, wenn ich von ihr verschwunden bin. Du weißt, dass ich an eine andere Welt glaube – aber genau wie du Probleme mit dem Glauben habe, dass beide gleichzeitig existieren können.

Wie auch immer, ich werde versuchen, mir vorzustellen, dass du das hier in Händen hältst und ich nicht mehr bin, und hoffe natürlich, dass es noch sehr lange nicht dazu kommen wird und die meisten meiner Ängste jetzt unbegründet sind. So Gott will, wird es erst in ferner Zukunft so weit sein.

Hoffentlich bist du glücklich, was auch immer du gerade mit deinem Leben anfängst. Ich mache mir Sorgen um dich. Du läufst gern weg – am liebsten von all dem, was dich glücklich macht. Woran liegt's, wie du sagen würdest? Wahrscheinlich an Verlustangst, mia cara amica. Nun ja, das würde ein längeres Gespräch erfordern, als meine Zeit jetzt zulässt – du bist bald da, und ich will das hier vorher fertighaben, damit ich dir davon berichten kann, während du hier bist.

Also jetzt kommt's: Ich liebe dich von Herzen, Heather (ich hab mich nie daran gewöhnen können, dich Bird zu nennen). Mag sein, dass ich nicht mehr hier bin, aber ich schenke dir all das hier. Das silberne Gliederarmband in dem Samtbeutelchen ist eine haargenaue Kopie desjenigen, das du mir geschenkt hast – unfassbar, ich habe es auf dem Weg hierher in einem Laden entdeckt. Das hat mir so eine Freude gemacht, denn es fühlte sich schicksalhaft an, und es brachte mich auf die Idee. Hier drin sind auch ein paar Sachen aus meiner Kindheit, ein paar Fotos, meine Schulhefte. Sie haben keinerlei Bedeutung oder Wert, außer für eine Person, die mich geliebt hat, und das sieht zurzeit so ziemlich nach dir aus – erwischt!

Abgesehen natürlich von dem kommenden Geschöpf, und wer weiß, wann dieses Geschöpf sich so oder so was aus Andenken machen wird – du musst also solange die Hüterin sein und sie weitergeben, wenn die Zeit dafür gekommen ist.

Was das angeht, hinterlasse ich dir vor allem anderen das eine: Verantwortung. Es ist das großartigste Geschenk, das ich dir machen kann, Heather, meine liebe Freundin. Es mag wie eine Bürde aussehen, das ist es aber nicht, versprochen. Falls du dies je liest, ist es ein Privileg, das ich nicht mehr habe und an dich weiterreiche. Verantwortung – das ist nichts, wovor man wegläuft. Nein, du solltest sie dir wünschen, oder mit Freuden auf dich nehmen, wenn sie dir in den Schoß fällt. Sie erst macht das Leben lebenswert, meine Freundin, das glaube ich, so wahr ich hier sitze. Mehr brauche ich nicht zu erklären, denn jetzt, wenn du dies liest, wirst du es bereits wissen. Bitte, bitte liebe meine Tochter so sehr, wie ich dich liebe.

Ich könnte so viel mehr sagen, aber ich muss mich ranhalten, weil der Zug um 11.17 Uhr gleich ankommt, und ich brauche meine Zeit für den Weg durchs Dorf und den Anstieg. Hoffentlich bringst du nicht zu viel Gepäck mit – beim ersten Blick auf mich wird dir klar sein, dass ich dir nicht damit helfen kann. Wenigstens geht es zurück bergab. Ich kann deinen Gesichtsausdruck kaum erwarten, wenn du An t-Ob das erste Mal siehst – ja, ich hab sogar ein bisschen Gälisch aufgeschnappt, na ja, Ortsnamen und Zahlen, mehr nicht. Ich habe mir das perfekte Versteck für diesen Brief überlegt und es schon vorbereitet, auf dem Weg zum Bahnhof werde ich ihn dort sicher verstauen. Die Sonne ist rausgekommen, um dich zu begrüßen, liebe Heather, und ich bin so aufgeregt, dass ich dich bald wiedersehe!

Es ist so ein schöner Frühlingstag. An solchen Tagen sind das Dorf und die Bucht einfach wundervoll. Man kann unmöglich glauben, dass je wieder Winter sein wird.

Ich liebe dich, *ti amo, tha gaol agam ort*,

Immer und ewig,

Flavia XOXOXOXOXO

Lange sitze ich so da auf dem harten Gras, in einer Hand den Brief, den Blick darauf geheftet. Irgendwann merke ich, dass das Papier in meiner Hand zittert. Ich bin in Tränen ausgebrochen, und als ich erst mit Weinen angefangen habe, sind alle Dämme gebrochen. Ich hocke in einer Senke mitten im Nirgendwo außerhalb eines abgelegenen Dorfs an der schottischen Westküste und wimmere und schniefe wie ein kleines Tier in der Falle. Ich drücke die andere Hand ans Gesicht, während die Tränen fließen, und schluchze mit offenem Mund, aber lautlos vor mich hin.

Flavia. Und Mum. Alle, die mir etwas bedeutet haben, sind

tot. Ich musste von all meinen Kollegen weglaufen, von allem, was ich habe, und niemand auf der ganzen Welt weiß, wo ich bin. Nicht mal diejenigen, die hinter mir her sind, können mich finden. Ich schlucke meine Schluchzer hinunter, breite die gespreizten Finger über dieses harsche Rechteck aus Trauer, meinen Mund. Salzige Tränen laufen mir über die Wangen. Ich bin so einsam, dass sich mir der Magen umdreht.

Es hält nicht an; in finsterster Verfassung, wenn einem herzzerreißend elend zumute ist, ist man schon ganz unten am Boden angelangt und wird sich bald wieder an den Aufstieg machen. Es liegt in der Natur des Menschen, oder meinetwegen auch in seinem Willen. Wir können nicht an Trauer sterben, so überzeugt wir auch sind, es zu können oder zu wollen: Zutiefst in uns ist der Überlebenswille zu stark.

Meine Schluchzer verebben. Bald werde ich mich hochhieven, den Brief zusammenfalten und einstecken und dann, steif wie eine Greisin, wieder zum Weg hinabsteigen und mich nach rechts wenden, um zum Bahnhof zu gelangen.

Ist es dort passiert, in Plockton, als ich an meinem Tiefpunkt angelangt war? Oder vielleicht in Glasgow, als ich diese vier Tage in einer Wohnung verbrachte, in die ich eingebrochen war, mit der Illusion, dass ich reichlich Zeit hätte? Vielleicht war es noch früher – er könnte im Zug gewesen und mit mir in Carlisle ausgestiegen sein; aber da bin ich doch getrampt, damals also nicht. Oder später: Inverness? Ich werde es nie erfahren. Ich weiß nur, dass ich irgendwo auf meinem Weg zu den entlegensten Winkeln der Britischen Inseln von einem Mann aufgespürt wurde, der mir folgte, weil man ihn auf meinen Kopf angesetzt hatte, und nicht einmal bemerkt habe, ab wann er meine Fährte aufnahm.

Ich habe es nicht mal bemerkt – der Gedanke will mir nicht aus dem Kopf. Wo genau war ich da, und was habe ich gemacht? Trotz allem, was ich darüber gelernt, gehört oder mir selbst erschlossen habe, werde ich diese eine Frage nie im Leben aufklären. Manchmal zermartere ich mir das Hirn darüber und ertappe mich bei der Erinnerung, wie ich dort in der versteckten Schlucht in der Nähe von Plockton saß und vor Einsamkeit weinte. Es ist völlig aus der Luft gegriffen, aber ich kann mir nicht helfen, mir ist, als habe ihn mir dieser Moment der Schwäche auf den Hals gehetzt, so als hätte diese kleine Selbstmitleids-Orgie einen Spalt geöffnet, durch den er hereinkam.

In Mußestunden gehe ich diese ganze Reise im Kopf durch und folge meinen Erinnerungsbildern so präzise, wie man in der Planungsphase eine Route mit der Fingerspitze auf einer Landkarte nachzeichnet. Da, und dort, nein, vielleicht hier? Wenn ich nur angestrengt genug nachdenke, genau genug hinsehe, werde ich doch bestimmt den Mann zu Gesicht bekommen, den sie auf mich angesetzt haben, irgendwo in meinem peripheren Gesichtsfeld, eine Figur hinter mir, die immer größer wird, je öfter ich mich über die Schulter nach ihm umsehe. Unterdessen wächst er, verwandelt sich: ein Schatten, ein Umriss, erst zu sehen, dann wieder nicht, wie ein nachtaktives Tier, das beim Wandern von Wolken über den Mond mal zum Vorschein kommt, mal verschwindet.

2. TEIL

Der Weg, die Vervielfachung des Geldes zu beschleunigen, bestand darin, näher als andere an die Zentren der Macht heranzukommen …, wo die Macht plötzlich offen dalag wie ein Erzvorkommen, das von einer tektonischen Verschiebung freigelegt worden war.

Tom Burgis, *Kleptopia*

9

Auf die Vorbereitung kommt es an, das haben wir beim Militär gelernt, obwohl ich keine reguläre Soldatin in dem Sinne war, sondern eine sogenannte Acting Captain im Women's Royal Army Corps. Damals ließen sie uns Mädels nicht bei den Jungs mitmischen. Wir kamen nicht in die Militärakademie Sandhurst, trugen keine Waffen, und zu unserem Trainingsplan im WRAC-Zentrum in Camberly gehörte – kein Witz – Floristik. Aber meine Erfahrung beim WRAC drehte sich auch sehr um Flavia – und was ihr zustieß, war der Grund dafür, dass ich nach kaum sechs Jahren ausstieg, und wenn ich mein Offizierspatent nicht in den Wind geschlagen hätte, wäre ich nie beim Service gelandet. Gehupft wie gesprungen, wie man so sagt.

Ich habe das Women's Royal Army Corps Ende 1981 verlassen – obwohl, »verlassen« ist schon ein Euphemismus. Die GOC, General Officer Commanding des South East District, machte mir klar, dass ich einen sofortigen Austritt aus familiären Gründen einreichen oder auf mein Militärgerichtsverfahren warten konnte, das aller Voraussicht nach mit einer unehrenhaften Entlassung enden würde, aber so ist das halt, wenn man einem höherrangigen Offizier eine reinhaut, selbst wenn er nichts anderes verdient hat.

Im Rückblick erscheinen mir die falschen Hoffnungen am verwerflichsten. Wir wurden ermutigt, uns so wichtig zu nehmen. Als ich mit zweiundzwanzig vor dem Musterungskomitee erschien – drei Tage an der Westbury –, bekam ich mein Patent unter einem Vorbehalt: Bei den medizinischen und sportlichen Belastungstests und individuellen Aufgaben hatte ich hervorragend abgeschnitten, aber meine Schwächen hatten sich gezeigt, als es um die Zusammenarbeit mit den anderen in meiner Truppe ging. Daran musste ich arbeiten, wenn ich wirklich eines Tages in den Offiziersrang aufsteigen wollte. Mir fehlte es an Teamgeist – meine Güte, wie ich diesen Ausdruck hasste! »Eine Kadettin mit dem einzigen Ziel, die Ehrenschärpe zu gewinnen, wird von ihren Kameradinnen weder gemocht noch respektiert«, verriet mir eine freundliche Majorin mit schiefgelegtem Kopf und einem kleinen Zwinker-Lächeln, für das ich sie am liebsten geohrfeigt hätte. *Gemocht*? Respektiert, okay, aber *gemocht*? Natürlich zeigte ich mich eifrig nickend dankbar für das Feedback, nach dem ich mich richten wolle – während ich in Wirklichkeit notfalls jederzeit kurz entschlossen eine Mitbewerberin mit dem Gesicht voran in einen Kuhfladen geschubst hätte, um als Erste über den Hindernisparcours zu kommen.

Zu »Pride of Lions« oder »Early One Morning« marschieren, allmorgendliche Stubeninspektion – erst die Soldatin, dann ihre Ausrüstung –, Militärkunde und Kartenlesen lernen, Exkursionen zu den Einheiten, der Londoner Börse oder in den Old Bailey-Gerichtshof, damit wir verstanden, wie die Gesellschaft, die wir einmal mit Leib und Leben verteidigen sollten, tatsächlich funktionierte. Anfangs fand ich das alles großartig, doch als ich nach meiner Desillusionierung darauf zurückblickte, konnte ich nur noch denken: Warum hat man uns das alles beigebracht, wenn wir so wenig tun durften? Die Aufwartefrauen beaufsichtigen, die Angestellten betreuen, andere Frauen ausbilden, die dann in ihrer Verpflichtung ebenfalls zur Aufgabe bekamen, andere Frauen auszubilden.

Drüben in Sandhurst wohnte die Königin der Abschlusszeremonie bei. Wir bekamen unsere Eltern. Aber meinen schien es immerhin zu gefallen. Sie hatten sich so feingemacht wie noch nie: mein Vater in einem dunkelblauen Zweireiher mit glänzenden

Knöpfen, geölten Haaren und hochglanzpolierten Schuhen. Ich hatte ihn noch nie zuvor so aufrecht und stolz dastehen sehen, mit vor Genugtuung fest aufeinandergepressten Lippen. Mum hatte sich wie für eine Hochzeit herausgeputzt, pastellgelb, mit Absätzen, die sie zu vorsichtigen Trippelschritten nötigten, fest eingehakt unter dem Arm meines Vaters. Sie lächelte tapfer die ganze Zeremonie hindurch, obwohl es saukalt war und sie weder schicke Kleidung noch Frieren mochte. Man hatte uns vorher instruiert, dass wir aufgrund des frischen Wetters zwei Paar unserer Ausstattungs-Strumpfhosen tragen durften – eine braune Variante aus der Drogerie –, aber die ganze Kompanie musste sich auf ein oder zwei Paar einigen, damit unsere Beine unter den Röcken alle einheitlich aussahen.

Während wir in Reih und Glied warteten, sah ich zu, wie sich mein Vater unseren Ausbilderinnen vorstellte und wie sie mit kurzem, scharfem Nicken die Köpfe neigten, denn sie erkannten das Militärische an ihm, und ich dachte, *Gott sei Dank*. Wenn ich schon nicht vorhabe, ihm eine Hochzeit oder Enkel oder eine Olympiamedaille zu bieten, kann ich ihm wenigstens mit dem hier eine Freude machen.

Nach dem Abschluss meiner Ausbildung wurde ich in Richmond, North Yorkshire, stationiert, wo ich die Aufwartefrauen beaufsichtigte, die Serviererinnen, die den Offizieren morgens ihren Tee brachten. Später sollte ich an für die nationale Sicherheit so essenziellen Aufgaben wie etwa stichprobenartigen nächtlichen Kontrollen der Frauenbaracken beteiligt sein, um festzustellen, ob irgendwelche Bewohnerinnen miteinander ins Bett stiegen.

Grüne Schlüpfer. Grundausstattung nach Dienstvorschrift: grüne Schlüpfer. An die erinnere ich mich. Aber ich war nicht wegen der braunen Strumpfhosen, der grünen Schlüppis oder der Stichprobenkontrollen junger Lesben zum Militär gestoßen –

mir konnte gestohlen bleiben, was die Unteroffiziersanwärterinnen miteinander trieben, solange keine eine andere aufgrund ihres Rangs ausnutzte. Jetzt im Nachhinein erscheinen mir die Vorzeichen unübersehbar, obwohl mir später einige meiner Ex-Kameradinnen, die länger durchhielten als ich, von interessanten Versetzungen nach Rheindahlen erzählten, und eine von ihnen überlebte den IRA-Anschlag von 1987 nur knapp. Wenn ich dabeigeblieben wäre, hätte ich vielleicht mit dem militärischen Geheimdienst SIS, genannt die Slimeys, nach Zypern gekonnt, nicht dass die allzu viele Frauen aufnahmen, nein, da hätte ich furchtbar lange warten und ziemlich vielen Offizieren schmeicheln müssen, die deutlich inkompetenter waren als ich.

Doch bevor es zu irgendwas davon kommen konnte, erschien Flavia auf der Bildfläche.

Bei meinem ersten Blick auf Flavia saß sie mit angewinkelten Beinen auf dem Boden, wallendes Haar, Faust im Stiefel.

Zwischen unseren Stuben in Camberley verlief ein langer Gang mit poliertem Holzboden wie ein tiefer dunkler Kanal, und in der ersten Woche unserer Ausbildung gewöhnten wir uns an, abends dort zu sitzen und zu quatschen, während wir unsere Stiefel wienerten. Ich war an dem Abend etwas spät dran und wollte gerade ans andere Ende des Flurs gehen, wo zwei meiner neuen Freundinnen, Frances und Claire, im Gleichtakt Lappen über die Nähte führten und dazu redeten. Wir waren alle noch in der Phase des Abtastens, um herauszufinden, wen wir mochten und wen nicht – binnen einer Woche sollten unsere Freundinnengruppen für den Rest der Ausbildung feststehen, aber zu dem Zeitpunkt war noch alles offen.

Gemeinsames Stiefelwienern war schon ein Ritual – alle von uns sahen auch unausgesprochen ein, dass es dabei um sehr viel mehr ging als nur darum, die Stiefelspitzen auf Hochglanz zu polieren: nämlich darum, uns gegenseitig zu versichern, dass der Glanz überall gleich verteilt war. Mag sein, dass einer Zivilperson der Zusammenhang zwischen polierten Stiefeln und der Aufgabe, eine Kameradin aus einem Schützenloch zu ziehen, während über den Köpfen Granaten explodieren, nicht unmittelbar einleuchtet, aber wir spürten es instinktiv. Alle hatten dabei Jogginghosen an – die die Mädchen von Privatschulen *Jogger* nannten – und Tanktops, aber Flavia trug als Einzige in der Gruppe das Haar offen. Es ergoss sich in einem dichten schwarzen Wasserfall über ihre Schultern, und das war das Erste, was mir an ihr auffiel.

Sie blickte auf, als ich mit meinen Stiefeln in der einen und dem Schuhputzzeug in der anderen Hand ankam. Sie hatte dunkle Haare und Augen, wie ich, aber weder meinen hellen Teint noch meine verbissenen Gesichtszüge. Ihre Haut war vom reinsten Sahneweiß, die Wangen prall. Nicht lange, und ich sollte mich wie ihr Schatten fühlen, die Version von ihr, der jegliches Licht abhandengekommen war. Sie schaute mit einem Gesichtsausdruck zu mir auf, der mir auch geläufig werden sollte: so, als würde sie gleich ein belustigtes, nicht ausschließlich freundlich klingendes Schnauben von sich geben.

Statt zu den beiden Mädels weiterzugehen, mit denen ich mich schon angefreundet hatte, blieb ich stehen, lehnte mich Flavia gegenüber mit dem Rücken an die Wand und ließ mich runterrutschen, bis mein Po auf den spiegelglatten Boden plumpste. Auch wenn das Schuheputzen unser Gruppen-Ritual war – ein verbindendes Element, in dem Bewusstsein, dass wir uns am Morgen alle derselben Inspektion stellen würden –, hatte ich nur Augen für sie.

Ich klappte mein Set auf und holte zwei Bürsten raus, deren steife Borsten miteinander verklebt waren, und ein kleines Sortiment an Lappen. Meine Schuhcremedose war verschwunden – ich musste sie am Vorabend im Gang vergessen haben, oder vielleicht hatte jemand anderes sie eingesteckt. Es sah mir gar nicht ähnlich, Sachen zu verlegen, und es war mir peinlich, fragen zu müssen, ob mir jemand eine leihen könne. Als ich aufschaute, schob mir Flavia – da kannte ich ihren Namen noch nicht – ihre wie einen Eishockeypuck über den Boden zu. Ich wurde von Dankbarkeit geflutet, weniger für die Schuhcreme als vielmehr für diese Rettung aus meiner Bredouille. Ich hob sie auf, drehte an der Metallspange und öffnete den Deckel. Die Creme war nagelneu, mit wunderbarerweise noch glatter, unversehrter Oberfläche. Ich sah Flavia an, und sie reckte das Kinn und sagte: »Kannst du behalten, ich hab noch eine.« Da erst fiel mir auf, dass sie mir ihre neue Creme rübergeschoben hatte statt der anderen, die sie benutzte und in der so wenig drin war, dass in der Mitte der Metalldosenboden durchschimmerte.

Mit hochgezogenen Augenbrauen ließ ich in leicht bitterem Tonfall ein »Danke« fallen, in erster Linie darauf bedacht, mir die Demütigung übertriebener Dankbarkeit zu ersparen.

Unsere Blicke trafen sich mit einem Lächeln, das sich schon nach geheimem Einverständnis anfühlte. Ein abergläubischer Mensch könnte durchaus behaupten, dass die Geschichte unserer Beziehung da, mit diesem ersten Blick geschrieben wurde. Jedenfalls war das bei Weitem nicht das letzte Mal, dass Flavia lange vor mir wissen sollte, was mir fehlte.

An jenem ersten Abend tauschten wir Geschichten aus, redeten immer weiter im Flur, lange nachdem die anderen von ihren Plätzen aufgestanden und weggegangen waren, um ihre Uniformen zu bügeln oder in den Regalen über ihren Betten Staub zu wischen und ihre Toilettenartikel vor der Inspektion auf Linie auszurichten. An den darauffolgenden Abenden machten wir uns lange Gespräche zur Gewohnheit.

Flavia war in Italien geboren und hatte ihre frühe Kindheit als einziger Sprössling einer verwitweten Mutter in der Lombardei verbracht – ihr Vater war an einem Herzinfarkt gestorben, als sie zwei war. Weil ihre Mutter ein Einzelkind gewesen war, waren kaum Onkel, Tanten, Cousins und Cousinen um sie gewesen. In Italien, sagte sie, sei es sehr ungewöhnlich, so wenig Verwandtschaft zu haben, und als sie größer wurde, ging ihr auf, dass sie nicht nur ihren Vater verloren hatte, sondern auch die Geschwister, die sie hätte haben können. (Als ich ihr erzählte, dass ich zwei Brüder, aber zu keinem von beiden ein gutes Verhältnis hatte, sah sie mich an, als wäre ich nicht ganz bei Trost.)

Sie vergötterte ihren toten Vater – bei ihnen zu Hause hatte es überall Fotos von ihm in Silberrahmen gegeben. Er war groß und gutaussehend gewesen; ihre Mutter, klein und schüchtern, war nah am Wasser gebaut. Als Flavia acht war, lernte die Mutter einen Engländer kennen, der an ihrem Wohnort in Cremona an einer Oberschule Englisch unterrichtete, und heiratete ihn. Er hatte Familie in Großbritannien, und weil Flavia und ihre Mutter nirgendwo nennenswerte Verwandtschaft hatten, zogen sie nach zwei Jahren mit ihm nach England, und Flavia verbrachte den Rest ihrer Kindheit in Basingstoke. Man kann ohne Übertreibung sagen, dass es kein geringer Schock für sie war.

Ihr Stiefvater war sehr gut zu ihr, liebte sie und zog sie groß wie eine eigene Tochter, und es war eine glückliche Ehe, aber Flavias Mutter lebte gar nicht gern in England; sie hasste die Kälte, den grauen Himmel, und trauerte um das Leben in Italien, das sie nie gehabt hatte. Weil sie von ihrem neuen Mann keine Kinder hatte, bekam Flavia nie die Geschwister, nach denen sie sich sehnte. »Mehr als alles andere hab ich mir eine Schwester gewünscht. In der Schule hab ich immer versucht, mich mit anderen Einzelkindern anzufreunden und sie zu überreden, sich in den Finger zu piksen, um Blutsschwesternschaft mit mir zu schließen.« Sie lachte, als sie mir das erzählte. »Ist nie was draus geworden.« In der Schulzeit waren wir beide aus unterschiedlichen Gründen Außenseiterinnen gewesen, und wir redeten viel darüber.

Mit fünfzehn fing sie an, mehr Fragen nach ihrem Vater zu stellen, und ihr Stiefvater – nicht die Mutter – nahm sie beiseite und sagte ihr, dass ihr leiblicher Vater nicht an einem Herzinfarkt gestorben, sondern ein gewalttätiger Alkoholiker mit Leberzirrhose gewesen war und dass ihre Mutter und sie froh sein konnten, ihn los zu sein. Das war für Flavia der Auslöser, sich mit einem Mal all den Teenager-Dingen zuzuwenden: Wodka probieren, in der Schule hinter dem Chemiebau rauchen, aber sie schaffte es mit guten Ausgleichsnoten doch an eine angesehene Redbrick-Universität und muss sich irgendwann am Riemen gerissen haben, sonst wäre sie nie und nimmer durch Westbury gekommen. Wahrscheinlich endete sie aus dem gleichen Grund wie so viele beim Militär: Das, was ihre Freundinnen und Freunde beruflich anstrebten, war alles nichts für sie. Sie war auf der Suche nach etwas anderem.

Weil wir beide dickes, störrisches Haar hatten, steckten wir uns morgens gegenseitig den Dutt auf. Natürlich durfte kein Härchen über den Kragen ragen, und etwa drei Viertel der Frauen hatten einen Kurzhaarschnitt, wodurch sie morgens wertvolle Minuten einsparten. Normalerweise platzte Flavia morgens bei mir zur Tür herein, noch in Jogginghose und Tanktop, mit geblähten Nasenflügeln. »O mein Gott, *rapidamente*, komm schon, *stupida*!«

»Auch dir einen guten Morgen …«, damit zog ich mir die grauen Decken über den Kopf, und sie riss sie mir weg und ließ sich auf die Bettkante fallen.

»Na los, na los!«

Während ich mich zum Knien aufrichtete, schwenkte sie seitwärts herum und drehte den Kopf so, dass ich mich hinter sie knien konnte, in einer Hand die Bürste, die ich mir vom Regal hinter mir gegriffen hatte: Ein paar feste Striche, einmal herumzwirbeln, und schon steckte ich rundum das feine braune Netz fest, den Mund voller Haarnadeln.

Als ich beim ersten Mal die letzte Nadel reinsteckte und einmal draufdrückte, um den festen Sitz zu kontrollieren, fiel mir die elegant geschwungene Linie schwarzer Flaumhaare in ihrem Nacken auf, die vor ihrer blassen Haut glänzten, und da hatte ich die Eingebung: Wenn ich ein Mann wäre, würde ich ihr mit dem Zeigefinger einer Hand über den Nacken streicheln.

»Jetzt du, schnell!« Sie sprang auf und drückte mich mit einer Hand auf meiner Schulter runter.

»Meine Güte, Flavia, ich bin eben erst aufgewacht, lass mich erst *pinkeln* gehen …«

Weil eine unserer Majorinnen aus Glasgow war, antwortete Flavia im schlimmsten Glasgower Akzent, den ich je gehört hatte: »Zum *Pissen* wird *koa* Zeit net sein, wenn der de *Kuggeln* um de Ohren pfeifen!« Und dann schüttelte es uns so vor Lachen, dass sie meinen Dutt kaum feststecken konnte, bis ich sie schließlich aus der Stube schubsen musste, um mich noch rechtzeitig anziehen zu können, während wir uns beide noch fast in die Hosen machten vor Lachen und uns gar nicht mehr einkriegten darüber, wie spät wir dran waren, was für ein Ausbund an Energie sie war, was für eine absurde Laufbahn wir beide uns da ausgesucht hatten.

Die anderen Frauen dachten alle, wir hätten was miteinander, aber das stimmte nie – jedenfalls nicht so, wie die anderen es meinten.

Ich könnte so viel mehr über diese Zeit erzählen: Unser Ehrgeiz, unser Patriotismus, der Glaube, dass wir auf unsere eigene bescheidene Art einen Beitrag leisteten, die Demokratie absicherten, all das hatte etwas von Unschuld und Reinheit. In den siebziger und achtziger Jahren war uns einfach nicht klar, gegen was für eine Übermacht wir uns stellten. Wir waren jung, wir waren gut auf unserem Gebiet, und wir nahmen an, das würde reichen.

Als ich in Richmond stationiert und sie nach Deutschland versetzt war, blieben Flavia und ich immer in Verbindung – und kaum war sie wieder in Großbritannien, trafen wir uns an freien Wochenenden, machten ein paarmal zusammen Urlaub. Sie begleitete mich zu meinen Eltern nach Coventry.

Ich bin ihrer Mutter und ihrem Stiefvater nur einmal begegnet, bei einem einigermaßen verkrampften Sonntagsessen in einem Restaurant mit Bratenbüfett in ihrer Nähe; sie wohnten immer noch in Basingstoke. Ihr Stiefvater war nett und langweilig – die zwei Jahre, die er in Italien unterrichtet hatte, waren offensichtlich das Aufregendste, was er je erlebt hatte; er redete immer noch darüber. Alles an ihm war sandfarben: Haare, Haut und Schnurrbart – fehlte nur noch, dass er Sandy hieß. Flavias Mutter fixierte mich so mit Blicken, während ich redete, dass ich mich unwohl dabei fühlte, als habe sie so ein Gefühl, dass ich einen schlechten Einfluss auf ihre Tochter hätte, und versuchte zu ergründen, wie genau.

Dann wurden wir, o Wunder, beide befristet ins nächste Stabsquartier versetzt, die Headquarters Southeast District.

Als ich 1981 in Aldershot ankam, war mein erster Gedanke, dass diese Stadt noch nicht aus den siebziger Jahren herausgefunden hatte – und dabei musste ich 2001 erneut hin, und selbst da fühlte es sich noch ganz genauso an. Bei diesem späteren Aufenthalt, ganze zwei Jahrzehnte nach meiner Stationierung dort als junge Offizierin, als ich vom Bahnhof zu einem Treffen mit meiner Kontaktperson ging – der gleichrangigen Verbindungsoffizierin im militärischen Geheimdienst –, dachte ich mir: Vielleicht nehmen manche Orte die Atmosphäre eines bestimmten Jahrzehnts an. Zu der Zeit steckte das Land in einer kurzen flachen Rezession, aus der es sich bald erholen sollte, aber in dieser Stadt herrschte eine Atmosphäre tapferen Durchhaltens. Vielleicht gilt das ja für alle Garnisonsstädte. Beim Warten in einem Café in der Fußgängerzone sah ich die gleichen Soldaten außer Dienst, wie ich sie dort während meiner Stationierung als junge Frau gesehen hatte: enganliegende T-Shirts, keine Jacken, einherstolzierend wie mit permanent aufgerichtetem Hahnenkamm. Außerdem fiel mir etwas auf, das ich zwanzig Jahre zuvor nicht wahrgenommen hatte: die sehnigen älteren Männer mit eingefallenen Augenhöhlen, die auf Bänken hockten, Bierdose in der Hand, und ich fragte mich, ob sie neu hinzugekommen oder schon vor zwanzig Jahren da gewesen waren und ich sie damals in meinem jugendlichen Übermut bloß übersehen hatte. Ich beobachtete, wie die jungen, muskulösen Typen die älteren Herren ignorierten – sie sahen keine Vorboten in ihnen, oder wollten es nicht wahrhaben.

Als ich 1981 dort ankam, wusste ich, dass der Glanzlack des Militärs für mich allmählich abblätterte, hatte mir aber noch nicht wirklich eingestanden, wie gründlich. Damals war ich in Besoldungsgruppe 3 eingestuft, als Staff Captain in Intelligence and Security, Int and Sy, wie wir dazu sagten. Flavia war Ausbildende Offizierin an der Catering-Militärschule. Damals gab es noch über hundert Pubs in der Stadt, vor allem zur Versorgung der Unteroffiziere – die Einheimischen kannten die Soldatenpubs und waren vernünftig genug, sich davon fernzuhalten.

Einmal sah ich, wie ein Soldat durch ein Flachglasfenster geworfen wurde – natürlich außer Dienst. Flavia und ich standen mit drei anderen vor dem Hähnchengrill an der High Street und aßen Pommes nach einer Nacht im Weavers' Arms Pub. Eine Gruppe Gefreiter in Jeans und Muskelshirts saß an einem Fenstertisch. Es war Winter, aber sie hätten nicht im Traum daran gedacht, Jacken anzuziehen, solange sie ihren Bizeps zur Schau stellen konnten. Ab und an ließ sich höchstens einer dazu herab, sich einen dünnen Schal um den Hals zu legen, aber nur mit lose herabhängenden Enden – wenn er ihn sich um den Hals schlang, hätten die Kameraden ihn ja *Tunte* nennen können. Alle hatten Teller mit frittierten Hähnchenunterschenkeln vor sich, mit irgendeiner krümeligen braunen Panade überzogen, und zufällig sah ich gerade durchs Fenster zu ihnen rein, als ein anderer Soldat, der allein vorbeiging, auf dem Absatz kehrtmachte, seelenruhig in den Hähnchengrill ging, einen der Sitzenden packte und ihn – bevor einer seiner Kameraden eingreifen konnte – durchs Flachglasfenster auf die Straße hinauswarf.

Draußen standen Kerle in drei oder vier Gruppen herum, und die meisten von ihnen brachen in lautes Johlen aus, ehe sie zum Soldaten auf dem Boden liefen, um zu nachzusehen, ob er verletzt war. Währenddessen kam es im Hähnchengrill zu einer gewaltigen Schlägerei, offenbar zwischen dem Angreifer, den Freunden des Opfers und allen, die um ihr Hähnchenfleisch angestanden hatten.

Ich drehte mich zu Flavia um, weil ich sie fragen wollte, ob wir die Streithähne trennen wollten – weibliche Armeeangehörige hatten es damit viel leichter als männliche –, und sah, dass sie jetzt etwas abseits stand und sich mit einem großen Offizier unterhielt, den ich flüchtig kannte. Lachend, nein, kokett lächelnd schlug sie die Augen nieder, ehe sie zu ihm aufschaute, wie er über ihr aufragte, und unter meinen Augen griff er nach ihrem

Hinterkopf und nahm eine Handvoll ihrer Haare in die Faust. Ich sah ihr Gesicht im Profil, und sie lächelte, als er es zu sich heranzog, und in dem Moment ging mir auf, dass er keiner war, der zufällig gerade vorbeikam und sie anquatschte, sondern jemand, den sie schon länger kannte, der sie in unserer Gruppe entdeckt hatte und zu ihr rübergekommen war. Sie standen etwas außerhalb eines Lichtkegels, im Dunkeln kaum zu sehen, und alle anderen konzentrierten sich auf die Schlägerei. Als sein Gesicht auf ihres zukam, schloss sie die Augen.

Ich fand nie heraus, was der durchs Fenster geworfene Soldat dem Werfer angetan hatte, hörte aber später, dass er am nächsten Wochenende zum Hähnchengrill zurückging, um sich beim Inhaber zu entschuldigen und ihm als Wiedergutmachung für die Unannehmlichkeiten ein Geldbündel zu überreichen. Auf dem Weg hinaus sah er seinen Angreifer vom Wochenende davor ankommen, ebenfalls in der Absicht, dem Inhaber ein Bündel Bargeld als Entschuldigung zuzustecken. Also packte der erste, aus dem Laden geschmissene Soldat den zweiten und schmiss ihn durch das neu eingesetzte Fenster *in* den Imbiss. Danach gab der Inhaber es auf, das Glas erneuern zu lassen, und beließ es beim mit Sperrholzbrettern verbarrikadierten Fenster. Nicht anzunehmen, dass sich seine Kundschaft daran gestört hat.

Dieser große Typ war Oberstleutnant, befehlshabender Offizier in der Provost Company, natürlich verheiratet, und es war strikt regelwidrig, so strikt, dass es andauernd vorkam. Flavia hatte mir nichts davon erzählt, weil sie wusste, dass ich etwas dagegen hätte, wie sie sagte. Ihr Untergang kam unerwartet, eines Dienstagabends. Ich ging gerade zur Stube von Senior Lieutenant Bianchi, um sie nach ihren nächsten Beurlaubungszeiten zu fragen, da sah ich im Flur vier Frauen um Flavias offene Tür versammelt und hörte drinnen jemand weinen.

Ich schob die anderen aus dem Weg, während ich hinging.

Flavia saß auf dem Bett, vornübergebeugt, das Gesicht in beiden Händen, und heulte – schluchzte herzzerreißend, wie ein kleines Kind. Auf dem Boden, zu ihren Füßen, lag ein offener Koffer, in den ein paar Sachen hineingeworfen waren: ein Kulturbeutel, eine kleine, offenbar eher zufällige Auswahl an Kleidungsstücken. An der anderen Stubenseite lag ein zerbrochener Porzellanbecher.

»Was ist los?«, fragte ich.

»Ich hab doch nur gefragt, ob mit ihr alles in Ordnung ist«, sagte die Frau neben mir, eine zähe kleine Hündin namens Minnie, die Sportausbilderin in der 10. Kompanie war. »Versuch du es.«

Ich stand in der Tür und sah Flavia an, wie sie auf der Bettkante kauerte, hilflos in ihrer Verzweiflung.

»Haut ab«, sagte ich zu den anderen Frauen, ehe ich in Flavias Stube ging und die Tür hinter mir zuzog.

Flavia hatte ihren ›Namen befleckt‹, so sagte man hierzulande damals wirklich dazu, wenn eine Frau Schande über sich brachte, obwohl kaum jemand von denen überhaupt ihren Namen kannte. Sie ging noch am selben Abend fort, und als ich sie anflehte, mit mir darüber zu reden, mir zu erklären, was zwischen ihr und Michael passiert war, weinte sie nur und sagte, ich solle mich da nicht mit reinziehen lassen. Sie würde sich melden, meinte sie – und damit verschwand sie.

Am nächsten Wochenende versuchte ich ihre Mutter und ihren Stiefvater anzurufen. Sandy, oder wie auch immer er wirklich hieß, ging ans Telefon und sagte mir, Flavia brauche eine Auszeit, und es sei das Beste, wenn ich nicht mehr anriefe – sie wolle eine

Zeitlang mit niemandem vom Militär mehr reden. Mit *niemandem*?, dachte ich. Wieso war ich plötzlich ein Niemand? Als ich ihn bat, ihr etwas auszurichten, erwiderte er nach kurzem Zögern: »Ich richte ihr aus, dass Sie angerufen haben«, und legte auf.

Am nächsten Abend fand ein Offiziersdinner statt, an dem der Oberstleutnant teilnehmen würde, wie ich wusste. Ich blieb in der Kaserne, während die anderen in die Stadt gingen, und am späten Abend ging ich im Dunkeln über den weitläufigen Vorplatz und wartete vor dem Speisesaal der Offiziere – ich hatte mir selbst eingeredet, ich wollte ihm gehörig die Meinung geigen, aber mittlerweile glaube ich, dass es mehr als nur das war. Mein eigentliches Ziel war es, mich so aufzuführen, dass ein unbewusst schon länger von mir gewünschtes Ergebnis dabei herauskommen sollte.

Es war zehn Uhr abends und eine mondlose Nacht, stockfinster. Ich sah, wie er mit einer Gruppe anderer Offiziere aus einer gelb beleuchteten Tür trat. Alle blieben im Eingangsbereich stehen, um eine zu rauchen. Ich sah ihn wie einen Leinwandhelden mit elegantem Schnipsen der Zeigefingerspitze Asche abstippen. Groß und schlaksig, hielt er sich lässig, als fühlte er sich wohl in der eigenen Haut. Nach etwa zehn Minuten ließ er die Zigarettenkippe fallen und trat sie mit geschmeidigem Absatzschwenken in den Boden, ehe er eine Hand hob, um sich von seinen Offizierskameraden zu verabschieden. Die rauchten immer noch, und am Ende würde wahrscheinlich jemand anderes seine Kippe aufheben, weil es sich für Offiziere ihres Ranges nicht gehörte, sie einfach liegen zu lassen. Er bog auf seinen Weg hinter den Speisesaal und weiter durch die Gasse zwischen zwei eng aneinanderstehenden Baracken ab; er ging als Einziger seiner Gruppe in die Unterkunft für Verheiratete.

Ich folgte ihm, bis der schmale unbefestigte Weg um die Ecke zwischen den fensterlosen Rückseiten zweier Baracken weiterführte. Das Gras war noch vom letzten Regen nass, und ich ging lautlos in seiner Spur, aber auf halbem Wege spürte er meine Nähe, blieb stehen und sah sich um. Er war in Ausgehuniform, ich in Zivil. Kurz zog er ein fragendes Gesicht, gefolgt von langsamem Lächeln. Im schummerigen Mondlicht sah er gut aus, frisch rasiert, mit gepflegten Augenbrauen – auf einmal musste ich mir lebhaft vorstellen, wie er sich morgens womöglich die Nasenhaare schnitt. Ich hörte schon fast das leise Knipsen der Nagelschere.

Ich wusste, dass ich meine Worte nicht auf die Goldwaage legen konnte – dafür fehlte die Zeit. Wahrscheinlich würde er kehrtmachen und davonmarschieren, sobald ich drauflosredete, oder jemand anderes könnte vorbeikommen. Ich hatte nur wenige Sekunden.

»Du bist der allerletzte Scheißdreck«, sagte ich rasch, aber ruhig. »Und das weißt du auch. Auch wenn du denkst, für dich hätte es keine Folgen, was ja vielleicht sogar stimmt, weiß jede einzelne Frau in diesem Stützpunkt, was du für einer bist, und …«

»Heather«, sagte er scheißfreundlich und sah mir ins Gesicht. »Ich hatte noch nicht das Vergnügen.« Er trat auf mich zu, immer noch mit entspannten Gesichtszügen. Ich wusste, dass er mich einschüchtern wollte, aber da war er bei mir an die Falsche geraten. Ich behauptete meine Stellung.

»Du bist kein scheiß Offizier«, sagte ich leise fauchend, »sondern ziehst deine Uniform in den Dreck. Du bist einfach nur ein widerlicher Fremdgänger wie jeder andere Widerling da draußen, du bist einfach …«

Er hatte viel längere Beine als ich und kam mit nur einem einzigen Schritt dicht an mich ran. Mit einer Hand packte er mich am Hinterkopf, verflocht die Finger mit meinen Haaren, zog mit einem Ruck meinen Kopf zurück und brachte mich mit einer Geste aus dem Gleichgewicht, die die finstere Version dessen war, was er mit Flavia dicht am Laternenlichtkegel gemacht hatte, eine instinktive Persiflage davon, und bis auf den heutigen Tag kann ich diese Geste nicht mit romantischer Aufladung im Kino oder Fernsehen aufgeführt sehen, ohne zu wissen, dass sie im Kern nichts dergleichen ist. Meine Kopfhaut spannte; meine pulsierende Kehle lag bloß. Tränen traten mir in die Augen, und ich hatte kurz Zeit, mich zu fragen, ob er wütend genug war, um mir tatsächlich Gewalt anzutun – doch dafür war ihm seine Karriere viel zu wichtig. Das Zurückbiegen und Dehnen meines Halses hatte mir die Luftröhre abgeschnürt. Ich gab nur ein leise würgendes Geräusch von mir.

Er kam mit dem Kopf dicht an mich heran. »Was kann ich dafür, dass du es zu nichts gebracht hast, *Heather*, aber wenn's nach mir ginge, verlass dich drauf …« Er ließ meinen Hinterkopf los. Ich taumelte, hielt mich aber aufrecht.

Er betrachtete mich eine Weile. Ich fragte mich, ob er betrunken war, auf die Art, die einen sehr nüchternen Eindruck macht. »Sie macht beim Vögeln so ein niedliches Geräusch«, sagte er, drehte sich um und schlenderte mit zum Gruß erhobener Hand davon. *Na dann gute Nacht auch.*

Hass auf einen Menschen kann man wahrscheinlich überwinden; außer wenn er mit Angst vermischt ist: So ein Hass ist wie dokumentenechte Tinte. Ich war fest entschlossen, zu beweisen, dass ich keine Angst hatte.

Ich rannte hinter ihm her. Am Ende der Mauern mündete der Weg in einen kleinen Platz vor der nächsten Barackenreihe. Vier Unteroffiziere standen zusammengeschart an einer der Türen, und ich sah sie natürlich, war da aber schon zu wutentbrannt, um mich darum zu scheren. Als ich ihn einholte, war er mitten auf dem Platz, der von hohen Laternen aus allen vier Ecken beleuchtet wurde. Vielleicht habe ich etwas gerufen, das weiß ich nicht mehr, aber er drehte sich mit einem zwielichtigen *Allmählich wird's nervig*-Ausdruck im Gesicht zu mir um, genau im richtigen Moment, dass meine kleine feste Faust ihn von links unten am Kiefer treffen konnte.

Ich wünschte, ich könnte sagen, der Treffer hätte irgendein befriedigendes Geräusch erzeugt, aber so war es nicht. Immerhin tat es mir so weh, dass ich wusste, es musste auch ihm wehgetan haben – und mir war das alles, einschließlich des Endes meiner militärischen Laufbahn, auf jeden Fall wert, den ungläubigen Ausdruck in seinen geschniegelten Gesichtszügen zu sehen, während gleichzeitig die Rekruten an der nächsten Baracke in freudiges Johlen ausbrachen.

10

Nachdem ich der Armee den Rücken gekehrt hatte, zog ich nach London und heuerte bei einer Zeitarbeitsfirma an. Arbeit war leicht zu bekommen: Jede Menge Firmen stellten gern Ex-Militärs ein, weil wir im Allgemeinen pünktlich, mit gebügelten Hemden und blankpolierten Schuhen bei ihnen erschienen. Ich war dem WRAC aus rein patriotischer Überzeugung beigetreten, mit der Leidenschaft, die mein Vater mir eingepflanzt hatte: Mit das Höchste, was ich erreichen könne, sei, der Königin zu dienen und die Demokratie zu verteidigen. Jetzt schloss ich mich zur Rushhour in Doppeldeckerbussen dem Berufsverkehr an und diskutierte ernsthaft mit meinen Bürokolleginnen, ob der Belag der Krabbensandwiches von Marks & Spencer im Grunde nur aus Mayonnaise mit rosa Pünktchen drin bestand.

Nach vier Monaten meldete Flavia sich schließlich wieder. Inzwischen war ich böse auf sie – einfach so zu verschwinden, als die Freundin, für die ich mich in die Bresche geschlagen hatte. Das war noch vor Handys, vor E-Mail oder sozialen Medien – wenn man nicht wusste, wo eine Freundin abgeblieben war, und ausschließlich die Telefonnummer ihrer Eltern hatte, kam man nur auf dem Weg in Kontakt. Wenn sie ihr nichts ausrichteten oder sie nicht antwortete, war's das. Damals stellte ich mir vor, wenn sie sich je wieder melden sollte, würde ich mich distanziert geben, unnahbar. Sie wäre von meiner Kälte niedergeschmettert und würde sich ein ums andere Mal flehentlich entschuldigen.

Tatsächlich klingelte mein Telefon eines Abends, als ich allein in meiner Wohnung war und fernsah, und ich war so überrascht, als ich ranging und sie »Heather. Heather, ich bin's«, sagte, dass ich sie nicht mal fragte, woher sie meine neue Nummer hatte (natürlich von meinen Eltern, wie sich herausstellen sollte).

»O mein Gott!«, rief ich mit vor Entzücken hochgerutschter Stimme. »Wie zum Teufel geht's dir? *Wo* bist du?«

Sie lachte in den Hörer. »Gott sei Dank – ich hab gedacht, du musst stinksauer auf mich sein.«

Und ganz der hilflose Schwachkopf, der ich in Flavias Beisein immer war, antwortete ich: »Nein, nein, natürlich nicht, ich hab mir nur Sorgen gemacht ... ich doch nicht ...«

»Ich erzähl dir alles, wenn du mich besuchen kommst.«

»Wo besuchen? Ich weiß nicht, wo du bist.«

»Plockton«, sagte sie. »Ich wohne in Plockton, na ja, vorübergehend, wahrscheinlich nicht mehr lange. Deshalb musst du kommen.«

»Wo ist Plockton?«

»Schlag's nach, ich will wissen, wie es *dir* geht.«

Ich erzählte ihr von meiner neuen Arbeit, meiner Wohnung, dass unter mir ein älteres Ehepaar mit ganzen sechs kläffenden Schoßhündchen wohnte. Ich versuchte, sie nach sich auszufragen, nach ihrem rätselhaften Verschwinden, was mit Michael passiert war, aber sie blieb dabei: Sie wollte alles erklären, wenn ich sie besuchen käme.

Wir gingen beide unsere Kalender holen, um uns auf einen Termin zu einigen. Mit meinem Filofax-Taschenkalender und einem schlanken Goldkuli in der Hand kam ich wieder. Der Telefonhörer lag seitlich auf der Arbeitsfläche in meiner winzigen Küchenzeile, und bevor ich ihn wieder aufhob, stand ich da und sah ihn mir an. Flavia war am anderen Ende. In einer Sekunde würde ich den Hörer hochnehmen, und wir würden abmachen, wann ich sie besuchen käme, und genau da hielt ich in meiner Mini-Küche inne, Kalender in einer Hand, und blickte auf das Telefon, um den Moment auszukosten.

Ich klemmte mir den Hörer zwischen Schulter und Ohr, Filofax und Stift in beiden Händen. »Na los«, sagte ich, »wann willst du mich dahaben?«

»So bald wie möglich.«

Ich rief sie am nächsten Abend zurück, nachdem ich mit meiner Firma klargemacht hatte, dass ich mir den kommenden Freitag freinehmen konnte, für ein verlängertes Wochenende. Ich hatte Flavia versprochen, dass ich mich nach Plockton und dem Weg dorthin erkundigen würde.

»Elf Stunden?«, sagte ich, als sie ans Telefon ging. »Wie kann irgendwas in diesem Land elf Zugstunden entfernt sein? Du bist noch nicht mal ganz oben an der Spitze.«

»Das gilt, wenn du frühmorgens losfährst«, sagte sie. »Aber dann gibt es da noch die Möglichkeit, am Vorabend von Euston den Nachtzug nach Inverness zu nehmen. An deiner Stelle würde ich es so machen und am Morgen von dort hier rüberkommen. Es ist zwar ein kleiner Umweg, aber die Fahrt an die Westküste ist so schön, die reinste Wohltat für die Seele.«

»Na klar, warum nicht«, sagte ich, obwohl mir als alter Zynikerin das mit der *seelischen Wohltat* nicht so ganz einleuchtete. Eine Aussicht war schließlich wie die andere. »Mal sehen, ob sie an dem Donnerstagabend einen Schlafwagen anbieten.«

Dieser zweite Anruf war schon heikler. Beim ersten Mal hatten wir die Aufregung in unseren Stimmen gehört und auf die beiderseitige Freude reagiert. Eine Verabredung zu treffen, ernüchterte uns. Schließlich würde es eine Menge zu besprechen geben.

Eine Wohltat für die Seele. Das erinnerte mich an die Seite von Flavias Persönlichkeit, mit der ich noch nie besonders gut zurechtgekommen war: ihre Spiritualität, ihr Beharren darauf, dass es höhere Mächte oder Auren oder was auch immer gab. Sie war beim Militär fertiggemacht worden. Meiner Ansicht nach war das nichts, was man mit *Alles geschieht aus einem höheren Grund* erklären sollte. Sondern ein Anlass dafür, jemandem den Kiefer zu brechen.

Ich legte meinen Zynismus an einem Freitag des Frühlingsanfangs 1982 gegen sechs Uhr morgens ab, als ich das graue Rollo in meinem Schlafwagenabteil hochzog und sah, nachdem ich am Vorabend bei Dunkelheit und Regen in London Euston losgefahren war, wie jetzt das Frühlicht von schneebedeckten Bergen zurückgeworfen wurde. Jedwede noch übriggebliebene Faser meiner inneren Skeptikerin löste sich etwa vier Stunden später in Luft auf, nachdem ich in Inverness umgestiegen und nach Westen unterwegs war, das Land von Küste zu Küste durchquerend, diese so weite, leere Landschaft ... Lochluiart, Achanalt, Achnasheen ... Wasser, Berge, Himmel, Nebel – weite Täler mit kleinen Seen und zerzausten Tannenwäldchen – ich wunderte mich, dass die Armee uns nie zum Training dort hingeschickt hatte. Und über meine eigene Unkenntnis. Warum hatte ich als Frischluftfanatikerin mein ganzes Leben im langweiligen, zugebauten England verbracht? Warum war ich noch nie hier gewesen? Ich wusste zwar immer noch nicht, was mit meiner Freundin los war, begriff aber, dass Flavia möglicherweise nicht nur aus einem Grund England verlassen hatte, und warum sie so weit weggefahren war.

Sie wartete auf dem Bahnsteig, als ich aus dem Zug stieg, und als Erstes fiel mir auf, dass sie sichtlich schwanger war. Ich spürte, wie mir die Gesichtszüge entgleisten, während ich auf sie zuging.

Sie breitete schwungvoll beide Arme aus, blickte nach unten auf ihren strammen Kugelbauch und dann wieder mich an. »Überraschung!«

Wir gingen untergehakt bergab Richtung Dorf – Flavia munter drauflosplaudernd. »Wir werden durchs Dorf gehen, aber du bist bestimmt hungrig, deshalb halten wir jetzt unterwegs nicht an. Ich hab eine selbstgekochte Suppe auf dem Herd stehen. Ich wohne auf der anderen Seite vom Dorf – ich kann's kaum erwarten, es dir zu zeigen, aber wir gucken uns auch unterwegs kurz die Bucht und noch ein paar andere Stellen an, das geht doch, oder? Du musst nicht superdringend pinkeln oder so?« Ich hatte den Eindruck, dass sie so viel redete, weil sie da noch keine Fragen von mir hören wollte.

Die Straße führte steil ins Dorf hinab, aber auf halbem Weg hielt sie an und sagte: »Also, wo wir schon hier sind, möchte ich dir was zeigen.« Sie deutete auf einen kleinen steilen Hang, der nach oben führte, vom Weg aus außer Sichtweite.

In der Mitte der Freiluftkirche drehte Flavia sich einmal im Kreis, eine volle Dreihundertsechziggrad-Drehung mit halb angehobenen Armen, das Gesicht mit engelsgleichem Lächeln der Frühlingssonne zugewandt. »Ist es nicht ein magischer Ort?«, sagte sie. »Christlicher Gottesdienst an der freien Luft, vielleicht geheim, als es noch verboten war. Was muss das für ein tolles Gefühl gewesen sein, dass der Himmel die Kraft des eigenen Glaubens bezeugt.«

Ich tat ihr den Gefallen und sah mich um. »Kommt mir eher heidnisch vor.« Bei Freiluftmessen fielen mir spontan Gestalten in Tierfellen ein, die auf einem Felsstein eine Ziege opferten und vielleicht das Blut aus einem Kelch tranken. Bei Feuerschein. Schlagartig sah ich die bedauernswerte Ziege vor mir, an einen Stein gefesselt, in Rückenlage, mit schreckgeweitet rollenden Augäpfeln und gebleckten Zähnen. Kann man eine Ziege wirklich in Rückenlage fesseln?

Mit weichen, ernsten Gesichtszügen wandte Flavia sich mir zu. »Meinst du, du wirst dich an diesen Ort erinnern?«

Ich wusste ja, sie wollte, dass ich mich zutiefst betroffen fühlte, aber ganz ehrlich, wenn man mich fragte, war es halt eine grasbewachsene Senke. »Ja, natürlich«, antwortete ich ihr zuliebe.

»Gut«, sagte sie, »ich möchte, dass du dich noch nach Jahren dran erinnerst.« Sie kletterte zu mir hoch, nahm wieder meinen Arm und sagte: »Na komm, meine rationale Freundin, nicht alles lässt sich auf Anhieb erklären, aber den Rest der Führung überspringen wir erstmal. Schließlich wartet die Suppe auf uns.«

»Gut, ich bin am Verhungern.«

Wir durchquerten das Dorf – wobei Flavia mir ausgiebig die hübsche kleine Bucht zeigte – und nahmen dann einen Fußpfad mit kleinen Feldern zu beiden Seiten. Am anderen Ende stand ein niedriges, kleines, weiß getünchtes Cottage. Zur Linken lag ein dicht bewachsenes Waldgebiet – Kiefern, die dürr aussahen und so dicht beieinanderstanden, dass das dunkle Waldesinnere ganz bis an den Feldrand vorrückte, als könnte es jeden Moment herausbrechen und zu uns überschwappen.

Wenn ich mich jetzt daran erinnere, versuche ich mich wieder dorthin zu versetzen und genauer hinzusehen, als könnte ich mein zukünftiges Ich viele Jahre später erkennen, größtenteils hinter einem Baumstamm verborgen, wie ich das Cottage beobachte, im Geiste ein Scharfschützen-Gewehr anlege und durchs Zielfernrohr spähe.

Das Cottage hatte keinen Vorgarten, nur eine Kiesfläche, wo ich viele Jahre später zu meiner Enttäuschung ein abgestelltes Auto mit offener Kofferraumhaube und Gepäck darin sehen sollte. Flavia sagte mir, sie habe einen kleinen Kombi, aber der sei in der Werkstatt. Sie öffnete die breite Holztür, und wir betraten einen Flur, von dem es geradeaus zur Treppe ging, nach rechts in ein winziges Wohnzimmer und links in eine Küche mit Steinboden.

»Leg deine Tasche dort ab«, sagte Flavia und zeigte auf die unteren Treppenstufen. »Den ersten Stock zeig ich dir nachher – es gibt nur ein Schlafzimmer, das teilen wir uns also. Komm, wir machen die Suppe warm, zurzeit haue ich rein wie ein Scheunendrescher.«

Neben der Treppe standen zwei große Koffer, aufrecht, mit hochgeklappten Griffen. »Hast du noch mehr Gäste?«, fragte ich nüchtern.

Sie lächelte. »Keine Sorge, nur dich. Da ist mein ganzes Zeug drin.«

Ich zog eine Augenbraue hoch.

»Mir gehört hier nichts, ist möbliert gemietet. Ich halte fast alle meine persönlichen Sachen bereit, damit ich schnell verschwinden kann, wenn nötig.« Ich stellte mir vor, wie meine hochschwangere Freundin ihre beiden mächtigen Koffer durch die Holztür schleppte, in ihren kleinen Kombi verfrachtete und davonbrauste, das Steuer mit beiden Händen umklammernd, und mir wurde richtig schlecht. Warum nur lauert dieser Gedanke bei uns immer irgendwo im Hinterkopf: *Wie sieht mein Fluchtweg aus, wo ist die nächste Tür?*

Sie schlüpfte aus ihrem Regenmantel, wendete ihn und hängte ihn an einen Haken neben der Tür. Dann hob sie ihr Haar vom Kragen ab, und ich sah, dass sie ein kleines Silberarmband trug, das ich ihr zu ihrem letzten Geburtstag geschenkt hatte. Sie bemerkte meinen Blick und strahlte. »Wie gut«, sagte sie geheimnisvoll, als ich ihr in die Küche folgte.

In der Küche gab es Deckenbalken mit Haken und einen altmodischen Herd, der aussah, als stünde er seit der Erfindung des Küchenherds an seinem Platz, aber nicht funktionstüchtig war – daneben gab es einen Gasherd. Die Wände waren mit einer Art krümeliger Leimfarbe gestrichen – alles in allem fühlte ich mich in die dreißiger Jahre zurückversetzt. Es kam mir vor wie die Sorte Haus, die hinten einen Holzschuppen hatte, wo man Lebensmittelvorräte und Brennmaterial für den nächsten Winter stapeln konnte.

Ich setzte mich an den Tisch, während Flavia hin und her huschte und Küchenschränke auf- und zuklappte, in einem Kämmerchen verschwand, das sie Speisekammer nannte, und wieder hervorkam. Vor mir erschienen: eine Schüssel mit Hummus; verschiedene kleine Käse in Wachspapier, hübsch angerichtet auf einem Holzbrett; ein Porzellanteller mit Goldrand und einem dunklen Sprung quer durch die Mitte. Das Shirt meiner Freundin spannte über ihrem Bauch, und doch blieb ich einfach sitzen, ohne ihr zu helfen. Wenn es Winter wäre, dachte ich, würde ich vor mich hin bibbern, ohne warm zu werden – aber jetzt war Frühling. Flavia hatte die Hintertür zu einem Gärtchen geöffnet, draußen schimmerte helle Luft. Allmählich sickerte bei mir die Erkenntnis durch, wie verändert ihr Leben, und damit unsere Freundschaft, jetzt war. Ich dachte daran, dass sie mir die so bedeutende Neuigkeit ihrer Schwangerschaft monatelang vorenthalten hatte.

Flavia stellte ein kleines blaues Milchkännchen auf den Tisch, und ich nahm es in die Hand, hielt es schräg und betrachtete es ausgiebig, als hätte ich noch nie zuvor ein Milchkännchen gesehen.

»Wie hübsch«, sagte ich, »wo hast du das her?«

Flavia hielt inne und fragte: »Bist du sauer auf mich?«

Ich stellte das Kännchen hin. »Ich freue mich nur, dich zu sehen.«

»Also doch.« Sauer, meinte sie.

Sie zündete eine Gasplatte unter dem Suppentopf auf dem Herd an. Sie brauchte ein paarmal, um das Streichholz anzubekommen, und als sie es ans Gas hielt, zischte die blaue Flamme mit einem heftigen *Wusch* nach oben.

»Es ist bloß …«, sagte ich. »Du bist einfach verschwunden.«

Sie stellte die Flamme unter der Suppe runter. »Ich weiß«, sagte sie. »Ich bin dir eine Erklärung schuldig.«

»Du bist mir gar nichts schuldig.«

»O doch.«

Sie lehnte sich gegen die Arbeitsplatte zurück und warf mir einen ernsten, sanften Blick zu. »Als ich Michael sagte, dass ich schwanger bin, hat er von mir verlangt, abzutreiben. Er wusste, dass ich Katholikin bin, als er mit mir schlief, aber darum geht's nicht. Als ich mich weigerte, hat er mich mit einer Hand an der Kehle gepackt und gegen die Wand gedrückt …«

Meine Stirn legte sich in Falten, während das Kinn nach unten absackte. Ich starrte sie an.

»Ich hab dir nichts davon gesagt, weil ich wusste, wie es dich aufregen würde. Du hattest noch eine militärische Laufbahn vor dir. Ich wollte dir nichts kaputtmachen.« Sie lächelte. »Und dann bist du ausgetreten.« Sie hob die Hände und ließ sie fallen. »Ich hab übrigens erfahren, was passiert ist. Und hab mich über dich geärgert. Ich hatte versucht, dich da rauszuhalten.«

»Du bist einfach verschwunden«, wiederholte ich und spürte, wie beschämend meine Ichbezogenheit war, ohne sie jedoch zügeln zu können. »Ich hab nicht gewusst, wo du warst, ob es dir gutging …«

»Ich weiß«, sagte sie. »Aber ich wollte dir nicht die ganze Geschichte erzählen, es wäre dir gegenüber nicht richtig gewesen, und ich wollte dir keine Lügen zumuten, wenn man dich fragte, wo ich war, falls Michael mich verfolgte. Und ich brauchte Zeit zum Nachdenken. Ich hatte Angst, weil es zum Schlimmsten gekommen war. Mir ist da was rausgerutscht, was ich besser nicht gesagt hätte, Sachen über seine Frau und seine Familie, ich hab ihm gedroht, alles auffliegen zu lassen, richtig bescheuert von mir, damit hab ich ihm einen Freifahrtschein gegeben, also moralisch. Er hat sich ziemlich eklig benommen. Er ist ein sehr sonderbarer Mann.«

Ich dachte daran, wie Michael im Dunkeln nach dem Essen mit seinen Offizierskameraden die Asche von seiner Zigarette gestippt hatte, so lässig, als wäre sein Leben ein einziger Sonntagsspaziergang.

»Bist du jetzt in Sicherheit?« Ich spürte, wie die Mordlust in mir hochkam. Ich wusste, dass ich dazu fähig war. Schließlich teilt sich die Welt in zwei Kategorien von Menschen: die einen, die selbst im Angesicht des Bösesten zu Verständnis und Verhandlung fähig sind, und die anderen, die von Natur aus so funktionieren, dass sie denjenigen zur Strecke bringen, der einen Menschen, den sie lieben, verletzt oder geschädigt hat, und es ihm heimzahlen. Ich gehöre zur zweiten Kategorie.

Sie wandte sich ab und kümmerte sich wieder um das Mittagessen, rührte in der Suppe, klappte den Deckel eines altmodischen Emaille-Brotkastens auf und suchte Brötchen aus, die sie auf einen Teller legte. »Ich glaub schon«, sagte sie. »Niemand weiß, wo ich bin. Ich hab das hier nur bis Ende nächsten Monats gemietet, deshalb wollte ich, dass du jetzt kommst und es dir ansiehst. Ich hab mich in diesen Ort verliebt – und würde bleiben, wenn ich könnte.«

»Hast du denn keine, ich weiß auch nicht, Arzttermine und all so was?«, sagte ich mit einer Geste auf ihren gewölbten Bauch.

Sie lächelte schwach über meine Unwissenheit. »Das ist vor allem in der Anfangsphase. Nach dem zweiten Ultraschall sagen sie einem, dass man sich einfach irgendwo ruhig verhalten und dem Wachstum seinen Lauf lassen soll. Ich hab gewusst, wenn ich nicht aus Basingstoke wegkäme, würde ich verrückt werden. Meine Mutter hielt mir andauernd vor, ihre Eltern hätten sie vor die Tür gesetzt, wenn sie ihnen mit einem unehelichen Balg gekommen wäre.«

Also war sie bei meinem Anruf zu Hause gewesen.

»Ich hab Pläne, ich muss in eine Stadt ziehen, um das hier auf die Welt zu bringen.« Sie legte eine Hand auf ihren Bauch. »Ich würde unheimlich gern hierbleiben, aber es ist zu abgelegen, wenn ich auf mich allein gestellt bin. Ich denke an Manchester – da hab ich eine Cousine.«

Ich dachte daran, wie entspannt Michael mir in die Haare gegriffen und mich hintübergezogen hatte, nur um mich aus dem Gleichgewicht zu bringen, nichts, was Spuren an meinem Körper hinterlassen hätte.

»Ist er gefährlich? Hast du Anzeige erstattet?«

Flavia schüttelte den Kopf. »Was hätte ich denen sagen sollen? So war es nicht.« Sie unterbrach einen Moment ihre Geschäftigkeit, setzte sich auf einen Stuhl und legte beide Arme um ihre Kugel. »Es ist schwer zu erklären, aber etwas in ihm muss unbedingt gewinnen. Ich weiß einfach, wenn er sich je im Leben von dem Kleinen hier blicken lässt, das wird übel enden. Ich weiß, wenn er das Baby zu Gesicht bekäme, würde er versuchen, sich einzumischen, auf sein Recht pochen, nur um mir eins auszuwischen. Er hat immer gesagt, ich wär verrückt, eine geisteskranke Italienerin. Na ja, du hättest erst hören sollen, wie ich zurückgeschossen hab.« Da lächelte sie mich an, und die Reste nachtragenden Grolls über ihr Verschwinden schmolzen dahin. »Ich war sehr gründlich, habe Vorkehrungen getroffen, versprochen, für jetzt und später, und du hast eine Menge damit zu tun, aber vielleicht hab ich erstmal etwas Abstand von dir gebraucht, um mir darüber klar zu werden, wie viel ich dich an meinem neuen Leben teilhaben lassen will, und das wäre ja nun mal gar nicht gegangen, wenn du noch beim Militär wärst, aber jetzt …« Mit einem glücklichen Achselzucken lehnte sie sich vor und stand vom Stuhl auf.

Ich atmete stoßartig durch den Mund aus.

»Ich weiß«, sagte sie und schöpfte Suppe in zwei Schalen, die sie zum Tisch brachte, »Das ist jetzt alles etwas viel auf einmal. Komm, lass uns essen.«

Ich führte einen Löffel Suppe zum Mund – ein sämiger Tomaten-Gemüse-Mix –, und natürlich schmeckte er köstlich, weil Flavia ihn zubereitet hatte. Er erfüllte mich mit tiefer Wärme, von innen nach außen, wie etwas, das erblüht. Ich spürte, wie ich mich öffnete. Hier saß ich mit meiner Freundin, und sie hatte gar nicht das Interesse daran verloren, meine Freundin zu sein, oder sich von mir abgewandt – sondern sie hatte ihre Gründe, gute Gründe, und jetzt wollte sie mich in ihrem Leben haben.

Wir redeten ein bisschen über unsere Militärzeit, und sie sagte mir, wie dringend sie räumlichem Abstand von alldem gebraucht habe. Sie hatte diesen Küstenstrich als Kind mit ihrer Mutter und ihrem Stiefvater besucht und damals schon gemocht. Sie war zur Stadtbücherei in Basingstoke gegangen und hatte die schottischen Telefonbücher durchforstet, bis sie das Hotel hier vor Ort gefunden hatte. Erst hatte sie sich danach erkundigt, ob sie ein Zimmer wochenweise buchen könne, weil sie acht bis zehn Wochen bleiben wolle. Sie hatten abgelehnt, ihr aber von dem Cottage erzählt, das auch kurzfristig zu mieten sei. »Ich bin mit meinen Koffern hier angekommen und hatte noch nicht mal ein Foto davon gesehen!« Aber sie hatte auf den ersten Blick gewusst, dass das hier genau das Richtige für sie war – zum Spazierengehen, sich Ausruhen und Pläne schmieden. Wir redeten über ihre Eltern – ihre Mutter war mit den Nerven am Ende gewesen, weil ihre Tochter eine unverheiratete Mutter wurde. Das hatte zu starken Spannungen geführt, aber Flavia war sich ziemlich sicher, dass sie sich wieder einkriegen würde, wenn das Baby erst da war.

Irgendwann fing sie an, mir Fragen zu stellen, was ich seit meiner Verabschiedung gemacht hatte. Ich erzählte auch von meinen Eltern – sie war ihnen mehrmals begegnet und fand sie reizend, meinen Vater »ziemlich gutaussehend«, was ich wiederum nicht nur urkomisch, sondern auch eklig fand.

Ich berichtete ihr, dass ich bei einer Zeitarbeitsfirma in London untergekommen und auf Jobsuche war und an eine Stelle in der Personalverwaltung dachte. Sie fragte, ob ich einen Freund hätte; ich wich der Frage aus.

»Heather«, sagte sie schließlich wie beiläufig, während sie mit den Fingern ein weiches weißes Brötchen aufbrach, »bist du lesbisch? Denn wenn du das wärst und mir nichts davon gesagt hättest, wär ich ziemlich eingeschnappt.«

Ich zögerte, um Worte verlegen. Beim Militär hatte ich keinen Freund gehabt, aber nicht, weil ich nicht mit Männern ins Bett wollte, sondern weil ich mich auf die Arbeit konzentrierte. Als Studentin hatte ich mehrere Freunde gehabt. Und in meinem derzeitigen Zeitarbeitsjob traf ich mich mit einem Mann. Ich hatte eine Elternzeitvertretung in einer Ölfirma in Holborn übernommen. Er war Vermessungsingenieur. Wir schliefen noch nicht miteinander, waren nur ein paarmal zu Mittag in einem Pub gewesen und hatten überhitzt unterm Tisch Händchen gehalten, aber es war schon so gut wie beschlossene Sache.

»Ich ficke mit Männern.« Das war eine unverblümte Aussage, blank und direkt. Ich hatte es so gesagt, um sie zu schockieren, schockte aber mich selber, als ich damit herausplatzte. Dadurch ging mir etwas auf, wie ich so dasaß und Flavias Suppe löffelte: Ich liebte Flavia, stand aber auf Männer. Auch wenn sich das banal anhört: Ich mochte das Männliche an ihnen. Ich mochte eine breite, harte Brust, kräftige Handgelenke und Knöchel, Körperbehaarung und den Geruch. Mir gefiel, dass sie anders als ich waren, sich anders anfühlten, anders schmeckten und rochen. In meinem sechsten Semester an der Uni ertappte mich einer dabei, wie ich zu auffällig an ihm roch, seine Männlichkeit einatmete. Es war ein Geographiestudent namens Barry. Es war gar nicht so einfach, mich da rauszureden.

Flavia zog ungerührt eine Augenbraue hoch, aber wer weiß, ob das der Grobheit meiner Aussage galt oder bedeutete, dass sie skeptisch war.

Ich kratzte den Rest Suppe aus meiner Schale.

»Ah, Salat!«, rief sie aus und reckte beide Hände in die Luft. »Ich wollte doch einen Salat machen!«

Ich wusste, wenn ich sie nicht davon abhielt, würde sie aufstehen und sich die Hände waschen, obwohl sie sie schon gewaschen hatte, kaum dass wir reinkamen, um aus den lilafarbenen Blättern auf dem Abtropfbrett, noch mit Erde an den Wurzeln, wo sie die Köpfe bestimmt am selben Morgen aus dem Gartenbeet gezogen hatte, einen Salat zuzubereiten.

»Setz dich«, sagte ich, als sie Anstalten machte aufzustehen. »Wir haben noch reichlich zu essen da.«

»Gut, dann mach ich den Salat zum Abendessen«, sagte sie. »Auf jeden Fall hast du mir immer noch nicht gesagt, ob du lesbisch bist.«

»Ich weiß es ehrlich gesagt selbst nicht.« Ich unterbrach mich und dachte darüber nach, dass mein »ehrlich gesagt« tatsächlich ehrlich war. Ich stieß ein kurzes, hohes Lachen aus, um ihr zu verstehen zu geben, dass ich mich nicht in Selbstmitleid suhlen wollte. »Ich bin einfach allein.«

Sie saß mit mir über Eck. Mit leisem Lächeln drehte sie sich auf ihrem Stuhl zu mir herum und lehnte sich so weit vor, wie ihr Bauch es zuließ. Sie nahm meine Hand mit den langen Fingern in ihre gut gepolsterte weiche und legte sie auf die straffe Wölbung ihres Bauchs.

Mit diesem leisen Lächeln sah sie mir in die Augen. Wir warteten beide. Über der Spüle prallte ein Brummer an die Fensterscheibe. An der Wand hinter ihr tickte eine altmodische hölzerne Uhr unregelmäßig.

Und dann, wie gerufen, bewegte sich das Kind in ihr – wie Felsgestein, das unter der Erdoberfläche rumort. Wir können uns auf ein kleines Erdbeben gefasst machen, dachte ich.

»Du bist nicht allein, Dummchen«, sagte Flavia sanft, ohne mich aus den Augen zu lassen. »Du hast uns.«

Ein kleiner spitzer Knochen drückte gegen meine Handfläche, ein winziger Ellenbogen, Knie oder Fuß, der sich durch die Schicht aus Fleisch und Haut zwischen uns bohrte, um mich mit einem Anstupsen zu begrüßen.

Das war meine erste Begegnung mit Adelina.

11

Was für ein komisches Gefühl es ist, wenn ich an das Wochenende zurückdenke, das Flavia und ich in dem Cottage verbrachten. Es waren kaum mehr als achtundvierzig Stunden, und doch erstreckt es sich in meiner Erinnerung über einen so langen Zeitraum wie ein ganzer Sommer, der Winter davor überstanden, der nächste in ferner, kaum vorstellbarer Zukunft. In diesen Stunden waren wir jede einzelne Sekunde zusammen. Es gab nur ein Bett in dem Cottage, ein breites Doppelbett oben in einem Schlafzimmer mit niedriger Decke, also teilten wir es uns, und ich wurde nachts hin und wieder wach, wenn sie sich aufrappelte, um zur Toilette zu gehen. »Sorry …«, murmelte sie schläfrig, während sie auf die feste Matratze zurückkletterte, »… Berufsrisiko.« Einmal wachte ich grundlos auf, lag da in der warmen Dunkelheit und hörte einfach nur zu, wie sie neben mir atmete.

Morgens war ich träge und schläfrig, und sie brachte mir Kaffee ans Bett und öffnete das schmale Fenster, um frische Luft hereinzulassen. Zusammen saßen wir mit unseren Tassen im Bett und kicherten wie Schulmädchen – auch wenn sie nur Wasser trank. »Stell dir vor, ich vertrage jetzt keinen Kaffee!«, sagte sie, und auch das kam uns komisch vor: eine Italienerin, die keinen Kaffee trinken konnte.

»Ich liebe dieses schlichte Zimmer«, sagte sie irgendwann seufzend. »Eine alte Dame ist hier drin gestorben, sogar in diesem Bett, irgendeine Tante der Frau in dem Hotel. Wahrscheinlich werden sie es verkaufen, aber du weißt schon, ihr Zuhause, ihre Möbel und Sachen, ich spüre hier ihren Geist.«

Ich fand die Vorstellung ja nun eher gruselig, beschloss aber, das für mich zu behalten. »Mhmmm …«, machte ich.

»Ehrlich gesagt, ich koste jetzt jeden Moment aus. Das wird alles ganz anders, wenn das Baby erst da ist. Mir gefällt, wie provisorisch hier alles ist, dass ich nichts weiter tun muss, als einfach nur *da* zu sein.«

Am späteren Nachmittag überredete sie mich, in einem klapprigen Motorboot, das einem Einheimischen gehörte, eine Runde um die Bucht zu drehen, um die Seehunde zu beobachten, die sich auf den kleinen Felsinseln aalten. Sie lagen in Scharen herum, fett und getupft, und hoben die Köpfe, um uns anzuglotzen. Ich fragte, wie nahe wir an sie rankönnten, und der ältere Mann, der das Boot steuerte, sagte, wenn ich aus voller Kehle ein Lied schmetterte, würden die Seehunde kommen und um das Boot herumschwimmen, aber bestimmt nur, weil er mich auf den Arm nehmen und zum Singen überreden wollte. Zum Glück für den Mann und Flavia – und die Seehunde – war ich schon immer ein durch und durch unmusikalischer Mensch und vernünftig genug, mich zu weigern.

Als ich Flavia vom Boot auf den schwankenden Steg half, fiel mir auf, dass sie noch das Silberarmband trug – ein filigranes Schmuckstück, eine Gliederkette mit zierlicher Verschlussspange, so etwas, was ich im Nullkommanichts verlieren oder kaputtkriegen würde. Sie fing meinen Blick auf und zog die Mundwinkel mit geschürzten Lippen zu genau dem engelsgleichen Lächeln nach oben, das sie beim Herumdrehen mit ausgebreiteten Armen in der Freiluftkirche aufgesetzt hatte. »Ich trage es ständig«, sagte sie.

Als wir über den Steg aufs Festland zurückgingen, fragte ich mich, ob mir vom wackligen Boden unter den Füßen mulmig wurde, denn was sonst konnte meine Gereiztheit erklären? Ist es das, was mit einem passiert, wenn man schwanger ist?, überlegte ich mir, macht es einen so dermaßen träumerisch und selbstgenügsam? Wenn ja, kann es mir gestohlen bleiben.

Aber Flavia hatte schon immer diese ganz bestimmte Eigenschaft, eine Art Ruhe, als hätte sie etwas Beständiges und Geerdetes in sich und könne dorthin zurückkehren, was auch immer das Leben mit ihr anstellte. Selbst bei ihren seltenen Wutausbrüchen schien sie nie ganz die Kontrolle zu verlieren. Irgendetwas in ihr war unerschütterlich. Manchmal möchte man unerschütterliche Leute durchschütteln, nur um zu sehen, was passiert.

Wie immer registrierte sie meine Stimmung, nahm mich am Arm und drückte sich strahlend an mich. »Na komm«, sagte sie, »ich spendier dir ein Eis – es ist fantastisch hier, fast so gut wie zu Hause.«

Sie nahm Vanille, ich Schoko-Minz. Wir ließen es uns in der Waffel geben und setzten uns auf ein Mäuerchen mit Blick auf die Bucht, die Insel mit der Bank sowie dem gelben Ginster in voller Blütenpracht und die schneebedeckten Gipfel in der Ferne. Ich begriff die Anziehungskraft dieses Ortes: Es war das perfekte Versteck. Ich überlegte, ob sie mich fragen würde, was mich bedrückte.

»Es ist schwer zu erklären«, sagte sie. »Es liegt nicht auf der Hand. Er muss unbedingt gewinnen – wenn er mich findet und mein Kind sieht, wird er sich einmischen wollen, und das wird übel enden. Ich hab keine Angst vor ihm, so wie du dir das vorstellst, aber ich muss vorausplanen. Ich werde alleinerziehend sein, genau wie meine Mutter früher, die Geschichte wiederholt sich halt, wie das so ist. Deshalb muss ich vorausdenken, mich meiner Verantwortung stellen.«

Die Geschichte wiederholt sich? Ich hasse die Vorstellung, dass wir von unserer Geschichte gesteuert werden – was für eine faule Ausrede.

Sie hatte ihr Eis rasch aufgeleckt und schubberte mit der kleinen synthetischen Serviette, die sie uns gegeben hatten, an ihren klebrigen Fingern herum, doch die löste sich nur in Einzelteile auf. »Ich muss mir die Hände waschen. Er war einer von denen, du kennst den Typ Mann, die sagen, sie lieben einen, aber so nachdrücklich, dass es sich anfühlt wie das genaue Gegenteil.«

Ich kannte den Typ Mann, jede Frau kennt ihn, aber ich schlief nicht mit solchen Männern. Ich war zu vernünftig.

Mit einem Mal wurde ich müde und bekam Kopfschmerzen. Ich wollte nicht mehr über Michael reden oder über sonst irgendwelche Männer, sondern zum Haus zurückgehen, Abendessen, mit Flavias Füßen auf dem Schoß fernsehen und dann ins Bett.

Das restliche Wochenende war wundervoll. Flavia war glücklich, mit mir zusammen zu sein, und als ich mich entspannt hatte, war auch ich glücklich, und im Lauf dieser Zeit spürte ich, dass wir uns neu aufeinander einstimmten. Sie sprach von ihren Plänen: Wenn sie nach Manchester zog, wie oft würde ich hinfahren und sie und ihr Baby besuchen können? Mir wurde langsam klar, wie gut es für uns war, dass wir beide nicht mehr beim Militär waren. Ich würde mir eine Arbeit suchen, die mir gefiel, anstatt bei der Zeitarbeitsfirma zu bleiben, und Flavia würde ein Kind bekommen, dem ich eine Patentante oder Lieblingstante wäre. So als hätte ich eine eigene Familie, nur ohne den alltäglichen Kleinkram – das konnte womöglich richtig toll werden.

Am Sonntag ging sie mit mir zurück zum Bahnhof; langsam, denn für sie war es jetzt ein steiler Anstieg. An der Freiluftkirche blieb sie stehen, zeigte hinauf und sagte: »Du wirst dich dran erinnern, nicht wahr?«

Es gelang mir, die leichte Irritation darüber zu unterdrücken, dass sie so auf einer Sache herumritt, die ich nicht einmal begriff.

Wir kamen zwanzig Minuten vor Abfahrt des Zuges am Bahnhof an und setzten uns auf eine Bank. Nur zwei weitere Passagiere warteten am anderen Ende des Bahnsteigs, und wir redeten ein wenig über unsere Eltern und die Armee.

»Glaubst du, dass es Krieg gibt?«, fragte Flavia. Sie meinte die Falklands.

»Wahrscheinlich schon«, sagte ich, verblüfft, wie kalt es uns ließ, dass wir tatsächlich beide den Dienst quittiert hatten. Wir waren jetzt bloß Zivilistinnen. Wer den Zug nach Inverness nehmen wollte, konnte zwei stinknormale Frauen Ende zwanzig, eine davon schwanger, auf einer Bank sitzen sehen.

Sie legte mir eine Hand aufs Knie und lächelte mich an. »Ich weiß, was du denkst«, sagte sie. »Du bist genervt, weil es dir fehlen wird. Du hältst es auf Dauer in keinem Bürojob aus – na ja, das ist einfach nicht dein Ding.«

»Tja, was soll ich denn sonst machen?«, sagte ich in etwas knatschigem Tonfall. »Zum Militär würd ich nicht zurückgehen, und wenn sie mich wollten – im Offiziersspeisesaal scheiß Blumen arrangieren, während die Jungs auf große Fahrt in den Südatlantik gehen? Außerdem hab ich meinen Eltern weisgemacht, wie gut mir das zivile Leben gefällt.«

»Dein Vater lässt sich doch nichts von dir vormachen!«

»Du meine Güte«, sagte ich lachend, »immer wenn er versucht, mir berufliche Ratschläge zu geben, muss ich das Thema wechseln. Ich halt's nicht aus, du weißt ja, wie er ist.«

»Du wirst schon was finden«, sagte sie unbekümmert.

Du hast leicht reden, dachte ich, du hast jetzt deinen Sinn im Leben fein eingetütet.

Als der Zug ankam, standen wir auf. Ich griff zu meiner Weekender-Reisetasche.

»Hier«, sagte Flavia und drückte mir einen kleinen Zettel in die Hand. »Lies das im Zug.« Ich sah sie an, und sie sagte: »Ich hab ein Schatzkästchen versteckt, nichts Wertvolles, ich weiß, du findest es bestimmt albern.« Der Zug kam zum Stehen, und die anderen Passagiere strömten zu den Türen, aber sie griff nach meiner Hand, um mich noch etwas aufzuhalten. »Vielleicht kommst du eines Tages, wenn du unglücklich bist, hierher zurück. Ich war so unglücklich, als ich herkam, und es hat mich geheilt.«

Wir nahmen uns unbeholfen in die Arme – ich hatte Hemmungen, sie zu fest zu drücken. »Keine Ahnung, wovon zum Teufel du redest«, sagte ich mit einem Lächeln in der Stimme.

Sie trat einen Schritt zurück und lächelte mich ebenfalls an. »Ich weiß, dass ich mich auf dich verlassen kann«, sagte sie mit einer Hand auf dem Bauch. Und dann: »Ruf mich an, wenn du zu Hause bist.« Sie war so schön, so in sich ruhend. Ich verzieh ihr alles. »Ich melde mich, wenn ich das mit dem Umzug nach Manchester klargemacht hab. Du musst mich nochmal besuchen kommen, bevor ich werfe.«

Ich bekam einen Fensterplatz auf ihrer Seite, aber sie wandte sich nach einmal Winken ab, sobald sich der Zug in Bewegung setzte, genau wie ich es von ihr erwartet hatte. Sie war sentimental: Einem Zug hinterherzusehen, wie er verschwand, machte sie traurig.

Während wir Fahrt aufnahmen, faltete ich den Zettel auf, den sie mir gegeben hatte, und fand Anweisungen und eine kleine aufgezeichnete Lagekarte der Freiluftkirche mit einem Kreuz, wo sie das Kästchen mit Schätzen vergraben hatte. Falls ihr je etwas zustoßen sollte, bat sie mich, es zu holen. Und ich sollte ihr hoch und heilig versprechen: Wenn ich künftig jemals verloren oder unglücklich wäre, würde ich daran denken, so wie sie nach Plockton zu fahren und mich von dem Ort heilen zu lassen.

Während wir über Land brausten, sah ich aus dem Fenster und betrachtete die Aussicht, die schöne Aussicht, den Zettel offen vor mir auf dem Tisch, den ich erst zusammenfaltete und einsteckte, als wir uns Inverness näherten. Was für eine alberne Geste, dachte ich kopfschüttelnd. Tja, so war Flavia eben. Ich freute mich auf meine Rückkehr nach London. Eine Kugel Eis reichte. Ich war eigentlich nicht so eine Süße.

Auf der Hinfahrt hatte ich gut im Zug geschlafen, und ich hoffte, dass es mir in dieser Nacht auf der Rückfahrt ebenso gehen würde. Wenn ich am nächsten Morgen in Euston ankam, würde ich direkt ins Büro fahren und dann mit dem Vermessungsingenieur in die Mittagspause gehen. *Du hältst es auf Dauer in keinem Bürojob aus.* Da war was dran, auch wenn es am Ende fast drei Jahre dauern sollte, bis sich ihre Prognose bewahrheitete.

Anderthalb Monate nach meinem Besuch in Plockton zog Flavia nach Manchester und bekam eine wunderhübsche Tochter, Adelina, und in den ersten paar Monaten kam ich so oft ich konnte zu Besuch, jedes zweite oder dritte Wochenende – sie verfiel eine Zeitlang in postnatale Depression und brauchte Hilfe.

An diese ersten Monate erinnere ich mich so deutlich – Flavia war in finsterer Verfassung. Wenn ich da war, übernahm ich die Nachtschicht, gab Baby Adelina das Fläschchen, testete die Milchtemperatur innen an meinem Handgelenk, wie ich es von meiner Mutter in Erinnerung hatte, als sie meine kleinen Brüder fütterte, und hielt sie dann auf dem Arm an meiner Schulter, eine Stoffwindel unter das schläfrige Köpfchen gelegt für ihr Bäuerchen. Solange man noch kein kleines Baby auf dem Arm gehalten hat, ahnt man nicht, wie kompakt sie sind, wie warm und schwer, wie ein Mini-Kernkraftwerk: so klein, und können doch die ganze Welt zum Einsturz bringen.

Nach sechs Monaten hatte Flavia ihre Depression mit einem Mal überwunden und konnte sich eine Zugfahrt nach London zumuten, Adelina in so einer Sitzschale mit Gestell. Allerdings musste ich sie in Euston abholen und durch den mörderischen Verkehr bis zu mir bringen.

Kochen war noch nie meine Stärke, aber ich hatte mich etwas ins Zeug gelegt und Coq au Vin zubereitet – damals war richtiger Pancetta gar nicht so leicht zu bekommen, oder gar Schalotten. Das Gericht blubberte sanft in einem flachen Schmortopf vor sich hin, und als wir bei mir ankamen – Flavia mit Adelina, ich mit dem Buggy und Flavias Koffer – sog sie die Luft tief ein und sagte: »Wahnsinn, was riecht hier so fantastisch?«

Sie gab Adelina ein Fläschchen, ließ sie ihr Bäuerchen machen, faltete eine Decke und packte sie auf den Küchenboden, um das Baby darauf abzulegen, während ich unser Essen auftrug – grüne Bohnen, knuspriges Baguette.

Als sie sich an meinen wackligen kleinen Küchentisch setzte, betrachtete sie freudestrahlend den Coq au Vin. »Heather, wie großartig – ich hab völlig aufgegeben, etwas für mich zu kochen, richtiges Erwachsenenessen statt zermatschte Babybreireste, danke …« Mir wurde ein bisschen warm ums Herz.

»Ich hab eine neue Auflaufform dafür gekauft«, sagte ich. »Mir ist aufgefallen, dass ich gar keine richtige hatte, für mich allein war es ja sinnlos, es war nett, einen …«

»Dutzi dutzi dutzi«, sagte Flavia, den Blick nach unten auf Adelina gerichtet, die platt wie ein Käfer auf dem Boden lag, mit den Ärmchen ruderte und ihre Mutter anstrahlte.

»Ich mache jetzt samstagsmorgens so einen Outdoor-Fitness-Kurs«, sagte ich, »im Bootcamp-Stil, das ist voll die Härte, aber die Frauen dort sind genial.«

»Tja, für mich kommt Sport jetzt erstmal nicht in Frage«, antwortete Flavia. »Na, du *süße* Nudel, bist du Mamis kleiner *Wonneproppen*?«

Adelina strampelte, mit wie bei einem Frosch angewinkelten

und dann wieder durchgestreckten Beinen – eine unbändige Energie in dem kleinen Körper, der wie wild darauf versessen war, all das zu tun, was er jetzt noch nicht konnte. Flavia hatte noch nichts weiter zum Coq au Vin gesagt, als dass er besser als Babybrei war – nein, besser als Babybreireste.

In dem Moment hörte Adelina mit Strampeln auf und ballte die Hände zu Fäustchen. Ihr Gesicht zeigte einen angestrengt konzentrierten Ausdruck und nahm eine interessant rotbraune Färbung an.

»Oh-oh«, machte Flavia. »Tolles Timing, Spätzchen.«

Sie bückte sich, hob Adelina auf, legte sie sich beim Aufstehen über die Schulter, wandte sich herum und hob die Wickeltasche auf, die sie an die Wand gelehnt hatte.

»Das Essen steht auf dem Tisch«, sagte ich.

»Glaub mir«, sagte Flavia und verdrehte die Augen, »es ist im allgemeinen Interesse, wenn ich das hier vorziehe.«

Sie ging durch die Flügeltür, die meine kleine Küche vom Wohnzimmer mit dem Erkerfenster trennte, und machte beide Türen hinter sich zu.

Sie blieb lange weg. Ich hörte Geräusche aus dem Wohnzimmer, eine Mischung aus Geplapper und Babysprache (logisch, sie redete immerhin mit einem Baby). Immer mal wieder versackten die Wörter in Gemurmel, um dann in kleine animalische Laute überzugehen. Irgendwann hörte es sich an, als puste Flavia mit den Lippen auf Adelinas Brust – dann wieder, als halte sie eins ihrer Füßchen in der Hand und erzeuge prustende Geräusche am weichen Polster ihrer Fußsohle.

Ich lehnte mich zurück und prostete mit dem Weinglas in der Hand ihrem leeren Stuhl zu. Der Coq au Vin wurde auf unseren Tellern kalt.

Schließlich kam Flavia wieder. Das Baby trug jetzt ein grünes Strampler-Ding mit Druckknöpfen.

»Ein Glück, dass ich einen extra Schlafbody dabei hab«, sagte Flavia. »Das war ein richtiger Vulkanausbruch.«

»Mehr will ich gar nicht wissen«, sagte ich.

Flavia legte Adelina wieder auf den Boden, griff in die Wickeltasche, zog einen durchsichtigen Plastikring mit kleinen bunten Kügelchen drin hervor und reichte ihn ihrem Baby. Danach brachte sie den Hygienebeutel mit der schmutzigen Windel zu meinem Küchenmülleimer rüber. Schließlich ging sie zur Spüle, wusch sich gründlichst die Hände und trocknete sie an einem Geschirrtuch ab.

Sie setzte sich wieder und sah auf ihren Teller hinunter, auf dem ihr Coq au Vin stockte, die Soße grau und zäh wurde.

Sie ruckte mit dem Kinn in Richtung meines Tellers. »Du hättest nicht auf mich warten brauchen, hättest ruhig schon anfangen können.«

Wir griffen beide nach Messer und Gabel und setzten schweigend die Mahlzeit fort, nur das Besteck klapperte gegen die Teller, und das Baby auf dem Boden gurgelte fröhlich vor sich hin.

Als Adelina zweieinhalb war, kam sie in eine Kita, und Flavia arbeitete freiberuflich als Werbetexterin und sah sich wieder nach einem neuen Partner um. Michael verfolgte sie doch nicht, wie sie befürchtet hatte. Die Dinge, vor denen wir uns fürchten, passieren gar nicht immer. Es ist wichtig, sich das vor Augen zu halten.

Um ehrlich zu sein: Für mich wurde es deutlich interessanter, als Adelina reden konnte.

Feather sagte sie damals zu mir, als sie groß genug war, stapfte mit wackeligen Schrittchen auf mich zu, die feuchten Fäustchen geballt, ein Funkeln in den Augen.

Nach einem Jahr Zeitarbeit machte ich eine Weiterbildung und arbeitete zwei Jahre lang in der Personalabteilung – wie es damals hieß – einer großen Buchhaltungsfirma in der Londoner City. Die ersten drei Monate zehrte ich vom Adrenalinstoß, mich in die neue Rolle einzufinden. Danach langweilte ich mich zu Tode. Um diese Zeit herum fing ich an, mit älteren Männern ins Bett zu gehen.

Normalerweise waren ältere Männer von meiner militärischen Ausbildung beeindruckt. So etwas erwarteten sie nicht von einer blassen und schmächtigen Person wie mir, die Pumps, Bleistiftröcke und pastellfarbene Polyesterblusen trug. Die Schlussfolgerung liegt nahe, dass ich in dieser Phase faul war, doch da war noch etwas anderes. Ich war darauf trainiert worden, Befehlen zu gehorchen, nicht selbst die Initiative zu ergreifen; und sensible junge Männer in meinem Alter, die netten, die abwarteten, bis ich Interesse bekundete, kamen mir zu anstrengend vor. Die Selbstbewussten, Gutaussehenden, so wie Michael, stießen mich ab. Ältere Männer hingegen hatten oftmals einen liebenswürdigen Zug von weltmännischer Abgeklärtheit, während sie zugleich wussten, was sie wollten. Zehn oder fünfzehn Jahre jünger als sie zu sein, war ebenso gut wie schön sein – und daher wollten sie mich.

Mir gefiel ihr Gesichtsausdruck, wenn wir ein Schlafzimmer betraten und ich aus meinen Pumps schlüpfte, mit beiden Händen nach oben fasste, um meine Haarspange zu lösen, und den Kopf leicht schüttelte, sodass mir die dichten schwarzen Haare über die Schultern fielen. Dann warf ich ihnen mit scheuem Lächeln einen Blick zu: billiger Trick, unfehlbar. In vollster Überzeugung, dominant zu sein, eilten sie dann in meine Arme. Nachdem ich aus der Armee ausgetreten war – und nicht zuletzt aufgrund meines Zusammenstoßes mit Michael –, hatte ich mich zu Kampfsport-Kursen angemeldet, die ich jeden Dienstag-

und Donnerstagabend besuchte, und dazu ein Bootcamp an den Wochenenden. Die älteren Männer, die ich mir aussuchte, waren süß, wie sie sich vorstellten, sie wären Herr der Lage, und ich war natürlich so taktvoll, unerwähnt zu lassen, dass ich ihnen höchstwahrscheinlich mit links den Arm brechen konnte.

Im Nachhinein betrachtet, war es dämlich. Keine Ahnung, warum ich es tat. Ich muss wohl nach etwas gesucht haben, das ältere Männer hatten und das ich wollte, auch wenn ich nie wirklich dahinterstieg, was das eigentlich war.

Richard Semple lernte ich auf einer Dinnerparty kennen. Er war etwa zehn Jahre älter als ich, der Typ, den man heutzutage einen Best Ager nennen würde, aber ich nehme nicht an, dass es die Bezeichnung damals schon gab: feingliedrig, etwas zu smart für meinen Geschmack, Pomade im Haar, fein sorgfältig gefaltetes Einstecktuch in der Brusttasche. Mir waren sie massiv und zerknittert lieber. Am nächsten Abend rief er mich zu Hause an, nachdem er sich meine Telefonnummer von den Gastgebern besorgt hatte, und lud mich zum Lunch in seinem Club ein – er hatte schon festgestellt, dass es nicht weit von meinem damaligen Arbeitsplatz entfernt war. Ich ging davon aus, dass er mit mir schlafen wollte, wie all die anderen reiferen Männer, die Davids, Rogers und Thomasse. Zu jener Zeit luden Männer Frauen schließlich aus keinem anderen Grund zum Essen ein.

Die einen zum Lunch in ihren Club einluden, waren im Grunde alle der gleiche Typ Mann, aber ich war nicht abgeneigt. Sie hatten ausnehmend gute Manieren und übernahmen gerne die Gesprächsführung, ohne dass ich viel dazu beitragen musste.

Kaum dass wir an einem Ecktisch saßen, noch bevor uns der Kellner die Speisekarten gebracht hatte, fragte Richard, ob ich einverstanden sei, wenn er die Bestellung für uns beide aufgab; wir hatten schließlich nur eine Stunde. Ich sagte, natürlich. Es gab einen Gin Tonic als Aperitif, dann eine Wild-Terrine, gefolgt von einem Glas trockenen Weißweins zum Hauptgang, einem Käsesoufflé – eine Spezialität in dem Club, heiß und fluffig serviert, mit zartem Kopfsalat dazu. Zunächst machten wir Smalltalk, und er stellte mir eine Menge Fragen: was mir an meinem Geographie-Studium am besten gefallen habe, ob ich gerne in London wohne … Jeder Gegenfrage, die ich ihm stellte, wich er aus; aber so waren verheiratete Männer nun mal.

Als es um meine Erfahrungen beim Militär ging, erwähnte ich natürlich nicht die Gründe für mein Ausscheiden, sprach aber offen über die Enttäuschungen, die ich dort erlebt hatte, wie wenig die anderen Frauen und ich uns dort hatten bewähren können.

Richard warf mir über den Tisch hinweg einen Blick zu, nur ganz beiläufig, nicht vielsagend oder bedeutungsschwanger, und sagte: »Nun, eingedenk Ihres familiären Hintergrunds überrascht es schon, dass Ihnen noch niemand die berühmt-berüchtigte Hand auf die Schulter gelegt hat, oder?«

Ich erwiderte seinen Blick. Ich hatte nichts über meinen Vater erzählt. Dieser Mann hatte seine Hausaufgaben gemacht – besser gesagt: Jemand anders hatte sie gemacht und an ihn weitergegeben.

Er warf mir diesmal einen längeren Blick zu. Und legte die Gabel aus der Hand. »Das heißt, bis jetzt.«

»Sie kennen meinen Vater?«, fragte ich.

Er legte den Kopf etwas schräg und bewegte ihn hin und her, eine leicht wegwerfende Geste, die besagte, selbst wenn das etwas mit unserem Thema zu tun hätte, wünschte er sich nicht damit zu befassen. Dieses Gespräch würde rein gar nichts über die Informationen hinaus beinhalten, die er preiszugeben gedachte.

Es erklärte mir etwas: Als wir uns eine Woche zuvor kennengelernt hatten, hatte ich den Eindruck gehabt, dass er etwas Autoritäres hatte, wie ein Anwalt oder Chirurg, und war ein wenig überrascht gewesen, als er sagte, er sei im »mittleren« öffentlichen Dienst tätig – das hatte für mich nicht so ganz zusammengepasst.

Ich blieb dennoch hartnäckig. »Haben Sie mit meinem Vater über mich gesprochen? Dann sollten Sie wissen, dass ich mich immer geweigert habe, mit ihm über meine Berufswahl zu reden – nicht dass er es nicht versucht hätte.«

Er kniff die Lippen zusammen und zog unmerklich eine Augenbraue hoch, ganz so wie ein Lehrer gegenüber einer altklugen und eine Spur nervigen Schülerin. »Diese Frage werde ich vorerst nicht beantworten, und wenn Sie ihn fragen, bekommen Sie genau die gleiche Antwort.«

Ich entschied mich für Schweigen.

Nach kurzer Pause sagte er im Tonfall eines Mannes, der einem ein Zugeständnis macht: »Ich sage nur so viel: Ihr Vater wird mir voraussichtlich zustimmen, dass eine Frau von Ihren Fähigkeiten in einer Personalabteilung heillos unterfordert ist.«

Ich muss gestehen, dass ich damals einen auf bescheiden machte, weil ich genau wie jede andere Frau meiner Generation im Umgang mit Komplimenten, auch herablassenden – nein, speziell mit herablassenden –, geschult war. Ich sah Richard mit gespielt erfreuter, geschmeichelter Miene an, so als überlegte ich es mir, während ich innerlich nicht den geringsten Zweifel hegte.

Ich war dreißig Jahre alt. Flavia und Adelina waren meine einzigen beiden festen Bezugspersonen – ich besuchte sie, so oft ich konnte, ohne jedoch in ihr Alltagsleben eingebunden zu sein. Mein Job langweilte mich. Männer in meinem Alter langweilten mich. Selbst ich langweilte mich. Mittlerweile hatte ich genug angespart, um mir eine kleine Wohnung kaufen zu können, ausgerechnet in Upminster, die ich mit bunten Kinkerlitzchen ausstaffierte, die nicht zu mir passten (wir hatten 1985; rote Teekannen und karierte Geschirrtücher von Habitat waren der letzte

Schrei). Ich ging im Park joggen und belegte reihenweise Fitness-Kurse. Ich hatte einen kleinen Freundeskreis. An den Wochenenden besuchte ich meine Eltern draußen in Coventry, längst nicht oft genug. Zur Erholung schlief ich mit älteren Männern. Seit Neuestem hatte ich einen Tanzkurs gebucht.

Das Käsesoufflé wurde auf meinem Teller kalt. Vor Aufregung hatte es mir den Appetit verschlagen. »Was kommt als Nächstes?«, fragte ich.

12

Als ich fünfzehn oder sechzehn war, stieß ich im Garten auf meinen Vater, der auf allen vieren im Gras kauerte, mit angewinkelten Ellenbogen und kerzengeradem Rücken in seltsam angespannter Schräglage, das Gesäß hochgereckt, die Nase fast im Gras – so als hätte er einen kleinen wertvollen Gegenstand verloren und versuchte ihn zu erschnüffeln. Es war Winter. Das Gras war steifgefroren. Sein Körper zitterte, aber anscheinend nicht nur vor Kälte; es war etwas wie ein elementarer Schauder, so als wäre unser winterstarrer Rasen eine vibrierende Fläche. Er hyperventilierte.

Ich wusste nicht, was tun. Ich blickte mich zum Haus um, als ob meine Mutter aufkreuzen könnte, wusste aber, dass sie einkaufen war. Die Jungs hatten ihr Fußballtraining, und danach würde sie sie abholen. Ich war mit meinem Vater allein.

Wir hatten nur einen Nachbarn, den betagten Mr Watson, der sich im Winter nie in seinen Garten hinauswagte. Zu meiner Rechten und nach hinten raus erstreckten sich weite, brachliegende Felder mit großen Lehmbrocken, offenes Land, eine Baumreihe mit schwärzlichen Ästen. Ich sah in den harten fahlen Himmel auf, und auch der wirkte unerbittlich. Ich begriff, dass die Sicherheit unserer Familie immer gefährdet gewesen war, dass wir ganz am Rande der Stadt und überhaupt ganz am Rande von etwas anderem lebten, so als könnten wir jederzeit abrutschen und uns in der freien Natur verirren, wo uns die Kälte unter dem fahlen Himmel inmitten der steinharten Lehmbrocken nicht einmal als Menschen wahrnehmen würde.

Mit Dad stimmte etwas nicht. Das hatte ich schon immer gewusst, auch wenn ich in all den Jahren keine andere Erklärung bekommen hatte als vage Andeutungen meiner Mutter, »was im Krieg geschehen war«.

Was war zuerst da, das Huhn oder das Ei? Da können Sie jeden Chirurgen oder Sanitäter fragen, jede Polizistin, jeden Feuerwehrmann oder jede Kriegsfotografin – oder Spionin. Verformen diese Berufe einem die Persönlichkeit, damit man sie gut ausüben kann, oder entscheidet man sich für sie, eben weil sie gut zu einem passen?

Nach der Grundausbildung, in unserem Probejahr, wurden wir alle auf Zeit in eine Schwesterorganisation versetzt; damals wurde Wert darauf gelegt, dass beide Seiten die jeweilige Arbeit vor Ort verstanden, und weil etwas Reisen plus Intrigenspinnen dazugehörten, war das bei allen der beliebteste Teil der Einarbeitungsphase. Eines Abends fand ich mich in einem Schweizer Städtchen am Ufer des Genfer Sees wieder. Meine Aufgabe bestand darin, am nächsten Morgen in ein nahe gelegenes Café zu gehen und einen Mann beim Frühstücken zu beobachten. Ich hatte keine weiteren Informationen über den Mann bekommen, als dass er täglich in dem Café frühstückte. Ich sollte ihn und jede Person, mit der er sprach, observieren – ohne zu wissen, warum dieses spezielle Datum von Belang war oder nach wem oder was ich Ausschau hielt. Ich hatte nichts als ein Foto von ihm.

Nachmittags zuvor war ich mit dem Zug in dem Städtchen angekommen und hatte in das Hotel eingecheckt, das man mir gebucht hatte. Weil ich den Abend frei hatte, ging ich am See spazieren und sah mir die Jachten und die prächtigen Häuser mit ihren Rasenflächen davor und den grün gestrichenen Fensterläden an. Irgendwelche Bankiers, Grafen, Erbinnen – ich überlegte, wer wohl in diesen protzigen Villen an der Uferpromenade wohnte. In London oder New York würden sich so reiche Leute hinter den Zäunen verstecken, die ihr Geld ihnen errichtete, doch dies hier war die Schweiz. Die Reichen wohnten in einer Welt der Reichen, und ihre Vorgärten waren vom Uferweg aus offen einsehbar.

Es war Nebensaison und nicht sehr belebt. Ich holte mir eine Crêpe und aß sie im Sitzen auf einer Bank mit Blick auf den See. Eine richtige Mahlzeit wäre mir lieber gewesen, aber es war einer dieser Orte, wo eine Frau, die allein in einem Restaurant zu Abend aß, auffallen würde, wohingegen eine auf einer Bank sitzende, ein wenig einsam wirkende Frau kaum auffiel. Es war grau und still. Ein leichter sanfter Regen, der nach Gras roch, fiel auf die Reichen und ihre Paläste. Auf der französischen Seeseite ragten schneebedeckte Berge auf, und ich versuchte darauf zu kommen, welcher der Mont Blanc sein könnte.

Dann ging ich zu meinem Hotel zurück, das an einer gepflasterten Fußgängerzone mit Modegeschäften lag, alle schon geschlossen und garantiert mit Kleidern im Angebot, die ich mir nie und nimmer leisten konnte: Schließlich wurde ich jetzt nach Tarif des öffentlichen Dienstes bezahlt. Ich hatte eine gewisse Gehaltskürzung hinnehmen müssen, um dem Service beizutreten. Das Café, in dem ich am nächsten Morgen um acht Uhr sein musste, hatte ich schon ausgekundschaftet. Am Hotel-Rezeptionstresen saß eine junge Frau, den Kopf in eine Hand gestützt, und schaute gelangweilt drein. Sie sah mich nicht einmal an, als ich vorbeiging, in der Hand meinen Zimmerschlüssel an seinem großen Holzanhänger.

Mein Zimmer war ein langes Rechteck, schlicht und weiß, mit matt schimmernden Eichendielen. Am anderen Ende gab es hohe Fenster, die man weit öffnen konnte, mit einem niedrigen schmiedeeisernen Geländer zum Schutz vor Stürzen. Ich öffnete die Fensterflügel, legte mich aufs Bett, den Kopf mit Kissen abgestützt, sah in den Himmel und wartete, dass der Abend verstrich. Dabei empfand ich, was ich nur als tiefen inneren Frieden beschreiben kann.

Huhn oder Ei? Ich dachte an meinen Vater. Daran, was ich unwissentlich von ihm geerbt haben könnte. Ich redete nicht mit ihm über die Arbeit – das würde später kommen, wenn ich etablierter wäre, wie ich mir vorstellte. Ich wollte erst meinen eigenen Weg gehen. Trotzdem fragte ich mich unwillkürlich, ob es von Anfang an unvermeidlich gewesen war, dass ich in diesem Job enden würde?

Ich wusste nur, dass ich von einer tiefen inneren Ruhe erfüllt war, dort in diesem Schweizer Hotelzimmer in dem kleinen Städtchen am See. Ich war genau da, wo ich hingehörte, und machte die Arbeit, die ich machen wollte. Ich fühlte mich rundum vollständig.

Dabei war das frühe Stadium meiner Karriere eigentlich der Teil, in dem ich nicht gerade glänzte. Andere Beamte genossen es, Agenten zu führen, und fühlten sich ihnen auf persönlicher Ebene stark verbunden. Einen seiner Agenten zu verlieren, aus welchem Grund auch immer, galt sowohl als persönliches Desaster als auch als Manko in professioneller Hinsicht. Ich für meinen Teil hatte nie großen Spaß an dieser Aufgabe. Die Bedürfnisse unserer Agenten waren mir unangenehm: Sie waren zu menschlich, zu verletzlich, zu ängstlich. Wenn sie nicht schon paranoid waren, bevor sie für uns arbeiteten, wurden sie es über kurz oder lang, und wenn sie paranoid wurden, verhielten sie sich panikartig. Sie vergaßen das Sicherheitssignal oder verwechselten es – zugeknöpfter Mantel für: alles in trockenen Tüchern, offen und lose für Abbruch –, was noch schlimmer war, als es ganz zu vergessen. Wenn sie gar keine Jacke trugen, wusste man wenigstens, dass sie ein Problem hatten. Leute, die in Panik geraten, sind unberechenbar.

Wenn man Agenten führte, fielen die Schranken zwischen Persönlichem und Beruflichem weg – man konnte mitten in der Nacht einen Anruf von einem libanesischen Doktoranden bekommen, den man in der Technischen Hochschule von Portsmouth in eine pazifistische Organisation eingeschleust hatte, um herauszufinden, ob sie aus Moskau gesteuert wurde, und er heulte einem die Ohren voll, weil er fand, dass ihn jemand in der Mensa komisch angeguckt hatte, oder Heimweh nach seiner Mutter in Beirut hatte. Selber eine Spionin sein ist eine Sache; sich um andere Spione kümmern, die nie wirklich Spione sein wollten, etwas ganz anderes.

Manche von ihnen brauchten natürlich einfach nur das Geld, aber viele erforderten auch ideologische Überredungskünste oder wollten sich von meiner Ideologie überzeugen lassen. Mir erschien es immer am besten, ihnen – wahrheitsgemäß – zu erklären, dass ich nicht speziell *regierungs*freundlich eingestellt war; ganz im Gegenteil mochte ich unsere Regierung nicht besonders. Ich war nur vehement *gegen* Regierungen, die ihre eigenen Bürger einsperren, in Kellern foltern oder ohne Prozess hinrichten wollten. Mir war egal, wie sich so eine Regierung nannte oder welche politische Richtung sie vertrat. Ich fand einfach nur, dass Otto oder Ottilie Normalverbraucher ein Recht darauf hatten, sich ohne das Risiko willkürlicher Verhaftung in der Öffentlichkeit zu bewegen. Das war nicht nur so dahingesagt, sondern stimmte damals und trifft heute noch zu – nur, dass ich inzwischen weiß: Es war nie so einfach, wie ich es darstellte, und es so darzustellen, war ein Ausweichmanöver. Wem wollte ich etwas vormachen – ihnen oder mir selber?

Zum Zerwürfnis mit Flavia kam es ungefähr fünf Jahre nachdem ich dem Service beigetreten war, und obwohl es nichts mit meiner Arbeit zu tun hatte, frage ich mich immer noch, ob es auch unter anderen Umständen so weit gekommen wäre – oder will ich mich nur damit herausreden, dass ich es meinem Beruf zuschreibe? Wie bei fast jedem katastrophalen Streit, der eine Freundschaft beendet, kam es nicht auf den Auslöser an –

schließlich gibt es da immer noch einen Unterschied zwischen Ursache und Beschleuniger –, aber es hatte damit zu tun, dass ich bei Adelinas neuntem oder zehntem Kindergeburtstag mithelfen sollte. Flavia war mit vielen anderen Müttern aus Adelinas Schule befreundet, aber die waren alle verheiratet, und mit Anlässen, bei denen es in anderen Familien zwei Elternteile für solche Aufgaben gab, tat sich Flavia besonders schwer. Sie mochte es, wenn ich bei den Partys dabei war und ihr half, nicht nur, weil ich überraschenderweise gut im Organisieren von Topfschlagen, Sackhüpfen und Eierlaufen war – wahrscheinlich sahen die Kinder alle eine Schulleiterin in mir –, sondern auch, um jemanden dazuhaben, mit dem sie sich hinterher aufs Sofa fallen lassen und austauschen konnte, darüber, wie anstrengend dieser freche Simon war oder wann genau wir beide gedacht hatten, dass Klein-Genevieve sich gleich übergeben würde.

Natürlich hatte ich einen guten Grund: die Arbeit. Was konnte ich dafür, dass ich Flavia meine Arbeit nicht erklären konnte, etwa, warum ich meine Pläne manchmal kurzfristig umwerfen musste oder mich dann wieder mal wochenlang nicht bei ihr melden konnte – okay, in den letzten zwei oder drei Jahren waren es vielleicht Monate gewesen, manchmal, nicht immer.

Ich kam am Wochenende vor der Geburtstagsfeier vorbei, nur die Nacht von Samstag auf Sonntag, und sagte ihr das, während wir nach meiner Ankunft zusammen etwas kochten: »Ach übrigens, nächstes Wochenende kann ich wohl eher nicht zur Party kommen.« Sie warf mir einen Blick zu, wandte sich ab und fuhr mit Tomatenhacken fort.

Meinen restlichen Besuch über zeigte sie mir die kalte Schulter. Als ich am Sonntagmorgen vorschlug, mit Adelina zum Indoor-Spielplatz mit Bällebad zu gehen – der mir ein Graus war –, sagte sie: »Sie muss Hausaufgaben machen, wie du weißt, kriegen sie jetzt jedes Wochenende etwas auf.«

Ich verkniff mir die Antwort: Dafür wird sie ja wohl nicht den ganzen Tag brauchen?, und erwiderte stattdessen betont sanftmütig: »Wenn das so ist, kann ich ja mal zum Kiosk gehen und die Sonntagszeitung holen.«

Wir aßen um sechs Uhr abends Nudeln mit Adelina – Kindernudeln –, und Flavia sagte, als ich nach dem Essen die tiefen Teller abräumte: »Würdest du sie bitte kurz ausspülen, bevor du sie in die Spülmaschine stellst?«

Nach dem Abendessen saßen wir im Wohnzimmer – Adelina durfte was im Kinderfernsehen gucken, nachdem sie sich die Zähne geputzt und den Schlafanzug angezogen hatte –, und Flavia und ich blätterten in den Zeitungen, sie mit den Feuilletons und einer Frauenzeitschrift, ich mit dem Politikteil, und zwischen uns war nur das Rascheln beim Umblättern zu hören.

Adelina lag bäuchlings auf dem Teppich und sah sich einen altmodischen Spielfilm an – ein Farmhaus und ein Trupp Kinder, die Dinosaurierknochen im Wald entdeckt hatten, oder womöglich einen Dinosaurier, Männer mit Donnerbüchsen, Frauen mit Rüschenschürzen, die Sachen wie »Grundgütiger!« sagten. Etwas gelangweilt, trommelte sie mit den Füßen auf den Teppich, das Kinn in beide Hände gestützt. Der Fernseher war deutlich lauter eingestellt, als ich erlaubt hätte. Ohne sich zu mir umzudrehen, sagte sie: »Heather …« Inzwischen konnte sie meinen Namen richtig aussprechen. »Heather, bist du eine Witwendame?«

Flavia kam mir nicht zu Hilfe, sondern sah mich nur kühl und belustigt an, eine Augenbraue minimal hochgezogen.

»Nein«, sagte ich zu Adelina und blätterte eine Seite weiter zu einem Artikel über das IRA-Attentat in Lichfield. Wir hatten uns mehr denn je mit Inlandsterrorismus herumzuschlagen.

»Was bist du *dann*?«

Flavia schlug ihre Zeitschrift zu und ließ sie neben sich aufs Sofa fallen. »Na los«, sagte sie zu Adelina, »Vorlesezeit.« Sie griff nach der Fernbedienung und schaltete den Film aus, und Adelina sprang ohne zu murren auf. Sie war so ein hübsches Kind – dichtes dunkles Haar, heller Teint, das Ebenbild ihrer Mutter – und dabei doch auch etwas burschikos, hatte zum Glück nichts für den ganzen pinken Plastikplunder übrig, den sie Mädchen in dem Alter andrehen.

»Lass mich machen«, sagte ich und stand rasch auf. »Na komm, Schnecke, was soll's sein?«

Bevor Adelina antworten konnte, sagte Flavia: »Ich mache das. Setz du dich und lies die Zeitungen. Leg die Füße hoch.«

Ich hatte der Kleinen sonst immer am Bett vorgelesen, bevor ich nach London zurückfuhr.

Adelina wandte sich um – ich breitete die Arme aus, und sie kam zu mir gelaufen und schlang mir beide Arme um die Taille. Ich beugte mich zu ihr hinab und küsste sie aufs Haar. »Bis bald, Babybär«, flüsterte ich ihr zu.

»Los jetzt, ab nach oben«, sagte Flavia übertrieben fröhlich.

Hand in Hand gingen sie aus dem Zimmer, während Flavia ihre Tochter anstrahlte. Adelina schaute sich nicht um.

Als Flavia wieder nach unten kam, hatte ich mir einen Kaffee gemacht und saß auf der Terrasse zum Hof. Es war Juni, und der Abend war noch warm.

»Willst du einen?«, fragte ich, als sie da war. »Ich muss bald los.« Es konnte nicht schaden, ihr in Erinnerung zu rufen, dass es mich so ziemlich um mein Wochenende brachte, hier raufzufahren, dachte ich. Am nächsten Morgen hatte ich pünktlich um neun ein Meeting mit dem Innenministerium. Das ging mir jetzt schon im Kopf herum.

Sie setzte sich wortlos auf den Gartenstuhl mir gegenüber. Ein Weilchen saßen wir schweigend da.

Ich stellte meine Kaffeetasse auf dem Gartentisch ab. »Ich

habe schon auch ein eigenes Leben«, sagte ich. »Sorry, ich weiß, dass du mich am nächsten Wochenende gern hierhättest, aber ich kann nicht einfach so jedes Mal antanzen, wenn dir ein zweites Paar Hände gerade gelegen käme.«

Flavia hatte zuletzt eine Beziehung mit einem Elektriker gehabt, dem geschiedenen Vater eines der Kinder in der Schule. Das war etwa ein Jahr so gegangen, und in der Zeit hatte ich kaum von ihr gehört. Als es, wie anscheinend alle ihre Beziehungen, in Unfrieden endete, rief sie mich prompt wieder jedes Wochenende an. Ich konnte mich nicht erinnern, wann sie mir das letzte Mal irgendeine Frage nach meinem Leben gestellt hatte. Ja, okay, ich hätte wohl kaum ehrlich antworten können, aber ich wäre doch wenigstens gern gefragt worden.

»Ich weiß, dass du lieber abwesend als anwesend bist«, sagte sie da. »Denn wenn du abwesend bist, hast du die Kontrolle, stimmt's? Du allein entscheidest über dein Kommen und Gehen. Und du verschaffst dir die volle Befriedigung, zu wissen, dass man an dich denkt, ohne den ganzen Ärger, den eine Verpflichtung mit sich bringt, oder die Anforderung, auf die Gefühle eines anderen Menschen Rücksicht zu nehmen, weil das nämlich ziemlich …«

»Scheiße, wo kommt das alles her?« Ich wusste, dass sie sauer auf mich war, hatte aber keine Ahnung, wie viel Groll sich in ihr aufgestaut hatte. Ich warf ihr einen Blick zu und sah, dass ihr Gesicht weiß vor Wut war, die Lippen zum Schmollmund aufeinandergepresst.

»… *ziemlich* harte Arbeit ist, stimmt's? Da müsstest du dich nämlich tatsächlich mal anstrengen und dich rücksichtsvoll verhalten, oder so …«

Das Wochenende über war sie heimlich, still und leise auf diesem Wut-Level angelangt. Mir blieb nichts anderes übrig als der Versuch, die Temperatur runterzuregeln. Wenn ich gleich mit gleich erwiderte, würde es in eine veritable Schreiorgie ausarten, womöglich mit Fluchen oder Türenknallen, ohne jede Logik oder gewisse Verständnisfortschritte, und das war nicht mein Stil. *Ich hab noch eine verdammte vierstündige Autofahrt vor mir*, dachte ich.

Ich antwortete in gemäßigtem Tonfall, vernünftig. »Offenbar glaubst du, es wäre Absicht von mir, manipulativ. Ist es nicht, wie auch immer ich mich verhalte, ich …« Da versagte mir die Stimme, weil ich mich soeben verquatscht und zugegeben hatte, dass ich doch ein bestimmtes Verhalten an den Tag legte.

Das Zugeständnis nahm ihr den Wind aus den Segeln, und sie wirkte ausgebremst. Sie murmelte: »Also Adelina hat sich geärgert, und es ist ein schwacher Trost, wenn man andere nicht mit *Absicht* verletzt. *So war das nicht gemeint*, aber es tut trotzdem weh …«

Es kam mir so vor, als ob sich die Situation etwas entschärft hätte. Doch dann, nachdem ich bis hierhin die Beschwichtigende gegeben hatte, spürte ich etwas in mir aufsteigen – so plötzlich, dass ich kaum wusste, wo das herkam, etwas Jähes, das sich bei näherer Betrachtung eindeutig schon seit Längerem angestaut hatte. Ich hörte mich selber sagen: »Komm mir nicht mit Adelina – sie ist ein Kind, sie kommt schon klar. *Du* ärgerst dich. Vielleicht hast du bloß auf eine Gelegenheit gewartet, dich aufzuregen, weil du dich in jedem Fall in der Opferrolle am wohlsten fühlst, und deshalb ist dir die Alleinerziehenden-Rolle wie auf den Leib geschnitten, denn Gott bewahre, du müsstest dein Leben endlich selbst in die Hand nehmen und auch nur für fünf Minuten aufhören, irgendwelche Loser zu daten.«

Sie sah mich unverwandt an, und ihr abgeklärter Gesichtsausdruck hätte mir eine Warnung sein müssen, aber als der absolute Volltrottel, der ich war, preschte ich einfach immer weiter vor. Von wegen herunterregeln, ich schaltete noch einen Gang rauf. Ich war in Fahrt gekommen, und von da an ging's bergab. »Alle haben Pech im Leben, alle haben verkorkste Beziehungen, so ziemlich jeder Mensch fühlt sich oft genug einsam und allein. Was für ein Vorbild gibst du für Adelina ab? Willst du etwa, dass sie so wird wie du?«

Mit eisiger, tonloser Stimme sagte sie: »Tja, seltsamerweise geraten einem manchmal Situationen außer Kontrolle, wenn man sich um ein Kind kümmern muss. Das Kind geht vor. Wenn du Mutter wärst, würdest du das verstehen.«

Das ließ ich mir nicht gefallen. »Ich bin keine Mutter, weil ich mich bewusst dagegen entschieden habe. Wie du weißt, hab ich tatsächlich Entscheidungen gefällt und mich der Verantwortung dafür gestellt. Versuch's doch auch mal damit.«

Mit unbekümmerter Stimme antwortete sie: »Wie hätte ich mich entscheiden sollen, als ich ungeplant schwanger wurde? Er hat nicht verhütet, ohne mich vorher um Erlaubnis zu fragen. Er hat gesagt, er sei einfach davon ausgegangen, dass ich die Pille nehme, und als ich es ihm gesagt hab, hat er mich gegen die Wand gedrückt, mit einer Hand an meiner Kehle. Wann genau hätte ich die Kontrolle übernehmen sollen?«

»Du hättest ihm den Gefallen tun«, sagte ich und ahmte ihren unbekümmerten Tonfall nach, »und abtreiben können. Anschließend hättest du dich in Affären mit beliebig vielen verheirateten Männern stürzen können.«

Wir hielten beide inne und holten Luft, wie Hochseilartistinnen, die an verschiedenen Enden eines Seils gestartet waren, das über eine gefahrvolle Schlucht gespannt war, und einander gegenüber stehen blieben, in der Hoffnung, dass die andere umwendete und zurückging, wohl wissend, dass wir beide fallen würden, wenn eine von uns das Seil zum Wackeln brachte.

Sie hielt den Blick starr auf den Gartentisch gesenkt, ein kleines rostiges Eisenmöbel mit wackligen Beinen. Ich starrte sie an, wie um sie zum Aufschauen zu bewegen, und wenn sie reagiert hätte, hätte ich mich vielleicht nicht vorgelehnt und zu der Dummheit hinreißen lassen, die ich als Nächstes von mir gab. »Wir können alle die Opferkarte ausspielen – soll Adelina etwa das von dir lernen? Was für einen Aufstand du gestern um ein aufgeschlagenes Knie gemacht hast, damit machst du eine richtige Heulsuse aus ihr, aber vielleicht willst du es ja so haben, weil es *so* viel einfacher ist, dem Schicksal oder Gott oder wem auch immer die Schuld zu geben, statt als erwachsener Mensch die Verantwortung zu übernehmen, und wenn *ihr* später mal ein verheirateter Mann ein Kind anhängt, wirst du dich sicher freuen.«

Da sah sie mich an und sagte mit einer Stimme, klar und rein wie eine Glocke an einem stillen Sonntagmorgen, melodisch, aber volltönend – einer Stimme, die keinen Zweifel daran ließ, dass sie wortwörtlich meinte, was sie sagte: »Verpiss dich.«

Und das tat ich.

Auf der ganzen Fahrt nach Hause ging ich im Kopf alles durch, was ich gern gesagt hätte – wie ich ihr meinen Standpunkt auf bessere, verständlichere Art hätte vermitteln können. Als ich zu Hause ankam, war ich immer noch aufgebracht, und dabei sollte es eine ganze Weile bleiben. All diese fiesen kleinen Seitenhiebe gegen mein Single-Dasein, völlig unangebracht. Mir war nicht ganz klar, was da überhaupt passiert war; ich wusste nur, dass es sich schon lange Zeit angestaut hatte.

Aber Ärger ist anstrengend, und nach wenigen Wochen war ich nicht mehr verärgert, sondern traurig – und reumütig, nun ja, eher traurig-reumütig, nicht richtig reuevoll, weshalb ich immer noch nicht anrief, um mich zu entschuldigen, obwohl ich da mittlerweile das Gefühl hatte, dass ich wahrscheinlich mit manchen Aussagen zu weit gegangen war. Flavia rief auch nicht an.

Dann kam eine Zeit, in der es mir für alles zu spät vorkam, weil ich mich zusätzlich zur eigentlichen Entschuldigung auch noch dafür hätte entschuldigen müssen, dass ich erst so spät damit ankam. Obwohl sich also das Gleichgewicht verschoben hatte und ich mir dachte, dass der ursprüngliche Streit vermutlich in erster Linie an mir lag, waren wir beide schuld an dem langen Schweigen, und es erschien mir nicht richtig, dass ich diejenige sein sollte, die sich entschuldigte. Und dieses ganze Nicht-Entschuldigen und Schweigen wurde wie ein reißender Fluss, der immer kälter wurde, bis er schließlich zu Eis gefror. Das Schweigen polarisierte uns: Sie war der Nordpol, ich der Südpol, oder umgekehrt – auch egal. Zwischen uns drehte sich eine ganze Erdkugel.

In dem Herbst bekam mein Vater seinen Schlaganfall, und irgendwie machte mich auch das wütend auf Flavia, dass sie nichts davon wusste und keine Ahnung hatte, womit ich mich herumschlug. Trotzdem ging ich noch davon aus, dass wir uns irgendwie in einer nicht näher definierten Zukunft versöhnen würden. Erst dachte ich, na ja, vor Weihnachten, weil ich die Weihnachtsfeiertage normalerweise bei meinen Eltern verbrachte, wenn ich frei hatte, und dann in der ereignislosen Zeit zwischen den Jahren zu Flavia und Adelina fuhr. Dieses Weihnachten musste ich am Ende aber arbeiten und fuhr erst nach dem zweiten Weihnachtsfeiertag nach Coventry zu meinen Eltern.

»Fährst du nicht nach Manchester rauf?«, fragte meine Mutter, als ich ihr erklärte, dass ich eine ganze Woche bleiben konnte.

»Nein«, antwortete ich, »bei dir und Dad bleiben ist jetzt wichtiger.«

»Ach so«, sagte Mum. »Ach, das freut mich sehr, aber es tut mir auch leid, dass wir deine Pläne durchkreuzt haben.«

Und da bekam ich natürlich ein etwas schlechtes Gewissen.

Aber mit meiner Arbeit und allem stand im Nu schon wieder Adelinas nächster Geburtstag an, und ich überlegte hin und her, ob ich ihr ein Geschenk schicken sollte oder nicht – ob Flavia es nach meinem langen Schweigen einfach zurückschicken würde? –, und bevor ich das Problem fertig gewälzt hatte, starb mein Vater, und in meinem Leben ging es eine Zeitlang nur darum.

Mein Vater starb mit achtundsechzig, und die Fragen an ihn, die ich mir für später aufgehoben hatte, über seine Berufslaufbahn, sein Leben, würden jetzt für immer und ewig unbeantwortet bleiben. Aus meinem Leben wurde etwas anderes, etwas, das weder Flavia noch Adelina beinhaltete, was sich eine Zeitlang ganz in Ordnung anfühlte.

Nach ein paar weiteren Jahren im Service ging mir auf, dass ich weder eine Führungsbeamtin noch eine Agentin im Einsatz oder sonst irgendwas von dem war, was auf die meisten Leute anziehend wirkte. Das Einzige, was mir an meinen Erfahrungen im Einsatz wirklich gefallen hatte, war der Teil, den andere Leute nicht mochten: die Einsamkeit. Ich war eine Strategin. Computer waren mir lieber als Menschen – im Allgemeinen machten sie das, was man sich von ihnen erwartete (außer wenn nicht, natürlich). Selbst auf Dienstreisen war ich am glücklichsten in einem Flugzeug mit einer Aktenmappe voller Berechnungen auf dem Schoß, wenn ich an den besten strategischen Kooperationsmethoden mit einer unserer Schwesterorganisationen herumtüftelte, eine auf Tatsachen beruhende Argumentationskette aufstellte oder die Einsätze anderer evaluierte. Das, was mich interessierte, war kein allgemein beliebtes Arbeitsfeld – es fehlte der Glamour. Die Kooperation mit ausländischen Nachrichtendiensten, mit unserer Schwesterorganisation, mit der Special Branch der Polizei oder mit anderen Partnern in Großbritannien – all die Aufzeichnungen, die Dokumentation: An diesen Teil, die Bürokratie hinter der Action, denken die Leute nie. Und weil ich auf einem unbeliebten Gebiet gut war, stieg ich in der Hierarchie ziemlich rasch auf; mir eilte der Ruf der Gründlichkeit voraus. Ehe ich mich's versah, war ich keine ehrgeizige Mittdreißigerin mit Vaterkomplex mehr, sondern verwandelte mich – während ich meine Vierziger durchlief und die Fünfziger schon am Horizont winkten – mühelos in die Art effiziente Workaholic, die jeder gern an Bord hatte, wenn er ein Projekt reibungslos abgewickelt haben wollte.

Flavia meldete sich nie mehr bei mir – und ich wünschte, ich könnte sagen, dass sie mir fehlte, was jedoch in Wahrheit in jenen Jahren nicht der Fall war. Adelina fehlte mir, wenn ich an sie dachte – also versuchte ich, nicht an sie zu denken. Mein Ruf als eine, die mit ihrer Arbeit verheiratet war, schadete mir nicht im Hinblick auf Männer – davon gab es mehr als genug. Ich arbeitete in einem männlich dominierten Berufszweig, und die verheirateten Männer, auf die ich mich einließ, nahmen meine Diskretion und Anspruchslosigkeit dankbar an; mir meinerseits gefiel, dass sie auch keine Ansprüche an mich stellten. Wir verstanden uns. An einer Frau, die auf Männer mittleren Alters steht, ist nichts mehr merkwürdig, wenn sie selbst in ebendieses Alter kommt.

Nur selten tat ich mir selber leid: die wenigen Male, wenn ich mich allein betrank, lange aufblieb und auf dem Ghettoblaster in meiner Küche Midnight Jazz hörte, langsam, sachte dazu tanzte, meinen unmelodischen »Gesang« vor mich hin murmelnd und mich, den Säuregehalt des eiskalten Weißweins genießend, noch in den Hüften wiegte, während ich das Glas leerte.

13

Richard war eine Zeitlang mein Mentor, nachdem er mich angeworben hatte, auch wenn er anschließend einen kometenhaften Aufstieg durch die Dienstgrade hinlegte und wir uns nach wenigen Jahren aus den Augen verloren. Allerdings kam er zur Beerdigung meines Vaters, und beim Leichenschmaus – Tee, Bier und Sandwiches in einem nahe gelegenen Hotel – kamen wir beide ins Gespräch über Dad, darüber, wie er Richard unter seine Fittiche genommen hatte und dass dieser ihm als junger Agent immer dankbar gewesen war.

Als sich die Gesellschaft langsam auflöste, stellten Mum und ich uns auf die Vortreppe des Hotels, um uns von den Leuten zu verabschieden, während Tim und Louis sich drinnen um die Rechnung kümmerten. Beim Abschied umarmte Richard uns beide herzlich und murmelte meiner Mutter zu: »Wenn du irgendwas brauchst, Jenny, was auch immer …« Wir sahen zu, wie er in seinen Jaguar stieg, rückwärts aus der Parklücke und über die Auffahrt davonfuhr, und bewegten dazu unsere Hände so, dass man meinen konnte, wir würden im Zeitlupentempo gemeinsam ein Fenster putzen.

»Bist du mit ihm ins Gespräch gekommen?«, fragte ich. »Wir haben uns nett unterhalten.«

»Richard Semple«, sagte meine Mutter und machte eine winzige Pause. »Nimm dich ein bisschen vor dem in Acht.«

»Warum?«, fragte ich.

Sie blickte mit zusammengekniffenen Lippen zu Boden, ein Stirnrunzeln auf dem kleinen Gesicht. Sie war eine, der so gut wie nie eine unfreundliche Bemerkung über die Lippen kam. So was lag ihr einfach nicht. Sie verschränkte die Arme. »Ich würde ihn als einen Mann bezeichnen, der immer auf seinen größtmöglichen Vorteil bedacht ist. Dein Vater mochte ihn zwar, war aber auch vor ihm auf der Hut.«

Dad war vor vielen Leuten auf der Hut, dachte ich, als wir wieder reingingen.

Wie sich herausstellte, sollte es über zwei Jahrzehnte dauern, bis Richard und ich uns in ein und derselben Abteilung wiederfanden, der Zentralen Verwaltung, die alle Ressorts des Service und unserer Partnerorganisationen beaufsichtigte. Da hatten wir beide die Jahre der aktiven Einsätze längst hinter uns, und er war eine graue Eminenz: weltmännisch, lässig, nobel, auf eine Art, die mittlerweile verdient erschien. Körperlich wirkte er kaum gealtert. Das pomadisierte Haar war weiß, aber er trug immer noch ein Einstecktuch in der Brusttasche, und erst als ich wieder näheren Umgang mit ihm hatte, merkte ich, dass er nicht etwa jetzt jünger aussah, sondern damals, früher, für seine Jahre alt gewirkt hatte.

Als er mein Vorgesetzter wurde, muss er kurz vor der Pensionierung gestanden haben; ich war Mitte fünfzig. Genau genommen war er der Vorgesetzte meiner Chefin, mit Gesamtverantwortung für vier innere Abteilungen, aber er übte seine Machtbefugnis mit leichter Hand aus: Kein einziges Mal wurde er in meinen Ohren laut. Er erinnerte mich in manchen, den guten Aspekten an meinen Vater.

Ende 2006 ließ er mich in sein Büro kommen und bat mich, einen Umzug nach Birmingham in Betracht zu ziehen, um mich einer neuen Einheit anzuschließen, die er gerade aufbaute. Er wusste, dass meine Mutter noch am Leben war und in den West Midlands wohnte, und fragte ziemlich oft nach ihr – später sollte mir aufgehen, dass er noch eine ganze Menge mehr wusste.

Am Ende einer langen Woche war der Freitagnachmittag endlich gekommen, und ich fühlte mich abgespannt und ausgelaugt. Richard machte mir einen Kaffee – ungewöhnlich für ihn. Er erzählte mir von der Einheit, die zu einem Plan gehörte, regionale Niederlassungen für den Service zu etablieren. Seit sechs Monaten arbeite dort eine Notbesetzung, sagte er, die mit Machbarkeitsstudien und all solchem Kram beschäftigt war – Verbindungsbüro 2.6 nannten sie es. Es sollte den Überblick über unsere diversen Partner und externen Agenturen gewährleisten.

»Warum habe ich bisher noch nie davon gehört?«, fragte ich ihn, als ich an seinem Schreibtisch saß und das Dossier überflog, vor mir den Kaffee, den ich noch nicht angerührt hatte.

Richard saß zurückgelehnt da, ganz Pianistenhände und wissendes Lächeln. Als ich aufschaute, beugte er sich vor. »Sheila möchte nicht auf dich verzichten, aber ich habe ihr erklärt, warum du für mich die Idealbesetzung bist. Offiziell wirst du als gleichrangige Delegierte versetzt, aber unter der Hand einen Rang höher eingestuft, das lass nur meine Sorge sein. Faktisch auf gleicher Stufe wie Sheila zu sein, könnte dir nutzen, wenn du es in ein oder zwei Jahren zur Abteilungsleiterin bringen willst.« Ich zog bei diesem Ausweichmanöver eine Augenbraue hoch und ließ mich nicht von meinem Standpunkt ablenken. »Eine ganze Zweigniederlassung der Verbindungs-Abteilung wird gegründet, und es gab kein …?« Ich kam ins Stocken und sah ihn an.

Mit schmallippigem Lächeln legte er die Fingerspitzen einer Hand auf ein anderes Blatt Papier vor sich auf dem Tisch.

»Was du in Händen hältst, ist das offizielle Briefing. Was die neue Einheit in Birmingham tatsächlich ist, steht auf diesem Blatt.«

Mit den Fingerspitzen drehte er das Blatt herum und schob es auf mich zu.

Ich nahm es in die Hand. L2.6 hatte nichts mit Liaison, Verbindung, zu tun – oder nur am Rande. Das sollte unser Vorwand sein, um mit Leuten in Kontakt zu kommen. Tatsächlich handelte es sich um einen Ableger der Internen Ermittlungen, mit Schwerpunkt auf dem Sammeln von Beweismaterial und dem Durchführen von Voruntersuchungen für die offiziellen Befragungsstrategien. Richard gründete eine Zweigstelle einer Abteilung, die eigentlich die Zweigstelle einer anderen war. L2.6 wurde eingerichtet, um ihm zu helfen, korrupte Spione zu überführen.

»Weiß Sheila davon?«, fragte ich, während ich das Blatt überflog. In etwas eingeweiht zu werden, wovon meine direkte Vorgesetzte nichts wusste, war für mich von Vorteil, wie Richard natürlich klar war. Ich mochte Sheila, aber sie ließ keinerlei Absichten durchblicken, sich versetzen oder pensionieren zu lassen. Anders als Agenten im Einsatz, die mit fünfzig aufs Abstellgleis kamen, durften wir in der Verwaltung bis in ein ehrenwertes höheres Alter am Ball bleiben. Sie sorgte also für einen gewissen Rückstau an der Abteilungsspitze.

»Nein«, sagte Richard, »Sheila weiß es nicht. Auch sonst niemand im Verbindungsbüro. Was die alle angeht, bist du da draußen einfach mit Machbarkeitsstudien für neue Arbeitsmethoden beschäftigt und unterstehst direkt mir. Deshalb wirst du unter der Hand einen Rang höher versetzt – es muss eher nach Herabstufung aussehen als umgekehrt. Das DOS geht in London weiter wie gehabt seinen Geschäften nach.« Er hielt beide Hände hoch. »Du weißt, wie schwierig es in unserem Job wird, wenn wir erst offiziell involviert sind …«

»Ja ja, diese ganzen Regularien und Vorschriften …« Falls er meinen ironischen Unterton bemerkte, entschied er sich, ihn zu überhören.

»Voruntersuchungen, wenn du willst. Einer meiner Level-Five-Beamten, der Blythe heißt, richtet derzeit eine Niederlassung in einem Hochhaus in Birmingham ein. Das Ganze ist so unglamourös, dass man annehmen wird, du wärst zur Strafe dorthin versetzt worden, so leid es mir tut. Zurzeit sieht es noch kaum operabel aus, erst mit drei Leuten besetzt, noch halbleer, der Wind pfeift durch die Hallen …«

»Während es in Wirklichkeit ein voll funktionsfähiger Todesstern ist?«

»Genau so.«

Wie immer vor Richard verspürte ich das dringende Bedürfnis, meine Aufregung herunterzuspielen, und nicht nur die, sondern eigentlich jede Gefühlsregung. »Ich brauche schnellstmöglich alle aktuellen Fallstudien.«

»Versteht sich.«

Den nächsten Monat verbrachte ich mit Vorbereitungen auf den Neustart. In der Arbeit gab ich mich lustlos-resigniert ob meiner Versetzung. »Birmingham …«, sagte ich, wenn jemand aus dem Kollegenkreis mich darauf ansprach. »Ich hab ihnen gesagt, dass mir eine Veränderung recht wäre, aber Birmingham …«

Eine meiner Level-Two-Mitarbeiterinnen, Talia, hielt mich eines Tages in der Damentoilette auf, um mir zu sagen, wie unfair sie es fand, dass ich dort hingeschickt wurde. »Weißt du, warum sie es machen? Weil Sheila drei Teenager im Schulalter hat und sie wissen, dass sie nicht die ganze Familie in eine neue Umgebung verpflanzen will. Das ist Diskriminierung.« Talia war achtunddreißig und genau wie ich ein kinderloses Arbeitstier – in mir sah sie vor sich, was auf sie zukam.

Ich war es gewöhnt, dass die Leute annahmen, ich würde mich ausgenutzt fühlen. »Na ja, ich hab's dann näher zu meiner Mutter«, sagte ich. »Sie wird auch nicht jünger.«

»Meine Güte«, sagte Talia und betrachtete prüfend ihr Spiegelbild, während sie sich hingebungsvoll ein ums andere Mal die Hände wusch. »So oder so, die Care-Arbeit bleibt immer an uns hängen, was? Da führt kein Weg dran vorbei.«

Richards Plan war clever. Verbindung war ein wichtiger Aspekt des Service, und es war klar, dass wir unsere Finger in allen möglichen Bereichen hatten, einschließlich Kontakte zu unseren ausländischen Schwesterorganisationen. Vor dem Zweiten Weltkrieg redeten die Geheimdienste verschiedener Länder eigentlich nicht miteinander – aus offensichtlichen Gründen, nomen est omen –, doch dank der Sowjets sahen wir alle ein, dass etwas mehr Kooperation nicht schaden konnte. Die Amerikaner, Kanadier, Australier, Neuseeländer und wir – genannt der CAZAB-Kreis, oder Fünf Augen – setzten sich alle an einen Tisch. CAZAB war jahrelang ein großes Geheimnis, bis Spione anfingen, Bücher zu schreiben und die Geheimdienste endlich merkten, wie wichtig Informationsaustausch war. Und das nicht nur global, sondern auch innerhalb des Königreichs – so harmlos und bürokratisch sich »Verbindung« auch anhören mag, so sind wir doch im Grunde genommen die Zeltpflöcke, die alles aufrechterhalten. MI5, MI6, die Londoner Met, das Innenministerium, das Außenministerium – man kann es ruhig das nationale Pendant zum CAZAB nennen, nur dass hier alle mindestens ebenso viel miteinander konkurrieren, wie sie kooperieren, denn jeder will das größte Stück vom Kuchen, den öffentlichen Geldern. Das Verbindungs-Ressort war für den reibungslosen Ablauf der ganzen Sache verantwortlich, dafür, dass das Getriebe geölt war.

Mit den Internen Ermittlungen war es schon etwas anderes. Spionen hinterherzuspionieren ist kein Kinderspiel: Die wissen, wie man Spuren verwischt. Wenn sie erst davon Wind bekommen, dass gegen sie ermittelt wird, war es das. Offiziell hieß es im Service, im Verbindungsbüro gebe es lediglich Schreibtischtäter, dafür da, dass die Zusammenarbeit zwischen dem MI5, MI6, der Metropolitan Police Special Branch zur Terrorismusbekämpfung und den entsprechenden Polizeiabteilungen in den einzelnen Regionen besser funktionierte als bisher. Diese neue Einheit, ein

Zweig des Verbindungsbüros, bot daher die perfekte Möglichkeit, um Beweise gegen Spione zu sammeln, bevor das Department of Standards offizielle Ermittlungen einleitete.

Bei Immobilien in London gab es in jenem Jahr einen Verkäufermarkt, die Zeitungen vermeldeten, dass die prozentualen Preissteigerungen so hoch lagen wie seit dreizehn Jahren nicht mehr. Ich verkaufte meine Wohnung für mehr als den doppelten Kaufpreis, und während der Papierkram geregelt wurde, begann ich mich online nach Maklerangeboten umzusehen und herauszufinden, was ich für mein Geld in einem hübschen Vorort oder einem Städtchen auf der Coventry-Seite von Birmingham bekäme. Etwa das Fünf-Zimmer-Altbau-Reihenhaus mit Vorgarten und Garten? Oder das moderne freistehende Einfamilienhaus mit eigener Auffahrt am Dorfrand? Ich hatte nie vorgehabt, in die West Midlands zurückzukehren, aber da war ich nun in mittleren Jahren, erfolgreich, aber beruflich in einer Art Sackgasse, und sah einen Neuanfang vor mir. Leute mit Familie durchlaufen automatisch verschiedene Lebensphasen – wir anderen müssen sie uns selbst schaffen.

Gelegentlich dachte ich an Adelina und überlegte, wie alt sie sein und wo sie sich aufhalten mochte. Zu ihrer Mutter hatte ich nun seit über zehn Jahren keinen Kontakt mehr. Ob sie wohl studiert, einen Abschluss gemacht hatte? Sie konnte sogar eigene Kinder haben. Ich stellte mir vor, wie sich das dunkeläugige Mädchen, das ich gekannt hatte, in eine junge Frau verwandelt hatte. Und was für Gespräche ich mit ihr in ihrer Pubertät geführt haben könnte, in einer Phase, in der sie wie alle heranwachsenden Mädchen ihre Mutter gehasst hätte, weil wir die Vorahnung, was mal aus uns werden könnte, ablehnen. Dann überlegte ich mir, wie ich als unparteiische Vermittlerin hätte auftreten und mich in beide Standpunkte hätte hineinversetzen können, und wie mir noch Jahre später beide dafür danken würden, dass ich ihnen in dieser schwierigen Zeit so hilfreich zur Seite gestanden und Stunden um Stunden mit der einen oder anderen telefoniert hätte. Ich stellte mir vor, was für einen Platz ich in ihrer kleinen Kernfamilie eingenommen hätte: eine Art Älteste, einen Ehrenplatz.

Eine der Fallakten, die ich zur Vorbereitung meiner neuen Stelle bei den Internen Ermittlungen durchsah, behandelte eine junge Frau, ein paar Jahre älter als Adelina und in vielerlei Hinsicht ganz anders als sie, aber so intelligent, wie ich mir Adelina vorstellte. Auch sie hatte einen ungewöhnlichen Namen, Aurora, doch bei Officer Aurora Morgan kamen noch so einige andere Auffälligkeiten hinzu. Sie war eine begabte junge Frau, beide Eltern Mathematiker in Oxford, hatte selbst ein mathematisches Doppelstudium mit Auszeichnung absolviert (und während ihres gesamten Studiums daheim gewohnt, bis zur achten Klasse Flöte gespielt, ihr Hobby war die Hamsterzucht), nicht allzu intuitiv oder realistisch – der Persönlichkeitstyp, der sich selbst davon überzeugt, das System überlisten zu können. Außerdem war sie spielsüchtig, was sie während ihres Assessments verbergen konnte –, heutzutage ist es ziemlich schwierig, solche Dinge für sich zu behalten. Seitdem sich das Internetbanking durchgesetzt hat, lassen sich die Finanztransaktionen einer Beamtin leicht ermitteln, wie ich aus eigener leidvoller Erfahrung weiß.

Spielsucht lässt aus naheliegenden Gründen die Alarmglocken schrillen – jede dringende Geldnot bringt einen in Gefahr, sich umdrehen zu lassen, und eine Sucht ist immer schlecht, egal, ob sie einen erpressbar macht oder nicht. Irgendwie war sie den Chinesen ins Netz gegangen. Die Informationen, die sie weitergab, waren auf sehr niedrigem Level eingestuft, ein paar veraltete Protokolle zu Kommunikationsanalysen ihres Ressorts. Sie waren so niedrig eingestuft, dass sie sich vermutlich selbst einreden konnte, damit keinen Schaden angerichtet und einen Haufen Geld für eine läppische Gegenleistung bekommen zu haben; womöglich stellte sie sich sogar vor, sie hätte ihren chinesischen Mittelsmann ausgetrickst. Aber so läuft es eben. Als Einstieg verlangen sie etwas, das an und für sich wenig oder gar keinen Wert hat – es geht nur darum, sicherzustellen, dass man bestechlich ist.

Wir hatten sie in einem frühen Stadium erwischt. Ihr Mittelsmann wartete seelenruhig ab, bis sie aufstieg und Zugang zu wichtigeren Dokumenten hatte. Diese Aurora war keine besonders gute Lügnerin. Ich hatte ihr Befragungsprotokoll schon gelesen und sah mir das Video ganz genau an, um ihr Verhalten zu analysieren. In dem Moment, in dem man ihr die Beweise gegen sie vorlegte, wurde ihre Miene absolut ausdruckslos und war doch wie eine Glasscheibe, durch die man zusehen konnte, wie die Gedanken in ihrem Kopf rotierten. Sie hatte ein kleines blasses Gesicht mit schmaler Nase und verkniffenem Mund, war ein hageres, dürres Ding – ich sah ihrem kleinen Körper etwas an, das ihren Befragern meiner Meinung nach wohl entgangen war: die Geschichte einer verheimlichten Essstörung, die in ihrer frühen Jugend angefangen hatte und nur teilweise überwunden war. Keiner der Männer, die sie befragt hatten, hatte das bemerkt, aber ich erkannte es an den straff gespannten Sehnen ihrer Arme, ihrem unterentwickelten Busen, den knochigen Schultern. Schließlich war auch ich mal ein heranwachsendes Mädchen gewesen.

In dem Video beugte sie sich auf ihrem Stuhl vor, hörte dem ermittelnden Officer zu, die Haare zu einem ordentlichen Pferdeschwanz zusammengebunden, mit neutralem und doch aufmerksamem Gesichtsausdruck. Der ermittelnde Beamte reichte ihr einen Aktendeckel mit einem Stapel Papiere darauf – die Aufzeichnungen ihrer sämtlichen Kontakte mit ihrem chinesischen Mittelsmann. Ein Blick verriet ihr, um was es sich handelte.

Ich stellte mir vor, dass sie den Papierstapel ebenso effizient beäugte wie eine Wette, wenn sie spielte, mit der gleichen Fähigkeit, etwas rasch zu berechnen. Und zwar berechnete sie vermutlich Folgendes: Verhaftung und Anklage in einem Geheimprozess, Gefängnisstrafe unausweichlich, oder ein Angebot, als Dreifachagentin tätig zu werden. Und währenddessen verzog sie praktisch keine Miene. Als Doppelagentin hatte sie sich schon rekrutieren lassen, warum nicht mit dreifach noch eins draufsetzen. Wie schwer konnte das schon sein? Ich konnte ihr beim Denken zusehen. Von Selbsttäuschung können die Hochbegabten ganz genauso betroffen sein wie alle anderen, wenn nicht sogar mehr.

Ich war gebeten worden, ein Gutachten zu erstellen, und schrieb in meinem Fazit, dass es meiner Ansicht nach unklug war, sie Gegenspionage betreiben zu lassen. Stattdessen schlug ich vor, die Arztberichte aus ihrer Kindheit hervorzukramen – bestimmt fand sich da etwas, das sie im späteren Leben erfolgreich überspielt hatte, irgendwelche zwanghaften psychologischen Probleme. Ich nahm an, wenn die Chinesen sie der Gegenspionage verdächtigten, würden sie den Spieß umdrehen, sodass sie bis ins Unendliche immer weiter gegen-spionieren müsste, immer auf die nächste Wette setzend, während sich ihre Wettchancen immer weiter verschlechterten, bis sie selbst nicht mehr wusste, für wen sie eigentlich arbeitete. Es gibt bestimmte Persönlichkeiten, die nicht zurückrudern, sondern immer nur weitermachen können, und je schlimmer es wird, desto weiter gehen sie.

Die hier war kein typischer Fall. In der Regel sind es Männer, die sich umdrehen lassen, und vor allem aus den naheliegendsten Motiven: Sex und Geld – Ego, Eitelkeit oder Gier. Der Mensch ist schwach.

Jetzt schmerzt es mich, daran zurückzudenken: wie überzeugt ich von mir war, als ich den Fall der junge Aurora begutachtete, dass sie so ganz anders als ich wäre und ich mich nie in solch eine Zwickmühle wie ihre hätte bringen lassen. Konnte ich denn schließlich nicht auf eine erfolgreiche Karriere zurückblicken? War ich nicht unbestechlich? Das schon, aber wie ich bald erfahren sollte, bedeutete Unbestechlichsein nicht Fehlerlosigkeit. In meinem Fall hatte der Fehler ebenfalls mit Geld zu tun, auch wenn es weder um Glücksspiel noch um illegale Aktivitäten ging, jedenfalls nicht zu Anfang.

Da gab es ein Haus in Colehill, das ich unbedingt haben wollte, mein Traum von einem Landhaus – es war leerstehend, und wenn ich mich nicht beeilte, würde es vom Markt genommen werden. Mein Londoner Makler versicherte mir, dass es mit dem Verkauf meiner Wohnung gut voranginge, aber die Käufer hätten Probleme, die Hypothekenerhöhung abzusichern, die sie benötigten, um meine Wohnung zum geforderten Preis zu kaufen, weshalb wir ihnen etwas mehr Zeit lassen müssten. Weil mein Umzug nach Birmingham unmittelbar bevorstand, ließ ich mich auf eine Zwischenfinanzierung ein – entweder das, oder mein Traumhaus verlieren. Solche Dinge mussten im Dienst natürlich angegeben werden, aber es bestand ja keine Eile. Ich war gerade erst erneut überprüft worden, weil ich den Dienstort wechselte, und das Darlehen lief nur sechs Monate lang. Der Verkauf meiner Londoner Wohnung würde lange vor der nächsten Überprüfungsrunde in trockenen Tüchern sein.

Eine Woche nachdem Richard meine Umsetzung bestätigt hatte, aber noch vor meinem Umzug, fuhr ich nach Birmingham, um mir die neue Dienststelle anzusehen. Ich ging zu Fuß von der New Street Station in den Geschäftsbezirk, wo offenbar die Großbaustellen neuer, ungewöhnlich geformter Bürohochhäuser in diversen Stadien der Fertigstellung wie Pilze aus dem Boden schossen: die einen mit silbrigen Gesimsen, die anderen mit gewölbtem Dach oder glänzender Glasfassade, alles gelegentlich unterbrochen durch Zeichen von Verfall und schwungvollen Schnellstraßen. Ich war seit Jahren nicht mehr in Birmingham gewesen, und es war sogar noch verwirrender, als ich es in Erinnerung hatte – wenn ein Alien im Stadtzentrum landen würde, dachte ich mir, würde er seinen Vorgesetzten melden, dass man ihn unzureichend gebrieft hätte.

Das fantasielos New Tower benannte Hochhaus war das einzige fertiggestellte Bauwerk in einem weiten Halbrund von Bürogebäuden um einen kahlen Betonplatz. Eine Glas-Drehtür beförderte mich in eine großzügige Vorhalle aus weißem Marmor mit imposantem Empfangstresen entlang der gesamten Rückwand. Ein einsamer Wachmann saß hinter dem Tresen. Als ich hereinkam, blickte er nicht auf. Zu einer Seite gab es weich gepolsterte orangefarbene Sofas in Hufeisenform ohne jemanden darauf – eigentlich war es überhaupt so gut wie menschenleer. Ich mochte das Gefühl, mich etwas Neuem anzuschließen, das noch im Entstehen war.

Ich nannte meinen Namen, bekam meinen Besucherausweis, drehte eine Runde durch den hallenden Empfangsbereich und fragte mich, was hier wohl außer uns Einzug hielt. Seitlich von der Rezeption gab es eine Tafel mit einem halben Dutzend Namensschildern und über zwanzig noch leeren Stellen. Wir nannten uns Stoke Colman Import & Export Ltd., und als ich dieses Fake-Firmenschild dort oben an der Wand erblickte, überlief mich eine kleine Welle des Vergnügens. Das nutzt sich nie ab: diese kleine diebische Freude, die alle in meinem Berufszweig dabei empfinden, dass wir nicht die sind, für die wir uns ausgeben.

Einer der Aufzüge rechts öffnete sich zischend, und eine große, kräftig gebaute Frau in einem zugeknöpften gelben Cardigan kam heraus. Mit ausgestreckter Hand kam sie auf mich zu. »Heather, willkommen an Bord, ich bin Carmella.«

Ich nahm ihre warme Hand in meine – sie war Brillenträgerin, machte einen professionellen Eindruck, und ich dachte sofort: *Verbündete*.

Carmella winkte mich durch die Sperren und klatschte ihren Ausweis für mich mit auf. Als sie sah, wie ich mich umschaute, während wir zu den Aufzügen gingen, erklärte sie: »Momentan sind nur etwa ein Drittel der Büros vermietet, wir haben einen Preisnachlass für den frühen Einzug bekommen. Über und unter uns scheint keiner da zu sein. Ein paar von den unteren Stockwerken sind noch im Rohbau.«

Im sechzehnten Stock sahen wir uns direkt beim Aussteigen fensterlosen weißen Flügeltüren gegenüber. Carmella drückte ihren Ausweis an die kleine Erkennungsbox rechts von den Türen, ehe sie eine aufschob und mich hineinwinkte.

Drinnen gab es teppichbodenbelegte Flure, Büroarbeitsplätze mit gläsernen Trennwänden, fabrikneue Schreibtische, ein paar davon ganz hinten rechts besetzt, aber Carmella zeigte nach links.

»Ich gebe dir erst eine Führung, dann bringe ich dich zu Mr Blythe, um dich ihm vorzustellen.«

Ich wagte mich an eine direkte Frage. »Wie ist er so?«

Sie gestattete sich den Anflug eines Lächelns. »Du wirst schon sehen.«

Sie zeigte mir die kleine Teeküche und die Damentoilette und sagte mir, ich könne mich zwischen zwei Büros entscheiden, weil derzeit noch so wenige von ihnen dort arbeiteten. Als wir den Flur entlanggingen, blieb sie an einer offenen Tür stehen und zeigte in den Raum. »Das ist das Besprechungszimmer.« Ich trat ein und sah mich um: deckenhohe, bodentiefe Fenster, ein großes gläsernes Oval von einem Tisch.

»Kalt hier drin«, sagte ich.

»Willkommen in Alaska.«

14

Im Januar 2007 zog ich in die West Midlands zurück, auf dem Höhepunkt meiner Karriere: eine wichtige neue Vertrauensposition unter den Fittichen eines besonders hochrangigen Beamten im Service, und eine Gehaltserhöhung, die meine Pensionsaussichten verbesserte. Meine Mutter freute sich sehr über meine Rückkehr in die Gegend, und ich merkte, wie ein ganzer Haufen Schuldgefühle wegen meiner seltenen Besuche bereits dadurch abfiel, dass ich es nicht mehr so weit zu ihr hatte, auch wenn ich gar nicht öfter vorbeischaute. Allein schon die Nähe beruhigte mein Gewissen.

Binnen eines Jahres nach dem Tod meines Vaters hatte Mum mein Elternhaus verkauft, eine Entscheidung, die mich damals kalt erwischte: Ich hatte angenommen, dass das alte Haus immer da sein würde, das Nest, das mir das Losfliegen erst ermöglichte. Es war eins der wenigen Dinge, an denen ich hing – anders als meine Mutter. Eines Samstagmorgens, ein paar Monate nach Dads Tod, rief ich sie an, und sie sagte: »Ich kann jetzt nicht reden, Schätzchen, die Männer kommen gleich.«

Wie sich herausstellte, handelte es sich bei den Männern nicht um die mysteriösen ausländischen Meuchelmörder, die mein Vater stets gefürchtet hatte, sondern um eine örtliche Entrümpelungsfirma. Meine Mutter erzählte mir später, dass sie mit ihnen von Zimmer zu Zimmer gegangen und auf Gegenstände gezeigt hatte. »Das kann weg, ja, das alles. Und dieser Hochschrank. Da ist nichts drin, na ja, eigentlich schon ziemlich viel, aber nur Gerümpel, das kann alles weg.« Sie sah die Schränke nicht mal durch, ob da drin mit den alten Weihnachtskarten, Glühbirnenpackungen und dem halb gebrauchten Geschenkpapier irgendwas Wichtiges vergraben war. »Wenn ich da irgendwas Wichtiges reingetan und vergessen hab, kann es ja wohl nicht soo wichtig gewesen sein, oder?«

Vielleicht war meine Mutter schon immer so, dachte ich damals, praktisch, energisch, und hatte getan, was getan werden musste – vielleicht hatte ich es nur nie bemerkt, weil mein Vater den ganzen Sauerstoff in unserem Haushalt verbrauchte. Er war so kompliziert, so schwer zu deuten: Meine Mutter versteckte sich vor aller Augen.

Sie bezog einen modernen Bungalow in einem Dorf namens Baginton am Rande von Coventry. Wenn man mich fragte, hatte es wenig Vorzüge aufzuweisen. Es handelte sich einfach um einen dieser anonymen Vororte wie überall in den Midlands, ob Ost oder West: Neubausiedlungen mit nüchternen Backsteinhäusern samt gleichgeschalteter Gärten, ohne ein wie auch immer geartetes Zentrum; einfach nur eine Siedlung, die in die nächste Siedlung überging. Sie hatte das alte Haus für einen ansehnlichen Betrag verkauft, und selbst nach Abzug der Umzugskosten und nachdem sie meinen Brüdern einen Spargroschen für ihre Enkelkinder geschenkt hatte, meine Nichte und die Neffen, konnte sie sich von dem Geld noch per Sofortzahlung einen Dreizimmerbungalow leisten. Im zweiten Schlafzimmer stand ein Einzelbett für mich, falls ich mal über Nacht bleiben wollte. Dazu kam es nie.

Sie fragte mich, ob ich eine bestimmte Summe zum Ausgleich für ihre Geschenke an die Enkel wollte, weil ich keine eigenen Kinder hatte. Das schlug ich aus – damals wohnte ich noch in London, hatte nur an mich zu denken, und auch wenn ich keine besonders großen Sprünge machen konnte, waren die finanziellen Schwierigkeiten, in die ich später geraten sollte, zu jener Zeit völlig unvorstellbar für mich. So kam es, dass sie uns allen erklärte, ich würde stattdessen den Bungalow erben. Meine Brüder waren mit dieser Regelung einverstanden, die mir außerdem die alleinige Verantwortung dafür übertrug, mich bei ihrem Tod um den Nachlass und bis dahin um sie zu kümmern.

Genau genommen brauchte sie kaum Betreuung. Sie schloss umgehend neue Freundschaften, auch wenn ich nie dahinterkam, wie, weil es doch keine Treffpunkte und nichts zu tun gab. Die meisten waren Witwen, genau wie sie – schließlich war sie aus der Generation, in der Frauen fünf bis zehn Jahre ältere Männer mit einer um zehn Jahre kürzeren Lebenserwartung heirateten. Oft gab es Neuigkeiten von ihnen zu berichten: »Joans einziger Sohn hat hinter ihrem Rücken geheiratet, stell dir das bloß vor, eine fünfzehn Jahre Ältere, die schon zweimal verheiratet war.« Oder: »Neesha versucht abzunehmen, aber ich hab zu ihr gesagt, Neesha, hab ich gesagt, ich finde, in unserem Alter haben wir uns unseren Kuchen verdient.« Über siebzig und alleinstehend, schien sie Freundinnen magisch anzuziehen. Ich fragte mich, ob andere Frauen, wenn sie spürten, wie freundlich und offen sie war, versuchten, sie auf der Straße abzupassen.

Drei Tage nach meinem Einzug kam sie mein Haus in Coleshill besichtigen. Das große Wohnzimmer nach vorne raus stand immer noch voll mit Umzugskartons – ich hatte es vorübergehend zum Abstellraum umfunktioniert. Es hatte einen wunderschönen Original-Erker, der sich senkte und von der Fassade fiel; ich hatte schon Kostenvoranschläge von Baufirmen eingeholt, die ihn instand setzen sollten. Ich war noch nicht dahintergestiegen, wie die Heizung funktionierte, weshalb es im ganzen Haus bitterkalt war, so als speicherte es die Kälte. Vor meinem Einzug hatte es zwei Jahre lang leer gestanden. Ich hatte mir da ein ziemliches Projekt aufgehalst.

Mum stand in der Diele und betrachtete das geschwungene Geländer, das in den ersten Stock hinaufführte. Im Haus war es so eisig, dass wir beide unsere Mäntel anbehielten.

»Weißt du was«, sagte ich, als ich meine Autoschlüssel an den kleinen Eisenhaken neben der Tür hängte, »es gibt einen Wintergarten, den musst du dir ansehen.« Von dem Wintergarten, der von der Küche abging, hatte man freie Sicht auf die weiten Felder. Auf der Nachbarwiese graste ein einsamer Esel. Ich hatte ihm schon den Spitznamen Fred gegeben. Mir war aufgegangen, dass mein eigenes Grundstück groß genug war für einen Anbau, falls es mit Mum jemals so weit kommen sollte, dass sie nicht mehr allein wohnen konnte. Nachdem ich so viele Jahre in London gewohnt hatte, war Grundbesitz etwas ganz Neues für mich. Ich genoss es, mich mit Platz, mit Leere zu umgeben, und kam auf allerlei fantasievolle und unrealistische Ideen, was ich damit anfangen wollte.

Ich drehte mich um und sah die Sorgenfalten auf Mums Stirn, während sie sich umschaute. »Erstaunlich. Schon toll, also gut gemacht, aber wirst du hier nicht ein wenig verlorengehen?«

Wir gingen durch die helle, lichtdurchflutete Küche, und ich sagte: »Ich weiß noch gar nicht, wie der Backofen funktioniert, kann sein, dass er kaputt ist.«

»Lass mal sehen«, sagte Mum, ignorierte den Arm, mit dem ich zum Wintergarten zeigte, stelzte forschen Schrittes zum Backofen und bückte sich, um die Schalter zu untersuchen.

Ich sah ihr zu. Ich war einundfünfzig Jahre alt und Beamtin im gehobenen Dienst des integrierten Verwaltungsressorts der British Intelligence Services, und meine Mutter mühte sich ab, mir zu zeigen, wie ich meinen eigenen Backofen in Betrieb nehmen konnte.

Auch wenn ich noch nie viel von Kreditkarten gehalten hatte, sollte ich doch rasch das Folgende über Schulden herausfinden: Je größer sie werden, desto mehr gibt man aus. Alles eine Frage der Größenverhältnisse. Wenn man nichts hat, trifft es einen ganz schön hart, fünfzig Mäuse zu verlieren; wenn man mit fünfzigtausend im Rückstand ist, machen fünfzig Mäuse mehr oder weniger den Kohl auch nicht fett.

Als ich in das Haus einzog, lagen die Raten für meinen Zwischenkredit bei tausendsechshundert monatlich, da kam es mir mehr oder weniger unerheblich vor, mir etwas weiße Ware und ein Sofa auf Raten zuzulegen und da nochmal achtzig draufzupacken. Einen Kredit aufzunehmen, um eine Handwerkerfirma zu bezahlen, erschien mir außerdem als eine gute Investition – schließlich würde es sich wertsteigernd auswirken, wenn das Haus instand gesetzt war; das war etwas anderes, als Geld für einen Urlaub auszugeben. Wenn der Wohnungsverkauf in trockenen Tüchern war, würde sich alles finden, ich würde alles abbezahlen.

Zwischendurch bedrängte ich immer mal wieder meinen Makler in London, mir ein Update zu geben, und er sagte, alles würde wie am Schnürchen laufen. Um unsere Käufer sei es zwar etwas still geworden, ihr Notar sei keine Leuchte, aber wenn sie am Ende absprangen, könne sich auch das nur zu unseren Gunsten auswirken. So, wie die Hauspreise immer weiter in die Höhe schossen, könnte ich schließlich einen nur immer besseren Preis aushandeln, je länger es sich hinzog, mehr als genug, um beim Zwischenkredit ein paar Verlängerungsmonate abdecken zu können. Im Grunde genommen konnten wir nur *hoffen*, dass unsere Käufer absprangen – dann könnten wir die Wohnung für zusätzliche, oh, mindestens fünfundzwanzigtausend neu auf den Markt bringen. In Erwartung dieses freudigen Ereignisses investierte ich weiter in die Renovierungsarbeiten am Haus.

Ich beauftragte eine Baufirma vor Ort, den Erker und ein paar andere Schwachstellen zu reparieren: Das Duschbad im Erdgeschoss musste herausgerissen und die Elektrik teilweise erneuert werden – Altbauten eben! –, aber wenn das geschafft war, würde es richtig schön werden. An den Wochenenden gewöhnte ich mir an, Flohmärkte zu durchforsten, auf der Suche nach Antiquitäten. Ich kaufte sogar einen Toaster, der total retro – sprich: kaputt – war, weil ich felsenfest annahm, den repariert zu bekommen, und schon vor mir sah, wie gut er auf der Küchenarbeitsplatte aussehen würde. Schließlich gab es reichlich Küchenarbeitsplatte zu bestücken. Ich fand eine Porzellantasse mit einem schmalen Riss vom Rand bis zum Boden ganz bezaubernd, weil sie ein Blumenmuster hatte und mit passender Untertasse daherkam.

Dachte ich während dieser ganzen Zeit, in der ich mein Zuhause herrichtete, überhaupt je an Flavia? Überlegte ich mir jemals, warum ich so viel Geld in all diesen Krempel steckte – oder auch nur, während ich die hübschen kaputten Gegenstände bewunderte, die ich kaufte, ob es mich etwas gebremst hätte, hätte ich eine Person gehabt, an die ich mich mit den Worten wenden könnte: *Guck mal, wie findest du das hier?*

Der Londoner Makler rief mich im April an. Meine Käufer seien tatsächlich abgesprungen, sagte er, doch er mache sich keine Sorgen. Das Evaluationsgutachten ihrer Hypothekenbank habe sechzigtausend Pfund unter Wert der Wohnung ergeben – ein Witz, sagte der Makler. Wollten sie ihm erzählen, wie er seine Arbeit machen solle? Er mache sich keine Sorgen, wiederholte er. Meine Bude sei toll, er habe eine Latte von Käufern auf seiner Warteliste, die sofort zuschlagen würden. Wenn ich Bedenken hätte, könne ich Mieter reinsetzen, aber er würde davon abraten – wenn die Wohnung sauber und ordentlich bliebe, würde sie weggehen wie die berühmte warme Semmel. Leerstand sei ein großes Plus – vielleicht würde er sie geringfügig günstiger als beim ersten Versuch inserieren, damit würde man Käufer anlocken und könne gut und gern bei einem Bieterwettbewerb enden. Bevor er auflegte, beteuerte er mir zum dritten Mal, er mache sich keine Sorgen.

Unterdessen hatte ich die Arbeit.

Meinen neuen Chef hatte ich bei diesem ersten Besuch kennengelernt, als Carmella mir alles gezeigt hatte. Zum Abschluss der Führung hatte sie mich ans andere Ende des Flurs gebracht, wo eine unauffällige Tür trügerisch aufs größte Einzelbüro auf der ganzen Etage hinausging.

Mr Blythe saß an einem mächtigen Schreibtisch. Er sprach ins Telefon, als wir klopften und eintraten. Er hob eine flache Hand zum Gruß an Carmella, die mir bedeutete, auf einem in schrägem Winkel an der anderen Schreibtischseite aufgestellten Sessel Platz zu nehmen. Erst beim Hinsetzen merkte ich, dass er ein klein wenig weicher und niedriger als nötig war, wenn man mit seinem Gegenüber in dem Chefsessel ein Gespräch auf Augenhöhe führen wollte.

»Muss Schluss machen, echt jetzt«, sagte er in den Hörer. »Jemand *extrem* Wichtiges ist gerade zur Tür reingekommen.« Er knallte den Hörer auf die Gabel, sprang auf und umrundete mit ausgestreckter Hand den Tisch. »Kieron.«

»Heather.«

»Heather, Heather, freut mich riesig, Sie kennenzulernen, Ihnen eilt ein Ruf wie Donnerhall voraus. Wir müssen wirklich Glückskinder sein, dass wir Sie London abspenstig machen konnten.«

Ich bin Komplimenten gegenüber natürlich auch nicht immun, obwohl es ein komisches Gefühl war, ihm aus meiner niedrigen Sitzposition die Hand nach oben zu reichen. Er ergriff sie und sah mich an: rötliches Haar, aber die Ansätze an den Schläfen wurden grau, markantes Gesicht, schätzungsweise sieben oder acht Jahre jünger als ich, mittelgroß, von kräftiger Statur, breiter Goldring am Ringfinger. Vom Aussehen nicht mein Typ, aber wir sahen uns in die Augen, und im Nachhinein bin ich davon überzeugt, dass ich von diesem ersten Blick an zweierlei über ihn wusste: Erstens, wir würden früher oder später Sex haben, und zweitens, es würde ein schwerwiegender Fehler sein.

Wir machten uns mit Feuereifer an die Arbeit, Kieron, Carmella und ich – ermittelten im Team gegen die Namen, die London uns zukommen ließ, natürlich alles inoffiziell. Ich hatte die Aufgabe, die persönlichen Hintergründe aufzuschreiben. Unter uns nannten wir das »die Profile«. Wenn die Kriminalpolizei in einem Mordfall ermittelt, wird eine vollständige Lebensgeschichte des Opfers erstellt: Familienverhältnisse, Bildungsweg, Arbeitszeugnisse – das sogenannte Opferprofil. »Wie läuft's mit dem Profil?«, wurde ich etwa von einem Kollegen nach einem bestimmten Fall gefragt. Mein Problem war, dass ich, anders als die Polizei, subtil vorgehen musste: Ich gelangte nur an jene Informationen über eine Person, die ich mir beschaffen konnte, ohne ihren Verdacht zu erregen, dass gegen sie ermittelt wurde. Meine Lieblingsaufgabe bei der Arbeit bestand darin, mir Personen auszudenken, in deren Rolle ich Nachforschungen anstellte. Mal war ich dann die Studentin Miriam, die an einer Doktorarbeit schrieb und ein paar Fragen für ihre Recherche klären musste. Dann wieder Sally, ihres Zeichens Data Analyst. Meine Lieblingsrolle war wahrscheinlich Rowena Gallant, Privatdetektivin. In deren Haut schlüpfte ich nur, wenn ich richtig herumschnüffeln musste, und ich ließ mich bloß einmal dabei erwischen, von einem auf Whistleblower und Sicherheitsfragen spezialisierten Anwalt, Vikram Khatri. Der muss als Berater für unsere Leute tätig gewesen sein, denn als ich mich am Telefon vorstellte, sagte er nach kurzer Pause: »So so, Rowena, sind Sie nun seit fünf oder sechs Jahren Privatdetektivin?«

Carmella leitete die Online-Ermittlungen, mit Hilfe eines Level-Two-Kollegen, James – der in Kürze zwei weitere Kollegen akquirieren sollte; Online-Aktivitäten nachzuverfolgen war meist sehr zeitraubend. Kieron kümmerte sich um die Finanz-Checks. Wir waren ein eng eingespieltes Team, wie wir so unsere Dossiers über ehemalige Kollegen erstellten, womit wir uns so einige Feinde gemacht hätten, wäre es rausgekommen. Wir verfielen in eine Art Belagerungsmentalität, veranstalteten wöchentliche Meetings zu unseren Zielpersonen und verpassten ihnen Spitznamen. Wir fingen sogar an, Wetten abzuschließen, ob wir bei einer bestimmten Person etwas Verdächtiges aufdecken würden.

Eine Zeitlang lief das alles richtig gut: Wir erzielten einige bemerkenswerte Erfolge, etwa die Entlarvung eines Agenten namens Collins, der unter Richard im DOS tätig war und äußerst verdächtige Kontakte nach Kasachstan hatte. Als es zur Finanzkrise kam, war das ein weltweites Window of Opportunity für Geldwäsche. Die neureiche Oligarchensippe in der ehemaligen Sowjetunion kaufte nicht bloß Jachten oder Villen in Mayfair, sondern auch Politiker, Banker und die Mitarbeiter jedweder Institution, die ihre Aktivitäten überwachen könnte. Schließlich kommt man an Geld, indem man der Macht möglichst nahe ist – und vice versa. Unsere Ermittlungen deuteten darauf hin, dass Collins Bestechungsgelder von einem Minister in Nasarbajews Regierung angenommen hatte. Wir konnten nicht aufdecken, was er ihnen dafür angeboten hatte – vermutlich etwas, das der Minister nach Russland oder sonst wohin weiterverkaufen konnte –, aber dank unserer Recherchen gelang es dem Service, ihn an die Leine zu nehmen und zu versuchen, diese offene Frage zu klären, bevor er seine Spuren verwischen konnte.

Niemand sollte uns je offiziell Dank dafür aussprechen, Service-intern, meine ich, und als uns die Nachricht von Collins' Festnahme durch den Service erreichte, versammelte Kieron uns alle in Alaska und köpfte eine Flasche Prosecco. Zu sechst stießen wir auf uns an, und dann verkündete er, dass er alle zum Essen einlud – am Platz hatte ein neuer Italiener aufgemacht.

Es war ein Donnerstag, und in dem Lokal wimmelte es schon von Feierabendgästen aus den Büros, als wir ankamen – wir erwischten den letzten leeren Tisch. Die Musik war sehr laut. Carmella und ich bestellten noch eine Flasche Prosecco. Die Jungs nahmen alle große Biere. Als der Kellner kam, um unsere Essensbestellung aufzunehmen, kippelte Kieron mit seinem Stuhl, hielt die Speisekarte hoch und klatschte mit dem Handrücken drauf. »Wir nehmen von jeder Sorte eine, außer der Margarita, und sechs Teller!«, rief er. »Geht auf mich!«, setzte er genauso laut hinterher, als sich der Kellner abwandte. Seine Aufgedrehtheit wirkte schon fast hysterisch, und ich fragte mich, ob er nicht nur triumphierte, sondern auch erleichtert war. Dass es uns nicht gelungen war, aufzudecken, was Collins für das Bestechungsgeld lieferte, nagte an mir.

Kieron und die Jungs brüllten einander über die Biergläser zu.

Carmella lehnte sich zu mir herüber und murmelte mit dem Mund nahe an meinem Ohr: »Glaubst du, er ist so happy, weil es einer von Richards Leuten ist? Sieht nicht so gut aus für das DOS, was?«

Genau das war auch mein Gedanke. Im DOS war ein bestechlicher Agent direkt unter seiner Nase zugange – Kieron hatte die Finanzen des Mannes offenbar zwei Jahre lang nachverfolgt. Das warf kein gutes Licht auf Richard.

Ich fragte mich, wo der unglückselige Collins wohl genau in diesem Moment war. Sie hatten ihn im Morgengrauen hochgenommen. Bestimmt hockte er irgendwo in einem Londoner Vorort in einem, wie wir euphemistisch dazu sagten, sicheren Haus. In Wirklichkeit wurde er gefangen gehalten, während wir ihn vor eine sehr hässliche Wahl stellten: Anklage in einem Geheimprozess, gefolgt von langer Isolationshaft, oder Zeugenschutz, wenn er kooperierte. Das Zeugenschutzprogramm konnte verlockend sein, falls er aus ideologischen Gründen Geheimnisse verraten hatte, aber wenn er sie an den Meistbietenden – mit anderen Worten, an Kriminelle – verkauft hatte, würde bis an sein Lebensende ein Kopfgeld auf ihn ausgesetzt sein. Mit diesen Typen war in der Regel nicht zu spaßen. Der Secret Service würde ihn mit Zuckerbrot und Peitsche behandeln: einerseits anbieten, ihn zu beschützen, ihm andererseits klarmachen, dass die Kriminellen, selbst wenn er nicht redete, genau das von ihm annehmen würden, besonders, wenn man sie dahingehend beeinflusste … So oder so würde er sich nie wieder in Sicherheit fühlen, konnte sich also entweder allein in Haft, ohne seine Familie, unsicher fühlen, unter der ständigen Bedrohung, vom Service womöglich ausgetauscht zu werden, wonach er binnen sechs Monaten nachdem er irgendwo in Zentralasien aus einem Flugzeug gestiegen war, mit einer Kugel im Hinterkopf enden würde. Oder er konnte sich im Schutz des Service unsicher fühlen, ausgestattet mit neuem Wohnort und neuer Identität und mit der vagen Aussicht auf ein neues Leben für die ganze Familie. Er hatte Frau und vier Kinder.

»Tja«, flüsterte ich Carmella zu, »dass Collins Dreck am Stecken hat, ist für Kieron auf ganzer Linie von Vorteil.«

»Nichts dagegen einzuwenden«, erwiderte sie, »es ist das erste Mal in der Geschichte dieser Dienststelle, dass er uns zum Essen einlädt.«

»*Hä*?«, machte Kieron und beugte sich über den Tisch vor, um unser Gespräch aufzuschnappen. »Was tratscht ihr beiden da?«

Unter dem Tisch stieß Carmella mich mit dem Knie an, und ich prustete in mein Proseccoglas.

Der Teamgeist in einer kleinen Einheit war mir neu, und ich

genoss es. Es war gemütlich in dem Restaurant mit meinem kleinen Team, in Erwartung von sieben verschiedenen Sorten Pizza. Ein Paar an einem Nebentisch warf unserer angeschickert-lautstarken Gang Blicke zu, und ich sah, wie wir auf sie wirken mussten: ein krakeeliger, von sich selbst überzeugter Haufen, der etwas feierte, die Köpfe zusammensteckte, eng miteinander verbandelt.

Es gab nur ein Haar in der Suppe, und das hatte nichts mit meiner Arbeit zu tun.

15

Mein Traumhaus auf dem Lande wurde zur Katastrophe – eine Entscheidung, die ich übereilt und ohne vorherige gründliche Recherche gefällt hatte, das war der zugrunde liegende Fehler, für den ich mich schämte.

Der Londoner Makler brauchte fast anderthalb Jahre, um meine Wohnung zu dem realistischen Preis zu verkaufen, den er von Anfang an hätte verlangen sollen. Mittlerweile war ich unsäglich hoch verschuldet. Ich konnte keine Hypothekenaufstockung auf das Landhaus beantragen, ohne die anderen Schulden anzugeben und meinen Arbeitgeber zu informieren – der sich erkundigen würde, warum ich gegen das Protokoll verstoßen und die Zwischenfinanzierung nicht gemeldet hatte. Ich hatte Glück, dass es nicht in meiner jährlichen Reevaluierung aufgetaucht war. Jedenfalls dachte ich das damals. Später sollte ich einsehen, dass es nichts mit Glück zu tun hatte.

Als ich es endgültig satt hatte, in all meinen freien Stunden mit Handwerkern verhandeln oder mir Sorgen über eventuell aufsteigende Feuchtigkeit machen zu müssen, beschloss ich, es zu verkaufen, und machte die Entdeckung, dass ich weit über dem Marktwert für ein schönes, aber baufälliges Haus gezahlt hatte, das nichts anderes war als ein absackendes Fass ohne Boden. Als ich endlich beide Immobilien los war, hatte ich immer noch über einhundertachtzigtausend Pfund an Schulden abzuzahlen.

Die Antiquitäten, die ich erstanden hatte, erwiesen sich als unverkäuflich – »braune Ware« heißt so etwas im Jargon, wertlos. Manches davon stellte ich bei Freecycle online zum Verschenken ein, sodass immerhin noch andere etwas damit anfangen konnten. Das meiste landete auf der Müllkippe. Sämtliche galoppierenden Handwerkerkosten waren für notwenige, aber unsichtbare Renovierungsarbeiten draufgegangen, die den Verkaufswert des Hauses kein bisschen erhöht hatten.

Eines Sonntagmorgens, ungefähr sechs Wochen bevor ich mein sogenanntes Traumhaus endgültig hinter mir ließ, ging ich ans andere Grundstücksende, wo tiefer Bodennebel über dem wild wuchernden Brennnesselfeld hing – ich war nie dazu gekommen, das auszureißen –, um dem Esel Fred mit einer Möhre guten Morgen zu sagen, und stellte fest, dass die Nachbarweide leer war. Ein Weilchen stand ich am klapprigen Zaun und blickte weit über die Felder und die Häuserdächer in der Ferne bis in den hellen Himmel hinauf. Ob Fred wohl gestorben war? Wie genau ging so etwas bei Eseln zu? Legten sie sich einfach im feuchten Gras auf die Seite und verendeten?

Die Nachbarn bewohnten ein modernes zweistöckiges Haus am anderen Ende der Weide. Ich hatte mich mit ihrem Esel angefreundet, ohne sie je selbst zu Gesicht bekommen zu haben. Da fiel mir auf, dass das Dorf leer war, seelenlos, dass ich mich in etwas eingekauft hatte, das ich nicht verstand. Und ich überlegte, ob wir vielleicht nicht viel mehr tun, als auf die Dinge anzuspringen, die uns früher gefehlt haben. Wenn, dann würde das auf ein gewaltiges Fantasie-Versagen hindeuten.

Irgendwo weit weg gab ein Hund ein vereinzeltes heiseres Bellen von sich, ehe wieder Morgenstille einsetzte. Wie hatte es so weit kommen können? Ich war doch eigentlich eine, die gut zurechtkam, die kompetent war. Solche Fehler unterliefen mir doch nicht.

Ich ging zum Haus zurück.

Etwa drei Monate später fand ich mich nach einer Tagung in Cheltenham mit Kieron Blythe, meinem acht Jahre jüngeren Boss mit kompaktem, straffem Körper, wie ihn Durchschnittstypen manchmal haben, in einem Hotelzimmer wieder. An diesem Körper haben sie hart gearbeitet, um den Mangel an gutem Aussehen oder Körpergröße wettzumachen. Mir waren die älteren ja lieber, groß und schwammig, etwas fusselig an den Rändern. Wie gesagt, er war nicht mein Typ.

Ich war in eine Mietwohnung im Zentrum von Birmingham gezogen. Sie war vollständig möbliert; ich war nur einen Teil meiner alten Möbel losgeworden und hatte jemanden dafür bezahlen müssen, dass er den Rest abholte. Meine gesamten Schulden lagen jetzt bei knapp zweihundertdreißigtausend, den Rest meiner Zwischenfinanzierung, meine Kreditkarten und die Schulden bei den Handwerkern mit eingerechnet. Ich hatte gerade einen Mahnbescheid wegen Zahlungsversäumnis kassiert. Das würde ich in der Arbeit angeben und gleichzeitig erklären müssen, warum ich den Kredit bis dahin verschwiegen hatte. Es würde interne disziplinäre Ermittlungen gegen mich zur Folge haben, und auch wenn ich nicht wusste, was dann kam, würde ich zumindest von meinem derzeitigen Posten in Birmingham abgesetzt werden und nach London zurückmüssen, eine Stadt, in der zu wohnen ich mir nicht mehr leisten konnte, und zwar in eine Verwaltungsposition auf niederer Ebene – und das wäre noch der beste Ausgang.

Wenn ich mir vorstellte, meine Stelle zu verlieren, überlief es mich eiskalt vor Übelkeit, einer Übelkeit, die mich lähmte, so wie jemand im Angesicht einer Flutwelle zu dem Schluss kommen könnte, dass Wegrennen zwecklos wäre; es blieb nur noch, schlapp zu machen und das Wasser über sich hereinbrechen zu lassen. Mir war klar: Ohne meinen Job war ich ein Nichts und Niemand.

Da fand ich mich also mit meinem Chef in einem Hotelzimmer in Cheltenham wieder. Wir waren beide betrunken, aber ich mehr als er.

Ich saß auf einem Sessel, und er hockte auf der Bettkante, beugte sich vor – es war ein kleines Zimmer – und zog mit einem Finger die Innenseite meines Ellenbogens nach. Sein Fingernagel drückte sich in meine Haut.

Ich hatte von meinem Hausverkauf erzählt, natürlich nicht die ganze Geschichte, sondern etwas davon gemurmelt, dass es mir mit dem Pendeln gereicht hatte, und wie viel einfacher es für mich sei, seit ich in eine Mietwohnung im Zentrum umgezogen sei.

Er ließ mich noch etwas so weiterplappern, während er mich aufmerksam beobachtete. Als mir die Puste ausging, sagte er: »Schon okay … ich kann dir helfen, weißt du, strikt unter uns beiden.«

Ich sah ihn an.

»Deine Evaluierung landet direkt auf meinem Schreibtisch«, sagte er, »und ob sie nach ganz oben weiterwandert, liegt allein bei mir. Schau mal, ich hab mir deinen Fall und die Umstände genau angesehen. Es beeinträchtigt deine Arbeit nicht, nicht die Spur.«

Ich sagte nichts. Sondern überlegte, wie lange er es wohl schon wusste und warum er noch nie zuvor etwas zu mir gesagt hatte.

Er lehnte sich etwas zurück und hielt beide Hände hoch. »Na ja, sorry …« Er nuschelte etwas, *schorry*, und ich fragte mich – aber erst später, ob es ein authentisches Nuscheln war. »Nicht das beste Timing, aber du hast damit angefangen und hast halt so besorgt ausgesehen.«

Später sollte ich diesem Gespräch natürlich eine wahnsinnig hohe Bedeutung beimessen, aber dämlich, wie ich damals war, reagierte ich erst überrascht, dann – Scham und Schande über mich – mit Dankbarkeit. Mein Chef rettete meinen Arsch. Und zwar, so wie es aussah, schon eine ganze Weile.

Am anderen Ende des Zimmers hing ein Spiegel. Als er sich

wieder zu mir vorbeugte, sah ich uns darin kurz gespiegelt, ich auf dem Sessel zurückgelehnt, er vorgebeugt, kurz bevor ich die Augen schloss.

Wir sahen uns dabei nicht an. Es war kein solcher Sex. Als ich irgendwann die Augen aufmachte, sah ich, wie er sich über mir mit in den Nacken gelegtem Kopf, geschlossenen Augen und träumerischem Gesichtsausdruck ins Kreuz warf. Er zuckte ein bisschen. Die körperliche Reaktion, die ich empfunden hatte, war dahin. Angespannt hob ich die Hüfte noch ein kleines bisschen mehr an, um die Sache zu einem rascheren Ende zu bringen.

Danach wusste ich, dass es erst zu einer Höflichkeitspause kommen musste, ehe ich mich herauswinden konnte. Wir lagen gemeinsam auf dem Bett, die Gesichter einander zugewandt, und ich betrachtete ihn nachdenklich, während er mir mit einer Grimasse zu verstehen gab, er wisse, dass ich ihn betrachtete, und genieße es. Kieron Blythe, Leiter des Verbindungsbüros 2.6 – okay, ein Ressort in einem Ressort, aber er leitete es, ein großer Fisch in einem kleinen Teich, Richard direkt unterstellt, und seine Position beinhaltete mehrfachen Zugang zu Geheiminformationen, einschließlich Netz-Management 8, was wir damals den Webüberwachungsservice nannten. Wenn man auf die Leute aufpassen will, die auf andere Leute aufpassen, muss man schließlich all ihre Tools zur Verfügung haben. Ich wüsste zu gern, was er als Nächstes anstrebt, dachte ich, beruflich, besonders jetzt, da er Collins zu Fall gebracht hat. Trägt er sich mit dem Gedanken an Richards Position, irgendwann, eines Tages Generaldirektor? Die Beziehung der beiden Männer kam mir sonderbar vor – sie hatten beide eine Schwäche für teure Hemden, und Richard hatte Kieron eindeutig an Bord geholt, ihn auf Großes vorbereitet, musste doch aber auch wissen, dass der vatermörderische Tendenzen hegte?

Kieron grinste mich an. »Was ist …«, sagte er.

»Ich frag mich bloß, warum du das hier wolltest.«

Er zuckte mit den Schultern. »Weil ich's konnte.«

Ich sperrte die Augen auf, so als wäre ich gekränkt, und er lächelte mich beruhigend an: »Hey, war nur Spaß, Kleine …«

Mit Kieron Blythe musste ich mich von nun an vorsehen. Ich hatte mich ihm gegenüber aus Berechnung verletzlich gezeigt – doch er durfte nie, niemals auf den Verdacht kommen, dass ich ihm etwas vorspielte.

Ich richtete mich auf und setzte äußerst langsam und vorsichtig beide Füße auf den Boden. Er war also einer von den Chefs, die gegen jeden etwas in der Hand haben wollten. Dem Typ war ich schon begegnet. Im Service wimmelte es von Leuten, die gewinnen wollten. *Nichts Schlimmes passiert*, dachte ich. Er war immerhin verheiratet, hatte eine Frau, die mit einem kleinen Sohn in London wohnte; an den Wochenenden fuhr er hin. Hatte ich jetzt nicht auch etwas gegen ihn in der Hand?

Er hatte sein Wissen über mich benutzt, um mich ins Bett zu kriegen; na und, solange er sich für den hielt, der das Sagen hatte, würde er in den Griff zu bekommen sein – und am Ende konnte es mir die Karriere retten. Es würde mir mehr Zeit verschaffen, während ich darüber nachdachte, was zu tun war, wie ich aus dem finanziellen Abgrund herausklettern konnte, in dem ich steckte. Es verschaffte mir keine Genugtuung, so berechnend zu denken, aber während ich von ihm abgewandt auf der Bettkante saß, konnte ich den Gedanken nicht unterdrücken: Wenn ein Viertelstundenfick der Preis war, den ich dafür zahlen musste, dass Kieron Blythe meine Finanzlage nicht nach weiter oben an Richard meldete, dann war mein Schutz billig erkauft.

Ich beugte mich vor und hob meinen BH vom Teppich auf. Er war aus weißer Spitze, und da fiel mir ein, dass ich dieses Dessous-Set auf gut Glück zur Tagung angezogen hatte – ich hatte mir bloß nicht vorgestellt, dass es Kieron sein könnte. Ich hatte es nicht auf ihn abgesehen, was bedeuten musste, dass er es auf mich abgesehen hatte.

Ich saß mit dem Rücken zu ihm auf der Bettkante. Als ich mit angewinkelten Armen nach hinten griff, um den BH-Verschluss zuzumachen, sagte er: »Da hab ich doch glatt geglaubt, dass du 'ne Lesbe wärst.«

O Gott. Er liebte also die Herausforderung. Nur gut, dass er mein Gesicht nicht sehen konnte. »Du meinst, weil ich kurze Haare habe und flirten für mich Zeitverschwendung ist.« Ich gab mir Mühe, unbekümmert zu klingen. »Du bist nicht der Erste, der so denkt.«

»Nein, das ist es nicht«, sagte er, und zu meiner Überraschung spürte ich, wie er mit einem Finger meine Wirbelsäule entlangfuhr, wie er, in meinem Nacken oben angefangen, meine Wirbel bis ans untere Ende nachzeichnete, den BH überfliegend, bis an mein Steißbein. Die Geste war viel intimer als der Sex, der hinter uns lag. Ich unterdrückte einen Schauder.

»Sondern deine Militärzeit«, sagte er. »Ich hab voriges Jahr auf einer Familienfeier jemanden kennengelernt, der dich kannte. In seinen Augen warst du glasklar in seine Freundin verknallt, die, die gestorben ist, und hast ihm einen Kinnhaken verpasst. Das war vielleicht 'ne Story!«

Ich blieb sitzen, wo ich saß, und atmete. Dann sortierte ich meine Gesichtszüge und drehte mich zu ihm um.

Er lächelte. »Ich weiß, so'n Zufall, was? Meine Cousine Ruth hatte Hochzeitstag, und da bin ich mit diesem Typ ins Gespräch gekommen, der beim Militär gewesen war. Wir haben bloß so gequatscht, ich, dass ich im Import-Export-Geschäft bin und dass jemand bei mir in der Firma früher auch beim Militär war ...« Er schüttelte amüsiert den Kopf. »Ziemlich faszinierend, gib's zu.«

»Welche Freundin? Wer soll gestorben sein??«

»Irgend so ’ne verrückte Italienerin.« Er deutete meinen Gesichtsausdruck falsch, holte kurz Luft und setzte sich im Bett auf. »Ich hab ihm nichts über dich erzählt, hab nicht gegen das Protokoll verstoßen! Hab nur gesagt, dass ich eine kenne, die Heather heißt und vor Jahren beim Militär war, und da kriegte er leuchtende Augen. Langer Lulatsch.«

Ich habe zeit meines Lebens viele körperliche Herausforderungen gemeistert, aber am anspruchsvollsten war wohl, was ich in jener Nacht vollbrachte: aufzustehen, mich fertig anzuziehen und dabei beiläufig mit Kieron zu plaudern, ehe ich mich in mein Zimmer zurückzog.

Ich ging auf direktem Wege ins Bad und erbrach den Wein, den ich getrunken hatte, in die Kloschüssel – nachdem ich mir den Finger in den Hals gesteckt hatte –, klappte dann meinen Laptop auf und googelte Flavia Bianchi.

Flavia war vor vier Jahren gestorben. »Busunglücks-Tragödie«, so der *Manchester Evening Argus*. Der Fahrer hatte am Steuer einen Herzinfarkt erlitten und war in eine Schlange an einer Bushaltestelle vor einem Einkaufszentrum gepflügt. Es war einer dieser Vorfälle, die kurz eine Hauptnachricht und am nächsten Tag schon wieder vom Tisch sind. Drei Menschen starben: der Rentner Rendeep Chowdry, ein Dreijähriger namens Finn Goldney, im Buggy angeschnallt neben seinem Vater, der überlebte, und Flavia Bianchi, zweifache Mutter. Genaueres über sie wurde nur in Form der in Unfalltod-Reportagen so beliebten tragischen Wendung mitgeteilt: Ein Zeuge berichtete, dass Mrs Bianchi zu der Zeit eigentlich an der Schlange vorbeiging. Als sich der Bus näherte, ließ das Kind im Buggy ein Stofftier fallen. Flavia war stehen geblieben, hatte das Spielzeug vom Bürgersteig aufgehoben und war dann in die Hocke gegangen, um es dem dreijährigen

Finn zurückzugeben. Flavia und der Kleine starben am Unfallort, der ältere Herr später im Krankenhaus.

Ob sie wohl mit dem Rücken zum Bus dahockte und zunächst den Stoß nur spürte, ehe alles ganz schnell vorbei war, oder ob sie ihn auf sich zufahren sah, wusste, was kommen würde, und Zeit für einen Moment der Todesangst hatte? »Starb am Unfallort« könnte heißen »starb sofort« – oder: »lag schwerstverletzt mit furchtbaren Schmerzen da, während man auf den Krankenwagen wartete«.

Ich dachte daran, wie spöttisch ich damals im Zug von Plockton nach Inverness ihren Brief gelesen hatte, wie ich ihre Ängste vor dem eigenen Tod, ihre Fixierung auf das Thema belächelt hatte – die alberne Idee, ein Kästchen mit einem Brief für mich zu vergraben, ihre sentimentale Überzeugung, mir etwas hinterlassen zu müssen. *Ich weiß, du findest es bestimmt albern*, hatte in dem Brief gestanden, *aber als einsames Kind in Italien habe ich mir immer gedacht, ganz gleich, was ich später mal mit mir anfange, es wird bestimmt nichts Normales sein. Und dann bin ich zum Militär gegangen. Und ich hab immer gedacht, ich werde bestimmt keine normale Familie haben, Mann und Kinder und all so was – und dann kam Adelina. Und ich habe das Gefühl, dass auch mein Tod nicht normal sein wird. Es ist so eine Art Dreiklang. Ich kann mir schon genau denken, was du davon halten wirst!* Tja, sie sollte recht behalten, oder? Sie hatte recht, und nicht ich.

Ich klappte den Laptop zu, legte mich aufs Bett und rollte mich in Embryonalstellung zusammen. *Zweifache Mutter.* Also hatte sie geheiratet, oder noch ein Kind von einem dieser schrecklichen Liebhaber bekommen. Wenigstens war Adelina nicht ganz allein zurückgeblieben. Wie sie es wohl erfahren hatte?

Der Gedanke an Adelina fühlte sich an, als stieße mir jemand eine lange dünne Nadel zwischen die Rippen … Vier Jahre. All die Zeit war ich herumgelaufen, auf meine Arbeit fixiert, hatte mein Leben gelebt und meine eigenen erbärmlichen kleinen Abenteuer erlebt, während Flavia kalt in der Erde gelegen hatte oder zu Asche verbrannt war, und ich hatte nicht einmal gewusst, dass sie tot war. Ich schlug mir die Hände vors Gesicht. Und blieb lange so liegen.

16

Die Wohnung in der Innenstadt, die ich bezogen hatte, war das absolute Gegenteil vom Traumhaus: in einem nüchternen Neubau, keine zehn Minuten von meiner Dienststelle entfernt und in mancher Hinsicht selbst wie ein Büro – weiße Wände, mit Hall, kleine Edelstahl-Kochnische. Sie war minimalistisch möbliert und mit Einbauschränken und Elektrogeräten ausgestattet. Ich brachte nichts mit außer meinen Kleidern und persönlichen Gegenständen, mir dessen voll bewusst, dass ich, zumindest bis auf Weiteres, ein rein funktionales Leben führen würde. Bisweilen fühlte es sich an, als wäre ich in Alaska eingezogen. Genau das war es, was ich brauchte.

Ich entwickelte eine fast zwanghafte Vorliebe für winzige Dinge, kaufte mir ein kleines Kulturtäschchen und beschloss, dass alle meine Toilettenartikel von nun an dort hineinpassen mussten, einschließlich einer zusammenklappbaren Reisezahnbürste. Ich verlegte mich auf Sportunterwäsche, warf den weißen Spitzen-BH und alle anderen Dessous dieser Art weg: die Stringtangas, die transparenten Slips, die ich mir damals gekauft hatte, als ich noch bei einem One-Night-Stand Eindruck schinden oder mir an einem Freitagabend, wenn nichts im Fernsehen lief, einen Drink genehmigen und vor dem Spiegel masturbieren wollte. Stattdessen kaufte ich mir schlichte schwarze Slips von der Seamless-Sorte, aus so hauchdünnem Stoff, dass es war, als trüge man eine aalglatte zusätzliche Hautschicht, und, das Wichtigste überhaupt, sie ließen sich so platzsparend einpacken, dass zehn Stück davon, flach gefaltet, in einer Tasche nicht mehr Platz brauchten als ein Briefumschlag.

Weder kaufte ich Pflanzen, noch hängte ich Bilder oder Spiegel an die Wände – alles schmückende Beiwerk verschwand aus meinem Leben. Funktionalität war alles. Ich kaufte mir eine kleine gläserne Teekanne und eine Glastasse und stieg auf Jasmintee ohne Milch um, bewunderte, wie durchsichtig nicht nur mein Getränk, sondern auch meine Trinkgefäße waren. Wie um mich selbst davon zu überzeugen, dass es sich um eine bewusste Stilentscheidung handelte, sah ich mir schicke Designwebsites im Internet an, auch wenn ich im tiefsten Inneren wusste, dass etwas mit mir passierte, etwas, das ich selbst noch nicht verstand.

Mein Haus war weg. Flavia war tot. Es war, als verlöre ich all meine früheren Ichs, wie eine Eidechse, die sich häutet. Selbst meine Kompetenz hatte ich abgelegt.

Hin und wieder fragte ich mich, ob ich krank wurde.

Nach der Tagung in Cheltenham machten Kieron und ich bei der Arbeit weiter, als ob nichts gewesen wäre, und ich nahm erleichtert an, dass er einfach nur einer jener Männer war, die nach dem ersten Mal das Interesse an einem verloren. Bis zu dem Abend, an dem wir beide zu gleicher Zeit das Büro verließen und er, als wir aus der Drehtür auf den Betonplatz hinaustraten, sagte: »Wie wär's mit 'nem Drink?«

Ich wollte wirklich, wirklich nicht, dass Kieron und ich etwas miteinander hatten, wusste aber, dass ich aufpassen musste, wie ich ihm eine Absage erteilte. »Mensch, das wäre super«, sagte ich mit so bedauernder Stimme wie nur möglich, »aber ich hab einer Freundin versprochen, sie zu besuchen.«

Er ließ sich von der Abfuhr nicht die gute Laune verderben. »Dann ein andermal.«

Doch als er vor mir die flachen Betonstufen hinabtrabte, blieb er stehen, drehte sich um und sagte: »Oder vielleicht könnte ich mal mit einer Flasche Wein bei dir vorbeikommen?«

»Na klar«, erwiderte ich mit einem kurzen strahlenden Lächeln, und er verzog sich ins abendliche Dunkel.

Ich konnte nicht anders als seine Ehrlichkeit bewundern. Er spielte mir keinerlei Liebesschmalz vor, denn er wollte keine ausgewachsene Affäre, bloß gelegentlich einen wegstecken.

Es gibt eine Methode, solche Männer loszuwerden. Man geht mit ihnen in einen Pub, spricht dem Sauvignon zu, als ob der in Bälde rationiert würde, legt ihnen eine Hand auf den Oberschenkel, genau zwischen Knie und Leistengegend, beugt sich vor und fragt mit im Ansatz tränenerstickter Stimme, ob sie eigentlich etwas für einen empfinden, denn man wüsste gern, woran man mit ihnen ist. Die können gar nicht schnell genug zur Tür raus sein. Hoffentlich blieb mir das bei Kieron erspart.

Doch dann, als ich durch die dunklen Straßen der Birminghamer Innenstadt nach Hause ging, dachte ich daran, wie triumphierend er sich angehört hatte, als er mir von seiner Begegnung mit Michael am Hochzeitstag seiner Cousine erzählt hatte, und wie er sich bei diesem seltsamen Zufall gedacht haben musste: *Super, jetzt hab ich noch etwas gegen sie in der Hand*. Ich dachte an Flavia, und wie weh es noch tat, dass sie tot war, und dass ich ausgerechnet durch Kieron Blythe von ihrem Tod erfahren hatte. Flavias Name in seinem Mund – auch wenn er ihren Namen weder wusste noch gesagt hatte – ließ in mir eine Art ohnmächtigen Hass auf ihn, wenn nicht auf alle Männer hochkochen. Kieron und ich konnten in der Arbeit weitermachen, als wäre nichts gewesen, aber da war etwas gewesen, und wir wussten beide, welche Macht über mich es ihm verschaffte, und weil ich ihm, was auch immer zwischen uns beiden passierte, nie verzeihen würde, dass Flavias Tod für ihn nichts als ein Häppchen Klatsch und Tratsch war, irgendein Funfact über mich, den ihm der widerliche Michael auf einer Familienfeier zugetragen hatte.

Nicht lange danach begannen die Dinge komisch zu werden.

Ich bekam meine Finanzprobleme so langsam in den Griff, auch wenn ich immer noch hochverschuldet war. Mit etwas Internetrecherche an einem Computer in der Stadtbücherei von Birmingham hatte ich eine Strategie entdeckt, wie man wild wuchernde Ratenzahlungen beherrschbar machte. Der Trick ist, dem Gerichtsvollzieher stets einen Schritt voraus zu bleiben, indem man seine sogenannte »Zahlungsbereitschaft« bekundet. Ich hatte mir angewöhnt, meine monatliche Ratenzahlung erst zu versäumen, dann anzurufen, mich zu entschuldigen und sie teilweise zu begleichen – selbst der kleinste Betrag macht eine Zwangsvollstreckung deutlich unwahrscheinlicher. Ein Richter bringt weit weniger Wohlwollen für eine Bank auf, die einen bis aufs letzte Hemd auszieht, wenn man beweisen kann, dass man sein Möglichstes gibt, wie geringfügig auch immer das sein mag. Meine Strategie lief hauptsächlich darauf hinaus, einen Vollstreckungsbescheid zu verhindern – denn den hätte selbst Kieron nach weiter oben melden müssen.

Im Februar, um die Monatsmitte herum, rief ich bei der Darlehensbank mit dem euphemistischen Namen Thoroughgood Asset Management an. Ich tat so, als wollte ich mir bestätigen lassen, dass sie die Zweitausend-Pfund-Überweisung erhalten hatten, die ich am Zwölften geleistet hatte, während ich den Boden dafür bereiten wollte, dass sich die März-Rate etwas verzögern würde; wenn es dann so weit war, konnte ich darauf verweisen, dass ich sie vorgewarnt hatte.

»Ja«, sagte die junge Frau am anderen Ende, »die haben wir erhalten, danke, und die dreizehntausendfünfhundert kamen am nächsten Tag rein.«

Dieser Tag war ein besonders trüber, damals. Schon um drei Uhr nachmittags fiel kaum noch Licht durch die Büro-Glaswände. Der Winter war lang gewesen und noch lange nicht vorbei.

Carmella hatte schon Feierabend gemacht, irgendwas mit ihrer Babysitterin, die sich krankgemeldet hatte, und die drei Jungs waren an ihren Rechnern beschäftigt. Ich ging zu Kierons Büro und trat ein, ohne zu klopfen.

Er schaute auf, als ich reinkam.

Mit verkniffenen Lippen ging ich zum Besucherstuhl auf der anderen Schreibtischseite, setzte mich und sagte: »Was ist da los?«

»Ah«, machte er und lehnte sich in seinen Stuhl zurück, »ich hätte nicht gedacht, dass du benachrichtigt wirst. Ich wollte es dir bei nächster Gelegenheit sagen. Also weißt du, ich versuch jetzt *wirklich* schon eine ganze Weile, mit dir in den Pub zu gehen – nichts, was man hier besprechen sollte.«

Ich hielt beide Hände hoch. »*Scheiße, dreizehntausend?!*«

»Pass auf, ganz im Vertrauen ...« Er pausierte und sah mich fast schon flehend an, ehe er fortfuhr: »Also gut, so sieht's aus: Ich hab was von einem Onkel geerbt, Lungenkrebs, vor einem halben Jahr. Es ist gerade erst angekommen, aber ich kann meiner Frau nichts davon sagen. Geht dich zwar nichts an, warum, aber es geht nicht, wir haben ein paar Probleme, okay, und Geld spielt eine Rolle. Es ist ein Darlehen, kein Geschenk. Ich wollte es dir erklären, bevor du es bemerkt hättest. Es eilt nicht, wirklich überhaupt nicht – du kannst es mir zurückzahlen, wenn du den Kredit fertig abbezahlt hast, kein Ding.«

»Ich soll dir also helfen, dein Vermögen für den Fall einer Scheidung zu verstecken?« Ich konnte nicht umhin, dass sich bei mir ein ungläubiger Tonfall einschlich.

»Na ja, wenn du es so drastisch ausdrücken willst.«

»Du hast gewusst, wenn du es mir aufs Konto überweisen würdest, würde ich es stornieren, also hast du es auf meinen Kredit eingezahlt, wo ich diese Option nicht habe.«

»Ja gut, es war nicht abgesprochen. Tut mir leid, ich hätte es dir vorher sagen müssen. Ich weiß, es ist viel verlangt, aber schau mal, ich hab dich doch jetzt schon eine ganze Weile gedeckt, da möchte ich nur einen Gegengefallen von dir. Ich habe meine Gründe, das kannst du mir glauben.«

Deshalb hatte er mich also beschützt – um sich einen späteren Gefallen von mir zu erkaufen. Alles im Leben hat seinen Preis. Wie peinlich, dass ich mir eingebildet hatte, es wäre um Sex gegangen.

Als ich aufstand, sagte er: »Lass uns irgendwann doch noch was trinken gehen. Wir hatten hier so viel um die Ohren, es ist ewig her, dass wir mal richtig gequatscht haben. Tut mir echt leid, ich weiß, dass ich ein bisschen zu weit gegangen bin. Echt jetzt, fände ich wirklich gut.« Er stand auf, kam auf meine Tischseite und langte nach meinem Blusenärmel – ein Blouson-Schnitt, grau mit weißen Knöpfen und Puffärmeln, glatte Kunstseide. Er rieb den synthetischen Stoff zwischen Daumen und Zeigefinger und sagte: »Gefällt mir.«

Ich bedachte ihn mit meinem ausdruckslosesten und zugleich skeptischsten Blick.

Er verzog das Gesicht. »Ich würde mich ehrlich gesagt gern bei jemandem ausheulen, bei mir zu Hause ist so ziemlich die Hölle los.«

Ohne eine Antwort ging ich raus.

Ich ging über den Flurteppichboden zu meinem Schreibtisch zurück.

Wäre Carmella da gewesen, hätte ich zu ihr gehen und sagen können: »Du, hör mal, ich muss mit dir über was reden, es ist eine etwas längere Geschichte.« War sie aber nicht.

Wenn ich in London gearbeitet hätte, hätte ich Richards persönliche Assistentin anrufen und sagen können: »Können Sie mir bitte bei nächster Gelegenheit eine halbe Stunde beim Chef blocken?«

Tatenlosigkeit fühlt sich nicht wie eine Entscheidung an, sondern wie ein Aufschub, während man sich die richtige Entscheidung überlegt – aber sich nicht zu entscheiden, ist in der Regel die allerschlechteste Entscheidung.

Eine Zeitlang vermied ich es, mit Kieron allein zu sein – was für einen Gefallen würde er als Nächstes verlangen, vor allem wenn er sein Angebot wahrmachte, mit einer Flasche Wein bei mir zu Hause vorbeizukommen? Zum Glück wurden wir beide stark von der Arbeit in Anspruch genommen, aber etwa zwei Wochen später, als ich in der winzigen, fensterlosen Küche stand, in einer Teetasse rührte und nach Augenschein zu bestimmen versuchte, ob die Milch, die ich hineingekippt hatte, noch gut war, kam er hereingeschneit und steuerte vor sich hin pfeifend den Kühlschrank an.

Er zog die Tür auf, unterbrach sich und wandte sich zu mir um, um etwas zu sagen. Was ich rasch mit der beiläufigen Frage abbog: »Wie geht's Unserem Mann in Sidcup? Ist noch 'ne Milch da drin?«

Unser Mann in Sidcup war ein Agent mit sechzehn Dienstjahren auf dem Buckel – wohnhaft in Sidcup, Kent, was wir aus irgendeinem Grund komisch fanden –, der verdächtigt wurde, Kontakte zu einer Einwanderungsfirma in London zu unterhalten, die ihrerseits im Verdacht stand, einer Person, die wir mit ziemlicher Sicherheit dem Belarussischen Geheimdienst KGB RB zuordnen konnten, die Einreise nach Großbritannien organisiert zu haben. Die Ermittlungen waren noch in der Anfangsphase; außer verdächtigen Kontobewegungen war noch nichts aufgefallen. Die oberste Etage bat um regelmäßige Updates, hatte aber meines Wissens noch kein offizielles Verfahren eingeleitet.

Kieron stand am Kühlschrank. »Da ist Mandelmilch.«

»Bäh«, machte ich, »nicht in Tee.« Es wurde Zeit, dass ich etwas von meiner Lieblings-Jasmintee-Mischung von zu Hause mitbrachte.

»Die da oben haben uns gesagt, wir sollen die Vorermittlungen einstellen, sie sind durch mit ihm.«

»Ach, ich wusste gar nicht, dass sie sich überhaupt mit ihm befassen.«

Dass Verfahren eingestellt wurden, war an sich nichts Ungewöhnliches – wir waren eine Einheit für interne Ermittlungen; unsere Aufgabe war es, Spuren zu verfolgen, die ins Leere liefen, das kam ständig vor. Irren ist menschlich, und selbst Leute, die nichts zu verbergen hatten, erweckten oft diesen Anschein – davon konnte ich selber ein Lied singen. Für mich wäre es nicht mal übertrieben, zu sagen, dass es seit meinem Arbeitsbeginn für das Verbindungsbüro 2.6 meinen Verdacht erregte, wenn jemand so gar nichts Verdächtiges an sich hatte. Allerdings war es schon ungewöhnlich, dass die da oben zu diesem Schluss gekommen waren, noch bevor wir unseren Vorbericht abgeschlossen hatten.

Kieron ging aus der Küche. Ich kippte meinen Tee in den Ausguss und kochte nochmal Wasser auf, diesmal für einen Pulverkaffee. Mir war undefinierbar unwohl zumute. Ich checkte im Stillen meinen Körper durch – zog die Schulterblätter nach hinten und unten – und dachte, vielleicht bin ich bloß müde. Ich wusste nicht, wann ich das letzte Mal eine Nacht durchgeschlafen hatte. Ich hatte mir angewöhnt, zum Abendessen ein, zwei Gläser Wein vor dem Fernseher zu trinken. Und meine körperliche Fitness vernachlässigt.

Ich stellte den Mandelmilchkarton in den Kühlschrank zurück, schloss die Tür, beugte mich vor und lehnte meine Stirn daran. Von dem angenehm kühlen Metall ging eine beruhigende Wirkung aus. *Du bist müde, du schläfst schlecht*, dachte ich. *Du brauchst mehr Bewegung.* Vielleicht war es das, was mir fehlte.

Als Studentin ging ich an den Wochenenden wandern, einen Rucksack mit drei Ziegelsteinen auf dem Rücken, während sich meine Kommilitonen in der Studentenwerkskneipe besoffen und miteinander rummachten. So versessen war ich darauf, dem Women's Royal Army Corps, WRAC, beizutreten (und nein, zufällig hatte ich keinen allzu großen Freundeskreis.) Tüchtigkeit, körperliche Tüchtigkeit bedeutete mir alles. Eine Soldatin musste jederzeit abmarschbereit sein. Warum ich mir die Mühe machte, mir Gefechtsbereitschaft anzutrainieren, obwohl wir nicht einmal an der Schusswaffe ausgebildet werden sollten, ist mir selbst inzwischen schleierhaft – doch das blieb mir erhalten, dieses Bedürfnis, mich auf etwas vorzubereiten, das womöglich nie eintritt.

Am Samstag nach meinem Küchengespräch mit Kieron fuhr ich südwestlich aus Birmingham raus. Ich mochte die Wasely Hills, die Clent Hills, am allerliebsten die Malverns, aber an dem Tag wollte ich nicht so weit wegfahren. Ich ging gern frühmorgens los, um eine reelle Wanderung zu schaffen und aus der Gegend wieder weg zu sein, bevor die Wochenendfamilien eintrudelten. Was gab es Besseres, als auf einem Parkplatz anzukommen, in meinen Wanderschuhen mit einer Wasserflasche und einem Proteinriegel aufzubrechen und mich umzuschauen, kurz bevor ich durch ebenes Gelände oder hügelaufwärts loszog, um zu sehen, dass mein Auto das einzige Fahrzeug am Platz war.

Ich fuhr zu einem Dorf am Worcester and Birmingham-Kanal – weil ich nicht in Form war, nahm ich mir eine leichte Wanderung von vielleicht drei bis vier Stunden vor, auf einem Rundweg, der mich ins Dorf zurückführen würde. Vielleicht wollte ich mir danach ein Glas trockenen Cider und ein zweites Frühstück im Pub gönnen, wenn ich früh genug vor der Mittags-Stoßzeit wieder im Dorf ankam.

Ich hatte noch das gleiche Gewicht wie mit Mitte zwanzig,

war vielleicht etwas drahtiger, mit ein paar weißen Strähnen im Haar und etwas mehr Falten, hatte aber noch den kleinen, robusten Körper einer viel jüngeren Frau. Wenn ich in die Jahre komme, dachte ich früher manchmal, werde ich eine dieser ledrigen alten Damen mit wenig Speck auf den Rippen und sehnigen Armen, überraschend stark und gut im Heimwerken, obwohl mir das eigentlich gerade gar nicht so liegt. Tja, das war jedenfalls der Plan.

Als ich am Ende meiner Wanderung im Dorf die Hauptstraße entlangging, blieb ich vor einem Buch-Antiquariat stehen. Weniger der Laden als vielmehr etwas davor hatte meine Aufmerksamkeit erregt, so eine Kiste, mit der solche Läden oft Kundschaft anlocken wollen: eine breite Schublade auf Beinen, in der Bücher mit den Rücken nach oben präsentiert werden, sodass Kunden mit dem Finger drüberfahren können, während sie nach Klassikern oder alten Penguin-Ausgaben oder was auch immer ihnen vorschwebt suchen – für Bibliophile die Entsprechung zu Vinylplattenläden, wie man sie immer noch in Städten in kleinen Seitenstraßen findet. Die Bücher, die vorne ausgestellt werden, sind nicht wertvoll, sonst würden sie geklaut werden: hauptsächlich zerlesene Taschenbücher, manche reihenweise mit so ramponierten und welligen Rücken, dass man nur noch das Gerippe darunter sieht.

Mag sein, dass eine auseinanderfallende Taschenbuchausgabe von Thomas Hardys *Am grünen Rand der Welt* den einen oder anderen anspricht, mich ließ sie kalt. Wohingegen mir eine Reihe dunkeloranger Druckerzeugnisse mit eierschalenfarbenen Rücken ins Auge fielen. Ich blieb stehen und nahm eins in die Hand: eine betagte amtliche topographische Karte von Dumfries und Gretna. Ich studierte die Rücken, eine Ansammlung schottischer Gegenden: Dalbeattie, Kirkcudbright, Stranraer … Da wurde ich mit einem Mal von wohliger Trauer gepackt, einem Gefühl schwerelosen Dahingleitens, als flöge ich in den Himmel auf wie ein Heißluftballon, und eine Fessel um meinen Knöchel würde sich lösen.

Ich suchte mir ein paar Minuten lang die Karten aus, die ich wollte, und dann noch ein paar andere dazu. Im Nachhinein wüsste ich gern, ob ich, natürlich unbewusst, schon ahnte, dass ich keine bewusste Zusammenstellung zu erkennen geben durfte, sondern Zufallsauswahl das Richtige für mich war.

Durch die schmutzigen Schaufenster erhaschte ich einen Blick auf eine büchergesäumte Höhle mit niedriger Decke von der Farbe starken Schwarztees. Ein Mann mit Dreitagebart, Wollmütze und Handschuhen ohne Finger saß auf einem Stuhl hinter der Ladentheke, und vorne im Laden hockte ein kleines Mädchen, das in einem Bilderbuch blätterte.

Als ich die Ladentür aufstieß, Karten in der Hand, bimmelte ein Glöckchen über der Tür kurz, und der Mann mit Bartstoppeln schaute von der Zigarette auf, die er sich auf einer dicken fetten Churchill-Biographie drehte. Er hob sie an den Mund, leckte einmal längs drüber, während ich näher kam, und sah mich an wie einer, der überlegte, wie viel ich wohl freiwillig für meine Ausbeute berappen würde.

Ich hielt ihm die topographischen Karten hin, alles in allem acht Stück, verblichen, schmuddelig an den Kanten.

»Geht's auf eine lange Wanderung?«, bemerkte er lakonisch, während er die Zigarette auf der Biographie ablegte und unter der Theke nach einer großen Papiertüte griff. Er legte die Tüte neben die Kasse, nahm mir die Karten ab und fächerte sie auf, um nachzusehen, wie viele es waren.

»Dad«, sagte das Kind auf dem Hocker. Ich sah mich um. Sie war mit gesenktem Kopf ganz auf ihr Bilderbuch konzentriert. »Können wir das auch mal machen?«

»Nein«, antwortete der Mann, »hab ich dir doch schon gesagt.«

Er sah mich an und leckte sich wieder die Lippen. »Zwölf Pfund.«

Die alten Karten hätten nicht mehr als ein Pfund das Stück kosten sollen, aber ich wollte nicht feilschen und reichte ihm einen Zwanziger. Als er mir herausgab, sagte ich: »Ich bin eine lokale Künstlerin. Ich zerschneide sie für Collagen.«

Sein Blick sprach Bände darüber, was er von lokalen Künstlerinnen hielt.

Beim Rausgehen sah ich, dass sich die Kleine »Wir gehen auf Bärenjagd« anschaute, eine großformatige Ausgabe, die sie aufgeschlagen auf dem Schoß hielt.

Ich zog unnötig schwungvoll am Türgriff, aber die Tür klemmte eine Nanosekunde lang, ehe sie aufsprang. Das Glöckchen bimmelte laut, und als ich auf die Dorfstraße hinaustrat, hielt ich inne, um tief durchzuatmen, und sagte mir: Schon gut, es tut nur weh, mehr nicht, dieses schlimme Gefühl gerade in dir drin ist nichts als das: Schmerz, vielleicht mit etwas Reue durchsetzt, aber hauptsächlich Schmerz.

Am Auto angekommen, blieb ich kurz bei offener Tür am Lenkrad sitzen – die Luft im Innenraum war stickig geworden. Ich bückte mich, schnürte die Wanderschuhe auf, beugte mich rüber und stellte sie in den Beifahrerfußraum, wo ich meine alten Turnschuhe abgestellt hatte.

Auf dem Beifahrersitz lagen meine Wasserflasche und die Papiertüte mit den Karten.

Ich nahm einen Schluck Wasser und stellte die Wasserflasche zurück. Dann nahm ich die Papiertüte und ließ die Karten herausgleiten, fächerte sie auf dem Sitzpolster auf und sah sie mir an. Warum hatte ich die gekauft? Dann fielen mir Collins und Unser

Mann in Sidcup ein, und wie interessant es war, dass wir in letzter Zeit zwei verschiedene Fälle mit ähnlicher Handschrift hatten: Beweise zwar für Geldeingang, nicht aber für die Gegenleistung.

Ich lehnte mich im Fahrersitz zurück.

Montags drauf klopfte Carmella an meine Bürotür. Neben ihrem eigenen Aufkommen an Fällen kümmerte sie sich um das IT-Trainingsprogramm – wie wir untereinander den Absicherungsprozess nannten, dass wir alle in puncto Internetrecherche-Tools auf neuestem Stand blieben; in unserem Tätigkeitsfeld so unverzichtbar wie regelmäßiges Schießtraining für einen bewaffneten Polizisten.

Sie zog die Tür halb auf und lehnte sich rein, als ich aufblickte. »Remote-Malware-Installation bekämpfen«, sagte sie. »Nächste Woche in London, es ist grad ein Platz freigeworden, du fährst.«

»Ach wirklich?«, sagte ich geistesabwesend. Ich war schon ewig nicht mehr in London gewesen. Ein paar Tage Entfernung von meinen Problemen in Birmingham waren verlockend, musste ich zugeben.

»Jap«, erwidere sie, »ich mail dir das Programm.« Sie machte die Tür zu. Eigentlich lag es mehr im Arbeitsbereich der Jungs als in meinem, aber gut.

Und so kam es, dass ich mich am nächsten Montag um die Mittagszeit im Eingangsbereich der Connaught-Tagungsräumlichkeiten in Bloomsbury wiederfand.

Ich schritt zügig in der Empfangshalle über die schwarz-weiß gemusterten Fliesen, die ich mit gesenktem Blick bewunderte, als eine Stimme »Heather!« rief.

Ich blieb stehen und drehte mich um. Richard sah an dem Tag besonders adrett aus, in einem makellosen Anzug, das dünne weiße Haar aus der Stirn gekämmt. Sein Lächeln war herzlich. Ich hatte ihn seit unserem letzten Erfolg nicht mehr persönlich getroffen – hatte mich etwas gewundert, dass er nicht nach Birmingham gekommen war, um mit uns allen Manöverkritik zu betreiben und uns auf neuesten Stand zu bringen, aber angesichts all der anderen Fälle, mit denen er sich herumschlagen musste, waren unsere Voruntersuchungen vielleicht gar nicht so wichtig, wie wir es uns gerne selbst weismachten.

Er beugte sich zu mir vor und fasste mich mit einer knochigen Hand eine Spur zu fest am Ellenbogen an. »Wir müssen uns bald mal richtig zusammensetzen«, sagte er in einem Tonfall, der erraten ließ, dass er *meine Liebe* ergänzt hätte, wenn ich nicht schon über fünfzig gewesen wäre. »Es ist schon eine Ewigkeit her.«

Da überkam mich ein Moment der Schwäche, der Wunsch, mit all meinen Sorgen zu einer männlichen Autoritätsfigur zu gehen, wie ein Dienstmädchen mit einem Korb voller Äpfel. *Bitte sehr, greifen Sie zu. So viel Sie wollen.*

»Gut gemacht mit Collins«, sagte er in, so schien es, aufrichtig herzlichem Tonfall. »Natürlich noch immer eine Menge zu tun für uns, aber wir sind alle sehr erfreut. Geht ja offenbar wie geschmiert in Birmingham, da werden wir dich wohl kaum irgendwann in absehbarer Zeit nach London zurücklocken können?«

Zwischen Richards Annahme, wie es mir mit allem ging, und meiner tatsächlichen Lage klaffte ein so gähnender Abgrund, dass ich spurlos darin hätte verschwinden können.

Ich erwiderte sein Lächeln und sagte: »Ja, danke, damit ist es gut gelaufen, was? Dank Kieron, muss ich schon sagen, denn wenn der einmal eine Fährte aufgenommen hat, gibt es für ihn kein Halten mehr.«

»Wie findest du Mr Blythe? Beruflich einwandfrei, aber ein arroganter kleiner Schnösel, stimmt's?«

Richards Illoyalität überraschte mich, obwohl ich sie natürlich auch genoss. Ich verdrehte die Augen. »Der kann es gar nicht vertragen, mit irgendwas mal nicht im Recht zu sein, was?«

»Genau so ist es …« Richard beugte sich nochmal vor, fasste mich abermals am Ellenbogen und drückte zum Abschied seine trockene Wange an meine. Als er sich zum Gehen wandte, sagte er: »Tja, sag ihm, ich gebe es nur ungern zu, aber er hatte völlig recht damit, den Fall Ian Barrett einzustellen – der ist entweder sauber oder ein sehr guter Saubermacher. Wir haben keine Handhabe für reguläre Ermittlungen.«

Damit machte er elegant auf einem Absatz kehrt und sagte über die Schulter: »Lass bald mal wieder von dir hören …«, während er dem Ausgang zustrebte.

Ich durchquerte die Eingangshalle und stieg die breite Treppe hinauf, eine Hand leicht auf dem angenehm abgegriffenen, geschwungenen Holzgeländer; der Seminarraum, in dem es nachmittags mit dem Kurs weiterging, lag genau am oberen Ende der Treppe. Mit dem bewussten Teil meines Hirns dachte ich, dass ich um Erklärung von etwas bitten musste, was ich am Vormittag nicht ganz verstanden hatte; aber am Faden im Minotauros-Labyrinth meines Unterbewusstseins spürte ich einem anderen Gedanken nach.

Ian Barrett war Unser Mann in Sidcup.

Nach einigen Wochen Pause stand ich an einem Dienstag, als der Himmel draußen eine seltsam grau-rosa Tönung angenommen hatte, wohl weil Luftverschmutzung aus irgendeinem Industriegebiet über Birmingham hereinzog, in Kierons Büro, vor seinem Schreibtisch, und sagte beiläufig: »Bei Unserem Mann in Sidcup verstehe ich eins nicht. Wenn wir einen Nachweis über die Begleichung der Schulgebühren hatten, warum haben die da oben das Verfahren dann eingestellt?« Sich die Privatschulgebühren der eigenen Kinder von einem zwielichtigen Kontakt bezahlen zu lassen, war eine gängige Methode, um zu vermeiden, dass Bestechungsgelder auf dem eigenen Bankkonto landeten. Doch darum ging es nicht bei meiner Frage.

»Stimmt schon«, sagte er und hielt die Hände hoch. »Ihrer Ansicht nach hat es sich als was Korrektes herausgestellt, Freund der Familie, also zwar etwas komisch, aber der Kontakt war sauber. Natürlich behalten sie ihn im Auge.« Er warf mir einen Blick zu, als teile er meine Skepsis, und ergänzte schulterzuckend: »Ich weiß.«

Ich ging aus Kierons Büro und durch den langen Flur in mein eigenes. Ich setzte mich an den Schreibtisch, sah mir den Himmel mit seiner unwirklichen Färbung an und fragte mich, was nun, da sich der Verdacht, den ich seit meiner Wanderung am Kanal hegte, bestätigt hatte. Ich dachte daran, wie ich Schottland-Karten gekauft hatte, die ich weder wollte noch brauchte, und dass mir damals nicht klar gewesen war, warum ich nach ihnen gegriffen hatte –, aber dass mein Unterbewusstsein mir einen Schritt voraus gewesen war und Vorkehrungen getroffen hatte. Kieron Blythe war korrupt. Und so sah sein Modus Operandi aus: anderen Leuten Beweise – stichhaltige Beweise – unterschieben, die danach aussahen, als täten sie das, was er eigentlich tat, und wie auch immer er das anstellte, hatte er ein so effektives System entwickelt, dass es weiteren Nachforschungen von ganz oben standhielt. Irgendwie hatte er Collins fertiggemacht. Und Ian Barrett entlastet. Wahrscheinlich waren jede Menge echte Fälle darunter, doch er benutzte das Verbindungsbüro 2.6 auch als seinen persönlichen Machtbereich, um zu kontrollieren, welche Spuren die ganz oben verfolgten und bei welchen sie wegsahen.

Collins. Barrett. Und als Nächstes wohl früher oder später – ich.

17

»Was hast du?«

Ich stattete meiner Mutter einen Sonntagsbesuch ab. Wir standen in ihrem Vorgarten – es war Frühling, und ihre Sträucher blühten, große grüne Dinger, die in einer üppigen Reihe an ihrer asphaltierten Einfahrt kauerten und in meinen Augen wie etwas aus einer *Doctor Who*-Szene aussahen, das sich nur leblos stellt und sich auf einen zubewegt, wenn man ihm den Rücken kehrt. Meine Mutter entfernte mit Hilfe zweier abgerissener Kartonklappen abgestorbene Zweige unter den Sträuchern. Ich gab mich hilfsbereit.

Ich stand neben ihr, hielt einen Gartenabfallsack auf und betrachtete die Krümmung ihres über die Zweige gebeugten Rückens. Sie hatte mit dem Gesicht nach unten geredet.

Ich hatte mich noch nie meiner Mutter anvertraut, weder wenn etwas gut noch schlecht lief, und doch fuhr bei ihr immer eine Antenne aus, wenn etwas nicht ganz stimmte: Sie wusste sehr wenig über mein Leben, ahnte aber eine ganze Menge.

Sie richtete sich auf – in den gartenbehandschuhten Händen Kartonklappen, dazwischen die aufgesammelten Zweige und Blätter – und wiederholte die Frage. »Ich merke, dass etwas nicht stimmt – also, was ist los?«

Komisch, egal, wie alt man wird, möchte man, wenn man mit seiner Mutter zusammen ist, manchmal seine Unterlippe zittern und die Augen überfließen lassen, denn obwohl man ja weiß, dass sie keinen Zauberstab mehr hat, bleibt man irgendwo tief drin immer das kleine Kind, das sie mit so einem Ding gesehen hat.

Eine weitere Rate von meinem Kredit war abbezahlt worden, vor zwei Tagen, von einem anderen Konto als beim ersten Mal, und ich hatte Kieron diesmal nicht zur Rede gestellt, weil es wichtig für mich war, dass er dachte, ich würde mitspielen, während ich meinen nächsten Schritt plante – aber je länger ich nichts dagegen unternahm, desto mehr Mitschuld würde an mir haften bleiben, wenn alles aufflog.

»Alles gut«, sagte ich, »ich bin bloß echt müde, hab in der Arbeit viel um die Ohren.«

Sie sah mich unverwandt und skeptisch aus klaren Augen an.

»Erinnerst du dich an Flavia?«, sagte ich.

Meine Mutter ließ mehr Zweige in den Sack fallen und schob sich mit dem Unterarm den Pony aus der Stirn. »Ja, natürlich, ihr beide wart so eng befreundet, bis du diese Beförderung bekommen hast. Mir hat es leidgetan, dass ihr euch aus den Augen verloren habt. Sie hat mir trotzdem jedes Jahr eine Weihnachtskarte geschickt, so ungefähr sechs Jahre lang.«

»Wirklich?« Das war mir neu.

»Ja, und dann muss sie wohl umgezogen sein, weiß nicht, da ist nichts mehr gekommen.«

»Sie ist gestorben«, sagte ich. »Ich hab's vor einer Weile erfahren. Ich wollte es dir schon länger sagen.«

Das Gesicht meiner Mutter zerfloss fast vor Kummer. »Ach, wie traurig. Sie kann nicht besonders alt gewesen sein.«

»Ein Verkehrsunfall, in Manchester.«

Ein sanfter Regen fiel. Wir wandten uns beide zum Haus.

»Hast du der Tochter geschrieben?«, fragte meine Mutter. »Wie hieß sie nochmal?«

Ich schüttelte den Kopf, obwohl ich hinter ihr ging und sie es nicht sehen konnte. »Nein, ich hab darüber nachgedacht, aber ich weiß nicht, was ich ihr schreiben soll. Wir hatten schließlich schon seit Jahren keinen Kontakt mehr.«

»Du solltest ihr schreiben«, sagte meine Mutter da.

Gerade hab ich noch ein bisschen was anderes um die Ohren, dachte ich.

Wir gingen in die Küche, und während Mum sich die Hände an der Spüle wusch, lehnte ich an der Arbeitsfläche und wartete darauf, dass sie mir mehr Fragen nach meinem Befinden stellte.

»Reich mir mal die Teekanne«, sagte sie und trocknete sich die Hände an einem Geschirrtuch.

Ein paar Minuten später, als ich das Teetablett ins Wohnzimmer trug, kam ich auf den eigentlichen Zweck meines Besuchs zu sprechen, indem ich sie wie beiläufig fragte: »Weißt du noch, wie ich dir vor Jahren mal so ein altes Handy geschenkt hab, ein Nokia?«

Ich hatte meiner Mutter damals ein frühes Prepaid-Handy geschenkt, einen kleinen grauen Knochen – aber nach ein paar Monaten hatte sie sich einen Vertrag besorgt, zu dem ein anderes Handy gehörte.

»Ja«, sagte sie und stellte das Tablett ab, »das ist im Sideboard, möchtest du es?«

In der nächsten Woche arbeitete ich am Mittwoch bei geschlossener Bürotür bis neun Uhr abends. Ich hatte eine gute Ausrede: Ich hatte mir ein paar Tage freigenommen für eine Reise nach Margate, wo ich auch vorher schon Kurzurlaube verbracht hatte, mit oder ohne meine Mutter. Sie war dort aufgewachsen – aber dieses Mal fuhr ich allein hin.

Nach und nach hörte ich, wie die anderen gingen. In ganz Birmingham wurden die Lichter eingeschaltet, wie Sternbilder in der zunehmenden Dämmerung, bis draußen Dunkelheit herrschte und die Fenster schwarze Spiegel wurden, in die ich bewusst nicht blickte, weil ich mich nicht von meinem eigenen Spiegelbild irritieren lassen wollte.

Ich hörte, wie die Reinigungskraft ankam und mit Staubsaugen und Papierkörbe-Ausleeren anfing. Ich wartete, bis er an meine Tür klopfte, sie aufmachte und »Oh, sorry, Miss« sagte.

»Kein Problem«, sagte ich, lächelte ihn an und stand auf. »Kommen Sie rein, hier muss saubergemacht werden. Ich gehe solange woanders rein.«

»Ich kann zuerst das große Zimmer machen.«

»Nein, schon gut, kommen Sie ruhig rein, ich bin sowieso fast fertig.«

Ich warf ein paar Unterlagen in meinen Aktenkoffer und schnappte mir den Mantel von der Türrückseite.

In Kierons Büro ließ ich die Tür halb offen, warf meinen Mantel auf den weichen Sessel und breitete meine Papiere auf seinem Schreibtisch aus. Dann fischte ich ein Stofftaschentuch aus der Tasche, um meine Fingerspitzen damit zu bedecken.

Ich fing mit den Schreibtischschubladen an – alle verschlossen, vorschriftsmäßig musste er den Schlüssel bei sich tragen. Ich versuchte es vergeblich mit einer Kombination aus meinem Schlüssel und einer aufgebogenen Büroklammer.

Ich startete seinen Rechner und versuchte es per Ein-Finger-Methode mit dem halben Dutzend Passwörter, die mir einfielen – sein Geburtsdatum, dasjenige seines Sohnes. In den letzten Monaten hatte er sowohl den Geburtstag seiner Frau als auch den seines Sohnes erwähnt. Dann versuchte ich es mit seinem Hochzeitstag und den Geburtstagen seiner Eltern: Erstaunlich, was man in öffentlichen und in geheimdienstlichen Datenbanken über jemanden herausbekommt, schließlich war das ja auch mein Spezialgebiet. Alles ergebnislos. Draußen im Flur hörte ich, dass die Putzkraft mit meinem Büro fertig war und Alaska betrat. Eine Minute lang hörte ich mir das Staubsaugerbrummen an, nah und fern zugleich. *Verdammt.* Wie sollte ich irgendetwas Neues herausbekommen, ohne Spuren meines Tuns zu hinterlassen? Wenn ich unseren Vorgesetzten in London meinen Verdacht wegen Kieron melden wollte, brauchte ich mehr als das, was ich hatte, und dazu eine gute Erklärung, warum ich erst jetzt damit ankam. Dass ich ihn meine Finanzlage kaschieren und Geld auf meinen Kredit hatte einzahlen lassen, ließ mich als seine Komplizin dastehen. Wenn ich ihn ohne weitere Beweise beschuldigte, würde es so aussehen, als wollte ich damit nur mich selbst entlasten.

Unterdessen hatte ich angefangen, mir einen Plan zurechtzulegen. Aber was sollte ich mit Mum machen? Ich konnte nicht einfach von heute auf morgen aus ihrem Leben verschwinden.

Ich stützte meine Ellenbogen auf Kierons Schreibtischplatte, legte die Finger zu einem spitzen Dach zusammen, drückte die Kuppen aneinander und dachte daran, wie ich damals in diesem Hotelzimmer in Cheltenham in dem Sessel gesessen hatte und es einfach geschehen ließ.

Das Flurlicht änderte sich. Ich blickte auf. Carmella stand im Mantel in der Tür.

»Was machst du im Chefbüro?«, fragte sie und lehnte sich mit verschränkten Armen an den Türrahmen.

»Ach«, sagte ich vage, putzte mir mit dem Taschentuch die Nase und steckte es wieder ein. »Ich hab gedacht, du wärst schon weg.«

»Ich an deiner Stelle würde es mir hier nicht zu gemütlich machen«, sagte sie sarkastisch. »Der geht in nächster Zeit nirgendwohin.«

»Nein«, sagte ich, »ich hab mich hier bloß kurz vor dem Putzmann verkrochen.« Ich stand auf. »Mein Büro ist mir sowieso lieber, da hab ich besseres Licht.« Ich nahm meinen Mantel und zog ihn über. »Wenn du dich losmachst, komm ich mit.«

Wir gingen zusammen durch den Flur und zur Flügeltür raus.

Brauchte Kieron nicht jemand Verbündeten bei den Ermittlungen, um seine Berichte an die oberste Stelle wasserdicht zu machen? Ich überlegte mir, wie eng Carmella und Kieron zusammenarbeiteten, dass sie vom ersten Moment an, als Richard das neue Ressort eingesetzt hatte, dabei gewesen war. Hatte sie selbst keinen Verdacht? Wenn nicht, warum? Vielleicht hatte er auch gegen sie etwas in der Hand.

»Wollen wir noch rasch einen trinken gehen?«, fragte ich, als wir zum Aufzug gingen. »Ab morgen hab ich ein paar Tage frei.« Meinen Verdacht beiseite, hatte ich plötzlich ein überwältigendes Bedürfnis nach Carmellas Gesellschaft. Genau in dem Moment wollte ich unbedingt eine Stunde mit einer Person verbringen, die ich wirklich mochte und die mir das Gefühl vermitteln konnte, dass mein Leben nicht ganz so kalt war. Obwohl ich wusste, wie widersprüchlich das war.

»Nee, geht leider nicht, ich würde ja gern, aber ich krieg mächtig Ärger, wenn ich nicht nach Hause komme«, sagte Carmella. Natürlich. Sie hatte einen Mann und zwei Kinder. Plus ein Haus, einen Garten, ein Leben.

Wir näherten uns gemeinsam den Aufzügen. Ich sagte: »Ich nehm die Treppe, brauche etwas Bewegung.«

Sie zog zum Abschied eine Augenbraue hoch, wie ich gerade noch mitbekam, bevor ich mich abwandte und mit sinnlos verpulvertem Elan die Tür zum Treppenhaus aufstieß.

Für Singles haben Urlaube ihre Tücken. Im Allgemeinen habe ich die Feststellung gemacht, dass man auf Selbstverpflegung besser verzichtet; sonst kann es einem so gehen, dass man in einem Apartment oder Ferienhaus sitzt, sich im Zimmer umsieht und merkt, dass man von nichts anderem als der Wandfarbe daheim Urlaub genommen hat. Mit Freunden verreisen war auch noch nie mein Ding – das ist ein bisschen, wie wenn man sich einen Lieblingsschal zu fest um den Hals geschlungen hat und sich eingestehen muss, dass er einen nervt, obwohl man die Farbe immer noch mag.

Doch meine Fahrt nach Margate war kein reiner Urlaub, sondern ein Wochenende für mich allein, um zu irgendeinem Entschluss zu finden, obwohl es mir im Nachhinein eher wie ein Testlauf vorkommt.

Von den West Midlands ist es weit nach Margate, aber als wir klein waren, fuhren wir immer hin, um die Verwandtschaft meiner Mutter zu besuchen, und jetzt machte jedenfalls auch die Entfernung den Reiz aus. Mir war sehr danach, in Zügen zu sitzen und aus dem Fenster zu schauen.

Die Ferienwohnung lag im dritten Stock eines hohen schmalen Hauses mit abgerundeten Ecken, vermutlich jugendstilig. Es gab ein etwas klammes Schlafzimmer nach hinten raus und eine winzige Küche, aber das Wohnzimmer lag an der Hausecke und hatte drei Erkerfenster mit elegant geschwungenen Flügeln und Meerblick. Das hatte für mich den Ausschlag gegeben, als ich sie online fand. Ich hatte vor, sehr viel aufs Meer hinauszublicken.

Am ersten Morgen machte ich einen langen Spaziergang am steinigen Strand. Meine Füße knirschten auf dem Kies und sanken mit zufriedenstellendem Steinegrummeln ein. Auch wenn es schon später Frühling war, peitschte mir eine steife Brise den zu langen Pony ums Gesicht, und ich dachte *Ich hab ihn rauswachsen lassen, ich muss zum Frisör, wenn ich zurück bin.* Mit einem ordentlichen Haarschnitt und einer Fitnessroutine fühlte ich mich stark und leistungsfähig. Die Wellen hoben und senkten sich sanft; Möwen kreisten in der Luft. Die Unbegrenztheit eines Spaziergangs am Meer, der einem immer zur Verfügung stand, verschaffte mir ein Gefühl von Ruhe, von größerer Kontrolle. *Das hab ich gebraucht*, dachte ich, *um mich an meine Möglichkeiten zu erinnern.*

Nach dem Spaziergang kam ich ins Apartment zurück und machte mir in der Miniküche einen Salat, den ich dann mit hochgelegten Füßen aufs Sofa gelümmelt aß, mit Blick aufs Meer. Der Wind hatte sich gelegt, und das Wasser war gekräuselt in Abstufungen so vieler verschiedener Farben, Blau-, Grau- und Brauntöne, je nach Lichteinfall. Am Horizont lag ein stumpfroter Frachter, den ich mir ansah, während ich aß, aber er rührte sich nicht vom Fleck. Ich starrte ihn so lange an, dass er mir irgendwann schon nicht mehr real vorkam, sondern wie ein Omen – keine Ahnung, wovon. Ich dachte an Flavia und an meine Mutter und an all die Menschen, die jeder hat, die einem Halt geben und einen mit einem Ort verankern. Ich dachte, wie unbefrachtet ich im Vergleich zu den meisten anderen Leuten war.

Die Nordsee. Nichts zwischen mir und Skandinavien. Darüber dachte ich nach, als ich so dasaß und das ruhende Schiff betrachtete.

Am Samstag, meinem letzten vollständigen Nachmittag, vergaß ich die Vorhänge vorzuziehen, als es dunkel wurde. Ich nickte kurz ein, während mein halb ausgetrunkener Tee auf einem Beistelltischchen auskühlte, und als ich aufwachte, sah ich eine dunkle Gestalt am anderen Ende der Strandpromenade reglos am lackierten Eisengeländer stehen. Ich sah nur die Umrisse der Gestalt, die im schwindenden Licht weit genug entfernt war, dass ich nicht sehen konnte, ob sie aufs Meer hinaus oder zur Wohnung und mir hinaufsah.

Reglos wartete ich ab, ob sich die Gestalt bewegte, aber nichts geschah. Weil im Apartment noch kein Licht brannte, wusste ich, dass ich nicht zu sehen sein konnte, aber ich wartete trotzdem, bis es draußen ganz dunkel und die Gestalt von der Nacht verschluckt war, ehe ich aufstand und die Vorhänge zuzog. Erst dann machte ich Licht an.

Als ich zur Küche ging, um mir etwas zu essen zu machen, dachte ich: *Genau das steht dir bevor, und zwar rund um die Uhr.*

Check-out war um zwölf, aber am nächsten Morgen wachte ich früh genug auf, um in den Ort zu gehen und mir ein richtiges englisches Frühstück zu bestellen.

Das Licht war hell und klar, und das Meer sah wie neu aus, ruhig. Ich überquerte die Straße und wandte mich nach links, wo die schräg abfallende Promenade flach an einem rauen Felsen und der Baustelle eines neuen Museums für Moderne Kunst vorbeiführte, Teil der Generalüberholung, die die Küste von Kent seit einigen Jahren durchmachte – die Straße hatte man in Turner Way umbenannt.

Im Licht des neuen Morgens waren keine reglos spähenden finsteren Gestalten zu sehen, nur ein paar Einwohner, die ihre Hunde ausführten, und eine Handvoll Touristen wie ich. Ich hielt an, schaute aufs Meer raus und sah mir mit aufs Geländer gestützten Ellenbogen den Wasserstand an – Flut, aber nicht mehr lange, dachte ich. Der stumpfrote Frachter am Horizont war immer noch nicht weitergefahren. Er lag seit meiner Ankunft am Donnerstag an ein und derselben Stelle.

Kieron war auf die eine oder andere Art unsauber, da war ich mir ziemlich sicher, aber dadurch hatte ich wiederum keinen Grund, zu befürchten, dass er meine Finanzprobleme meldete – wie auch, wenn er selbst bis über beide Ohren in etwas verwickelt war? Wenn ich seine Umtriebe verschwieg, würde er meine verschweigen. Darum ging es doch, oder nicht?

Aber seine Umtriebe konnten etwas richtig Finsteres sein, während ich bloß eine hirnlose Idiotin gewesen war. Wie konnte ich ihn weitermachen lassen, wenn mein Verdacht begründet war? Das wäre die himmelschreiendste Dienstpflichtverletzung überhaupt. Bereits mit meinem Schweigen hatte ich mich zur Mittäterin gemacht.

Von wegen Pflicht … ich hatte an meine Mutter zu denken. Im Endeffekt sah es so aus: Ich hatte keine belastbaren Beweise für Kierons Machenschaften, welcher Art auch immer, und solange Kieron nichts von meinem Verdacht ahnte, hatte ich die Option, das Ganze einfach zu ignorieren, oder?

Schau weg.

Auf der Rückfahrt war ich schon fast glücklich – es war eine dreieinhalbstündige Zugfahrt mit zweimal Umsteigen, aber ich hatte mich entschieden, weiterhin nichts zu unternehmen. So einfach war das.

Beim Umsteigen in London hatte ich Zeit, mir in der Euston Station einen Kaffee zu holen. Ich bekam einen Fensterplatz und machte es mir mit meinem Kaffee gemütlich, während der Zug aus dem Bahnhof fuhr. Dabei sah ich mir die Rückseiten der Mietshäuser mit Eisenbalkonen an, die auf die Gleise hinausgingen, die Baustellen, die wild überwucherten Grundstücke, all die Lücken, in die ich beinahe gefallen wäre. Aber ich war nicht reingefallen und hatte es auch nicht vor, sondern saß in einem Zug in Fahrtrichtung auf einem Fensterplatz, ohne Sitznachbarn, und konnte beide Ellenbogen auf die Armlehnen legen. Kurz vor der Watford Junction sah ich jenseits der Felder eine schwarze Rauchsäule von einem weit entfernten Feuer aufsteigen und freute mich, dass das, was auch immer es sein mochte, nicht mein Problem war.

In Rugby musste ich nochmal umsteigen. Ich wartete auf dem Bahnsteig stehend, den leeren Pappbecher noch in der Hand, und sah mich um. Alle, die mit ihren Kindern oder Koffern neben mir standen, waren einfach nur normale Leute, die mit Kaffee- oder Teebechern auf dem Bahnsteig standen, dachte ich, und ich war eine von denen, ein ganz normaler Mensch. Da hatte ich mir all diese Monate Sorgen gemacht, weil ich nichts unternahm, und mich dabei doch bloß entscheiden müssen, nichts zu unternehmen, damit es mir besser ging.

Als ich zu Hause ankam, dämmerte es bereits. Meine Wohnung lag nur achtzehn Minuten zu Fuß von der New Street entfernt. Ich war wie immer mit leichtem Gepäck gereist und machte bei Marks & Spencer Halt, um etwas Hähnchenfleisch und eine Tüte Gemüse für mein Abendessen einzukaufen. Beschwingten Schrittes setzte ich meinen Heimweg fort, quer durch Chinatown, am Hippodrome vorbei.

Meine Wohnung lag in einer brandneuen Anlage mit einem Fußgängerbereich in der Mitte und einer Reihe von Zugangswegen. Die Wohnblöcke bestanden aus lauter übereinandergestapelten Wohnungen wie meine, bewohnt von Paaren oder berufstätigen Singles. Die Mieter, die ich gesehen hatte, waren sämtlich ein gutes Stück jünger als ich; es waren Starterwohnungen für Leute, die sich Möbel oder Gegenstände, die man in oder auf die Möbel stellen konnte, erst noch anschaffen würden. Der Fußweg zu mir verlief beidseits zwischen je einem gelben Backstein-Wohnblock mit Balkonen und Fenstern aus grauem Aluminium; meine Wohnung lag am anderen Ende, kurz bevor sich die Anlage zur nächsten Straße hin öffnete.

Ich ging um die Ecke und schwenkte dann rasch in einen Nachbarschaftsladen ab. Wer mich beobachtete, könnte zu dem Schluss kommen, dass mir, während ich in aller Ruhe nach Hause ging, plötzlich etwas eingefallen war, was ich dringend aus dem Laden brauchte.

Dort ging ich zur Kühlvitrine im hinteren Bereich, blieb davor stehen und betrachtete die verschiedenen Margarinepackungen, als würde ich eine sehr seltene Marke bevorzugen und hoffen, sie dort zu finden. Anschließend griff ich nach einer Packung reifen Cheddar, den ich weder wollte noch brauchte, und wandte mich wieder dem Ladeneingang zu. Neben der Tür gab es einen hohen Drehständer, spärlich bestückt mit ein paar Glückwunschkarten in Zellophanhüllen. Dahinter in Deckung, konnte ich durch die Glas-Ladentür und durch den Fußweg in Richtung meiner Wohnung sehen. Etwa die Hälfte der Bewohner im Haus hatten schon ihre Vorhänge zugezogen, hinter denen Licht brannte – das kalte blaue Flackern von Fernsehern.

Aus meinem Blickwinkel konnte ich meine Wohnung sehen – die Vorhänge waren offen, so wie ich sie vor drei Tagen verlassen hatte, als ich abgereist war, und dem Anschein nach lag alles im Dunkeln.

Aber ich wusste, was ich gesehen hatte, als ich um die Ecke in den Fußweg eingebogen war. Meine Wohnung lag im Hochparterre und hatte vorne einen kantig vorstehenden Erker. Ich hatte kurz einen kleinen beweglichen Lichtstrahl gesehen, der in meinem Wohnzimmer hin- und herwanderte. Nur einen Sekundenbruchteil lang, bevor er verschwand, als wäre ein Glühwürmchen von einer Schachtel verschluckt worden. Aber Glühwürmchen sind doch gelb, oder? Das hier war weiß gewesen.

Sie zogen die Rollos nicht runter, weil sie damit verraten hätten, dass jemand in der Wohnung war, und konnten die Deckenlampe naturgemäß nicht anschalten.

Ich überschlug, wie viele Sekunden vergangen waren, seit ich abgebogen war: Ich hatte den Laden betreten, eine Sekunde, war nach hinten durchgegangen und vielleicht drei oder vier Sekunden vor der Kühlvitrine stehen geblieben, um einsickern zu lassen, was ich gesehen hatte, hatte den Käse ausgesucht und war zum Kartenständer zurückgegangen – noch eine Sekunde. Dort war ich zwei bis drei Sekunden stehen geblieben – sagen wir acht Sekunden, alles in allem. Dann müssten sie weg sein. Irgendwer war mir entweder auf den Fersen oder wartete in der Nähe in einem Auto – bevor ich den Laden betrat, hatte ich keine Zeit gehabt, nachzusehen, ob jemand in einem parkenden Auto saß, weil ich die Wohnung und den kleinen wandernden Lichtstrahl darin nicht aus den Augen gelassen hatte. Wer auch immer dort war, hatte bestimmt von meiner bevorstehenden Ankunft erfahren, die Taschenlampe ausgeknipst und war verschwunden, wahrscheinlich durch das hintere Schiebefenster – an dem war zwar ein Riegel, aber kein abschließbarer Griff. So einen hatte ich nie gebraucht, weil meine Hochparterre-Wohnung über einer Souterrainwohnung mit ummauertem Garten lag. Dort wohnte ein Pärchen, Ali und Karim, die mich ab und an zu Minztee und Baklava einluden.

Jetzt war der Fußweg leer. Am anderen Ende parkten zwei Autos am Straßenrand, nicht weit von meiner Wohnung, aber mit niemandem darin. Wenn der Schmieresteher an diesem oder dem anderen Ende im Wagen gewartet hätte, wären sie weggefahren, während ich nach dem Käse griff.

Der Grußkartenständer ließ sich drehen. Ich drehte ihn langsam immer weiter herum ... Er quietschte leise vor sich hin, während ich die Straße beobachtete. Aus dem Augenwinkel sah ich verschwommen einen blauen Teddy mit Cowboyhut auftauchen und wieder verschwinden.

Die junge Frau am Tresen war mit ihrem Handy beschäftigt und sah noch nicht zu mir rüber.

Ich beobachtete meine Wohnung, während ich weiter am Ständer drehte. Wenn ich meine ungewollte Käsepackung bezahlt habe und an meiner Haustür ankomme, werden sie längst weg sein, dachte ich, in die Nacht verschwunden.

Als ich den Laden verließ, zog ich meine Schlüssel aus der Tasche und hielt sie in einer Hand, den schärfsten davon, den zum Haustür-Sicherheitsschloss, so, dass er zwischen zwei Fingern vorragte. Ein Nachbar, ein hagerer junger Mann, dessen Namen ich nicht kannte, kam aus seiner Wohnung auf der anderen Seite des Fußwegs und hob zum Gruß die gefaltete Zeitung in seiner Hand, als wir aneinander vorbeikamen; zur Erwiderung nickte ich.

Als ich die Stufen vor dem Haus hinaufstieg, sah ich ins vordere Erkerfenster, aber drinnen sah alles wie immer aus.

Sowie ich die Wohnung betrat, wusste ich, dass ich mich nicht getäuscht hatte. Die Luft war anders als sonst, etwa ein Grad kälter als üblicherweise – irgendwo stand ein Fenster offen. Ich ging zur Kochnische hinten, und tatsächlich: Das Schiebefenster über Karims und Alis Souterrainwohnung stand offen. Obwohl die Rückseite des Wohnblocks immer sicher gewesen war, wusste ich genau, dass ich es nicht so hinterlassen hatte, als ich zu meinem Wochenendtrip aufgebrochen war. Ich bin keine, die vergisst, ein Fenster zu schließen, bevor sie aus dem Haus geht.

Als Nächstes untersuchte ich den Flurschrank – darin war eine abgenutzte Reisetasche, ein Überbleibsel von meinem Umzug, in der ich das Nokia und etwas Bargeld verwahrte, das ich gespart, von Woche zu Woche etwas mehr abgezwackt hatte. Ich sah auf die Tasche runter, auf dem Schrankboden neben das Bügelbrett gequetscht. Hatten die Griffe immer in diese Richtung gezeigt? Ich wusste es nicht mehr. Ich zog die Tasche heraus, überprüfte das Handy, zählte das Geld – alles haargenau so, wie ich es zurückgelassen hatte, soweit ich das beurteilen konnte.

Etwas anderes stimmte nicht. Ich schaltete das Licht an und sah unter dem Bett nach, im Kleiderschrank, in jedem Küchenschrank – selbst in denen, die viel zu klein waren, als dass sich jemand darin verstecken konnte. Alles wirkte unberührt, selbst mein Computer und die Papiere auf meinem Schreibtisch.

Ich ging ins Bad und sah sofort: Die Klobrille war hochgeklappt. Ich beugte mich vorsichtig vor, als spähte ich über einen Abgrund. Die Toilettenschüssel war voll mit gelbem Urin. Darin schwamm eine Zigarettenkippe. Das war keine Durchsuchung gewesen, sondern eine Drohung. Ich starrte die Kippe an, streckte einen Arm aus, drückte die Spülung und sah mir den Wasserstrudel an.

Die Pisse würde weg sein, wenn das Wasser zur Ruhe kam, aber der Zigarettenstummel würde noch in der Schüssel schwimmen. Ich würde ihn mit bloßen Fingern rausfischen und in den Abfalleimer werfen müssen, denn genau dazu war er da, um mich dazu zu zwingen.

Manchmal denke ich an die schätzungsweise sieben Sekunden zurück, die ich dastand und ins wirbelnde Wasser blickte, und denke mir, wie schade es ist, dass wir keine Zeitreisen machen und in die Zukunft sehen können, um die eigentlichen Zusammenhänge zu erkennen, die Zahlen miteinander zu verbinden. Sonst hätte ich mich nämlich vier Monate später sehen können, wie ich in einer mondhellen Nacht bis zur Taille im eiskalten Wasser eines schottischen Sees stand, auf das fremde bleiche Gesicht hinabblickte, das auf dem Wasser treibend zu mir hochstarrte, und mich fragte, ob es das Gesicht jenes Mannes war, der in meine Toilette gepinkelt und den Filter einer Zigarette abgerissen hatte, die er nicht rauchen wollte, weil der Geruch den Nachbarn signalisieren könnte, dass jemand in meiner Wohnung war, und ihn rasch und gezielt hineingeworfen hatte: nur damit ich ihn fand, wenn ich aus Margate wiederkam, nachdem ich mich umentschieden hatte.

18

Später am Abend rief ich meine Mutter an. »Ach, wie schön«, sagte sie, als sie ans Telefon ging. »Gut zu wissen, dass du wohlbehalten zu Hause angekommen bist. Wie war's? Hier war das Wetter nicht so berauschend.«

Mein Gewissen meldete sich kurz – schließlich hätte ich meine Mutter nach Margate mitnehmen können. Sie hatte ein reges Sozialleben, verreiste aber kaum. Sie war so gern am Meer.

»Ach, da hat es auch geregnet, aber es war trotzdem nett«, sagte ich unbestimmt. »Mum, was ich dir schon länger sagen wollte: Tut mir echt leid, aber ich finde die Schlüssel nicht mehr, die du mir gegeben hast, sie müssen beim Umzug verlorengegangen sein. Weil ich gedacht hab, dass sie hier noch auftauchen würden, hab ich nichts gesagt, aber sie sind nicht da.«

»Zerbrich dir darüber nicht den Kopf.« Meine Mutter lachte. »Hier wird niemand einbrechen wollen – mein Fernseher ist gut und gern zehn Jahre alt.«

»Ich weiß, aber mir wär wohler, wenn wir die Schlösser austauschen, vielleicht ein paar abschließbare Fenstergriffe und eine Alarmanlage besorgen, wenn wir schon dabei sind. Die Kosten übernehme ich, kein Problem.«

»Das fände ich ehrlich gesagt ein bisschen albern.«

»Sicher ist sicher.«

»Du klingst genau wie dein Vater!«

Am Montag ging ich um acht Uhr früh zur Arbeit. Als die anderen eintrudelten, hatte ich schon einen Haufen E-Mails abgearbeitet, saß bei offener Bürotür mit hochgelegten Füßen am Schreibtisch und aß ein Schinken-Käse-Baguette, das ich mir unterwegs gekauft hatte.

»Wie war dein Wochenende?«

Ich sah mich um. Kieron stand in der Tür. Für gewöhnlich kam er nicht vorbei, um mich nach meinem Wochenende zu fragen.

Weder nahm ich die Füße vom Tisch, noch drehte ich meinen Stuhl herum. »Toll«, sagte ich und sah ihn an, während ich einen langen Käsestreifen herauszog und mir über den Mund hielt. »Fantastisches Licht an der Küste. Bist du schon mal in Margate gewesen?«

Er zögerte. »Nein, Kent kenne ich so gar nicht.«

Ich nahm die Füße vom Tisch, setzte mich richtig hin, drehte den Stuhl herum und warf den Baguette-Rest in den Papierkorb neben meinem Schreibtisch. »Das war eigentlich ziemlich eklig.« Wenn er gehofft hatte, mich irgendwie angespannt oder eingeschüchtert anzutreffen, musste ich ihn leider enttäuschen. Ich weiß auch nicht, wozu meine Tapferkeits-Show genau dienen sollte, außer dass ich ihn irritieren wollte.

»Du hättest es dir toasten lassen sollen«, sagte er, als er sich abwandte.

Vielleicht wusste er nichts von der Drohung. Vielleicht hatte er nichts weiter getan, als irgendwann zu irgendwem zu sagen: *Meine Vertreterin hat was spitzgekriegt, aber ich kümmer mich drum.* In dem Fall waren die Folgen nicht sein Zutun. Mir steckte ein angekautes Stück Baguette in einem Zahn, ich stocherte mit der Zunge dran herum. Der Zeitpunkt des Einbruchs in meine Wohnung, direkt nachdem Carmella mich in Kierons Büro gesehen hatte, konnte kein Zufall sein. Vielleicht hatte sie am Donnerstag oder Freitag eine beiläufige Bemerkung fallen lassen: »Heather hat gestern übrigens deinen Stuhl für dich warmgehalten …« Vielleicht ist sie zu ihm gegangen und hat es ihm gesagt, weil sie wusste, er würde es wissen wollen.

Danach wurde ich vorsichtiger. Ich tauschte die Schlösser meiner Wohnung aus und beauftragte einen Schlosser, so bald wie möglich zum Haus meiner Mutter zu kommen – was bei ihr massives Augenverdrehen samt Bemerkungen darüber auslöste, was für eine unverbesserliche Angsthäsin ich wäre. Ich installierte mehr Verschlüsselungssoftware an meinem Laptop zu Hause. Und änderte immer mal wieder meinen Arbeitsweg. In den Wochen nach dem Einbruch nahm ich keine Anzeichen dafür wahr, dass ich beobachtet oder beschattet wurde. Eine weitere Einzahlung erfolgte auf mein Kreditkonto, und Kieron und ich redeten nicht darüber und gingen weiter absolut professionell miteinander um: Auf der Arbeit verhielt ich mich stets fröhlich und entspannt. Ich hoffte, es würden keine weiteren Drohungen folgen, wenn ich ihm zu verstehen gab, dass mich die Botschaft erreicht hatte. Der Gedanke beruhigte mich nicht.

In einem Montagmorgen-Meeting sagte Kieron leichthin, als wir alle um den Tisch saßen und in unseren Unterlagen blätterten, um gleich Aufzeichnungen über eine Zielperson unserer Ermittlungen zu vergleichen: »Übrigens, Leute, vielleicht interessiert es euch ja, dass Collins offenbar verschwunden ist.«

Aller Augen waren auf ihn gerichtet.

»Wie meinst du das?«, sagte ich. »Dass er verschwunden ist, oder dass jemand ihn hat verschwinden lassen? Ich hab gedacht, er ist in Gewahrsam.«

Kieron hielt den Blick auf seine Unterlagen geheftet, richtete sie ordentlich Kante an Kante nebeneinander aus. »Weiß ich noch nicht«, sagte er. »Hab nur munkeln hören, dass er weg ist. Vielleicht hat er kooperiert, und sie sind so nachlässig geworden, dass sie ihn aus dem Blick verloren haben, wer weiß? Vielleicht haben sie ihn nicht ganz so gut beschützt wie versprochen.« Er griff zu einem Kuli, der neben seinen Papieren gelegen hatte, und knipste ihn an, aus, an, aus ... immer noch ohne aufzusehen, murmelte er, so als würde er laut denken: »Was ziemlich schlimm wäre für den armen alten Collins, also wirklich ...«

Ich warf Carmella einen Blick zu, den sie nicht erwiderte.

Als ich an dem Abend nach Hause kam, führte ich meinen routinemäßigen Wohnungscheck durch: der winzige durchsichtige Faden, den ich jeden Morgen über die Wohnungstür und über meine Schranktüren, den Laptop klebte. Nichts Auffälliges.

Ich steckte eine Moussaka in die Mikrowelle, stand da, sah zu, wie sie sich unablässig im Kreis drehte, und horchte auf das Summen des Geräts. Als das »Pling« ertönte, rührte ich mich nicht gleich vom Fleck, sondern stand zunächst nur weggetreten da und starrte es an.

Nach meinem Abendessen ging ich zum Flurschrank, holte die Reisetasche raus, ging mit ihr ins Schlafzimmer, wo die Vorhänge bereits zugezogen waren, legte sie aufs Bett, zog die Plastiktüten mit Kleidern raus, die ich gehortet hatte, leerte sie aufs Bett und kniete mich davor, um meine Falt-Technik zu perfektionieren und ganz genau herauszubekommen, wie viel reinpassen würde.

Der Anruf kam zwei Wochen später, als ich auf Arbeit war, und nachdem ich aufgelegt hatte, stand ich auf sicheren Beinen von meinem Stuhl auf und ging ein paar Schritte durch den Flur, ehe ich laut und vernehmlich »Carmella ...« rief.

Carmella kam aus ihrem Büro, sah mein Gesicht und eilte auf mich zu.

Hinter ihr sah ich Kit aus dem Raum mit der Bildschirmwand kommen, um nachzusehen, was los war, und schüttelte den Kopf in seine Richtung. Ich wollte nur Carmella.

Meine Mutter war tot.

Ich hatte sie seit Tagen nicht mehr angerufen, ebenso wenig wie Tim oder Louis. Ihr Leichnam wurde entdeckt, weil dem Briefträger auffiel, dass eine Rechnung der Wasserwerke, die er zwei Tage zuvor ausgetragen hatte, noch auf der Fußmatte lag und die Vorhänge im Bungalow mittags zugezogen waren. Die Sanitäter verschafften sich Zugang und fanden sie im Bett. Sie lag zusammengerollt in Embryonalstellung, wie ich erfuhr. Es gab keine Anzeichen von gewaltsamem Eindringen in den Bungalow, nichts fehlte.

Weil sie seit zwei Wochen nicht mehr beim Arzt und auch nicht in Behandlung gewesen war, wurde routinemäßig eine Obduktion durchgeführt. Die Ergebnisse trafen eine knappe Woche später ein, und ich studierte sie natürlich genau und rief beim Rechtsmediziner an, aber es stand zweifelsfrei fest: Sie hatte ein nicht diagnostiziertes Aortenaneurysma, das schon vor Jahren entstanden sein musste. Zum tödlichen Riss musste es sehr schnell gekommen sein. Besser das als ein Hirnaneurysma, erklärte mir der Arzt im Vertrauen – ich war selbst so forsch und pragmatisch aufgetreten, dass er mit mir wie mit einer Kollegin redete –, denn dann bekommt man höllische Kopfschmerzen. Wirklich, bei einem so guten Allgemeinzustand wie dem meiner Mutter bestünde keinerlei Grund, es früher zu diagnostizieren, ergänzte er, ich solle mir keine Vorwürfe machen, so sei das nun mal. Besser das als Krebs oder Alzheimer, sagte der Arzt – für die Hinterbliebenen zwar ein Schock, aber für die alte Dame selbst eigentlich ein Segen. Genau das waren seine Worte.

Mich schmerzte, dass sie allein starb und unentdeckt geblieben war, weil weder meine Brüder noch ich angerufen hatten. Aber ich war froh, dass sie im Bett und nicht auf dem Boden gelegen hatte. Es war ein Tod, wie meine stille, gutherzige Mutter ihn verdiente.

Eine Zeitlang konnte ich an nichts anderes denken als daran, dass sie von uns gegangen war, ihr Fehlen, die Leere in der Welt an der Stelle, die sie ausgefüllt hatte.

Ich hätte sie nach Margate mitnehmen können. Das hätte ihr Freude gemacht.

An der Beerdigung nahm eine stattliche Schar von Freundinnen teil, die sie als Witwe gefunden hatte. (Ich fragte mich unwillkürlich, wie viele wohl zu meiner Beerdigung kommen würden.) Sie saßen in einer Bankreihe, blass und fahl, und überlegten vielleicht, ob sie wohl die nächsten Kandidatinnen für plötzliches und unerwartetes Ableben waren. Ich sah sie mir an, dachte an die Geschichten, die meine Mutter mir erzählt hatte, und hätte gern gewusst, welche welche war. Nur so konnte ich die kleine Rede durchstehen, die ich vorbereitet hatte.

Ich zitierte Louis MacNeice, die letzte Strophe aus »London Rain«. Ich wusste nicht einmal, ob es ein Lieblingsgedicht von Mum war, aber es fühlte sich richtig an. *Meine Wünsche ziehn nun heimwärts, sind vergebens ausgeflogen* ... In letzter Minute ließ ich die Zeile mit Lust aus und ging direkt über zu *Ich schlafe ein und höre, wie der Londoner Regen fällt.* Natürlich ging es dabei mehr um mich als um Mum.

Mein Bruder Louis, der so hieß wie der Dichter und den meine Mutter, wie ich immer gespürt hatte, von uns allen am meisten geliebt hatte, kam aus Madrid und hielt die offizielle Trauerrede. Danach gingen wir beide zu einem netten, wenn auch etwas steifen Essen aus – unsere Leben waren so verschieden, da ging nur Smalltalk. Tim konnte nicht aus den USA anreisen, sorgte aber dafür, dass das Ganze auf Video aufgenommen wurde, damit er es sich später ansehen konnte. Ich gab mir Mühe, es ihm nicht übelzunehmen, was gar nicht so leicht war. Nicht weil er die Reise nicht unternommen hatte, dafür hatte ich vollstes Verständnis – sondern weil er vorgab, sich zu beteiligen.

Meine Mutter war ein guter Mensch, und es war ein gutes Gefühl, ihre Liebe zu haben, eine unaufdringliche Liebe. Niemand von uns hatte sie gut genug erwidert.

Louis fuhr am Morgen nach der Beerdigung nach Madrid zurück, und mir als ihrer alleinigen Nachlassverwalterin blieb es überlassen, mich um ihre letzten Angelegenheiten zu kümmern. Das war nicht allzu schwierig: Sie hatte ihre persönlichen Papiere geordnet hinterlassen, ebenso ihren Besitz. Alle Erinnerungsstücke aus unserer Kindheit waren bereits an Tim oder Louis gegangen: die Fotoalben aus unserer Schulzeit, ein paar Orden, die unserem Vater gehört hatten.

Als ich am Wochenende nach ihrer Beerdigung zum Bungalow hinausfuhr, überkam mich milde Trauer beim Aufschließen der zusätzlichen Schlösser, die ich hatte einbauen lassen – wie ich jetzt wusste, hatte ich Geld verschwendet und mir unnötig Sorgen gemacht, und doch war es ein Trost für mich, das für sie getan zu haben.

Drinnen im Haus herrschte bereits seltsame Stille, wie in einem leerstehenden Gebäude. Es roch nicht mehr nach ihr.

Ich brauchte nicht lange dafür, ihre Kleider und Schuhe auszusortieren – sie hatte alles sauber und ordentlich hinterlassen, sodass ich die Sachen nur in Plastiksäcke stecken musste, die ich vor der Haustür aufeinanderstapelte, um auf meinem Heimweg einen Angriff auf den örtlichen Second-Hand-Shop zu starten. Ich lächelte in mich hinein, als ich eine Schublade mit zusammengerollten Strumpfhosen aufzog: fein säuberlich getrennt nach schwarzen auf der einen, braunen und hautfarbenen auf der anderen Seite. Ich wusste noch gut, wie chaotisch und vollgestopft das alte Haus gewesen war, in dem wir zu fünft gewohnt hatten, die Jungs ständig am Herumgrölen; die Bücher meines Vaters, die Nähmaschine und die Unterrichtsmaterialien meiner Mutter, die große Küche mit den wackligen Stühlen um den Holztisch – wie Tim sich mit acht Jahren den Kopf auf den Bodenfliesen aufgeschlagen hatte, nachdem er einmal zu oft beim Abendessen mit dem Stuhl gekippelt hatte. Jahre später sah man immer noch den dunklen Fleck von dem Blut, das in den Fugenmörtel eingesickert war. Tim brachte seine Freunde, wenn sie ihn besuchten, gern in die Küche, um es ihnen zu zeigen.

Ich dachte daran, wie sauber und ordentlich meine Mutter geworden war, nachdem sie sich verkleinert hatte, dass sich diese Seite ihrer Persönlichkeit erstaunlich rasch durchgesetzt hatte, nachdem sie verwitwet war und ihre Kinder aus dem Haus waren. Nach meinem – zugegebenermaßen begrenzten – Eindruck von Familienleben im Allgemeinen war man offenbar schicksalhaft dazu bestimmt, einen Berg an Gegenständen anzuhäufen, der seinen Zenit erreichte, wenn die Kinder ins junge Erwachsenenalter kamen. Hatte man diesen Gipfel erklommen, war man anschließend dazu verdammt, sich die nächsten beiden Jahrzehnte lang von den Gegenständen zu trennen, deren Anhäufung einen die davorliegenden zwanzig Jahre beschäftigt hatte. Außer man machte es wie meine Mutter, verkleinerte sich radikal und erledigte alles auf einen Schlag.

Was das Loswerden anging, hatte meine Mutter eine Ausnahme zugelassen: ihre Lieblingslektüre gleich nach Gedichten, die Gartenzeitschrift *Gardener's World*. Monat für Monat kam sie in einer biologisch abbaubaren durchsichtigen Plastikhülle an – und allmonatlich hatte sie die neue Ausgabe auf den Stapel der alten Ausgaben neben dem Sofa gelegt, bis das Ganze zu einem Stalagmiten angewachsen war, der bis zur Sofaarmlehne heraufreichte. Ich hob ganze rutschige Armvoll davon auf und entsorgte sie in der Altpapiertonne. Zuunterst wurde der Stalagmit von einem großen gebundenen Atlas auf dem Boden verankert, von der Sorte, wie man sie in Sonntagsbeilagen bestellen konnte, in einem Pappschuber mit der glänzenden Abbildung einer Weltkugel vorne drauf.

Ich nahm den Atlas hoch, stand eine Weile damit da und spürte das Gewicht der Welt – es war eine alte Ausgabe, an die ich mich aus meiner Kindheit erinnerte, und mein Interesse an der Welt meldete sich zurück, meine Neugier, wohin mein Vater in gewissen Abständen verschwand. Ich nahm ihn zum Esstisch mit und ließ ihn aus seinem Schuber gleiten – der schlichte dunkelblaue Einband fühlte sich rau an, mit geprägten Goldbuchstaben: *Der Moderne Weltatlas*. Ich schlug den Einband auf und blätterte darin herum: Was für ein Riesending die Welt doch war, wie viele Orte es darauf gab.

Ich trug einen Stapel *Gardener's World* zur Altpapiertonne, und als ich ein Stück feuchten Rasen überquerte, rutschte ich aus, und die Zeitschriften flogen mir aus den Armen. Ich kam hart auf dem Rücken auf, so hart, dass mir kurz die Luft wegblieb. Mit hochgezogenen Schultern rang ich nach Atem, bis ich wieder Luft bekam und merkte, dass ich trotz dieses Atemproblems sicher wie eine Bodenturnerin aufgekommen war. Womöglich weinte ich da um meine Mutter, weinte, weil sie fort und ich allein war.

Danach lag ich still und entspannte mich in die angenehme Auszeit hinein, die folgt, nachdem man vor Trauer geweint hat. Reglos dazuliegen, fühlte sich so intensiv gut an, dass ich einfach liegenblieb und meinen Armen und Beinen erlaubte, loszulassen.

Der Himmel über mir war klar, die Luft mild, und mir fiel wieder ein, wie fantastisch, wenn nicht gar magisch es sich als Kind angefühlt hatte, im Gras auf dem Rücken zu liegen und ins weite Himmelsrund aufzublicken: die kleinen Funken weißer Luft, die wie Feenstaub glitzerten, die Wolkenschichten, alles in einem unendlichen Raum.

Ich lag da und atmete.
Meine Mutter war fort.
Der letzte Faden war aufgetrennt.
Ich blickte starr in das weite Himmelsgewölbe auf.

19

Ich suchte mir einen Laden an einer kleinen Nebenstraße im heruntergekommenen Bahnhofsviertel hinter der New Street Station aus. Es war einer dieser halb Zeitungskiosk, halb Café-Schuppen – hinten ein paar Lebensmittel und Drogerieartikel, vorne zwei runde Tischchen zum Hinsetzen, wenn man sich einen Kaffee von dem pflaumenfarbenen Heißgetränkeautomaten neben der Ladentheke geholt hat.

Es war ein grauer, öder Samstag. Als ich mich mit einem großen Rollkoffer im Schlepptau hineinschob, schaute der junge Mann an der Theke von dem Lehrbuch auf, in dem er las, gelben Textmarker in einer Hand. Ich sah mich um. Der Laden war leer. Hinter der Theke hing eine Überwachungskamera, aber ich wusste, dass ich keinen solchen Laden ohne eine finden würde; das Risiko musste ich also eingehen.

Ich stellte den Koffer an einem der runden Tischchen vorne ab und holte mir einen Kaffee vom Automaten und dazu einen klebrig aussehenden sandfarbenen Muffin in Plastikhülle. Der junge Mann bediente mich mit einem Nicken und schüchternem Lächeln, ehe er sich wieder seinem Lehrbuch zuwandte. Ich setzte mich hin, trank den Automatenkaffee und stopfte ein überzuckertes Muffin-Häppchen in mich rein, während ich seufzend auf meine Uhr sah, lange genug, dass der nette junge Mann ein paar Mal zu mir rübersah und sich vielleicht fragte, auf wen ich wohl wartete. Nach etwa zwanzig Minuten und einem besonders langen Seufzer stand ich auf, ging zur Theke, zog ein langes Gesicht und sagte zu dem netten jungen Mann: »Also das klingt jetzt komisch, aber …«

Und ich erklärte ihm mein Problem: Ich war gerade aus London angekommen. Ende des Monats zog ich nach Birmingham um. Ich hätte eine Freundin treffen wollen, die meinen vollen Rollkoffer zu sich nach Hause mitnehmen und drauf aufpassen wollte, aber sie hatte Kinderbetreuungsprobleme und konnte die nächsten Stunden nicht herkommen. Ich wollte ein paar Einkäufe erledigen, den Koffer aber nicht mitschleppen. Ob ich ihn bei ihm lassen könne, bloß bis mittags? Ich schob eine Zwei-Pfund-Münze über den Ladentisch.

Klar, sagte der nette junge Mann, kein Problem – er konnte ihn in den Lagerraum stellen; wenn sein Onkel da wäre, ginge das nicht, aber den Großteil des Sommers über sei er hier der Chef. Sein Onkel eröffnete einen neuen Laden in Wolverhampton. Er versuchte, die Münze abzulehnen, und schob sie mir über die Theke zurück: »Nein, nein, die Dame, Sie haben schon einen Kaffee gekauft.«

»Und ich kauf noch einen, wenn ich wiederkomme«, verkündete ich fröhlich und schob ihm die Münze wieder zu, bevor ich mich zum Gehen wendete. »Im Ernst, Sie tun mir wirklich einen großen Gefallen.«

Ich ging zum Bahnhof und las ein paar Stunden lang auf einer Bank die *Times*, ehe ich zurückging und nach zwei Stunden wie versprochen den Koffer abholte, mir noch einen Becher Kaffee zog und mich überschwänglich beim jungen Mann bedankte.

Zwei Wochen später kam ich wieder. Der junge Mann erkannte mich, fragte, ob ich schon nach Birmingham umgezogen sei, und ich sagte, ja, danke, ich wäre noch in einer Art Zwischenstadium, hätte die Hälfte meiner Sachen hergebracht und würde noch versuchen, Ordnung ins Chaos zu bringen. Ich fragte ihn, wie er mit dem Lernen vorankäme. Er verriet mir, dass er allmählich befürchte, mit Chemieingenieurswesen einen Fehler gemacht zu haben. Er stünde vor dem zweiten Studienjahr und könne mit Physik nichts anfangen. Er fragte mich nach meiner neuen Wohnung, und ich sagte ihm, ich hätte die Handwerker drin und sie würden mich in den Wahnsinn treiben. »Ich lebe noch aus Koffern, und dann überall dieser Baustaub.«

Ich kam noch ein paarmal vorbei, unter dem Vorwand, es läge auf meinem Arbeitsweg, und bei meinem vierten Besuch fragte ich: »Also, ich hab da so ein paar Kisten, die ich aus meiner alten Wohnung rausholen muss, aber in der neuen ist kein Platz dafür, solange die Handwerker noch zugange sind. Es ist bloß Gerümpel, das ich eigentlich wegschmeißen sollte, aber bis die Maler fertig sind, komm ich nicht dazu, das durchzusehen. Ich zahle Ihnen zehn Pfund die Woche bar, wenn Sie mich die Sachen hier bei Ihnen abstellen lassen. Selbst ein kleines Lagerabteil würde mich sehr viel mehr kosten, und die wollen Verträge mit mindestens drei Monaten Laufzeit, das wäre also wirklich eine ganz große Hilfe – es sind bloß ein paar Kisten.«

Der nette junge Mann, der sich unsicher war, ob er wirklich Chemieingenieur werden wollte, Adil hieß er, war sofort bereit, zu helfen.

Ich kam eine Woche später in einem Taxi mit den Kisten vorbei, und Adil half mir, sie vom Taxikofferraum und -rücksitz in den Lagerraum zu tragen, wo sie sich ordentlich an der Rückwand aufstapeln ließen. »Bitte«, sagte ich. »Wenn Sie reinschauen möchten, nur zu, bloß damit Sie wissen, dass da kein Heroin drin ist.« Und wir lachten beide. Ich war eine höfliche Dame mittleren Alters, die klein und durchschnittlich aussah: Harmloser ging's nicht. Wenn er wirklich nachschaute, würde er sehen, dass der Umzugskarton mit der Aufschrift »Küchensachen« in der Tat voll mit Küchensachen war, den paar Dingen, die ich aus der Küche meiner Mutter geholt hatte, bevor ich den Entrümpelungsleuten alles andere überließ; den Lieblingsgegenständen, die ich oft in ihren Händen gesehen hatte: ein Set Tassen, die Sauciere und als Zugabe der Eierschneider, mit dem sie hartgekochte Eier in hübsch gleichmäßige Scheiben geschnitten und auf dem Eisbergsalat arrangiert hatte, ehe sie Salatmayonnaise drüber verteilte. Insgesamt waren es drei mittelgroße Kartons, keiner davon fest verschlossen, jeder beschriftet und genau den Haushaltsplunder enthaltend, der seitlich mit Edding in ordentlichen Großbuchstaben vermerkt war. Hinzu kamen eine dieser verschließbaren Plastiktaschen, in denen Leute Bettwäsche zum Waschsalon bringen, und die abgenutzte graue Reisetasche.

Die Reisetasche war das Einzige, was ich jemals aus dem Laden abzuholen gedachte – alles andere diente nur dazu, meiner Geschichte mehr Glaubwürdigkeit zu verleihen. Hineingepackt hatte ich inzwischen einen alten schäbigen Pulli, den man unter dem halb kaputten Reißverschluss sah, und darunter einige Wechsel-Oberteile und Hosen, Unterwäsche, ein paar Kapuzenshirts. In einer Seitentasche steckten eine halbvolle Tamponschachtel, eine alte Schere, ein Seifenrest in einer durchsichtigen Plastikbox. Unter den Tampons hatte ich den falschen Ausweis, den ich mir auf den Namen Sophie Lester hatte anfertigen lassen, das Wegwerfhandy und mein Bargeld in das Futter der Seitentasche eingenäht.

Vikram war für mich erste Wahl, wenn es um Rechtsberatung ging. Im Arbeitszusammenhang hatte ich schon öfter mit ihm zu tun gehabt; normalerweise vertrat er die Art von Leuten, die ich festzunageln versuchte, und gab mir zu verstehen, dass er mir nicht weiterhelfen könne. Aber einmal wandte er sich für uns an einen Kollegen in London und half dem Service, Verhandlungen mit einer Person zu eröffnen, zu der dieser Kollege Kontakt hatte. Ich gab mich immer noch als Privatdetektivin aus, wenn ich ihn anrief, und er tat immer noch so – manchmal etwas sarkastisch –, als nähme er mir das ab. Vikram war nicht auf den Kopf gefallen.

Ich rief ihn eines Sonntagnachmittags aus dem Auto an,

als ich wusste, dass er in seinem Schrebergarten in der Nähe des Dorfs war, in dem er wohnte, zwischen Coventry und Solihull.

»Vikram, Rowena hier, tut mir leid, dich an einem Sonntag zu stören …« Ich wäre zufällig gerade in der Nähe, sagte ich, und da wollte ich bei ihm im Garten vorbeischauen. Es würde um was Persönliches gehen, hoffentlich könnte er mir einen Notar empfehlen, um nach dem Tod meiner Mutter die Erbschaftsangelegenheiten möglichst zügig zu regeln.

Vikram stutzte kurz am anderen Ende der Leitung – nichts in unserem bisherigen beruflichen Kontakt rechtfertigte meinen Anruf an einem Sonntagnachmittag, aber falls jemand mitgehört haben sollte, hätte er aus meinem Tonfall schließen können, dass wir alte Kumpel wären.

»Klar«, sagte er. »Ich hab etwas Eistee in meinem Mini-Kühlschrank – der läuft auf Autobatterie.« Sein Tonfall passte sich meinem an: alte Kumpel. Wie gesagt, Vikram war nicht auf den Kopf gefallen.

Das mit der dringend zu erledigenden Erbschaftssteuererklärung stimmte. Ich hatte den Bungalow auf den Markt gebracht, mit Anweisung an den Makler, den Preis niedrig zu halten, und umgehend ein Angebot bekommen, vorbehaltlich der Erbschaftsregelung. Meine Käufer waren ein Paar im Ruhestand, das sich verkleinerte, Barkäufer, die sofort einziehen konnten. Ich hatte schon ein Offshore-Konto eröffnet, um den Erlös verstecken zu können, wenn es so weit war.

Der Tod meiner Mutter rettete mich in mehr als einer Hinsicht, und allein der Ernst meiner Lage bewahrte mich davor, deswegen von Schuldgefühlen überflutet zu werden. Mein Verkauf des Traumhauses hatte ihr Kummer gemacht. Den wahren Grund hatte ich ihr nie verraten, nur gesagt, dass ich mich »etwas übernommen« hätte. Das Fiasko meiner privaten Finanzen war schließlich bei Weitem nicht das Einzige in meinem Leben, das ich vor ihr versteckt hielt.

Es war ein stiller Tag – seltsam, dass dieses Detail so hängen geblieben ist. Kein Wölkchen am Himmel, die Sonne zu heiß für die Jahreszeit, und nicht mal der Hauch einer Brise: Ein Gefühl war das, als hielte das Wetter den Atem an, während es abwartete, was ich wohl als Nächstes tat. Vikram und ich hatten uns schon früher über seinen Schrebergarten unterhalten, weil auch meine Eltern einen gehabt hatten. Er wohnte in einem Dorf namens Chadwick End. Von da könne er gut pendeln, hatte er gesagt, ohne zu erwähnen, wohin eigentlich, sodass es sich angehört hatte, als wäre Pendeln ein Freizeitvergnügen, wie Tontaubenschießen oder Golf. Die Schrebergartenkolonie war fast einen Kilometer von seinem Haus entfernt; ich parkte trotzdem zwei Straßen weiter und ging den Rest zu Fuß. Weil an einem warmen Frühlingstag viele da sein würden, setzte ich einen Sonnenhut aus dem Auto auf.

Vikram hatte sein Grundstück beschrieben – das letzte auf der rechten Seite, am Holzzaun, aber ohne zu sagen, dass er seine Gartenlaube in ein kleines zweites Zuhause verwandelt hatte. Beim Näherkommen sah ich, dass sie die größte der Kolonie war, mit Fenstern zu beiden Seiten der Tür, an denen kleine Gardinen hingen, und davor, neben zwei Liegestühlen, einer kleinen Gartendeko-Sammlung: ein moosbewachsener Steinengel, ein Drahthuhn, ein paar Gartenzwerge. Mir schien, dass die Sammlung ironisch gemeint war.

Vikram stand vor dem Häuschen und hielt nach mir Ausschau. Und sobald wir uns die Hand gegeben hatten, sagte er: »Rowena. Setzen wir uns rein? Die Sonne sticht etwas, stimmt's?«

Ich nickte lächelnd. Vikram war ein kleiner Mann mit dunkler Haut und lockigem Haar, immer zu einem Grinsen aufgelegt – ich hatte so eine Ahnung, dass er die Leute schon immer auf eine falsche Fährte lockte, indem er seine Cleverness hinter dieser lockeren, umgänglichen Fassade verbarg. Das gefiel mir an ihm.

»Ja, gern.«

Er ging raus und brachte einen der beiden Liegestühle rein.

»Ich hol den anderen«, sagte ich.

»Gut«, sagte er. »Stellen Sie ihn da hin. Ich geh den Eistee holen.« Er verschwand hinter dem Schuppen.

Ich sah mich um: Regale voller Wannen mit Gartengeräten, Mehrfachhaken, an denen Spaten und Gartengabeln hingen. An der Rückwand lehnten Säcke mit Dünger. Die Luft roch warm.

Er kam wieder rein und reichte mir eine Plastikflasche mit Eistee. Wir setzten uns jeder auf einen Liegestuhl, und er sah mich an und sagte: »Also?«

»Der Bungalow meiner Mutter war mehr wert, als ich gedacht hätte«, sagte ich, »liegt aber immer noch deutlich unter der Erbschaftssteuergrenze. Ich weiß, wir müssen trotzdem die Steuererklärung einreichen, …«

Beim Reden fischte ich das Handy aus meiner Tasche und hielt es ihm hin, damit er sehen konnte, wie ich es ausschaltete. Ich nickte ihm zu.

Er zog sein eigenes Handy aus seiner Tasche und machte es mir nach. Dann sah er mich an. »Ich gebe zu, ich bin neugierig«, sagte er. »Sind Sie hier, um mir zu sagen, dass Sie vom Wildhüter zum Wilderer geworden sind?«

»In gewisser Weise schon.«

Während ich ihm meine missliche Lage schilderte, fiel mir ein, dass Vikram mich für irgendeine durchgeknallte Spinnerin halten könnte: Auch wenn ich nicht wie so eine aussah oder redete, hätte ich ohne Weiteres die besonders kultivierte Variante sein können.

Als ich ausgeredet hatte, besprachen wir meine rechtlichen Optionen. Dann sagte er: »Um ehrlich zu sein, Heather, wenn es stimmt, dass dieser Mann so gerissen vorgeht, wie Sie sagen, also anderen geschickt Beweise unterschiebt, dann stecken Sie in Schwierigkeiten. Die einzigen mir bekannten Leute, die sich auf die Art verteidigt haben, wie Sie es nötig haben werden, sind die Whistleblower, die ins Ausland geflohen sind.«

»Ich weiß«, sagte ich. »Das war für mich ausgeschlossen, solange meine Mutter noch am Leben war, aber jetzt …«

»Kann ich mein Handy wieder einschalten?«, fragte er. »Ich hätte da einen Vorschlag.«

Ich nickte.

Wir warteten kurz, bis sich sein Handy zurückmeldete. Er wischte mit einem Finger drüber und hielt es dann hoch, um mir etwas zu zeigen: Familienfotos. Auf dem ersten waren drei Teenies, atemberaubend schön und divers: eine mit rabenschwarzem Haar und blassem Teint, eine zweite mit einem Wust honigblonder Locken, aber Vikrams Gesichtsfarbe, und die dritte mit italienischen Zügen. Er strahlte über das ganze Gesicht vor Stolz. »Meine Frau ist Norwegerin«, sagte er. »Bei uns findet sich die ganze Palette.« In dem Moment wirkte er wie ein Mann, der mit sich und der Welt im Reinen war und wusste, dass es für ihn keine unlösbaren Probleme gab.

»Wie schön sie sind«, sagte ich lächelnd.

»Die mittlere ist ein kleiner Satansbraten«, sagte er vergnügt. Er zeigte mir erst ein Foto ihrer ganzen fünfköpfigen Familie, dann noch eins von allen fünfen auf Besuch in Norwegen, umgeben von über einem Dutzend sehr weißblonder Menschen. »Die Großfamilie meiner Frau«, sagte er. »Sie wohnen im Norden des Landes. Ich glaube, sie ist fast mit der ganzen Stadt verwandt, da gibt es Hunderte von denen.« Er zeigte auf einen massigen Kerl ganz außen. »Der ist das schwarze Schaf. Er hat als Einziger den

Ort verlassen, nur ein paar Meilen weit die Straße runter.« Er erzählte mir noch etwas mehr über das Familienleben in Norwegen und sagte kopfschüttelnd: »Stellen Sie sich vor, sie ist an den Fjorden aufgewachsen und landet schließlich in einer Sackgasse in Chadwick End, und wissen Sie was? Sie ist begeistert! Sie findet das englische Landleben wundervoll …« Mit der Miene eines Mannes, der sein Glück nicht fassen konnte, schüttelte er nochmal den Kopf. Dann klatschte er sich mit beiden Händen auf die Knie und hievte sich aus dem Liegestuhl. »Sangeeta ist eindeutig erste Wahl in Nachlassangelegenheiten«, sagte er, »Die klärt das für Sie im Handumdrehen. Ich bringe Sie zu Ihrem Auto, haben Sie am Eingang geparkt? Hoffentlich auf dem Besucherplatz, sonst können die Eigentümer richtig ungemütlich werden.« Er ließ sein Handy auf den Liegestuhl fallen, als wir die Laube verließen.

An meinem Auto legte er eine Hand aufs Dach, während ich meine Taschen nach dem Autoschlüssel durchwühlte. »Hoffentlich täuschen Sie sich, Heather«, sagte er.

»Ja, hoffentlich«, antwortete ich.

»Und wenn nicht? Was dann?«

Wir sahen uns in die Augen, und da spielte sich Folgendes zwischen uns ab: Ich sah meine eigene Besorgnis im Gesicht eines anderen gespiegelt. Dadurch wurde alles real.

»Ich melde mich wieder«, sagte ich.

»Bitte tun Sie das«, sagte er. »Passen Sie auf sich auf.«

Da stand er, während ich einstieg, eine Hand zum Abschiedsgruß hob und zurücksetzte. Als ich losfuhr, sah er mich immer noch mit seinem freundlichen, entspannten Lächeln an, die Hände in den Taschen.

Aksel. So hieß das schwarze Schaf, wie ich später erfahren sollte.

20

Es waren die Gebäckstücke, die ungewöhnlich waren, und wenn ich nicht hungrig gewesen wäre, wäre es mir vielleicht aufgefallen. Es war mitten am Nachmittag, eine Woche nach meinem Besuch bei Vikram. Ich hatte mittags durchgearbeitet und seit dem Frühstück nichts gegessen, nur jede Menge Kaffee getrunken.

Kieron hatte noch nie Gebäck zu einem Meeting mitgebracht.

Die Wand unserer kleinen Büroküche war mit Zetteln von universeller Tragweite in sämtlichen Büroküchen dieser Welt beklebt – später, als ich im Bed & Breakfast auf Skye abstieg, sollte ich mich daran erinnern. »Die Letzten, die abends gehen, machen bitte das Licht aus«, oder: »Der Kühlschrank wird jeden Freitag geleert« und, der Universal-Schlachtruf sämtlicher Assistentinnen weltweit: »Alle spülen ihre Tassen selbst!!!«

»Gebäckstücke«, sagte ich, als ich in die Küche kam, wo Carmella den Wasserkocher befüllte. Eine Tüte aus dünnem Papier lag neben einem großen Teller auf der Arbeitsfläche, und der fettige Inhalt sickerte durch, machte dunkle Flecken aufs Papier.

»Croissants«, korrigierte Carmella mich tonlos. »Die hat Kieron fürs Meeting mitgebracht.«

Wenn ich aufmerksamer und weniger hungrig gewesen wäre, hätte ich ihrer Stimme etwas anmerken können, doch stattdessen erinnerte ich mich daran, dass ich vor einiger Zeit in einem der Schränke ein paar von diesen Plastik-Marmeladen-Päckchen gesehen hatte, wie man sie gern von einem Hotel-Frühstücksbuffet mitgehen lässt.

»Ach du Scheiße, was ist denn in den gefahren«, sagte ich beim Auf- und Zuziehen von Schranktüren. Rückblickend kommt es mir so vor, als habe mir währenddessen ein riesiger Schwan seine Flügel ins Gesicht geschlagen, ohne dass ich es bemerkte. »Bestimmt will er irgendeine Ansage machen.«

Während Carmella das Wasser für die French Press kochte, machte ich die Tüte auf und ließ mit genau der reflexhaften Hilfsbereitschaft, wie sie uns beiden trotz gehobener Stellung im Arbeitszusammenhang anhaftete, die Croissants auf den Teller gleiten. Dann lehnte ich mich, nachdem ich die Fahndung nach Marmelade ergebnislos eingestellt hatte, an den Unterschrank und genehmigte mir eins, hielt es in einer Hand, riss mit der anderen Häppchen davon ab, steckte sie mir rasch in den Mund und sah Carmella beim Kaffeekochen zu. Sie kam mir wortkarg vor, und sie sah mich nicht an.

Sie goss den Inhalt des Wasserkochers in die Kaffeepresse, und ich sah zu, wie der Strudel kochenden Wassers auf den schwarzen gemahlenen Kaffee traf und der Dampf aus dem Glas aufstieg, und fragte mich, was los war. In einem Tonfall, der sich sogar in meinen Ohren etwas lahm anhörte, sagte ich: »Kein Mittagessen.«

Sie lächelte schmallippig. Dann, den Blick auf die Wand hinter mir geheftet, sagte sie rasch, mit leiser Stimme: »Hast du das Gerücht gehört?«

»Nein, was denn?«, fragte ich.

Sie trat auf mich zu und hörte sich auf einmal vor Dringlichkeit ganz heiser an. »Collins. Ich hab eine Vertrauensperson in der Chefetage gefragt, was los ist, unter der Hand. Offiziell weiß keiner, was mit ihm passiert ist.«

Ich erwiderte ihren Blick.

»Heather, pass auf – inoffiziell wird gemunkelt, dass er tot ist. Es heißt, dass er nicht kooperieren wollte, sich total verweigert hat, und da hat die Chefetage ihn laufen lassen und den anderen seine Aufenthaltsinfos zugespielt.«

»Welchen anderen?«

Ihr Gesicht wirkte gequält, als ringe sie mit etlichen Dingen, die sie nicht sagen durfte.

Kieron platzte herein, klatschte in die Hände, sah mich mit einem halb aufgegessenen Croissant in der Hand und warf mir einen vergnügten Blick zu.

Ich hob es entschuldigend hoch. »Kein Mittagessen«, wiederholte ich.

Normalerweise hätte so eine Aussage einen sarkastischen Kommentar Kierons ausgelöst, doch stattdessen kam von ihm: »Du hast sie getellert, großartig!«

Er nahm den Teller, wandte sich mit einer kleinen, schwungvollen Bewegung um und hob eine Hand, um uns mit einer Forschheit, die absolut unmissverständlich *Na, dann wollen wir mal* besagte, nach Alaska hineinzuwinken.

Carmella wandte sich wieder zur Arbeitsfläche um, stellte die French Press auf das Tablett mit den weißen Tassen und Untertassen, hob es an und trug es rüber, Kieron hinterdrein.

»*Getellert*«, sagte ich laut in den leeren Raum hinein. »Ist das überhaupt ein Tätigkeitswort?«

Ich zog eine Grimasse, schluckte den letzten Croissantrest hinunter und beugte mich vor, um mir die Gebäckkrümel vom Rock zu wischen.

Das Ganze war sorgfältig inszeniert, wie mir jetzt klar ist. Die erste Stunde einer dreistündigen Sitzung verwandte er auf die Ergebnisse der Statistischen Bedrohungsanalysenstudie für die Region West Midlands, und als uns allen die Konzentration abhandenkam, eröffnete er uns, dass es noch ein anderes Thema zu besprechen gäbe.

»Also«, sagte er, hob den Stapel Papiere vor sich an und klopfte sie mit der Unterkante einmal auf die Tischplatte, ehe er sie beiseitelegte. »Ihr müsst entschuldigen, dass ich euch jetzt alle miteinander damit überfalle.«

Aller Augen waren auf ihn gerichtet. Er legte beide Unterarme auf den Tisch, faltete die Hände und beugte sich mit ernstem Gesicht etwas vor – aber ohne einen von uns speziell anzusehen.

Auch wenn er sich entschuldigend anhörte, gab es noch keinerlei Hinweis auf den vollen Ernst der Lage, den er uns gleich mitteilen wollte – ich nahm an, er wolle uns kundtun, dass gerade ein dringender Fall reingekommen sei und unsere sämtlichen freien Tage in den nächsten sechs Wochen gestrichen wären, was schon mal vorkommen konnte.

»Ich sage das nur ungern …« Sein Sprechtempo verlangsamte sich. Alle sahen ihn an. »Hoffentlich versteht ihr alle, dass sich diese Sache meiner Kontrolle entzieht.«

Jetzt war er sich unserer Aufmerksamkeit sicher – und trotzdem kam ich noch nicht drauf.

Mir gegenüber hielt Carmella den Blick auf den Tisch gesenkt.

»Das DOS hat uns eine HD4-Ankündigung um die Ohren gehauen, uns allen, mit sofortiger Wirkung, was heißt: ab jetzt.«

Unser Ressort wurde eingefroren. Wir wurden lahmgelegt. Gegen uns alle liefen interne Ermittlungen.

Ich hatte so etwas in anderen Büros erlebt, wenn Untersuchungsbeamte auf Ansage hereinmarschierten und allesamt unverzüglich die Hände von ihrer Tastatur nehmen und sich vom Stuhl erheben mussten, ohne etwas auf ihrem Schreibtisch anzufassen, während die Kerle mit Asservatenbeuteln von einem zum anderen gingen, alles notierten, was sie hineinsteckten, und jeder Person sämtliche Kommunikationsgeräte abnahmen, selbst Armbanduhren. Ob sie wohl schon draußen im Flur warteten, während wir alle in Alaska um den Glastisch versammelt saßen? Das würde erklären, warum Kieron sich eine Stunde mit der Statistischen Bedrohungsanalysenstudie abgegeben hatte – um ihnen Zeit zu lassen, sich zugriffsbereit zu machen.

Ob Kieron wohl insgeheim unsere jeweilige Reaktion registrierte? Ich spürte, dass sich auf meinem Gesicht der gleiche allumfassende Schock wie bei allen anderen abzeichnete, obwohl ich natürlich noch von allen am wenigsten Grund dazu hatte.

Kieron erhob sich und ging die zwei Schritte zum raumhohen Fenster, wobei er seine Kaffeetasse mit Untertasse mitnahm. Während er auf das graue Birmingham blickte, das sich unter ihm ausdehnte, führte er gemächlich die Tasse zum Mund, für mich ein Hinweis darauf, dass er diese Szene uns zuliebe aufführte, um uns Zeit zu geben, zu verarbeiten, was er uns da soeben eröffnet hatte. Ich nutzte diese Zeit, um angestrengt auf die Geräuschkulisse draußen vor dem Raum zu lauschen. Soweit ich feststellen konnte, war niemand in unseren Büros oder auf den Fluren. Noch nicht. Sie würden kaum in unsere Büros hineinkommen, ohne von uns in Alaska gehört zu werden. Natürlich konnten sie vor den fensterlosen Flügeltüren warten, die zu den Aufzügen führten, oder unten. Oder Kieron konnte das Ganze zu noch unbekannten eigenen Zwecken übertrieben haben. Vielleicht bluffte er nur, um zu sehen, wie wir alle reagieren würden. *Nein, um zu sehen, wie ich reagieren würde.*

Kieron wandte sich um und stellte die Tasse mit Untertasse auf den Tisch zurück, ehe er geschmeidig herumschwenkte, die ausgestreckte linke Hand locker auf Carmellas Schulter ruhen ließ und mit den Fingerspitzen leicht zudrückte.

Ich starrte Carmella an.

Sie erwiderte meinen Blick, und auch wenn es noch so kurz dauerte, hätte die Botschaft in ihren Augen, die Angst, nicht deutlicher sein können.

Verschwinde. Verschwinde jetzt, solange es noch geht.

3. TEIL

Jeder mit mehr als einer Entschuldigung ist so gut wie sicher ein Lügner.

John le Carré, Brief an Stanley Mitchell, 6. Januar 2001,
A Private Spy: The Letters of John le Carré

21

Die Wahrheit liegt nicht im Auge der Betrachterin, sondern im Bild. Aber das Bild ändert sich jedes Mal geringfügig, wenn ich es betrachte. Manchmal sehe ich – mit einem gewissen logischen Versagen – mich selbst, wie ich aufstehe, die Fingerspitzen beider Hände leicht auf den Tisch gestützt. Habe ich gemurmelt »Entschuldigt mich bitte kurz«? Oder »Muss nur mal rasch zur Toilette«? Oder habe ich mich wortlos zur Tür gewandt? Alle müssen mich angesehen haben, aber ich sehe nicht ihre Gesichter, sondern meins.

Dann wieder sehe ich die Kaffeetasse in Kierons Hand, wie sie sich senkt, während er sie absetzt. In den Filmsequenzen dieses Meetings, die ich in meinem Kopf abspule, setzt er sie wieder und wieder ab.

Eine Erinnerung sollte man sich ansehen können wie ein Gemälde: Wenn man wissen wollte, was unten links in der Ecke los war, könnte man einfach dort hinsehen; aber mit den Bildern in unseren Köpfen funktioniert es nicht so.

Die Fahrt von Plockton nach Inverness dauert zweieinhalb Stunden. Etwa auf halber Strecke lasse ich meinen Mantel auf meinem Sitz und den Rucksack in der Gepäckablage über mir und mache mich auf die Suche nach der Toilette hinten in dem kleinen Zug mit zwei Waggons. Die anderen Passagiere in meinem Wagen sehen aus wie Einheimische, und mir schräg gegenüber sitzt eine ernste ältere Dame. Niemand wird irgendwas klauen.

War er im Zug? Bin ich auf meinem wackligen Weg nach hinten zur Toilette an ihm vorbeigegangen? Der Zug war halbleer, bis wir Inverness sehr viel näher kamen. Mit Sicherheit habe ich mir gewohnheitsmäßig jeden Mitreisenden angesehen – daran kann ich mich zwar nicht erinnern, doch es geschieht instinktiv, und ich erinnere mich auch nicht, es unterlassen zu haben –, aber in meiner Erinnerung kommt kein dunkelhaariger, blasser junger Mann vor, in seinen Sitz gelümmelt, vielleicht mit hochgezogener Kapuze. Ich dachte an Flavia, und an Alaska, werde aber doch bestimmt nicht versäumt haben, alle Mitreisenden zu registrieren? Natürlich kann er auch gar nicht dort gewesen sein.

Ich kehre zu meinem Sitz zurück, schaue wieder aus dem Fenster. Als wir in Anachalt einfahren, habe ich eine Eingebung: Wie Kieron seine Hand auf Carmellas Schulter legte, das war das Ungewöhnliche.

Kieron ist Rechtshänder und hielt seine Untertasse in der rechten Hand. Carmella saß links von ihm. Normal wäre es gewesen, die Tasse auf dem Tisch abzustellen und ihr dann mit der rechten Hand an die Schulter zu fassen, während er sich setzte – aber seine Bewegung, wie er herumschwenkte, deutet für mich jetzt bei näherem Nachdenken darauf hin, dass ihn ein Impuls dazu trieb, ihr so schnell wie möglich eine Hand aufzulegen. Sie und ich werfen uns über den Tisch hinweg einen Blick zu. Er will sie erreichen, will ihre Schulter kurz drücken – um sie zu beschwichtigen? *Du hast richtig gehandelt.* Oder war es eine Drohung?

Als Carmella mich ansah, habe ich das *Verschwinde* in ihrem Blick vielleicht überinterpretiert; aber unmissverständlich war, dass sie sich quälte. Ich mochte sie, sie mochte mich, und sie hatte mir etwas an Wissensstand voraus. Kierons Ansage war keine Überraschung für sie, da bin ich mir jetzt sicher. Er hat ihr zuvor gesagt, dass interne Ermittlungen gegen unser Ressort laufen würden und dass ich die Hauptverdächtige war. Sie konnte mich nicht davor warnen – doch sie konnte mir in der Küche das Gerücht über Collins zuflüstern.

Als ich in Inverness ankomme, begrüßt mich strahlender Sonnenschein, und die Straßen glänzen noch vom Regen, der sich eben erst verzogen hat, so als wäre die ganze Stadt kurz vor meiner Ankunft gründlich gewaschen worden. Es ist ein kurzer Fußweg zum Busbahnhof, der wohl kaum in einem Touristenführer unter den Sehenswürdigkeiten Schottlands aufgezählt wird, aber es fühlt sich gut an, hier zu sein – dies ist die letzte Etappe meiner Reise zur nördlichsten Spitze Großbritanniens.

Ich kaufe ein Hinfahrt-Ticket nach Thurso, eine Fahrt von vier Stunden; wenn ich ankomme, wird es dunkel sein. Ich muss mir dort auf gut Glück eine Unterkunft suchen oder unter freiem Himmel schlafen, wie in meiner ersten Nacht auf Skye, aber bei der Vorstellung, dass ich am nächsten Tag eine Fähre nehme, die mich von der Britischen Hauptinsel wegbringen wird, werde ich ganz übermütig vor Aufregung. Um diese Jahreszeit müsste es irgendwann zwischen sechs und sieben Uhr hell werden. Wenn ich heute Nacht auf einer Wiese vor den Toren von Thurso schlafen muss, ist es kein Weltuntergang.

Wir haben zu fünft eine Schlange gebildet, als der Busfahrer die Tür öffnet; er lässt uns rein, obwohl es noch zwanzig Minuten bis zur Abfahrt sind. Dann steigt er selbst ein und lässt die Tür offen stehen. Ein Kollege kommt vorbei und quatscht in der Wartezeit mit ihm; sie reden über Busbeobachter. Ich wusste nicht, dass es so wie Zugbeobachter, Train Spotter, auch Bus Spotter gibt, aber anscheinend schon. Unser Fahrer beschwert sich, dass ihn letztens einer fotografiert hat. »Minuten später hatte er es auf UK Bus Spot reingestellt.« Was mich, nicht zum ersten Mal während meiner Flucht, daran erinnert, dass eine Zeit kommen wird, vielleicht schon sehr bald, in der jeder und alles überwacht werden wird.

Hätte ich ihn im Bus wirklich nicht bemerkt? Konnte ich so nachlässig geworden sein? Ich hatte jeden gut im Blick, der während der Fahrt ein- oder ausstieg. Bei keinem schrillten die Alarmglocken.

Ich habe ein Picknick dabei, das Leckerste, was der Busbahnhof in Inverness zu bieten hat: ein Käse-Schinken-Sandwich, eine Dose Fanta und eine Tüte Chips. Bevor wir losfahren, breche ich die Fanta und die Chips an, nehme mir aber vor, das Sandwich aufzuheben, falls ich es für ein Notfrühstück am nächsten Morgen brauche. Vielleicht kann ich in Thurso etwas Richtiges in den Magen bekommen, wenn der Bus pünktlich da ist. Ich hätte Lust auf Fleisch und ein Glas Rotwein. Mir ist schon fast nach Feiern zumute.

Kurz bevor wir abfahren, steigt eine junge Frau ein und zeigt ihr Ticket vor. Der Fahrer fragt nach ihrem Studentenausweis. Sie wird rot und reicht ihm etwas aus ihrer Tasche. Der Fahrer sieht es sich an, überlegt kurz und fragt dann: »Haben Sie noch so einen zu Hause?«

Die junge Frau nickt stumm. »Sie haben den falschen eingesteckt«, sagt er, »den abgelaufenen. Schon gut, denken Sie nur nächstes Mal dran.« Unser Fahrer ist einer, der nicht nur eine junge Frau gegen die Vorschriften mitfahren lässt, sondern auch eine Ausrede erfindet, um ihr die Demütigung zu ersparen. Ich fühle mich in guten Händen, als er am großen Lenkrad dreht und der mächtige gelbe Bus sich ruckelnd und brummend auf den Weg aus dem Bahnhof macht, Richtung Norden.

Wir sind aus der Stadt raus und sausen eine gerade Straße entlang, die sanft abfällt, zu beiden Seiten Wald, Berge in der Ferne. Bald überqueren wir einen großen breiten Loch auf einer langen flachen Brücke, zu beiden Seiten Wasser. Ich schaue mich um, sehe, dass die Frau auf der anderen Seite vom Gang ein Taschenbuch liest, und denke, wie ausgesprochen schön das überall auf der Welt ist: Die Touristen kommen nur und gaffen, ohne die Leute zu beachten, die vor Ort leben – und hat meine Flucht mich nicht zu einer richtigen Philosophin gemacht? Ich kann mich nicht erinnern, Zeit für tiefschürfende Gedanken gehabt zu haben, als ich einen Vollzeitjob hatte, wegen dem ich meinen Freundeskreis, meine Mutter vernachlässigte. Damals hatte ich nicht so viel Zeit, aus dem Fenster zu schauen.

Wir kommen nach Dornoch und machen zehn Minuten Pause, damit einige von uns, so auch ich, zur Toilette können – diese Fanta ist auf direktem Wege durch mich durchgeflossen. Danach nicke ich kurz ein und wache in Lybster auf, wo ich das Meer genau vor mir durch die Frontscheibe sehen kann, während der Bus die kleinen Häuserwürfel umrundet – kommt mir ganz so vor, als ob wir ein paar Leute vor ihrer Tür absetzen.

Auf dem Weg raus aus Lybster dämmert es, und ich verspüre zunehmendes Unbehagen, Unruhe. Vielleicht liegt es am schwindenden Licht, aber von nun an scheint sich die Fahrtzeit in die Länge zu ziehen, unser Reiseziel von Meile zu Meile weiter entfernt zu sein, bis es etwas Halluzinatorisches annimmt. Gerade kurven wir an der Küste des britischen Kopfendes entlang: Weite Wasserflächen, die in der Düsternis schimmern, tauchen erst auf der einen Seite vom Bus auf, dann auf der anderen. Ich bin hungrig und orientierungslos. Warum Busfahrten nur so viel anstrengender sind als Zugfahrten? Muss irgendwas mit Todesangst zu tun haben, schätze ich.

Die Abenddämmerung will kein Ende nehmen. Die meist grauen, niedrigen Häuser wurden so gebaut, dass sie sich vor dem Wind ducken können. Auf den Weiden sind nicht mal Schafe zu sehen. In Wick halten wir noch ein paarmal an, um Leute in die heraufziehende Finsternis rauszulassen, und ein paar neue steigen ein. Offenbar kennt jeder jeden.

Endlich kommen wir in Thurso an. Mittlerweile ist es ganz

dunkel geworden. Die paar letzten Fahrgäste steigen mit mir aus, und der gelbe Bus fährt davon. Meine Mitreisenden verschmelzen mit der Dunkelheit. Ich habe das Gefühl, am Ende der Welt angelangt zu sein.

Ich bin allein in einer Ortschaft aus massiven Steinhäusern und sollte mich wahrscheinlich auf den Weg machen, um eine Pension zu finden, aber ich bin hungrig und müder, als angemessen wäre, wenn man bedenkt, dass ich die letzten vier Stunden still gesessen habe. Das in meinen Rucksack gequetschte Plastiksandwich hat nichts Verlockendes. Hinter mir, am anderen Ende der Straße, sehe ich den warmen Lichtschein eines kleinen Restaurants, das einzige Lokal in einer Ladenzeile, das geöffnet hat. Meine Füße tragen mich dorthin.

Der Gastraum ist vollkommen leer. Ich überlege, ob sie gleich schließen, doch eine sehr junge Bedienung kommt lächelnd auf mich zu, als ich eintrete, und winkt mich zu einem runden Tisch direkt an der Tür. Sie reicht mir eine Speisekarte, während sie die Tagesgerichte aufzählt. Ich staune selbst, dass ich den ganzen weiten Weg bis hierher zurückgelegt habe, nachdem ich heute Morgen noch auf Skye war, und würde gern damit angeben, bestelle aber stattdessen dankbar. Ein großes Glas Malbec kommt erfreulich schnell an meinen Tisch. Der Kelch des Glases liegt breit in meiner Hand, der Wein ist süffig und aromatisch. Er wärmt mich von der Magengrube her.

Ich lasse mir einen Teller Rindfleisch schmecken, das laut der Kellnerin drei Tage lang geschmort hat, und es zergeht mir auf sehr befriedigende Art und Weise auf der Zunge. Zwei gutaussehende Männer mittleren Alters kommen herein, und als sie noch einen späten Gast erblicken, begrüßen sie mich so herzlich wie eine gute Freundin, ehe sie sich zwei Tische weiter setzen und ein Gespräch über Kraftwerke anfangen. Beim Essen lausche ich und schließe aus ihren Worten, dass sie Arbeitskollegen sind, der eine etwas höherrangig als der andere, auf Inspektionsreise zu regionalen Stromerzeugern. Hin und wieder werfen sie Blicke in meine Richtung. Sie geben sich zugänglich – vielleicht sind sie schon länger zu zweit unterwegs und öden sich gegenseitig an. Einer sieht mich besonders auffordernd an, und ich weiß, wenn ich auf dem Weg zur Toilette an ihrem Tisch vorbeiginge, würde er etwas sagen, um mich in ein Gespräch zu verwickeln, vielleicht mich auf ein Glas mit ihnen einladen. Es hätte keinen bestimmten Zweck, wäre nur leichte Unterhaltung, aber mir versetzt es doch einen leicht bedauernden Stich, dass es nicht geht. Das Rindfleisch und der Malbec haben mich eingelullt. Ich denke so, als wäre ich ein ganz normaler Mensch.

Draußen vor dem Fenster ist es jetzt sehr dunkel. Ich bitte die Kellnerin um meine Rechnung, und als sie sie bringt, frage ich sie mit leiser Stimme nach Pensionen. Ich will nicht, dass die Männer hören, wohin ich gelotst werde: Eine gewisse Vorsicht hat sich wieder eingestellt. Die Kellnerin ist natürlich von hier, und das Städtchen ist klein genug. Sie macht zwei Vorschläge, und ich merke mir ihre Wegbeschreibungen. Die eine hört sich etwas außerhalb gelegen an, aber sie schildert, wie man auf einer Straße, die am Meer entlangführt, hinkommt. Es ist ein großes altes Haus, sagt sie, von einem älteren Ehepaar bewohnt, und da gibt es immer Platz.

Vor dem Restaurant schultere ich meinen Rucksack und sehe mich beim Überqueren der Straße nach dem schwachen Lichtschein aus seinen Fenstern um. Vielleicht war der Gedanke, der mir dabei kommt, eine Art Vorwarnung: *Ob ich doch zurückgehen und mit den beiden reden sollte?* Im Restaurant war es warm; dort drinnen war ich in Sicherheit.

Von der üppigen Mahlzeit bin ich schwerfällig geworden –

hoffentlich finde ich die Pension bald. Ich sehe mich schon in einem breiten, gemütlichen Bett liegen – ich werde binnen Minuten einschlafen. Ich gehe durch die dunklen Straßen von Thurso in die Richtung, die mir die Kellnerin genannt hat. Niemand ist in der Nähe. Ab und an fährt ein Auto vorbei, aber ich bin die einzige Fußgängerin; so ist das oft in kleinen Ortschaften, wo jeder ein Auto braucht, um irgendwo hinzugelangen. Rechts von mir höre ich entferntes Wellenrauschen, wie eine Bassbegleitung zur hohen Altstimme des Windes.

Es ist kalt geworden. Der Mond ist ein fahler Fleck hinter einer Wolke. Die Kellnerin hat eine schmale, nach links abgehende Nebenstraße an der Stelle beschrieben, wo eine Mauer aufhört – fünf Minuten zu Fuß davon, hat sie gesagt, gleich nach dem Briefkasten, ist die Pension. Ich biege an der, wie ich meine, richtigen Stelle ab und stehe plötzlich im eiskalt-weißen Lichtstrahl eines Bewegungsmelders auf halber Höhe einer privaten Einfahrt. Aus dem Haus direkt vor mir höre ich wütendes Hundegebell. Ich mache auf dem Absatz kehrt; hoffentlich ist der Hausbewohner keiner, der für alle Fälle den Hund loslässt. Mit etwas Herzklopfen gelange ich zur Hauptstraße zurück und beschleunige meinen Schritt, bis die Bebauung spärlich wird und ich mich frage, ob ich im Dunkeln den Abzweig völlig verpasst habe.

Ich halte an.

Die Nacht ist dunkel und windig, die Straße ist leer. Gehe ich zurück, um die Pension zu suchen, oder weiter raus und suche mir eine geschützte Stelle, um unter freiem Himmel zu übernachten? Bei Tagesanbruch kann ich mich immer noch zum Fährhafen aufmachen. Ich sehne mich zwar nach einem Bett, aber irgendein Instinkt hält mich davon ab, umzukehren und in den Ort zurückzugehen. Habe ich mich von dem bellenden Hund vergraulen lassen?

Etwas stimmt nicht.

Zu meiner Rechten steht eine Steinmauer zwischen mir und dem Meer, das unsichtbar im Dunkeln verschwindet. Ich höre, wie sich die Wellen auf einem Kieselstrand brechen, ein Rauschen, gefolgt von leisem Kollern, wenn die zurückweichenden Brecher Kiesel und Steine mit sich ins Meer ziehen. Zur Linken sind fast keine Häuser mehr zu sehen – nur ein paar niedrige, von der Straße zurückgesetzte Bungalows. Vor mir wird die Straße von der Nacht verschluckt. Ich sehe mich um. Nichts als Dunkelheit, Schatten. Knapp hundert Meter weiter hinten ragt ein aufrechter schwarzer Laternenpfahl mit einem kleinen, umgrenzten Lichtkegel unten am Boden auf. Der Wind weht, die Wellen krachen, und ich weiß, ich habe keine andere Wahl, als weiterzugehen und nachzusehen, ob es weiter vorn eine Stelle gibt, wo das Städtchen in freies Feld übergeht, denn wenn ich meinen Vorsprung halte, wird es dort draußen so dunkel sein, dass ich mich verstecken kann. Keine Frage. Ich habe es im Gefühl. Ich werde verfolgt.

Obwohl ich gerade mal anderthalb Kilometer von der Stadt weg bin, gibt es hier draußen schon keine Lichtverschmutzung mehr; die Nacht ist stockdunkel. Windig ist es immer noch. Ich wende mich vom Meer ab, um mich querfeldein durchzuschlagen. Das Meeresrauschen verklingt, während ich aufs offene Feld hinausstapfe, und ich kann den Atem in meiner Kehle hören. Oben jagen Wolken am Nachthimmel, und die Dunkelheit wird immer mal wieder kurz von Mondschein durchbrochen, gerade ausreichend, um das Gelände vor mir ausmachen zu können, ehe der Schein erlischt, während die nächste Wolke über den Mond hinwegzieht.

Ich renne, stolpere über die unebenen Erdschollen, die Grasbüschel. Solange ich genügend Abstand zwischen uns halte, werde ich mich verstecken können. In dieser stockfinsteren Nacht wird er mich nie finden. Mich umzusehen, geht aufs Tempo – das mache ich erst, wenn ich einen Unterschlupf gefunden habe. Jetzt bin ich so weit weg vom Meer, dass alles ruhig ist; außer meinem Atem höre ich beim Laufen nur das Schabegeräusch des Rucksacks auf meinem Rücken, das dünne blecherne Klimpern einiger Münzen in meiner Tasche – in der stillen, sternenlosen Nacht kommen einem solche kleinen Geräusche ohrenbetäubend vor. Jedenfalls laufe ich in gleichbleibender Geschwindigkeit. Ich bin körperlich fit und weiß, dass ich lange so durchhalten kann.

Die Wolken wechseln wieder über dem Mond, und in dem momentanen Lichtschein sehe ich nur ein paar hundert Meter entfernt einen kleinen Loch in Form einer ovalen Servierplatte platt im Gelände liegen, am anderen Ende von Bäumen gesäumt und mit Felsen in einer Reihe links vom Ufer. Das ist der einzige Sichtschutz weit und breit; überall sonst erstrecken sich meilenweit Felder. Ich muss die Felsen erreichen. Als ich sie ansteuere, riskiere ich einen Schulterblick – sehe ich ihn da, etwas, das sich weit hinter mir bewegt, dort, wo der Weg ist, etwas noch Dunkleres als die Dunkelheit drumherum?

Einen Moment lang zweifle ich an mir selbst; vielleicht fliehe ich vor Gespenstern. Vielleicht werde ich über meinen Irrtum lachen, wenn ich ein Versteck gefunden habe und mein Herz nicht mehr so hämmert; und wenn ich mich irgendwo zum Schlafen zusammenrolle, werde ich mir kopfschüttelnd sagen, dass ich mich von der Einsamkeit und Angst ins Bockshorn jagen ließ. Vielleicht. Aber ich kann nicht riskieren, anzuhalten, um mich zu vergewissern.

Die Sohlen meiner Wanderschuhe kommen hart auf Kieselsteinen auf – ich rutsche aus und strauchle. Ich habe das Ende des Geländes und einen kiesigen Abhang erreicht, der zum Loch hinunterführt. Wenn ich zu den Felsen renne, werden meine Boots auf den Steinen knirschen – doch ansonsten könnte ich nur zurückgehen und nach links oder rechts über freies Feld lospreschen, und wenn *wirklich* irgendwer hinter mir ist, würde ich dann eingeholt werden. Ich bin zwar fit und stark, aber auch eine kleine Frau mit schwerem Rucksack; bei dem Gedanken an diese harte Tatsache schießt mir das Adrenalin durch den Körper. Mir bleibt nichts anderes übrig, als über den Kies zu laufen; ein Gefühl ist das, als tönte das Knirschen meiner Schuhe weit über die ganze Landschaft. Ich kann nur hoffen, dass es eine furchtgeborene akustische Täuschung ist.

Als ich die Felsen erreiche, kauere ich mich hinter den größten und lasse den Rucksack von meinen Schultern gleiten. Ich spähe um den Felsen, über die Kiesel und das steile Ufer zum Feld dahinter hoch. Ich sehe nichts als Schwärze, aber bleiben kann ich hier nicht. Für ein Versteck ist die Stelle zu auffällig, und nur ganz wenige Felsen sind groß genug, um dahinter in Deckung gehen zu können. Wenn er beobachtet hat, wie ich hierhergelaufen bin, bin ich ein leichtes Ziel. Ich kämpfe mit den Öffnungen der Rucksackseitentaschen, ertaste einen abgenutzten Holzgriff und fische nach den Sachen, die dazulassen ich mir nicht leisten kann. Mein Packen Bargeld, der gefälschte Pass und die Debitkarte stecken alle in einem Ziplock-Plastikbeutel, den ich in die linke Tasche meiner Outdoorjacke schiebe, Reißverschluss zu, während ich den Verlust der Dinge, die ich zurücklassen muss, durchkalkuliere und mich neu ausrichte. Möglich, dass ich sie mir später holen kann; aber jetzt kommt es nur auf Geschwindigkeit an.

Nach kurzer Pause verlasse ich mit vollen Taschen, immer noch in gebückter Haltung, den Schutz des Felsens, um mich zum Seeufer aufzumachen. An einer Reihe von Sträuchern vorbei geht es zu den Bäumen. Wenn ich es bis dorthin schaffe, müsste ich unentdeckt bleiben, während ich mich bis zum Sichtschutz des Waldgebiets durchschlage.

Ich bin nur noch zwei Meter von den Sträuchern entfernt, als eine Wolke vom Mond gleitet und silbriges Licht den Abschnitt mit Kieseln beleuchtet, den ich gerade zu überqueren versuche. Ich kehre um.

Er steht in etwa fünfzig Metern Entfernung oben auf dem Hang. An seinem Umriss erkenne ich, dass er eine Art enganliegende Jacke trägt. Die aufgesetzte, zugezogene Kapuze verleiht seinem Kopf glatte ovale Konturen. Darunter muss er eine Beaniemütze tragen, weil der Kopf unverhältnismäßig groß aussieht. Er steht mit leicht gespreizten Beinen da und hält etwas in der rechten Hand.

Jetzt ist das Mondlicht hell. Darin glänzt der Kiesabhang zwischen uns, der in nassschwarzen Stufen ansteigt und abfällt.

Hinter mir liegt der Loch. Das Wasser ist ruhig, der Wind hat sich gelegt. Ich höre nichts als meinen eigenen Atem.

Er steht mir gegenüber oben auf dem Rand und sieht nach unten, und obwohl ich sein Gesicht nicht erkennen kann, weiß ich, dass er mich ansieht. Der Himmel hinter ihm ist dunkel, aber seine Silhouette ist noch dunkler, scharf umrissen vor samtiger Unschärfe. Mein Vater hat sich immer vor dem Mond gefürchtet.

Genau so passiert es, denke ich, neben einem kleinen Loch in der schottischen Pampa, an der äußersten Spitze der Hauptinsel von Großbritannien. Fünf Jahrzehnte Leben, davon zwei in einem Beruf, den ich zu wichtig genommen habe, all meine Fehler und mein egozentrisches Verhalten, monatelange Unentschiedenheit, gefolgt von zwei Wochen Flucht – und all das mündet hier an diesem Ort, in diesen Augenblick. Ich denke an all die Umwege und Verzögerungen, die mich hierhergeführt haben: die vier Tage, die ich mich in einer leeren Wohnung in Glasgow wiederfand, die Pilgerfahrt nach Plockton, die Busfahrt, und selbst das Essen, das ich vorhin zu mir nahm, als ich über eine Stunde in einem Restaurant saß, direkt neben einer Glastür … In meinen Gedanken die Spur, die mich hierhergeführt hat; im

Grunde genommen lässt sich mein ganzes Leben zu dieser einen klaren Erkenntnis verdichten: Alles, was ich je getan, jede einzelne Entscheidung, die ich gefällt habe, hat zu diesem Augenblick hingeführt. Ich war so nahe dran, zu entkommen. Ich bin am Ende angelangt. Ich wurde aufgespürt.

Der Wind frischt auf. Ich höre es an der Loch-Oberfläche: Das Wasser hinter mir schwappt und seufzt leise. Meine Brust hebt und senkt sich, pumpt Sauerstoff in meine Lunge. Ich hatte Angst, als ich mich hinter die Felsen kauerte, aber jetzt, da ich ihn ansehe, habe ich einen Punkt erreicht, an dem Training und Entschlossenheit zusammenkommen und ich mit kalter Klarheit denke. Genau hier in diesem Augenblick verspüre ich weder Angst noch Panik, sondern nehme äußerst intensiv meine Lebendigkeit wahr.

Er ragt über mir auf, krass scherenschnitthaft, reglos. Und wartet meinen nächsten Schritt ab.

Nach rechts oder links kann ich nicht – wenn ich am Ufer entlangrenne, wird er mir diagonal den Weg abschneiden. Mir bleibt nur eine Wahl. Ich drehe mich um und stiefele mit lautem Platschen in den Loch hinein, spanne die Beinmuskeln an gegen den Sog des kalten Wassers. Ich höre den Kies knirschen, als er den Abhang in meine Richtung hinabrennt. Meine einzige Hoffnung besteht darin, so weit wie möglich hinauszugelangen und zu beten, dass er ein schlechterer Schwimmer ist als ich – ich greife in meine Tasche.

Die Steine unter meinen Füßen weichen Schlamm. Ich kämpfe dagegen an, gleite und rutsche aus. Der Loch ist am Ufer so seicht, dass mir das Wasser erst bis zur Taille reicht, als ich ihn direkt hinter mir höre, wie er sich platschend durchpflügt. Ich recke mich und versuche mich vom Schlamm zu lösen, um schwimmen zu können, doch meine Füße finden zum Abstoßen keinen Halt, und ich höre ein Schwappen und einen Grunzlaut, während ich spüre, dass er mich mit einer Hand an der linken Mantelschulter packt, mich rückwärts zerrt und mir den Kopf unter Wasser drückt. Gerade noch rechtzeitig mache ich den Mund zu, und das Wasser überspült mich, dringt mir in die Ohren, erschreckt mich bis ins Mark, aber ich zwinge mich, mit offenen Augen nach oben zu sehen, wo sich sein Gesicht über mir abzeichnet, direkt über der Oberfläche, ein weißes Gesicht, ausdruckslos und angespannt zugleich, dunkle Augen starren mich an. Er hat den Kopf nahe herabgebeugt, um zuzusehen, wie ich ertrinke. Unsere Gesichter sind nur wenige Zentimeter voneinander entfernt, und doch ist er oben und atmet Luft ein und aus, während ich unten bin, und die Wasseroberfläche ist die Grenze zwischen Leben und Tod. Wir sehen uns in die Augen, als er mich mit der anderen Hand weiter runterdrückt. Mir bleiben nur Sekunden, bis er durch schiere Körperkraft gewinnt, und ich schicke alles, das ich jemals gehasst habe, all die Männer wie Kieron, Michael – selbst Richard und meinen Vater, selbst die, die sich für anständig hielten – und Flavias Schicksal, diese Sache von einem Sekundenbruchteil, die nie hätte passieren dürfen, wie ich die hasse; jedes Quäntchen meiner Ausbildung, meiner Entschlossenheit und Stärke, das ich je besaß, in meinen rechten Arm, während ich mich mit den Füßen vom Schlamm abstoße, mit dem Arm über der Wasseroberfläche weit aushole und ihm das Stemmeisen fest ins linke Auge ramme.

Mit hochgerissenen, zu beiden Seiten weit in die Luft geschleuderten Armen lässt er mich los. Beim Zurückstolpern stößt er einen fürchterlichen Laut aus, einen unartikulierten Schrei voller Entsetzen, Schock und Schmerz. Ich habe mich aufgerichtet und stürze mich sofort auf ihn, und während ich ihn runterdrücke, so wie er mich eben erst unter Wasser getaucht hat, sind mir Zögern und Panik fern; ich empfinde nichts als kalte Entschlossenheit. Das Stemmeisen ragt wie etwas Obszönes aus seinem Auge; knapp unter der Wasseroberfläche rudert er schwach mit den Armen – ihm geht sehr schnell die Kraft aus. Verzweifelt schüttelt er den Kopf, erst zur linken, dann zur rechten Seite, das Stemmeisen löst sich, und Blut schießt aus dem Loch, das ich aus seinem Auge gemacht habe, und löst sich im Wasser zu Wolkengebilden auf. Ich empfinde nichts als Entschlossenheit. Es ist schwer, einen Menschen ums Leben zu bringen, aber ich bin unerbittlich. Wenn ich ihn an der Wange getroffen, seinen Kopf ganz verfehlt oder mit dem Stemmeisen nicht fest genug zugestochen hätte, wäre ich jetzt tot. Luft bläht seine Wangen, bis sich sein Mund öffnet und seine letzten Atemzüge als große Blasen entweichen. Bald regt er sich nicht mehr.

Ich warte, bis ich mir sicher bin, dass keine weiteren Blasen mehr kommen werden. Und dann noch etwas länger. Sein Gesicht ist ungefähr fünfzehn Zentimeter unter der Wasseroberfläche. Seine Kapuze ist zurückgerutscht und die Mütze von seinem Kopf gefallen, irgendwo ins Wasser. Die ausgebreiteten Arme treiben leblos auf dem Wasser, aber ich halte ihn weiter dort, meine Arme stählern vor Schmerz, eine Hand auf seinem Oberarm, die andere umfasst seinen Kopf; ich halte und beobachte ihn, die Haare, die sich durch meine Finger fädeln, fühlen sich seidig an. Wie lange stehe ich so da? Die Zeit treibt bedeutungslos dahin. Es reicht nicht, zu warten, bis ich mir sicher bin, dass er tot ist. Ich muss warten, bis ich mir sicher bin, dass er tot ist und Zeit hatte, wieder zu sich zu kommen und dann wieder tot zu sein. In seiner Lunge ist keine Luft mehr, und seine Füße hängen auf den schlammigen Grund des Sees, aber ich halte ihn immer noch dort im seichten Wasser fest.

Die Nacht ist ruhig und still. Er ist tot. Ich bin wieder allein.

Im Mondlicht sehe ich, dass das Wasser um ihn herum dreckig und aufgewühlt ist. Obwohl ich mir sicher bin, dass er tot ist, will ich sein Gesicht nicht auftauchen lassen, muss es aber. Blut hat sich in dem Loch gesammelt, das seine Augenhöhle war. Seine Haare sind schwarz, er hat eine Boxernase und volle Lippen. Seine Haut sieht sehr weiß aus, aber das könnte am Mondlicht liegen. Es ist ein Allerweltsgesicht, wie die Gesichter von Kriegsgefangenen im Fernsehen, ein unauffälliges Gesicht, könnte man sagen, perfekt für einen Auftragsmörder, ein Gesicht, das einem keinem Grund liefert, sich daran zu erinnern.

Ich lege zwei Finger an seinen Hals. Er ist eindeutig tot. Also lasse ich seinen Kopf los, erlaube dem Leichnam, sich im Wasser umzudrehen, behalte ihn aber an der Jackenschulter im Griff, um ihn ans Ufer zu schleppen. Dort werden genug große Steine herumliegen, mit denen ich seine Taschen füllen kann. Wenn das erledigt ist, kann ich ihn mit vollen Taschen rausziehen. Was gutgehen wird, solange ich Boden unter den Füßen habe, aber was dann? Ich bin eine gute Schwimmerin, doch wenn ich versuche, ihn mit den Taschen voller Steine in die Mitte des Sees zu befördern, wird das Gewicht uns beide runterziehen. Ich brauche einen langen, gegabelten Ast, vielleicht von einem der Sträucher, als Schwimmhilfe, während ich in die Mitte des Lochs paddele.

Ich spüre schon, wie mein Adrenalinspiegel sinkt – das darf ich nicht zulassen, denn dann bin ich erledigt, und ich muss ihn so weit in den Loch hineinbefördern und so tief ins Wasser versenken, wie ich es körperlich nur schaffe. Ich ziehe ihn noch etwas höher ans Ufer, damit ich ihn auf dem Kies lassen kann, während ich einen Ast suchen gehe, nicht zu dick, aber mit vielen Verzweigungen, und groß genug, um mir als eine Art Schwimmhilfe dienen zu können. Ich muss darauf achten, nicht so weit rauszuschwimmen, dass mir die Kraft für den Rückweg ausgeht, damit nicht vor Sonnenaufgang zwei Wasserleichen im See schwimmen.

Ich zerre ihn an den Schultern die Kiesel hinauf. Seine Beine sind noch im Wasser, aber er liegt jetzt weit genug draußen, dass er nicht abtreiben wird; das Wasser reicht ihm nur bis zur Taille. Im Dunkeln sieht es bei flüchtigem Hinsehen so aus, als fräße ihn der See von den Füßen an aufwärts. Er liegt mit dem Gesicht nach oben, und ich versuche jetzt, von ihm wegzusehen. Stattdessen durchwühle ich die Taschen seiner dunkelgrauen Daunenjacke. Ich hoffe auf ein Handy oder eine durchnässte Lederbrieftasche, um irgendwelche Hinweise zu bekommen, aber vergeblich – er muss irgendwo dort draußen im Dunkeln eine Tasche versteckt haben. Ich finde nichts als ein Springmesser, zusammengeklappt in einer Außentasche. Das war sein verhängnisvoller Fehler. Er sah eine kleine unbewaffnete Frau panikartig ins Wasser rennen und dachte sich, dafür brauche ich kein Messer, ich halte ihr einfach den Kopf unter Wasser. Besser mich ertränken als erstechen oder erwürgen, falls meine Leiche je gefunden würde; vielleicht meine Leiche ausziehen und die Kleider ordentlich gefaltet unter einen Strauch legen? Ich wüsste zu gern, ob er all das dachte, während er auf mich zurannte, so fest davon überzeugt, dass ich ganz leicht zu fangen, zu töten sein würde.

Ich bleibe noch etwas mit angewinkelten Beinen neben ihm sitzen, atme tief, doch als ich zu zittern anfange, zwinge ich mich aufzustehen und denke: *Schnell, such dir einen Ast, solange du noch kannst, solange du noch die Kraft hast, mit ihm in die Mitte des Lochs hinauszuschwimmen. Zieh Schuhe und Jacke aus, bevor du wieder reingehst – du warst nur kurz vollständig unter Wasser, und Geld und Pass sind in einem wasserdichten Beutel verschlossen. Hol danach deinen Rucksack hinter den Felsen hervor und zieh dir so schnell wie möglich trockene Sachen an, sonst riskierst du Unterkühlung.*

Das Mondlicht kommt mir jetzt heller vor. Wintermond, denke ich, obwohl erst September ist: Schließlich bringen wir den Mond nie mit Sommer in Verbindung. Die Szenerie ist hell erleuchtet, falls irgendein Beobachter in der Nähe wäre, aber wir sind hier allein, er und ich. Als ich mich aufrappele, blicke ich auf den Loch zurück, wo das Mondlicht eine schimmernde, gekräuselte Bahn zum dunklen Mittelpunkt hin zieht, und ich sehe einen kleinen Umriss, der mitten in den Lichtreflexen treibt. Kurz meine ich, es wäre das Stemmeisen, das ich aus der leeren Ferienwohnung in Glasgow gestohlen und mit dem ich gerade einen Mann getötet habe – bis ich mir sage, das würde nicht oben schwimmen; es muss seine Mütze sein, oder ein Zweig oder Blatt oder sonst was. Eine Wolke schiebt sich über den Mond, und es verschwindet wieder.

22

Die Morgendämmerung triezt mich. Sie will und will nicht kommen, und ich liege zwischen zwei Bäumen auf einem Bett aus Farnkraut, zugedeckt mit noch mehr Farnkraut, die Arme fest um den eigenen Leib geschlungen, aber zitternd, bibbernd, und zwar so heftig, dass es sich nicht anfühlt wie das äußerliche Zittern, das einen überkommt, wenn man friert, sondern so, als würde es mir aus Mark und Bein ausstrahlen. Sowie es zweifelsfrei hell geworden ist, zwinge ich mich, aufzustehen. Wenn ich mich nicht bewege, sterbe ich.

Mein Rucksack lehnt an einem Baumstamm. Ich versuche ihn mir aufzusetzen, kann aber nicht aufhören zu zittern und muss ihn wieder fallen lassen. Neben mir liegen die Kleidungsstücke vom Vorabend, immer noch durchnässt, auf einem Flecken steiniger Erde. Ich sollte sie falten, in eine Plastiktüte stecken und mitnehmen, bringe es aber nicht über mich. Ich weiß, dass ich sie nie wieder tragen werde. Unter Farngestrüpp versteckt, lasse ich sie zurück. Dann packe ich meinen Rucksack an den Tragegurten und schleife ihn bis zu einer Stelle, wo von einer Tanne auf Taillenhöhe ein niedriger Ast quer hervorwächst. Dort schaffe ich es mit letzter Kraft, den Rucksack auf den Ast zu hieven, bevor ich mich umdrehe, ein wenig in die Knie gehe und die Arme in die Schultergurte stecke. Ich muss mich kurz ausruhen und tief Luft holen, ehe ich mich vornübergebeugt aufrichte, das Gewicht schultere. In dem Moment erscheint mir der Fußweg zurück nach Thurso unvorstellbar schwer. Unter normalen Umständen könnte ich in einer halben Stunde zum Fährterminal in Scrabster laufen, aber wer weiß, ob ich es in meiner jetzigen Verfassung überhaupt schaffe. Ich brauche etwas zu essen, ein Heißgetränk im Magen. Ich stehe unter zeitverzögertem Schock und bin möglicherweise in einem Frühstadium von Unterkühlung. Unbeteiligt erhebe ich an mir selbst diesen Befund.

Ich halte mich auf der anderen Seite der Bäume, während ich langsam vom Loch wegstapfe, aber als ich am Ende des Baumbestands den Hang hinaufgehe, zurück nach Thurso, halte ich an und werfe einen Blick aufs Wasser.

Bei Tageslicht sieht der Loch klein und seicht aus – hoffentlich ist er tiefer, als es von hier aus den Anschein hat. Gestern Nacht kam er mir tief vor, als ich bei Mondschein in seiner Mitte Wasser trat. Ich wendete seine Leiche so, dass sie lautlos vom Ast glitt, und im nächsten Moment ging sie unter, tief unter Wasser … Ich schwamm sofort weg, benutzte den Ast als Schwimmhilfe, während ich mich mit rudernden Beinen ans Ufer stieß. Auch wenn er ohne allen Zweifel tot war, konnte ich die Angst vor einer Hand, die im eisigen Wasser nach meinem Knöchel grapschte, um mich hinunterzuziehen, nicht abschütteln. Als ich schließlich wieder am Kieselufer ankam, blieb ich lange dort auf allen vieren, zitternd und mich schüttelnd wie ein Hund, der dem Wasser entkommen ist, nachdem er fast ertrunken wäre.

Ich zwinge mich dazu, den Loch im Frühlicht mit den Augen abzusuchen, sein kühles, harmloses Schimmern. Das Wasser ist hellgrau. Wie furchtbar es wäre, würde ich den dunklen Umriss eines Leichnams oben treiben sehen … und was dann? Doch da ist nichts. Der Loch ist glatt und eben wie ein Spiegel. Der Tote liegt auf dem Grund, zu ihm dringt kein Sonnenstrahl durch. Zwischen Seegras, Schlamm und Schlick, die Lunge voll Wasser und die Haut bereits fleckig. Er wird langsamer verwesen als an der frischen Luft, aber es ist ein Süßwasser-, kein Salzwassersee, und da es ein stilles Gewässer ist, werden reichlich Bakterien vorhanden sein. In etwa drei Wochen wird von ihm nur noch das Skelett übrig sein.

Ich mache einen Bogen um Thurso, damit ich das Städtchen auf derselben Straße, auf der der Bus gestern einfuhr, betreten kann – ich erinnere mich an eine kleine Ladenzeile nicht ganz einen Kilometer vor der Bushaltestelle und bin mir sicher, dass es dort ein Café gab. Ich werde warten müssen, bis es aufmacht. Gleich am Ortseingang finde ich ein kleines gemauertes Bus-Wartehäuschen, mit Graffiti besprüht und außer Betrieb, mit einer langen Holzbank an der Rückwand und unverwechselbarem Uringestank in einer Ecke. Ich wage es nicht, mich hinzulegen, falls jemand vorbeikommt, setze mich aber auf die Holzbank, mache die Beine lang und lehne mich mit verschränkten Armen und geschlossenen Augen an den Rucksack. Ich döse zwar nicht richtig ein, gleite aber hinüber in einen halbbewussten Dämmerzustand, der nichts mit Ausruhen zu tun hat.

Schließlich rappele ich mich wieder auf und steuere die Läden an. Das Café ist am Ende der Ladenzeile, aber bevor ich dort ankomme, halte ich an, lehne mich an eine Steinmauer und mache mir Gedanken, wie ich wohl aussehen mag. Habe ich letzte Nacht jemanden umgebracht? Ist das wirklich passiert? Mir jagen Bilder durch den Kopf. Ich bleibe noch etwas, wo ich bin, und denke dann so gefasst wie möglich: Du stehst noch unter Schock. Du hast nichts gegessen, und dein Blutzuckerspiegel muss katastrophal niedrig sein. Dir fehlt der Schlaf. Lass dich nicht zu übereilten Handlungen hinreißen, du bist nicht in der Verfassung.

Während ich an der Mauer lehne, höre ich ein Geräusch – ein Krachen und Scheppern, volltönend, so als würde etwas zerschmettert. Mein Körper reagiert auf das Geräusch nicht einfach mit Zusammenzucken, sondern eher so, als würde ich mich innerlich verkrampfen. Das Geräusch muss nicht bedeuten, dass jemand überfallen oder gar in ein Haus eingebrochen oder ein Auto gestohlen wird, aber es klingt unverkennbar nach Beschädigung.

Es kommt aus einer Gasse hinter mir. Ich gehe ein paar Schritte hinein, bis zu einer Stelle, wo rechts ein Holztor offen steht, das auf einen kleinen gepflasterten Hinterhof führt, wo eine Holzkiste auf einer Bank steht. Ein bärtiger junger Mann in Jeans und weißem T-Shirt mit brauner Schürze drüber nimmt Teller und Tassen aus der Kiste und zertrümmert sie auf den Pflastersteinen. Mir fällt auf, dass ein Hammer neben der Kiste auf der Bank liegt – er könnte das Geschirr damit zerschlagen, dann würden alle Scherben in der Kiste bleiben, aber vielleicht fürchtet er, dass ihm dann Stücke ins Gesicht fliegen, oder vielleicht findet er es auf diese Art befriedigender. So, wie er die Einzelstücke hochhebt, in einem Moment der Andacht vor dem Schaden, den er gleich anrichten wird, kurz innehält und auf die hubbeligen viktorianischen Pflastersteine zu seinen Füßen starrt, das entbehrt nicht einer gewissen Würde.

Er holt eine blaue Müslischale mit weißen Punkten hervor, hält sie vor sich hin – runter damit. Sie zerbricht fein säuberlich in zwei Teile. Als Nächstes kommt ein flacher Teller mit grellem abstraktem Muster in Rot, Grün und Gelb. Dieses guten Stücks entledigt er sich mit etwas mehr Schmackes – es fliegt schwungvoll zu Boden und geht mit einer Art kompaktem Knattern, seinem Gesichtsausdruck nach zu urteilen ein ungemein befriedigender Laut, in zahlreichen Scherben zu Bruch. Eine Scherbe prallt in meine Richtung ab. Er blickt von seiner Betätigung auf und sieht mich im Toreingang stehen. Als er meinen fragenden Blick bemerkt, sagt er: »Die holen das nicht ab. Wir müssen das, was übrigbleibt, zertrümmern. Wir warten ja schon immer ein paar Monate ab, aber so viel Platz haben wir einfach nicht.« Dann zuckt er mit den Schultern, als hätte ich etwas gefragt. »Ich fege natürlich alles auf.«

Während ich mich umwende und durch die Gasse zur Straße zurückgehe, höre ich, wie er mit Runterschmeißen und Zerschmettern weitermacht. Das Geräusch verfolgt mich. Es hat etwas Anklagendes.

Auf der Straße sehe ich, dass der Laden, zu dem dieser Hinterhof gehört, so ein Geschäft für Selberbemalen von Keramik ist: Man bemalt eine Tasse, einen Teller oder eine Zuckerdose und lässt das Einzelteil zum Glasieren und Brennen dort. Im Fenster steht ein langer aufgebockter Tisch, an dem Kindergeburtstag gefeiert wird; ich frage mich, wieso sie nicht in der Schule sind, bis mir aufgeht, dass es Samstag ist. An die acht Kinder haben sich um den Tisch versammelt, jedes mit einem schlichten mattweißen Eichhörnchen beschäftigt. Mir am nächsten sitzt ein etwa neunjähriges Mädchen, das seine Aufgabe sehr ernst nimmt – ihr Eichhörnchen ist braun, und mit einem feinen Pinsel ergänzt sie den Schwanz um einige graue Haare. Mit gesenkten Schultern steckt sie die Zunge vor Konzentration zwischen die Lippen. Der Junge neben ihr bemalt sein Exemplar von oben bis unten in einem irrwitzig knalligen Blau und blickt gelangweilt drein. Nicht mehr lange, denke ich, und er hebt es selber hoch und zerschmettert es.

Am Tischende beaufsichtigt eine Mutter die Kinder, schaut nervös von einem zum anderen und zwischendurch auf die Uhr, kann es bestimmt kaum erwarten, endlich von ihren Pflichten erlöst zu werden und ihre Schützlinge den Eltern zurückzugeben. Sie trägt eine kirschrote Strickjacke mit Perlmuttknöpfen über einer adretten Jeans. Ihre gelangweilte Besorgnis hat etwas von Perfektion: Sie spielt die Rolle der kunstbeflissenen, aber etwas genervten Mutter sehr gut, so gut, dass sie vergessen hat, je etwas anderes gewesen zu sein. Als ich in London gewohnt habe, lag eine Grundschule am Ende meiner Straße, wo ich gesehen habe, wie sich Mütter wie sie zur Abholzeit versammelten. Sie sahen aus wie Frauen, die eigentlich multinationale Ölkonzerne leiten sollten, aber beschlossen hatten, all die geballte Energie stattdessen ins Organisieren von Zuckerwatteständen beim Sommerfest zu stecken. Sie machten mir höllisch Angst.

Während ich dastehe, blickt die Mutter auf, und ich sehe, wie ihr vor Schreck die Gesichtszüge entgleisen – nur kurz, ehe sie sich gleich darauf wieder sammelt. Im Fenster zeigt sich, wie mein durchsichtiges Spiegelbild ihre flüchtige, aber unübersehbare Abscheu überlagert. Ihre Miene und das, was ich von mir selbst sehen kann, verraten mir vereint, wie ich jetzt aussehe: eine Verrückte, womöglich obdachlos, dürr und dreckig, mit verfilztem Haar und ungefiltertem Gesichtsausdruck, der ihr sagt: *Nein, das bildest du dir nicht ein, ich hasse dich wirklich wegen deiner Privilegien. Und wie.*

Gütiger Gott, denke ich, als ich dem Laden den Rücken kehre und das Café ansteuere. Man sieht mir am Gesicht an, was ich getan habe. Ich lasse ihren erschrockenen Blick hinter mir. Wird jeder es mir einfach so ansehen können? Das ist ein abwegiger Gedanke, ich weiß es wohl, aber ich fühle mich gebrandmarkt.

Irgendwas an der Kombination von Mutter, Kindern und jungem Mann, der die Produkte der Kreativität von Leuten zerschmettert, die sich nicht mal die Mühe machen, vorbeizukommen und sie abzuholen, macht mich wütend. Plötzlich bin ich froh, dass ich die Grenzpfosten des normalen Lebens hinter mir gelassen habe. Das machen normale Leute also, bis sie sterben? Scheiß Eichhörnchen bemalen? Mir geht auf, was so grauenhaft daran ist, das getan zu haben, was ich getan habe: Es ist nicht die Schuld, sondern die Verachtung.

In dem Café bestelle ich mir ein englisches Frühstück mit allem und trinke zwei Becher heißen Tee. Auf halber Strecke fällt mir ein, dass ich ein zerquetschtes Schinken-und-Käse-Sandwich im Rucksack habe, das ich gleich nach dem Aufwachen hätte essen können – ein Sandwich, das in einem anderen Leben gekauft wurde, damals, vor meiner Tat. Fünf Minuten nachdem ich das

Café verlassen habe, auf dem Weg nach Scrabster, biege ich rasch auf eine verwilderte Grasböschung ab und gebe alles wieder von mir, was ich im Magen habe.

Ich bin in keiner guten Verfassung, muss aber zur Fähre gelangen. Auf dem Weg durch Thurso gehe ich zu einem Bäcker und kaufe mir noch einen Tee und einen Donut mit gelber Glasur, den ich in kleinen Bissen zu mir nehme, während ich aus der Stadt trotte – Zucker, häppchenweise genossen, das brauche ich jetzt. Diesmal bleibt es im Magen.

Von Scrabster nach Stromness sind es anderthalb Stunden mit der Fähre. Auf Orkney werde ich nicht bleiben, wenn ich nicht muss; dort nehme ich den Bus direkt nach Kirkwall und kann nur hoffen, dass heute eine Fähre nach Shetland abgeht. Ich weiß, dass sie drei- oder viermal wöchentlich fahren. Diese zweite Überfahrt wird sieben bis acht Stunden dauern und kann unsanft werden, aber ich würde jetzt alles tun, um so viel Abstand wie möglich zu Thurso zu gewinnen.

Sobald ich an Bord bin, gehe ich zum Heck und sehe zu, wie wir von der britischen Hauptinsel ablegen. Wenn die Ereignisse der vergangenen Nacht nicht gewesen wären, hätte ich den Moment genießen können, aber ich weiß schon, dass mein Blick etwas Bleiernes hat, während ich zusehe, wie das Schiff seine Vertäuungen abwirft und die Schiffsschrauben das Hafenwasser aufwühlen. Wer war er, und wer hat ihn geschickt? Wenn ich taffer, gestählter wäre, hätte ich im Dunkeln nach der Tasche gesucht, die er irgendwo versteckt haben musste und in der ein Ausweis, ein Handy oder sonst irgendein Anhaltspunkt sein könnte – falls er nicht mit dem Auto da war oder irgendwo im Ort übernachtete. Ob diese zwei Männer im Restaurant damit zu tun haben konnten …? Das kommt mir unwahrscheinlich vor. Wenn er zu einem Team gehört hätte, wären die anderen wie eine Meute

Hunde angelaufen gekommen. Dann wäre ich chancenlos gewesen.

Ich denke an das bleiche Gesicht des jungen Mannes unter Wasser – wie allein er in dem Moment war, wie verzweifelt er den Kopf hin- und herwarf. Als die Vorzeichen umgekehrt standen und er mich zu ertränken versuchte, war sein Gesicht eine furchterregend leere Fläche. Er kannte mich nicht, wusste nichts von mir. Es war nichts Persönliches. Er war ein Auftragsmörder. Ein nach allen Regeln der Kunst ausgebildeter Mitarbeiter, so wie unsere Leute im Einsatz, die sich alle vierundzwanzig Stunden zum Rapport in der Zentrale melden, aber ein Auftragskiller arbeitet lieber solo – es konnte noch Tage dauern, bis er vermisst wurde. Ich bin mir sicher, dass er im Alleingang unterwegs war; aber dennoch musste ihn jemand beauftragt haben, und früher oder später wird derjenige herausbekommen, dass der Job nicht erledigt wurde. Jemand anderes wird zu dem Zweck losgeschickt werden.

Während wir die Hauptinsel hinter uns lassen, stelle ich mir zwei Männer vor, die mit wild über dem Kopf rudernden Armen, so schwungvoll, dass sich die Hände oben in der Luft überkreuzen, die Gangway entlanggelaufen kommen. Wir fahren in die Bucht hinaus, und da sind die harten braunen Felsbrocken, oben grasbewachsen, unten von weißer Brandung umspült. Ich stelle mir dieselben beiden Männer abermals vor, diesmal auf den Felsen, wie sie mir reglos hinterherstarren, während ich an Deck stehe. Die Hauptinsel schrumpft und die Männer schrumpfen, werden streichholzgroß, verschwinden.

Hör auf, dir Dinge auszumalen, denke ich; heb dir deinen Einfallsreichtum für die Zeit auf, wenn sie wirklich da sind. Dann wirst du jedes Quäntchen davon nötig haben.

Vorerst sind noch keine neuen Männer auf mich angesetzt, und solange ich das Land verlassen kann, bevor dieser vermisst und ein anderer losgeschickt wird, wird meine Spur kalt werden. Ich denke an all die vielen Male auf meiner Flucht, die ich mich gefragt habe, ob ich paranoid war, und zu wissen, dass dem nicht so war, bringt mir keine Genugtuung, nicht das kleinste kalte bisschen.

Auf der riesigen Fähre gibt es nur wenige Fahrgäste. Im Wind ist es so eiskalt, dass es andere Leute nur ein paar Minuten lang draußen aushalten, ehe sie wieder nach drinnen verschwinden, eingeschüchtert von der steifen Brise und dem lauten Motorengedröhn von unten. Wir passieren den Old Man of Hoy, ehe wir auf offene See hinausfahren. Der Wind im Gesicht fühlt sich gut an, als wasche er mich rein. Wann ich wohl das nächste Bad nehmen kann? Ich muss mir den Loch von der Haut schrubben. Unter mir schaukelt das Schiff. Wenn ich an den Loch denke, wird mir nur wieder schlecht.

Draußen auf dem Wasser kreisen und kreischen Möwen. Während der ganzen Fahrt rühre ich mich nicht von Deck – nicht von Meer, Wind und Möwen.

Und dann sehe ich auf einmal flaches Land zu beiden Seiten der Fähre, grüne Wiesen, Häuser – Orkney. Wir sind der Insel in die Arme geschwommen.

23

In Kirkwall kaufe ich mir ein Ticket für die Nachtfähre nach Lerwick. Es ist schrecklich, zum Warten gezwungen zu sein – auch wenn es nur wenige Stunden sind –, obwohl ich doch in Bewegung bleiben will, aber mir bleibt nichts anderes übrig, als mich wie eine Touristin zu verhalten. Ich verlange mir ab, in die Kathedrale zu gehen, zögere erst auf der Schwelle und zwinge mich dann ins Innere. Dort nehme ich eine Broschüre von einem hölzernen Ständer und merke, dass sie in meinen Händen zittert. Da sehe ich wieder die Mutter in dem Keramikladen vor mir, wie entsetzt sie mich anstarrte, ihr Gesichtsausdruck, als sie meinen sah. Ich bin jetzt anders. Alles ist jetzt anders. Ich sehe wieder sein Gesicht unter Wasser. Ich denke an Flavia, an meine Mutter, und frage mich, ob sie mich noch geliebt hätten, hätten sie gewusst, wozu ich fähig bin. Ich trete wieder auf die Straße hinaus, die Broschüre immer noch fest umklammernd, und ringe nach Atem. Während ich noch stehen bleibe, damit sich mein Atem beruhigt, wirft mir ein älterer Herr auf dem Weg in die Kathedrale einen Blick zu, und ich denke, das ist gar nicht gut, in meiner Not benehme ich mich auffällig.

Auf meiner ganzen Flucht bin ich bislang so stark gewesen, habe nicht versucht, mich bei irgendwem zu melden, nicht mal bei Vikram – weil Leute immer genau so ins Netz gehen: wenn sie einknicken und sich bei einer Person aus ihrem alten Leben melden. Sobald ich wusste, dass Kieron die Nummer von meinem Wegwerfhandy hatte, bin ich es losgeworden. Aber jetzt weiß ich, dass ich eine Möglichkeit finden muss, mit Carmella zu reden.

Ich laufe etwa eine Stunde in Kirkwall herum und halte Ausschau nach geeigneten Kandidaten. Schließlich finde ich sie in Hafennähe, wo sie auf einer Bank sitzen: zwei Teenager, ein Pärchen. Sie sind so leichtsinnig gekleidet, wie unter Jugendlichen an kalten Tagen offenbar üblich: das Mädchen in kurzem Rock und mit bloßen Beinen, an den Füßen verschwindend kleine flache Pumps. Der Junge im T-Shirt, eine dünne Jeansjacke neben sich auf der Bank. Er lehnt sich mit langen Beinen und ausgebreiteten Armen auf der Bank zurück. Sie wendet sich ihm zu, in seine Achselhöhle gekuschelt, eine Hand auf seinem Oberschenkel, und sieht ihm lächelnd ins Gesicht. Er erwidert ihr Lächeln, hebt mit einer Hand ihr Haar im Nacken an und lässt es dann wie einen Vorhang fallen. Wie besessen sie voneinander sind, blass, pickelig und hemmungslos, ist unübersehbar.

Ich nähere mich ihnen mit besorgter Miene und bleibe stirnrunzelnd direkt vor ihnen stehen. Nachdem ich gewartet habe, bis sie mich beide bemerkt haben, sage ich: »O Gott, oje, sorry, aber da lag nicht zufällig ein Handy auf der Bank, als ihr euch gesetzt habt, oder?«

Beide schütteln defensiv den Kopf, als fürchteten sie, gleich von mir beschuldigt zu werden, es eingesteckt zu haben.

Ich verziehe das Gesicht. »Ich weiß nicht mal genau, ob ich es hier verloren hab, könnte auch im Taxi gewesen sein. Hat vielleicht einer von euch beiden ein Handy?« Ich habe ein Portemonnaie für mein Kleingeld und mache es auf. Ich will schon einen Fünf-Pfund-Schein herausnehmen, entscheide dann aber, dass das ein verdächtig hoher Betrag wäre, und fische stattdessen eine Ein-Pfund-Münze heraus. »Kann ich es mal kurz leihen? Nur ganz kurz? Ich bleib damit auch genau hier stehen, ha ha.«

Das Mädchen zieht sich vom Jungen zurück, während er sich langsam, träge aufrichtet. Widerstrebend lässt sie sein Gesicht aus den Augen. Er zieht ein Handy aus der Tasche der Jeansjacke neben ihm, entsperrt es und hält es mir hin, und als ich ihm im Austausch dafür die Pfundmünze anbiete, schüttelt er den Kopf und zuckt mit den Schultern. »Nö, schon okay, alles gut.« Seine Freundin lächelt ihn an, als hätte er soeben das Penicillin erfunden.

Ich bedanke mich überschwänglich, ehe ich mich von ihnen abwende, während ich die Nummer wähle, nachdem ich den Code zur Rufnummernunterdrückung eingegeben habe. Ich drücke mir selbst die Daumen, dass Carmella rangeht und nicht ihr Mann Bernard oder eins der Kinder. Ich habe keine Ahnung, wie ihre Samstagsroutine aussieht.

Das Telefon klingelt siebenmal.

»Hallo?«, sagt sie.

Ich erwidere nichts.

»Hallo«, wiederholt sie. »Wer ist da?«

Eine lange Pause kommt auf, ein Schweigen, in dem alles Ungesagte wie Störgeräusche in der Leitung knistert. *Wer sonst kann es sein, Carmella?*, denke ich verzweifelt. *Leg nicht auf, leg nicht auf. Bitte leg nicht auf.*

Ich entferne mich einen Schritt weit vom Pärchen und sage leise und schnell: »Carmella, ich bin's – was auch immer man dir gesagt hat, stimmt nicht. Es ist Kieron, er hat seit Jahren Dreck am Stecken.«

Wieder Schweigen, dann ruft sie jemandem im Haus zu: »Noch so ein Werbeanruf!«

Ich rede weiter: »Du hast vor diesem Meeting etwas gewusst, nämlich dass interne Ermittlungen gegen uns anstanden. Weil du es mir nicht sagen konntest, hast du mir stattdessen das mit Collins erzählt, du hast versucht, mich zu warnen. Wenn das stimmt, sag einfach nichts.«

Ich höre Hintergrundgeräusche, die klingen, als wäre ein Kind ins Zimmer gekommen. Carmella schweigt.

»Gott sei Dank«, sage ich. »Ich weiß, dass du nicht glaubst, was auch immer Kieron über mich erzählt hat.«

Nach kurzer Pause sagt sie in spöttischem Ton, als wollte ihr jemand ihre Bankverbindung entlocken: »Ich bin doch nicht bescheuert!«

»Okay, hör mal …«, sage ich. Ich will gerade sagen, dass sie zu Recht besorgt war, dass tatsächlich jemand versucht hat, mich umzubringen, dass Collins vielleicht von demjenigen – wer auch immer das ist – getötet wurde, der Kieron bezahlt, und dieselben Leute auf meiner Fährte sind –, doch genau da legt sie auf. Ich möchte sie sofort zurückrufen, um ihr tausend Fragen zu stellen, aber mir ist klar, dass sie zuhören, aber nicht sprechen konnte; trotzdem, einfach eine Bestätigung von ihr bekommen zu haben, dass sie Kieron nicht glaubt, ist auch schon was wert.

Immer noch mit dem Rücken zum Pärchen, lösche ich die Anruferliste – und dabei geht es mir auf: wo Kieron die Nummer meines Wegwerfhandys herhatte. Wer auch immer in meine Wohnung eingebrochen war, hatte die Reisetasche im Flurschrank entdeckt. Diese Person hat das Handy eingeschaltet, das so alt war, dass es nicht gesperrt war, und hat sich damit selbst angerufen. Dann hat die Person meine Anruferliste gelöscht und das Handy wieder ausgeschaltet, es dorthin zurückgelegt, wo es war. Die Zigarettenkippe und die Pisse in der Toilettenschüssel waren nur da, um mich abzulenken und auf den Gedanken zu bringen, der Einbruch wäre eine Drohung gewesen, nicht eine Durchsuchung, während er in Wirklichkeit beides war. Kieron wusste, dass ich Fluchtvorbereitungen traf, und sagte deshalb etwas zu Richard, das interne Ermittlungen auslöste, damit ich so wie der bedauernswerte Collins aufgegriffen und ausgeschaltet werden konnte.

Ich wende mich wieder dem Pärchen zu. »Alles umsonst, niemand da.«

Der Junge steckt das Handy in seine Jeansjacke zurück und sagt: »Nicht Ihr Tag heute.« Seine Freundin kichert.

»Trotzdem danke«, sage ich und gehe zu einem Café mit oranger Fassade auf der anderen Straßenseite.

Ich hole mir einen Tee am Tresen und gehe damit nach hinten in die Ecke – an Fenstern oder in Türnähe sitzen kommt für mich nicht mehr in Frage. Ich gieße Milch rein, rühre wie wild um und sehe mir an, wie sich die lauwarm aussehende beige Brühe in einem hübschen Whirlpool dreht und dreht. Bestimmt hat Carmella mir geglaubt und deshalb *Ich bin doch nicht bescheuert* gesagt. Die Aufforderung *Verschwinde*, die ich in ihren Augen gesehen habe … Sie hat um meine Sicherheit gefürchtet, völlig zu Recht.

Carmella und ich, wir hatten so verschiedene Lebensentwürfe – ich mit meinem spärlichen Single-Dasein in der sterilen Wohnung, sie mit Mann, drei Kindern und großem Garten – und doch war da etwas zwischen uns, so ein Gefühl, dass wir miteinander immer noch mehr gemeinsam hatten als mit unseren Kollegen, diesen blassen Privatschuljüngelchen, obwohl ihr Leben so ganz anders als meins war. Wir hatten beide unausgesprochen Schneid. Das merkten wir einander an, auch wenn wir nicht im vollen Umfang verstanden, aus was für komplexen Quellen sich der speiste.

Ich weiß noch, eines Tages, als ich aus meinem Büro kam, hörte ich laute Stimmen am anderen Flurende. Mit einem Blick zum IT-Raum sah ich durch die Glaswand, dass Carmella vor dem sitzenden James stand, der sich auf seinem Bürostuhl vom Schreibtisch weggeschoben und umgedreht hatte, um ihr ins Gesicht zu sehen. Sie waren mitten in etwas, das sich nur als Auseinandersetzung bezeichnen lässt.

Kit und Samuel hatten ihre Tätigkeiten unterbrochen und beobachteten die beiden. James drehte sich mit dem Stuhl wieder seinem Arbeitsplatz zu, während Carmella noch mit ihm redete. Unverschämt, wenn man mich fragt.

Als sie aus der Glastür kam, ging ich auf sie zu und fragte: »Um was ging's?«

Carmella verdrehte die Augen. »Um dich, wenn du's genau wissen willst.«

Ich sah sie an.

»Er ist sauer, weil ich entschieden habe, dich zu dem Malware-Kurs zu schicken. Er braucht das, um seine Einweisung für Level Three zu vervollständigen, also hält er sich für automatisch dazu berechtigt. Wehe der, die einem jungen Mann seinen gottgegebenen Anspruch streitig macht!«

Ich hatte mich schon selbst gefragt, warum sie mich und nicht ihn hinschickte. »Hör mal, wenn es …«

Sie ließ mich nicht ausreden. »Du fährst.«

Während ich durch den Flur weiterging, sah ich James hinter der Glastür, wie er mit Samuel und Kit redete und dabei wild in ihre Richtung gestikulierte; Kit schüttelte den Kopf.

Bislang habe ich mir auf den Fähren etwas auf meinen robusten Magen eingebildet – selbst bei hohem Seegang bin ich normalerweise gut zurechtgekommen. Der Trick ist der, an Deck zu gehen oder sich einen Fensterplatz zu suchen. Dann hält man den Blick auf den Horizont gerichtet, diese beruhigend gerade Linie, die so gerade bleibt, ganz gleich, wie heftig das Wasser unter einem schwankt und tobt. Während der gesamten Fahrt darf man weder sich noch seinen Blick auch nur einen Zentimeter weit bewegen.

Was bei einer Tagesfahrt kein Problem ist, aber die Fähre nach Lerwick verkehrt nur nachts, und sobald wir aus dem Hafen sind, hebt und senkt sich das Schiff wie verrückt. Es gibt keine andere Möglichkeit, als es den anderen Passagieren gleichzutun: auf einem Liegesitz Platz nehmen, die Augen schließen und das Beste hoffen. Ich kann mir nicht vorstellen, dass ich einschlafen kann – falle aber augenblicklich in tiefen, bleiernen Schlaf, der fast die ganze Überfahrt lang anhält. Im Morgengrauen wache ich zu hohem grauem Wellengang auf, noch eine Stunde bis zum Ziel.

Ich bleibe, wo ich bin, unbequem auf der Seite liegend, in meinen Mantel gewickelt. Wenn ich die Augen öffne und aufstehe, dann in dem Wissen, dass ich, so sehr ich es auch versuche, die Ereignisse in Thurso nicht abschütteln kann: Jemand hat versucht, mich umzubringen, meine Existenz auszulöschen. Ich hätte heute nicht hier sein sollen. Anders als manche Menschen meinen, legen wir im Service nicht wirklich Leute um. Mag sein, dass unsere Aktionen manchmal Todesfälle zur Folge haben – auch ein Kalter Krieg ist noch ein Krieg, es gibt Gefallene –, nur Mörder sind wir nicht, und wir beauftragen oder entsenden auch keine Auftragskiller. Aber … Collins wurde fallen gelassen. Sie müssen Zusammenarbeit als Gegenleistung für seinen Schutz gefordert haben, und wenn er unschuldig war, hatte er keine Zusammenarbeit zu bieten. Da wurde er ausgeschaltet.

Mir wird etwas klar, während ich mit geschlossenen Augen auf einer Fähre bei hohem Seegang zusammengerollt im unbequemen Liegesitz ausharre: Als ich dem jungen Mann ins Gesicht sah, fürchtete ich mich davor, das Gesicht des jungen Mannes aus dem Café in Carlisle zu sehen, dem Ort, wo ich das, was gerade mit mir geschah, zu sortieren versucht hatte. Ich fürchtete mich vor der Vorstellung, dass ich mich in dem Jungen getäuscht haben könnte, als ich zu dem Schluss gekommen war, dass er nichts weiter als das war: ein unglücklicher Jugendlicher. Ich denke an all die anderen Leute, die ich auf meiner Reise gesehen habe: die Frau mit dem Bluterguss im Gesicht, die alte Dame, die mir im Zug von Plockton nach Inverness schräg gegenübersaß, die zwei Männer in dem Restaurant in Thurso … im Kopf reihe ich sie alle nebeneinander auf wie ein paar seltsame Spieler, aus denen ich eine Fußballmannschaft zusammenstellen muss, und um auf die richtige Anzahl zu kommen, muss ich ein paar dazuerfinden, die ich nicht mal gesehen habe. Gehörten sie alle dazu, oder keiner von ihnen? Wie gut war der Mordversuch an mir organisiert? Besonders gut bestimmt nicht, sonst wäre ich jetzt nicht hier.

Irgendwann öffne ich die Augen und sehe mich auf dem Schiff um: die schlafenden Passagiere, der alte Mann, der aus dem Fenster auf die schwere See hinausstarrt, die zwei jungen Frauen an ihren Handys; das Besatzungsmitglied, das sich leise hinter den geschlossenen Jalousien bewegt, um den Salon auf die Frühstücksöffnung vorzubereiten. Jemand hat ihn geschickt.

Ich muss eine ganze Woche auf Shetland bleiben, bis es Zeit wird, Stuart den Bootsführer aufzusuchen, und ich kann diesmal nicht das Wagnis eines Hotels oder einer Pension eingehen, muss mich so weit wie irgend möglich unsichtbar machen. In der kleinen Touristeninformation in Lerwick finden sie für mich ein außerhalb gelegenes Ferienhäuschen und versuchen noch, mir alle möglichen Touren zu buchen, was ich ablehne. Es ist die reinste Qual, so viel Zeit hier verbringen zu müssen, wo ich doch schon an der äußersten Nordspitze des ganzen Landes angelangt bin, aber was bleibt mir anderes übrig.

Unterwegs zum Cottage kaufe ich Lebensmittel ein, und dann krieche ich dort unter, ruhe mich aus, esse und erhole mich von allem, was passiert ist. Tagsüber schlafe ich sehr viel, bringe die Daunendecke ins kleine Wohnzimmer runter und baue mir mit Sofakissen ein Bett auf dem Boden. Ich will nahe an den Türen und Fenstern im Erdgeschoss sein, um aufzuwachen, wenn jemand einzubrechen versucht. Nachts liege ich wach und starre an die Decke. Manchmal krieche ich unter dem Federbett hervor, gehe zum kleinen Fenster, von dem aus man die Straße überblicken kann, und spähe durch den schmalen Spalt zwischen Fensterrahmen und Vorhang.

Nachdem das fünf Tage und Nächte lang so gegangen ist, bin ich kurz vor dem Durchdrehen. Ich brauche frische Luft, und ich muss meine innere Uhr wieder auf Normalzustand zurückstellen; also gehe ich eines Nachmittags zum Strand runter, ein breiter sandiger Abschnitt, bedeckt mit Steinen und Tang. Es ist windig, mit strahlendem Sonnenschein: Ein Tag, an dem alles möglich scheint.

Ein paar Leute sind da, hauptsächlich mit Hund. Am anderen Strandende sehe ich einen Mann Seegras von einigen Felssteinen einsammeln – fast alles Seegras ist essbar, solange es noch an Felsgestein hängt. Das habe ich im Überlebenstraining gelernt. Beim Näherkommen sehe ich, dass er ein großer Mann mit buschigem rabenschwarzem Bart ist, in einem abgerissenen, knallblauen Pulli. Er macht kehrt und geht zu einem jüngeren Mann, vielleicht seinem Sohn, der sich etwa auf halber Höhe zwischen mir und dem Brandungssaum hinkauert und sich eifrig an aufgeschichteten Steinen zu schaffen macht, von denen Rauch herüberweht – eine Feuerstelle. Mehrere andere Leute vertreten sich am Strand die Beine, also scheint es mir akzeptabel, meiner Neugier nachzugeben, mich auf ein Büschel langes weiches Seegras zu hocken und mir das Ganze eine Zeitlang anzusehen. Die Männer braten Fische, schmal und gefleckt, vielleicht Makrelen. Auf einem Stein liegen sie hübsch ordentlich in einer Reihe.

Der Ältere mit schwarzem Bart und knallblauem Pullover breitet das Seegras auf dem Felsen aus und nimmt eine Makrele, geht damit ein paar Schritte Richtung Meer, ritzt sie auf und nimmt sie mit bloßen Fingern aus. Dann geht er bis zur Brandung und schmeißt ein paar Innereien ins Meer hinaus, was eine kreischende Möwenschar anlockt, ehe er sich bückt und den Fisch im Meerwasser auswäscht.

Er geht zu dem jüngeren Mann zurück, der jetzt eine Zitrone in einer gewölbten Hand hält und sie mit einem Taschenmesser in dicke Scheiben schneidet, die Handfläche dient ihm als Schneidbrett. Der den Fisch ausgenommen hat, hält die Makrele jetzt aufgespreizt, sodass der Feuerstellenmann die dicken Zitronenscheiben ins feuchte, konkave Fischinnere schieben kann. Als alle Fische auf diese Art ausgenommen sind, schichtet er erst das Seegras auf die rauchenden Felsbrocken und legt dann ganz behutsam die Makrelen eine nach der anderen obendrauf. Ich bin nahe genug dran, um die verkohlende Haut zu riechen, und stelle mir vor, wie leicht sich das weiche Fleisch von den Gräten lösen wird.

Keiner der Männer sieht in meine Richtung, und ich habe das Gefühl, den älteren ruhig anerkennend betrachten zu können. Er kann mit bloßen Händen Fische ausnehmen!

Da passiert zweierlei zugleich: Ich denke an den jungen Mann unter Wasser, wie er zu mir hochsah, ein Auge offen, das andere ein tiefer Blutbrunnen. Und gleichzeitig fällt mir die junge Frau in Kirkwall ein, auf der Bank am Hafen, wie sie ihren Freund mit all der unschuldigen und intensiven Schwärmerei der Jugend anhimmelte. Vom Aufeinanderprallen dieser beiden Bilder wird mir schwindelig. Das eine stößt mich ab, das anderen lässt mich vor Neid erblassen. Vor allem anderen überwältigt mich eine Sehnsucht, mich zu ergeben. Ich könnte von meinem Platz aufstehen, zu dem Mann im leuchtend blauen Pulli hingehen und mich anbieten. Ich würde mich vor ihn hinstellen und sagen (in dieser Vorstellung ist kein Sohn da), so läuft's, das ist mein Angebot, eine gemeinsame Nacht, Haut und Wärme, danach bringen Sie mich zur Polizei, und ich muss gar nichts mehr entscheiden. Es ist wie in diesem Moment auf Skye, als ich in meinem Pensionszimmer geblieben bin – ein Abtauchen in Schwäche, diesmal durch ein Prisma des Verlangens.

Ich beäuge den Mann mit dem knallblauen Pulli. Das Bedürfnis, mich davonzumachen, war so übermächtig, dass ich mir keinen Gedanken an meine anderen Bedürfnisse gestattet habe, menschliche Bedürfnisse; aber was, wenn das Gebot der Flucht jemals wegfallen sollte, was dann?

In dieser Nacht, nachdem ich zum ersten Mal aus diesem Haus gegangen bin, etwas frische Luft geschnappt und mir Gedanken über den Mann im blauen Pulli gemacht habe, bringe ich die Daunendecke im Cottage wieder nach oben und schlafe im Bett. Ich habe immer noch Angst und rücke die Kommode vor die Schlafzimmertür, bevor ich schlafen gehe – aber ich schlafe.

Am Morgen wache ich auf und gehe wieder an den Strand, der jetzt leer ist. Ich gehe bis ans andere Ende und zurück, betrachte das unendliche Himmelspanorama, die hohen Wolken, und atme die Seeluft ein. Heute werde ich einkaufen gehen, ein paar Vorräte besorgen, und ich werde zum Hafen gehen und versuchen, Stuart zu finden.

Es gibt keine Passagierfähre von Großbritannien nach Norwegen. Früher konnte man eine von Newcastle nach Stavanger nehmen, doch die Strecke wird nicht mehr befahren. Frachtschiffe gibt es zwar noch, aber als blinder Passagier auf einem Frachtschiff mitzureisen, ist in jedem Fall äußerst schwer – na ja, jedenfalls für eine Frau. Als Mann hätte ich mich womöglich als Besatzungsmitglied tarnen können, falls ich eine Kontaktperson hätte, die mich einschleusen könnte.

Jetzt ist die letzte Septemberwoche, aber ohne Telefon, mit dem ich Stuart erreichen könnte, bleibt mir nur die Möglichkeit, jeden Tag durch den Hafen zu gehen und die Boote abzugrasen, bis ich ihn finde. Ich kann es mir nicht leisten, mein Zeitfenster zu verpassen. Am dritten Tag der Suche fange ich an, mir Sorgen zu machen, und beschließe also, mich in der Hafenmeisterei aufzuhalten und mit der Frau am Schalter zu plaudern. Ich lenke das Gespräch auf Urlauber, die diese verrückten Überfahrten machen, weil sie auf einen Urlaub hoffen, der sich mal ganz anders anfühlt, und wie irre die alle sind – so viel Geld zu verpulvern, nur um sich mal so richtig herauszufordern. Irgendwann bekomme ich heraus, in welchem Bereich der Liegeplätze ich ihn am ehesten finden kann.

Als mir das gelingt, sitzt er auf der Cockpitkante eines Zwölf-Meter-Segelboots, Einmaster, den Kopf über eine Näharbeit gebeugt – sieht ganz so aus, als flicke er ein Loch in der Achselhöhle einer Jacke mit Zwirn. Durch die Lukentür weiter hinten kann ich nach unten ins Bootsinnere sehen, den Bordinstrumententisch und den Sitzbereich. Von Jachten verstehe ich nicht viel, aber von der Größe her tippe ich darauf, dass vielleicht sechs Passagiere an Bord sein werden, höchstens acht, um die Überfahrt mitzumachen.

Ich stehe auf dem Steg und sehe Stuart an – Anfang dreißig, bärtig. Bestimmt haben ihn seine Eltern mehrmals im Jahr in den Ferien auf Segeltörns mitgenommen, als er jünger war; trotz seiner schäbigen Kleidung – abgeschnittene Jeans und eine nicht zugeknöpfte Seglerjacke, unter der ein weißes Unterhemd über einer flachen, behaarten Brust hervorschaut – umweht ihn ein Hauch von Wohlstand. Er ist so in seine Aufgabe vertieft, dass er nicht aufblickt.

»Stuart?«, versuche ich es.

Er schaut auf und beschirmt die Augen mit einer Hand vor der Sonne.

»Sie machen noch die Überfahrt nach Stavanger, richtig?« Ich schaffe es, das mit unbefangenem Lachen vorzubringen. »Ich will doch sehr hoffen, dass ich die ganze weite Strecke nicht umsonst gefahren bin.«

»Sie müssen Sophie sein«, sagt er. »Ich hab Sie angerufen, ein paar Nachrichten hinterlassen, wissen Sie.«

»Ja, sorry, mir wurde das Handy geklaut«, antworte ich, »aber das mit der Überfahrt steht doch noch, oder?«

Er sieht mich von Kopf bis Fuß an und schüttelt den Kopf. »Weiß nicht, Sophie, sieht so aus, als könnten wir ein kleines Problem haben.«

In mir zieht sich etwas zusammen. Wenn Stuart von North Sea Adventures die Überfahrt nach Norwegen nicht bald macht, bin ich am Ende, fertig. Meine Zeit ist ohnehin begrenzt. Ich kann unmöglich in den Süden zurückkehren, all diese bewältigten Meilen nochmal in umgekehrter Richtung zurücklegen, all diese Züge, Busse und Fähren, um einen anderen Fluchtweg aus dem Land zu finden. Ich werde in dem Cottage bleiben müssen, bis sie mich aufspüren, und dabei weiß ich immer noch nicht mal, wer sie sind.

Stuart kratzt sich am Bart. »Ihre Jacke sieht gut aus, prima, dass Sie die schwere Sorte gekauft haben, ich rechne mit einem Sturm, und Sie müssen vorbereitet sein. Aber diese flachen Segelschuhe bringen's nicht, nicht bei dieser Überfahrt – haben Sie Segelstiefel?«

Ich gebe mich betroffen, während ich in Wirklichkeit genau dort im Hafen vor Erleichterung zusammenklappen könnte, so richtig mit Schmackes. Meine Segeljacke habe ich am Vortag von einem Händler an der St Olaf Street gekauft, und die Hafenmeisterei bietet auch so einiges an Kleidung und Ausrüstung an. »Ich kann mir richtige Stiefel besorgen. Wann geht's los?«

24

Die See ist ruhig, als wir am nächsten Morgen mit Motorenkraft aus dem Hafen auslaufen, erst in südliche Richtung, um das Ende von Bressay herum, dann mit Segel an den Klippen auf der Isle of Noss vorbei. Außer mir sind noch vier andere zahlende Kunden auf der Jacht, drei Männer und eine Frau, die jeweils tief in die Tasche gegriffen haben, um die Nordsee in einer Nussschale zu überqueren, eine schwierige und potenziell gefährliche Überfahrt, die an einem guten Tag vierundzwanzig Stunden dauert, an einem schlechten vierzig. In zwei Stunden hätten sie die Strecke fliegen können. Sie werden wohl auf irgendetwas Aufregendes unterwegs hoffen – einen tüchtigen Sturm, vielleicht eine Schule gigantisch aufwogender Wale, obwohl wir mit Sicherheit eher Ölplattformen als Wale sichten werden. Es fällt mir schwer, meine Mitreisenden nicht zu verachten, weil sie das alles nur zum Vergnügen mitmachen.

Wir haben alle unterschiedlich viel Segelerfahrung – ich habe mich zwar in die Grundbegriffe eingelesen, gehöre aber vermutlich in die Kategorie Anfängerin. Als wir die Klippen passieren, stellt sich einer meiner Mitpassagiere, der ein schwammiges Gesicht hat und Jason heißt, neben mich ins Cockpit und sagt mir, dass er die volle Qualifikation als Bootsführer hat. Mit seinem Bootsführerschein zur See ist er Stuarts Stellvertreter, wenn es hart auf hart kommt. Er holt zu Erklärungen aus, wie die verschiedenen Bootsteile heißen und wozu sie gut sind, was sogar ganz nützlich ist, weshalb ich mich gerne von ihm belehren lasse. Sobald es dunkel wird, gehen wir zu einem dreistündigen Wachwechsel über, wobei wir unten in der Vorpiek und in den hinteren Kojen übernachten werden. Jason erklärt mir mit gespielter Nonchalance: »Ich bin der Skipper, wenn Stuart schläft. Wenn du auf meiner Wache bist, setze ich dich an die Fock, nichts Persönliches, aber du brauchst ein bisschen mehr Kraft und Erfahrung für das Großsegel.« Wonach er sich zu längeren Ausführungen hinreißen lässt, wie heldenhaft er nur fünfzehn Jahre nach diesem Sturm, in dem so viele Leute umkamen, an der Fastnet-Segelregatta teilnahm, und wie unglücklich seine Frau darüber war. Zu meinem Glück stößt genau da eine große Schar Basstölpel über uns herab und kreist so laut schreiend über unseren Köpfen, dass ich getrost mit einer Hand an meinem Kopf wedeln und rufen kann, ich könnte ihn nicht hören.

Als wir auf offene See hinaussegeln, passt sich das Boot unter uns der kräftigen Dünung an, rollt von Mal zu Mal tiefer und wieder höher und fällt in seinen Seegangs-Rhythmus. Über uns dehnt sich weit und grau der Himmel. Wir sind auf dem Rückweg der Wikingerroute – kein aufregender Aufbruch zu einem Beutezug, sondern Plünderer auf dem Heimweg, mit Blut an den Händen, aber siegreich. Noch befinden wir uns in britischen Hoheitsgewässern, im Prinzip unterliege ich also noch der heimatlichen Rechtsprechung. Vermutlich werden wir irgendwo auf halber Strecke in norwegische Gewässer hinüberwechseln. Ob ich dann wohl wach sein werde? Hoffentlich. Den Moment würde ich mir gern einprägen.

Um zwei Uhr morgens werde ich geweckt. Ein Wecker schrillt. Ich weiß weder, wo ich bin, noch, warum ich in eine Zwangsjacke geschnallt wurde, bis ich schlagartig zu vollem Bewusstsein komme. Ich bin in einem Schlafsack in einer Koje, auf einer Jacht. Es ist mitten in der Nacht, und ich bin mit Nachtwache an Deck dran.

Als ich mich aufsetze, merke ich, dass das Boot stampft. Ein rotes Nachtlicht erhellt die Kajüte. Ich kämpfe mit dem Schlafsack, versuche ihn herunterzuschieben, während ich hin- und hergeworfen werde. Ich habe zwar in voller Montur geschlafen, muss mir aber noch die Stiefel anziehen, und als ich mich vorbeuge, schlingert das Boot erneut, und ich kippe nach vorn. Jemand packt mich am Arm und zieht mich hoch: Annette, die andere Passagierin, die darauf wartet, sich in die Koje schmeißen zu können, die ich freigebe. Sie hält sich an mir fest, als das Boot wieder schlingert, und wir schwanken zusammen vor und zurück, bis ich mich an ihr vorbeischlängeln kann. »Geh schnell rauf, da draußen wird's ungemütlich«, sagt sie.

An Deck ist es eiskalt, und der Wind drückt mir den Atem aus der Kehle. Himmel und Meer sind schwarz, die Trennung zwischen beiden aufgehoben. Stuart ist am Ruder und einer der Männer an der Großschot. Er winkt mich an die Fock und ruft: »Noch eine Umdrehung nachlegen!«, während das Boot abtaucht. Ich gehorche und halte mich dann an der Winschkurbel fest, denke dran, meine Finger nicht reingeraten zu lassen. Der Lärm ist ohrenbetäubend; die Großschot schlägt, während Stuart meinem Segelkameraden etwas zuruft, das ich nicht höre. Unglaublich, wie wenig ich sehen kann. Hinter mir sehe ich den winzigen Lichtschein des Hafens und die Steuerbordlichter achtern, die im Dunkeln auf und ab schnellen. Oben schwankt das kleine Licht an der Mastspitze wie wild hin und her, und ich denke: *Wir sind hier unsichtbar. Wenn irgendein Tankschiff ankommt, war's das.* Wir schlingern wieder, und ein Riesenspritzer weiße Gischt schießt an der Backbordseite hoch und bleibt kurz in der Luft stehen, ehe sie über uns hereinbricht. Wow, wie aufregend, denke ich, stoße Freudenschreie aus und sehe mich um, ob die Männer auch Spaß haben, aber Stuart wirft mir einen finsteren Blick zu. Er zerrt den anderen Mann ans Ruder, beugt sich dann vor und greift nach dem Gurtband, das lose von meiner selbstaufblasbaren Rettungsweste hängt, zieht es lang und hakt den Karabiner an den Sicherungsdraht. Dann brüllt er mir ins Gesicht: »Sie bleiben die ganze Zeit an Deck eingehakt, wenn Sie nicht lebensmüde sind!«

Die Jacht geht auf Talfahrt. Von Stuarts Gesichtsausdruck, als er ans Ruder zurückkehrt, wird mir schlecht. Das Boot taucht immer wieder in Schwärze ab und wieder auf. Als ich mich irgendwann umschaue, sehe ich eine Wasserwand hinter und über uns, wie ein am Boot befestigter aufrechter Schweif. Noch eine Welle bricht über uns herein, und Stuart sieht mich an und macht mir unverständliche Zeichen. Ich schüttele den Kopf: nichts kapiert. Er schnappt sich wieder den anderen Mann und brüllt ihm zu: »Auf Kurs halten!«, ehe er sich zu mir herüberlehnt und ruft: »Ich kann den Kompass nicht sehen!« Er hakt meinen Karabiner aus dem Sicherungsdraht, kommt mit dem Mund nahe an mein Ohr und brüllt: »Sie stehen im Weg, gehen Sie nach unten!«

Ich will nicht nach unten. An Deck kann ich mich selbst davon überzeugen, dass das wüste Schlingern dieser zerbrechlichen Nussschale im Stockdunkeln samt Wellenschlag und eiskalt sprühender Gischt atemberaubend ist – auf beengtem Raum sind die Bootsbewegungen viel beängstigender. Dort unten fühlt es sich an, als könnten wir jeden Moment untergehen; aber Stuart ist der Skipper, und ich füge mich.

Unten ist alles nass und glitschig, und in der Kajüte stinkt es nach Plastik und Salz, überlagert von dem beißenden Geruch von Erbrochenem. Wer auch immer sich übergeben hat, ist zu seiner Koje zurückgegangen. Ich stolpere zu derjenigen gegenüber von Annette, die als regloses Bündel daliegt, und greife mir dabei eine Plastikschüssel vom Boden. Vermutlich hat Annette sie dort hingestellt, weil sie fürchtete, sich übergeben zu müssen, aber sie ist leer. Einer von den anderen muss sich im Vorpiek übergeben haben – vielleicht Jason? Ich versuche mich hinzulegen, merke aber sofort, dass das nicht geht – ein Wunder, dass Annette so liegen bleiben kann. Ich werde so schlimm hin- und hergeworfen, dass meine einzige Hoffnung, keine Verletzungen davonzutragen, darin besteht, mich in die Ecke ans Waschbecken zu setzen und einen Fuß auf dem Boden und den anderen am Bordinstrumententisch abzustützen, um mich zu halten. Die Position ist so unbequem, dass Ausruhen ausgeschlossen ist; aber versuchsweise schließe ich doch die Augen und bemühe mich, nicht an die Tiefen unter mir zu denken. *Fünf Faden tief liegt Vater dein.* Die Nordsee ist bis zu siebenhundert Meter tief – wie viele Faden sind das? Ich weiß es nicht. Da würde man einfach immer weiter runtersinken, bis es so dunkel ist, dass man absolut nichts mehr sieht und niemals gefunden werden kann. Ich denke an meinen Körper, der in das tiefe dunkle Wasser sinkt, mit schwebenden Haaren und über dem Kopf wabernden Armen wie die Wedel eines geschmeidigen Büschels Seegras oder Tang. Dann stelle ich mir nicht meinen Körper vor, der nach unten sinkt, sondern den eines bleichen jungen Mannes, dessen Vorgeschichte ich nie erfahren werde, eines jungen Mannes, der vielleicht nie vermisst werden wird … an all diese Dinge zu denken macht mich so müde. Ich bin müde, und die Nacht hat noch kaum angefangen. Ich öffne die Augen, sehe mich im roten Schein der Nachtsichtlampe in der Kajüte um, spüre, wie ich in diesem albernen Sarg umhergeschleudert werde, unter mir die schwarze See, und denke: *Das wird jetzt noch Stunden so weitergehen, das heißt, falls das Boot in diesem Sturm nicht kentert und du hier unten festsitzen und auf beengtem Raum ertrinken wirst.* Mir dreht sich der Magen um – ich würge in die Schüssel, bekomme aber nur Speichel heraus. Ich kann weder glauben, dass ich diese schreckliche Nacht überleben werde, noch, dass ich dem Ertränktwerden in einem Loch entkommen bin, nur um bei der Überquerung der Nordsee in diesem blöden Boot zu ertrinken.

Ich denke an all die verschiedenen Todesarten, die es gibt: bei mir Wasser; bei meinem Vater fast Feuer. Das Entsetzliche, das er durchgemacht hat – wollte er nicht deshalb auf die eine oder andere Weise seinem Land dienen, damit es nie wieder zu so etwas kommen sollte? Ich denke daran, wie sich diese Geschichte in meine Kindheit und Jugend eingegraben hat: der Feuersturm, die verkohlten Leichen, die er mit siebzehn Jahren am nächsten Morgen sah. Ich weiß, dass sich Leute, mit denen ich zur Schule oder Uni ging, manchmal gewundert haben, wieso ich zum Militär gegangen bin; und wenn sie vom Service gewusst hätten, hätten sie sich auch über diese Berufswahl gewundert. Die beste Erklärung, die ich ihnen hätte geben können, lautet: Gute Leute müssen zu verhindern versuchen, dass schlimme Dinge passieren. Nur ein Beispiel: Irgendwo, irgendwann in den sechziger Jahren hat, soweit ich weiß, ein Wissenschaftler Plastik erfunden, das fest genug war, um hochexplosive Sprengkörper zu umschließen. Wenn der Sprengkörper explodierte, zerbarst dieses eigens erfundene Plastik so, dass es in den Körper eines Soldaten, Dorfbewohners oder Kindes ähnlich wie gewöhnliches Schrapnell eindrang – nur dass sich diese neuartigen Plastikpartikel im Krankenhaus nicht per Röntgenbild im Körper der verwundeten Person darstellen ließen. Der einzige Zweck dieser irgendwo von Steuerzahlern finanzierten Erfindung bestand darin, noch mehr Leid zu verursachen.

Ich weiß noch, als ich zum ersten Mal davon hörte, dachte ich: *wie abscheulich*. Jetzt erst fällt mir auf, dass ich mich nicht erinnern kann, gehört zu haben, wo und für welche Regierung dieser Wissenschaftler tätig war.

An all das denke ich, während ich im Dunkeln mitten auf der Nordsee in einer Zwölf-Meter-Jacht auf und ab pralle und das rote Leuchten des Nachtsichtlichts seinen höllischen Schein wirft; und daran, wie ich immer davon ausgegangen war, dass wir die Guten waren – ich, mein Vater, der Service –, und wenn wir etwas Schlimmes taten, zählte es nicht, weil es nicht mit Absicht geschah. Natürlich war das Leid, das wir im Zuge unserer guten Taten verursachen konnten, furchtbar und tragisch, aber diesen Preis musste man halt zahlen. Wie einfach ich es mir damit gemacht habe, wird mir jetzt klar – nicht ich musste den Preis zahlen.

Das Boot sackt wieder ab. Ich erbreche mehr Spucke und schließe die Augen. Ist es nicht genug damit, dass wir zerbrechlich und aus weichem Fleisch gemacht sind, aus Knochen, die wir uns mit einmal Ausrutschen auf vereistem Pflaster brechen können? Offensichtlich nicht. Wir müssen auch noch die ganze Welt zerbrechlich machen. Wir müssen uns fürchten vor etwas, das mit einem Pfeifen oder Schreien vom Himmel fallen könnte, vor Hochwasser, davor, dass sich der Himmel selbst aufspaltet und die Luft, die wir atmen, vom Weltall aufgesaugt wird. Nicht wahr, wir wissen jetzt, dass es Leute mit Waffen gibt, die die Apokalypse herbeisehnen, dass die Polkappen eines Tages zu Seen schmelzen werden, dass irgendwo in einem Labor ein Affe oder eine Fledermaus ohrenbetäubend niest, dort draußen im Weltall ein von einer Aura aus blauen Flammen umgebener Asteroid mit einem Schweif, der noch Jahrhunderte später gesehen werden kann, auf uns zurast, nur dass dann niemand mehr da sein wird, um ihn sich anzusehen, und jetzt mal im Ernst, wenn mich nochmal ein einziger Mensch fragen sollte, warum ich nie Kinder kriegen wollte, wird ihm der Blick, den er von mir bekommt, die Gebeine zu Eis gefrieren lassen.

Mein Vater hatte eine Schwäche für Nierenfettkuchen, den er in einem Schnellkochtopf zubereitete, einem gewaltigen scheppernden Ding, das aussah wie ein großer dickwandiger Kochtopf. Ich weiß noch, wie er danebenstand, an so einem kleinen schwarzen Knopf im Deckel herumdrehte und den Dampf abließ, der in einem heftigen schmalen Strahl herausschoss. Wenn er das nicht täte, sagte er, könne das ganze Ding explodieren – bei ihm klang es eher nach Bombenentschärfung als nach Fettkuchen.

Ich war sein kleines Helferlein, in so vieler Hinsicht sein Lehrmädchen; bei ihm hieß ich Bird, Vogel. Er zog mich unheimlich gern auf. Ich weiß noch, als ich sehr klein war, pflegte er sich vor mich auf einen Stuhl zu setzen und vorzubeugen, den rechten Ellenbogen aufs rechte Knie gestützt. »Bird«, sagte er dann, »komm mal her.«

Ich erinnere mich, wie ich vor ihm stand.

»Schau her«, sagte er dann mit leiserer Stimme, als hätte er ein Geheimnis, das er nur mir verraten wollte, und lächelte mir vielsagend zu.

Auf der anderen Seite der Küche lächelte meine Mutter dann in ihre Kochtöpfe und sagte etwas wie »Robert …«, in gespielt vorwurfsvollem, eigentlich nachsichtigem Tonfall.

»Schau mal, Bird«, sagte er dann, »ich hab eine *Maus* im Ärmel …«, und spannte den Bizeps in seinem engen weißen Shirt an, bis die Ausbuchtung hüpfte und zuckte.

Noch lange nachdem ich wusste, dass es Quatsch war, tat ich so, als würde ich drauf reinfallen.

Irgendwann so gegen sechs kommt Stuart nach unten. Ich bin noch wach, und er sagt mir, dass es im Lauf der nächsten Stunde hell werden wird und die See sich beruhigt hat – ob ich vielleicht an Deck kommen möchte? Bald werden wir den Leuchtturm von Kvitsøy sehen können.

25

Sechs Tage nachdem ich im Hafen von Stavanger von Bord gegangen bin, stehe ich am Rande eines Städtchens mit Blick auf Norwegens längsten und tiefsten Fjord, den Sognefjord, der sich gut zweihundert Kilometer weit durch nördliche Breiten erstreckt. Ich heiße Sophie Lester und bin neunundvierzig Jahre alt. Nach fünfundzwanzig Jahren als Englischlehrerin wurde ich freigestellt und habe mich dank eines kleinen Erbes von einer Tante entschlossen, auf Rechercheréise für ein Memoir über eine Englischlehrerin zu gehen, die aus allem aussteigt und auf Reisen geht. Ich wollte schon immer die Fjorde sehen. *Hier*, denke ich mit einem leisen inneren Seufzer, *hier wird es vielleicht enden.*

Ich stehe auf halber Höhe eines steilen Hangs, der hinter und über mir zu einem Berg anwächst. Rechts von mir liegt eine Auffahrt zu der Fernstraße, die mich hierhergeführt hat; zu meiner Linken windet sich die Straße um den Berg, bis sie außer Sicht ist, aber nach wenigen Minuten zur Hauptstraße dieses Städtchens wird: eine Bäckerei, ein Tante-Emma-Laden, eine Fahrradwerkstatt und eine weiße Holzkirche mit Friedhof, wo ein Unterstand mit Regalfächern kleine Pflanzkellen, Handgabeln und Gartenhandschuhe bereithält, damit die Leute die Gräber ihrer Angehörigen pflegen können. Weil wir hier in Norwegen sind, wird nie irgendwas geklaut, und wenn die Bevölkerung wohlgenährt und mit allem versorgt ist, kommt sie seltener auf die Idee, sich gegenseitig zu beklauen. Wer hätte das gedacht.

Neben mir steht eine Norwegerin um die sechzig, die sich mir als Ida vorgestellt hat. Sie hält einen Schlüssel in der Hand. Die Hütte eignet sich gut für den Sommer, sagt sie, während sie aufschließt, um sie mir zu zeigen, wird in den Wintermonaten aber nicht ausreichen, und allmählich wird es schon kälter. Ida nimmt an, dass ich mich in wenigen Wochen nach einer anderen Bleibe umsehen muss. Ihr Englisch ist gut und präzise, und als sie die Tür öffnet und weit aufstößt, sehe ich sofort, warum die Immobilie nicht regulär vermietet wird, warum sie bereit ist, sie mir vorübergehend zu einem Preis zu überlassen, der für norwegische Verhältnisse ein Schnäppchen ist.

Auch wenn alle Fensterläden geschlossen sind, sehe ich im Halbdunkel, dass hier drin Zustände herrschen, wie sie keine norwegische Familie dulden würde: an einer Wand ein Haufen Haushaltsschrott, in einer Ecke ein kaputter, auf dem Kopf stehender Polstersessel, der mit abgeschraubten, danebenliegenden Füßen und zerrissenem Bauch, in dem man die Sprungfedern sieht, auf seine Reparatur wartet. Ida erklärt, dass die Hütte von ihrer Familie als Abstellschuppen verwendet wird, wenn sie nicht vermietet ist – sie hatten sie schon für den Winter dichtgemacht. Sie geht zum durchgesessenen samtigen Sofa, zieht das Laken ab, von dem es nur halb bedeckt wird, und wickelt es sich wie einen Verband um einen Unterarm, ehe sie sich bückt und auf den Bodendielen einen Teppich ausrollt. Sie geht zu den Glastüren, öffnet sie und schlägt zwei dazugehörige grün gestrichene Fensterläden auf. Schon ist das kleine Wohnzimmer lichtdurchflutet. Sie tritt auf den Balkon hinaus und winkt mich zu sich.

Der Balkon auf Pfählen hat direkten Fjordblick. Obwohl es ein nebliger Tag ist, ist das Wasser unter uns von einem unfassbaren Blau; die Berge am anderen Ende erheben sich wie senkrechte Klippen aus Gesteinsschichten, geschmückt von einem Dutzend Bändern: schmale weiße Wasserfälle, die sich die Felsen hinabstürzen.

Ich sehe mir die Aussicht an und atme so tief aus, dass es sich anfühlt wie unendlich – ich spüre, wie sich meine Schultern senken, meine Brust sich entspannt. *Hier, ja, hier.*

Ida schaut zu mir rüber und nickt, wie mit dem Gedanken: *Wusste ich's doch, dass es Ihnen so damit gehen würde.*

Vorne steht die Hütte recht nah an der Straße, aber hinter einer Baumreihe verborgen, und wir sind ein gutes Stück ab von der Fernverkehrsstraße, es kommt also nur selten ein Auto vorbei. Im Hof vor der Hütte zeigt sie mir einen baufälligen Schuppen mit einem Holzstapel, ein paar Eimern und Wischmopps und, an eine wackelige schwarze Wand gelehnt, einem Fahrrad. Das ist brauchbar, sagt mir meine Vermieterin, aber ich muss es zum Reparaturladen bringen, damit es funktioniert; dann kann ich es haben, sie würde es sonst entsorgen. Ich bin aus einem bestimmten Grund in diesen Ort gekommen, und ein kaputtes Fahrrad ist genau die richtige Einführung für mich, eine unerwartete Dreingabe. Ich bedanke mich überschwänglich bei ihr.

Das Städtchen am Fjordufer hat eintausendzweihundertsechsundvierzig Einwohner. In den nächsten paar Wochen werden es mit mir eintausendzweihundertsiebenundvierzig sein.

Ich gehe jeden Tag wandern, und weil ich unterwegs zu den Bergwanderwegen den Ort durchquere, bekomme ich ein wenig vom Alltagsleben mit. Es gibt eine kleine, niedrige Bücherei mit einem Internetterminal, wo ich mir einmal am Tag die Nachrichten aus Schottland ansehe – eine in einem Loch bei Thurso entdeckte Leiche wird nicht erwähnt. Ein komisches Gefühl ist das, danach zu suchen, ob er gefunden wurde, an ihn am Grunde des Lochs zu denken, mich selbst auf Anzeichen von Schuldgefühlen für seinen Leichnam dort unten zu befragen –, aber immer wenn irgendwas hochflackert, löst es sich gleich wieder auf, sobald ich mir Zeit nehme für die Überlegung: Je länger er unentdeckt bleibt, mit desto höherer Wahrscheinlichkeit wird meine Spur kalt werden. Bin ich jetzt hier, außerhalb von Großbritannien, in Sicherheit? Das ist die große Frage. Ich wünschte, ich könnte Carmella nochmal anrufen, aber das Risiko kann ich jetzt nicht eingehen – als ich unterwegs war, war es etwas anderes als jetzt, während ich eine Weile ortsgebunden bin. Zur Vorbereitung auf meinen Mailwechsel mit Vikram, wenn es so weit ist, richte ich mir einen verschlüsselten Gmail-Account ein.

Unterdessen lasse ich mich auf das Kleinstadtleben ein. Mein Norwegisch gibt nicht viel mehr her als in den Läden und Cafés Hallo und Danke zu sagen, aber alle reden Englisch mit mir, natürlich gutes Englisch. In der Bäckerei gibt es Kardamomwecken und hervorragende Heißgetränke; sie wird von einem Mann mit seinen drei Söhnen betrieben, die morgens früh aufstehen, um ihm vor der Schule zu helfen. Ich erfahre, dass die Bibliothekarin nach Schweden ziehen will, weil ihr Freund dort ist. Niemand wundert sich über meine Anwesenheit oder gibt auch nur eine Spur von Neugier wegen mir zu erkennen – wahrscheinlich bin ich nicht die Erste, die hergekommen ist, weil es so schön und abgelegen ist.

Der Fahrradladen ist das letzte Geschäft an der Hauptstraße, ein bisschen außerhalb gelegen, direkt vor der Abzweigung zum Bergweg, den ich für meine täglichen Wanderungen nehme. Ich bin mehrmals daran vorbeigegangen, ohne auch nur einen Blick hinein zu werfen – will mich zunächst als feste Größe im Ort etablieren. Das ist wichtig; ich muss den Einheimischen Zeit geben, zueinander zu sagen: *Ach ja, das ist diese Engländerin, die Lehrerin, die Idas Hütte mietet*. Nachdem sie mich ein paarmal gesehen haben, werde ich nicht weiter auffallen. Wenn meine Annäherung erfolgt, muss sie sich ganz organisch ergeben.

Der Bergweg führt steil hinauf in einen Kiefernwald. An feuchten, nebligen Tagen, die gar nicht so selten sind, erzeugt das Regenprasseln in den Bäumen eine eigene Musik. Es geht steil bergauf, und manchmal, wenn ich zu einer Lichtung im Wald komme, sehe ich Nebelschwaden unter mir, die über dem Fjord hängen. Ich wandere jeden Tag, um in Form zu bleiben. Eine Zeitlang sesshaft zu sein erlaubt mir, mich um mich selbst zu kümmern, und mit jedem Tag, der vergeht, ohne dass mich jemand verfolgt, habe ich weniger Angst. *Ja*, denke ich. *Hier*.

Ich möchte diese Pfade gründlich auskundschaften, für den Fall, dass ich sie mal brauchen sollte. Zwischen Bäumen sein wirkt beruhigend auf mich. Ab und an begegnen mir andere Wanderer, oftmals aber niemand. Normalerweise schaffe ich es bis oben auf den Gebirgspass, wo ich Pause mache und auf einem flachen Stein, der als Ausguck ins Tal auf der anderen Bergseite dient, etwas Kaffee aus einer Thermosflasche trinke.

Es gibt eine Geschichte über diesen Gebirgspass. Sie klingt nach einer Sage, aber die Einheimischen schwören, dass sie wahr sei. Darin geht es um ein Mädchen namens Marta. Die Leute behaupten immer, Marta wäre ihre Großmutter, Urgroßmutter oder Großtante gewesen – alle lieben Marta.

Marta stammte aus einer Bauernfamilie im Tal, und eines Winters wurde es Zeit für ihre Konfirmation. Weil es im Tal keinen Pfarrer gab, musste sie sich über den Gebirgspass auf den Weg ins nächste Tal machen, eine mehrstündige Wanderung. Eines Morgens zog die junge Marta los, nachdem ihr Vater ihr eingeschärft hatte, vor Einbruch der Dunkelheit wieder zu Hause zu sein.

Nach ihrer Konfirmation machte Marta sich auf den Heimweg – doch kaum hatte sie den Bergkamm erreicht, da zog auch schon ein heftiger Schneesturm auf. In den Bergen kann es sehr schnell zu einem Wetterwechsel kommen. Obwohl sie schon oft ins andere Tal gewandert war, hatte sie die Wanderung hin und zurück noch nie an einem einzigen Tag gemacht und sich verschätzt, wie anstrengend der Rückweg werden würde. Es wurde dunkel. Aus dem anfänglichen Schnee wurde ein Schneesturm. Die arme Marta merkte, dass sie nicht weitergehen konnte und sich hinlegen musste. Sobald sie sich hingelegt hatte, wusste sie, dass sie sterben würde.

An diesem Punkt angelangt, befahl sie ihre Seele Gott. Bevor sie das Bewusstsein verlor, reckte sie sich noch, hob einen langen Zweig auf, der auf dem Boden lag, und hielt ihn aufrecht in einer Faust. Wenn ihr Körper zugeschneit war, konnte der immer noch einen Hinweis darauf geben, wo sie lag, sodass man sie ausgraben und in geweihte Erde umbetten konnte.

Unterdessen hatte Martas Vater besorgt zu Hause auf sie gewartet. Als es dunkel wurde und keine Tochter kam, zog er mit einer Laterne los. Er stieg auf seiner Talseite bergan, hielt auf dem ganzen Weg die Laterne hoch und rief nach seiner Tochter. Als er am Gebirgspass ankam, wusste er mit Sicherheit, dass etwas Schlimmes passiert war, denn Klein-Marta hätte es zumindest bis zu dieser Stelle schaffen müssen. Da stand er nun, hielt die Laterne hoch und rief ihren Namen. Und gerade als er verzweifelt aufgeben wollte, sah er mitten auf dem Weg einen langen Zweig aus dem Schnee ragen. Martas Vater fiel auf die Knie nieder, schaufelte mit bloßen Händen den Schnee vom Körper seiner Tochter und trug sie den ganzen Weg nach Hause.

Und die junge Marta, die bei Schneetreiben im Dunkeln in einem einsamen Wald eingeschlafen war, wachte in ihrem eigenen Bett auf, mit vielen Decken über sich, ohne Erinnerung daran, dass sie nach Hause und zurück ins Leben, ans Kaminfeuer gebracht worden war, ihre dankbar betende Familie um sich versammelt, und der Vater, der ihr das Leben gerettet hatte, dankte Gott auf Knien für seine Gnade.

Die Einheimischen glauben an eine einfache Moral dieser Geschichte: Glaube, Mut, Ausdauer auf Seiten von Vater und Tochter. Schlauheit könnten sie auch erwähnen. Marta wusste, dass sie nicht weitergehen konnte, hatte aber als pfiffiges Bergmädel den Einfall, sich diesen Zweig zu schnappen. Natürlich sind all das Eigenschaften, die ich im Beruf meiner Wahl brauchte. Ich kann jeden Aspekt dieser Geschichte bewundern. Aber etwas anderes daran lässt mich nicht los, wenn ich auf meinen Wanderungen darüber nachdenke – und das ist natürlich meine eigene spezielle Ausdeutung. Warum laufen wir weg? Weil wir weit entfernt und versteckt sein wollen – oder weil es der tiefste menschliche Wunsch ist, gefunden zu werden?

Eines Tages halte ich auf meinem Rückweg durchs Städtchen an der Bücherei an, um mir die Nachrichten durchzulesen. Ich sitze an dem Tischchen nicht weit vom Ausgabeschalter und lese auf dem großen weißen Monitor: Der Internationale Währungsfonds befindet, dass sich die Weltwirtschaft rascher als erwartet von der Finanzkrise erholt. Der Iran hat angekündigt, dass er zu einem Nuklearabkommen bereit ist. In Indonesien kam es zu weiteren Erdbeben, diesmal unter Wasser. Da friert der Bildschirm ein. Ein paar quer über den Monitor laufende Zickzacklinien verzerren den Text.

Ich gehe zum Schalter, wo die Bibliothekarin telefoniert, ihr Gespräch aber beendet, als ich näher komme, und kopfschüttelnd fragt, noch bevor ich etwas sagen kann: »Ah, hat er sich wieder aufgehängt?«

Sie kommt mit zum Bildschirm, beugt sich vor, wackelt ein paar Mal an der Maus auf dem Mousepad und schüttelt wieder den Kopf. »Das kommt vor. Es ist nicht das WLAN, sondern das Gerät«, sagt sie. »So alt ist es gar nicht, keine Ahnung. Ich muss einen Neustart machen, dann verlieren Sie, was Sie sich angesehen haben, geht das für Sie in Ordnung?«

»Ja, klar«, sage ich.

Die Bibliothekarin sucht hinter dem Bildschirm nach einem Knopf. »Damit kenne ich mich nicht so richtig aus«, sagt sie und verzieht das Gesicht.

»Ich auch nicht«, sage ich im Vertrauen, nur um eine Gemeinsamkeit herzustellen. Ich denke daran, wie kompliziert dieser Malware-Kurs war, an dem ich in London teilgenommen habe, aber am Ende bin ich so ziemlich auf den Trichter gekommen. Ich denke an das schöne Fischgrätmuster der Bodenfliesen, als ich an jenem Tag durch die Empfangshalle ging, wie lange das her zu sein scheint – eine andere Heather in einer anderen Welt. Wie Richard meinen Namen rief, »Heather!« – und da dämmert es mir.

Es ist Zeit, mich bei Vikram zu melden.

Am nächsten Morgen scheint die Sonne. Ich gehe raus zum Schuppen vor der Hütte. An einer feuchten Holzwand, neben einem Stapel modrig riechender Bretter, lehnt das reparaturbedürftige Fahrrad der Vermieterin. Es ist hellgrün lackiert, und ich sehe sofort, dass die Kette gerissen ist. Als ich es ans Licht rausschiebe, stelle ich fest, dass die Bremsen kaum noch greifen und das Vorderrad bei dem Versuch eiert, das Rad über den Hof weiterzuschieben.

Der Fahrradladen befindet sich abseits von den anderen Geschäften in einem eigenen kleinen Gebäude, nach norwegischen Maßstäben etwas heruntergekommen, mit der Werkstatt im Erdgeschoss und einer Wohnung darüber. Die Werkstatt hat Türen, so groß wie die einer Garage, die sich ganz aufklappen lassen, sodass die gesamte Straßenfront bei gutem Wetter geöffnet werden kann und der Besitzer einen Blick den Hang hinab bis zur kleinen Holzkirche mit Friedhof hat, die etwas abseits vom Rest des Städtchens nahe beim Fjord liegen. An Tagen mit guter Sicht kann man die Wasserfälle auf der anderen Talseite sehen. Die meisten sind jetzt nur dünne Rinnsale – der Sommer geht zu Ende. Bestimmt führen sie im Frühling viel mehr Wasser.

Es ist ein sonniger, warmer Tag, aber in der Luft liegt schon eine Schärfe, die auf den kommenden Temperatursturz hindeutet; die hohen Gipfel sind hier das ganze Jahr über schneebedeckt.

Es dauert etwas, bis ich mein eierndes Rad durchs Örtchen geschoben habe. Der Mechaniker, allein in seiner Werkstatt, steht an einer grob behauenen hölzernen Arbeitsfläche entlang der einen Wand, liest in irgendeiner Fachzeitschrift und trinkt Kaffee. Die zurückgeklappten Vordertüren stehen weit offen.

Beim Hereinkommen fällt mein Schatten auf ihn, und er wendet sich um und richtet den Blick, nachdem er mich nur kurz gemustert hat, auf das Rad, das er mit gewisser Belustigung betrachtet.

»Tut mir leid«, sage ich und zeige mit einer Hand auf die Arbeitsfläche, die Zeitschrift, »Sie machen gerade Pause.«

Er schüttelt den Kopf. »Die ist jetzt zu Ende. Möchten Sie einen Kaffee?«

Er kommt, nimmt mir das Rad ab und hebt es in einem raschen kräftigen Schwung auf einen Reparaturständer mitten in der Werkstatt. Er zeigt auf den hohen Hocker, auf dem er saß, als ich reinkam. »Bitte.« Dann verschwindet er in einer Nische an der Rückwand.

Ich sitze auf dem Hocker und sehe mich um. An der anderen Wand hängen ein halbes Dutzend generalüberholte Fahrräder an einem Gestell. Daneben zwei Staubsauger und eine Waschmaschine und darüber eine Reihe von Regalbrettern mit kleinen Werkzeugen und Ersatzteilen in Metallkörbchen. Drinnen in der Werkstatt ist es dunkel und riecht angenehm nach irgendeinem Öl, draußen überflutet strahlend helles Licht das Tal und die Postkartenaussicht. Kein schlechtes Leben, denke ich, wenn auch einsam – jedenfalls solange man handwerklich begabt ist.

Er kommt mit einem Kaffee wieder – schwarz, aber ich bin zu befangen, um ihn um Milch zu bitten – und stellt ihn vor mich hin. Er ist ein massiger Mann, blonde Bartstoppeln und strubbeliges blondes Haar auf einem großen Kopf mit grüner Wollmütze, die seinen Hinterkopf bedeckt. Er trägt einen Overall.

»Jetzt«, sagt er in schlichtem, aber akzentfreiem Englisch, »wollen wir uns dieses Fahrrad ansehen.«

Er wendet mir den Rücken zu und dreht kopfschüttelnd mit einem Finger am Vorderrad.

Ich sehe mir seinen breiten Rücken an, die festen Gesäßbacken im braunen Overall. Schließlich ist es schon eine ganze Weile her.

Ich nippe an meinem Kaffee und sehe zu, wie er das Rad testet und durchcheckt, an den Rädern dreht, es vom Ständer hebt und vor- und zurückschiebt. Er bringt es zum vorderen Hof und versucht aufzusteigen, schiebt es dann in die Werkstatt zurück und hebt es wieder auf den Ständer. Dann sieht er mich mit dem Anflug eines Lächelns an, einen Mundwinkel zu einem Grinsen hochgezogen, das – wie es mir scheint – etwas Wissendes hat, als wolle er sagen: *Habe ich Ihnen genug Zeit gelassen, mich zu beobachten?*

»Sie werden es hier bei mir lassen müssen.«

»Klar, sicher«, sage ich. »Danke.« Ich reiche ihm die Hand. »Ich heiße Sophie.«

»Sophie«, wiederholt er, als er mir die Hand gibt, meine mit seiner Pranke umfasst. »Willkommen, Sophie. Ich bin Aksel. Ich werde mich gut um Ihr Fahrrad kümmern.«

26

Hier kennt jeder jeden, und die Einwohnerschaft ist konservativ, aber ich habe den leisen Verdacht, dass viele Frauen eine Schwäche für Aksel haben. Ich habe mit meiner Vermieterin Ida und mit der Bibliothekarin geplaudert und Bruchstücke von Geschichten aufgeschnappt. Die Leute hier reden gern über ihre Mitmenschen und stellen mir kaum Fragen, genau so mag ich es. Was Aksel angeht, war da was mit einer schlimmen Scheidung, eine Frau aus der Großstadt, die die Kinder mit dem Versprechen, dass sie jeden Sommer bei ihm verbringen würden, nach Oslo mitgenommen, sich dann aber in einen Kanadier – oder war es ein Australier? – verliebt hat, dem sie in seine Heimat gefolgt ist und die Kinder mitgenommen hat. Seither ist Aksel einsam und unglücklich, gab man mir zu verstehen, und alle haben einmal gehofft, er würde mit einer örtlichen Ärztin zusammenkommen, aber daraus wurde nichts. Er ist zu alt für die alleinstehenden jungen Frauen, und die meisten älteren Frauen sind zu verheiratet.

Jetzt, in mittleren Jahren, macht Aksel irgendwie schon noch was her, aber wenn er einsam altert, stelle ich mir vor, dass die Leute seine Einsamkeit irgendwann verdächtig finden werden. Er wird grauhaarig und fett werden, nicht mehr bloß massig, und aus zu viel Alleinsein werden sich verschrobene Verhaltensticks entwickeln. Dann wird es mit Gerüchten über ihn losgehen. Irgendwann kommt es dann so weit, dass er als Figur in einer Fernsehserie der Erste wäre, der verhört würde, wenn ein Teenager aus dem Städtchen vermisst wird.

Das wird wohl auf Aksel zukommen – jedenfalls wenn es nach meiner Vorahnung geht –, auch wenn er es sich selber nicht ganz so detailliert ausmalen wird. Kleine Gemeinschaften bedauern Frauen wie mich, aber wenigstens dürfen wir verschroben sein, ohne eine Bedrohung darzustellen; das ist einer der wenigen Trümpfe, die uns das Schicksal gönnt.

Zwei Tage später schaue ich wieder in der Werkstatt vorbei. Aksel macht mir noch einen Kaffee, und wir sitzen dicht am Haus auf zwei Holzstühlen mit Blick auf die schmale Straße und dahinter den Fjord. Er wirkt zufrieden, von sich erzählen zu können – vermutlich hat er selten Gelegenheit dazu. Er kommt aus einer großen Familie in Askvoll, erzählt er mir, und ich denke, ja, weiß ich. Seine Kinder fehlen ihm. Ich lasse durchblicken, dass auch ich geschieden bin, ohne ins Detail zu gehen, erwähne einen erwachsenen Sohn. Er hält nicht damit hinterm Berg, dass er einsam ist, redet, während er die Steingut-Kaffeetasse in seiner Hand zum Mund führt; seine Finger sind zu fleischig für den kleinen Griff.

Durch Aksels Größe, seine Bärenhaftigkeit sticht seine Einsamkeit noch mehr heraus. Ich stelle mir vor, wie er die Außentreppe zur Wohnung über seiner Werkstatt hinaufgeht. Und wie gründlich er sich die Hände wäscht, wenn er ankommt. Er wird sie sich schon einmal mit Handwaschpaste an dem Metallwaschbecken in der Ecke seiner Werkstatt gewaschen haben, aber wenn er nach oben kommt, wiederholt er das Ganze mit einer nach Mandeln riechenden Haushaltsseife und Nagelbürste. Wahrscheinlich wäscht er sich so oft die Hände, dass er sie sich jeden Abend mit einer dicken Fettcreme einschmieren muss, damit die Knöchel nicht rissig werden. Ich stelle mir vor, wie er sich selbst ein Essen kocht, Fleisch und Kartoffeln, sich auf die fade Masse freut und sich genüsslich an einen vollen Teller setzt, aber dann, als er die erste gehäufte Gabel zum Mund führen will, innehält, die Hand reglos in der Luft verharrend, und vor sich hin starrt, weil ihm seine Einsamkeit bei diesem Eine-Portion-Abendessen schlagartig bewusst wird. Auf einmal füllt die Einsamkeit seinen Magen aus, und sein Appetit ist dahin.

Ich mag Aksel. Ich wünschte, ich könnte ihm ehrlich sagen, wer ich bin und warum ich hier bin. In meinem Kopf entstehen die seltsamsten Ideen: dass ich ihm meine Geschichte erzählen könnte, die wahre Geschichte. Während meiner gesamten Reise habe ich in Ermangelung eines Gesprächspartners meine Geschichte mir selbst erzählt – was bestimmt nicht gesund ist. Wem sonst werde ich sie erzählen können, wenn nicht ihm?

Ich male mir aus, wie es wohl wäre, mit Aksel zusammenzuleben. Ich stelle mir uns beide in einem der modernen Eigenheime vor, die ich auf meiner Fahrt durch Norwegen entlang der Fjordufer gesehen habe: helles Holz, weiße Flächen und große Fenster mit Fjordblick. Ich sehe vor mir, wie ich nachts aufstehe, wie so oft in der Hütte, und aufs Klo gehe, dann unter die Wolke von einer Daunendecke zurückschlüpfe, und wie Aksel sich zu mir umdreht und mich mit seinem weichen Fleisch einhüllt, in diese muskulösen Arme nimmt und mich wieder aufwärmt, bevor wir erneut einschlafen.

Aksel redet, während ich mich meinen Fantasien über ihn überlasse, bis er abrupt aufsteht und sagt: »Ich muss jetzt mit meiner Arbeit fertig werden.« Vielleicht hat er gemerkt, dass ich zerstreut war, aber den Grund missverstanden.

Auf dem Rückweg durchs Städtchen muss ich ein wenig über mich selbst lachen. All diese Fantasien, bloß weil ich einsam und scharf auf einen Mann mit strubbeligem Haar und heller sommersprossiger Haut bin. Vielleicht wäre mir seine Leibesfülle ein bisschen zu viel – er ist ein ziemlicher Brocken von einem Kerl, aber wie viel davon verträgt eine Frau?

Die Frage ist, wie lange sollte ich abwarten, bis ich eine Ausrede finde, sein Telefon zu benutzen?

Darüber denke ich immer noch nach, überlege, wie ich unsere Freundschaft einen Schritt weiterführen könnte, als eines Tages auf meiner Bergwanderung etwas passiert, das mir die Unberechenbarkeit von allem vor Augen führt.

Noch bevor ich den Pass erreicht habe, halte ich an einer kleinen Lichtung an und denke: *wie seltsam*. Jenseits des Fjords sehe ich, dass die Berge in Nebel versinken. An bewölkten Tagen war ich schon hier oben, aber das hier sieht dicht, schwer und tief aus – vielleicht zieht Schnee auf.

Als es damit losgeht, ist es nicht Schnee, sondern Hagel. Er kommt plötzlich und fällt rasend schnell vom Himmel – ein wüster, stechender Schauer, der mein Gesicht wie Nadeln trifft. Ich ziehe mich von der Lichtung in den Schutz der Bäume zurück, aber der Hagelsturm durchdringt mit seiner Kraft die Baumkronen der Kiefern, und bereits nach einer Minute bin ich durchnässt. Ich trage einen Anorak, keine wasserdichte Outdoorjacke, am Morgen sah das Wetter so schön aus. Ich habe weder Mütze noch Handschuhe. Ich kehre um, um mich an den Abstieg zu machen, aber mein Gesicht schmerzt schon; ich spüre, wie es rot und taub wird, wie mir die Wangen einfrieren.

Der Weg nach unten ist steil. Ich bin gerade aus dem Wald herauskommend darauf abgebogen, da sehe ich mit einem Blick nach unten, dass Aksel mit gesenktem Kopf den Weg zu mir heraufkommt.

Ich bleibe stehen, und er schaut auf, sieht mich, senkt den Kopf wieder und kommt weiter auf mich zu. Er blickt erst wieder auf, als er mich erreicht hat.

Er sieht mir ins Gesicht, und ich weiß, er liest darin, dass ich Angst hatte; nicht etwa, weil ich so dumm gewesen wäre, mich in Lebensgefahr zu begeben, sondern weil ich daran gemahnt wurde, dass ich hier immer noch eine Fremde bin, und ganz gleich, wie gut ich mich über Berge informiert hatte, kann ich jederzeit böse Überraschungen erleben, wie so viele vor mir. Die arme kleine Marta war von hier, und man weiß ja, was beinahe mit ihr passiert wäre.

Ohne etwas zu sagen, halte ich ihm beide Hände hin, die leichenblass sind, mit grau-lila Fingernägeln. Der Hagel fällt immer noch herab.

Er bleibt vor mir stehen, sieht wortlos meine Hände an und zieht die Augenbrauen auf eine Weise hoch, als wollte er mir sagen: *Sind Sie noch zu retten, ohne wetterfeste Jacke oder Mütze, ohne Handschuhe wandern zu gehen?*

»Mir war nicht klar, dass ich meine Handschuhe brauchen würde«, sage ich und höre ein Zittern in meiner Stimme, wie es kommt, wenn man wieder in Sicherheit ist.

Er reißt sich mit den Zähnen die eigenen Handschuhe von den Händen, einen nach dem anderen. Dann zieht er den Reißverschluss seiner Jacke ein Stück weit auf und stopft sich beide Handschuhe in die Jacke, vor die Brust. Er macht den Reißverschluss wieder zu, greift nach meinen Händen und umschließt sie mit seinen.

So hält er sie kurz umfasst, ehe er anfängt, sie ziemlich fest zu reiben – er hat schwielige Hände, und als das Gefühl in meine Haut zurückkehrt, tut es ein wenig weh. Er ist grob.

Dann umfasst er abermals meine Hände und zieht mich so an sich, dass er sie an seinen Mund führen und mir, während er sie immer noch zwischen seinen hält, auf die Fingerspitzen hauchen kann. Sein Atem ist heiß.

Eine Zeitlang geht das so, schweigend, bis er aufhört und sanft sagt: »Sie werden nicht wieder mit ohne Handschuhe wandern gehen.«

Ich stehe vor ihm und schüttle kleinlaut zustimmend den Kopf. *Nein, ich werde nicht wieder mit ohne Handschuhe wandern gehen.* Obwohl meine Beine noch vor Kälte und von dem anstrengenden Abstieg zittern, habe ich das Gefühl, zu wissen, dass Aksel mir gefolgt ist, macht diese ganze Gefahrensituation schon mehr als wett. Er muss gesehen haben, wie ich unterwegs zum Bergpfad an seinem Laden vorbeikam.

Nachdem er noch etwas auf meine Finger gepustet hat, zieht er den Reißverschluss wieder auf und holt seine Handschuhe aus der Jacke – es sind dicke, gefütterte Arbeitshandschuhe mit seidigem Futter, aber außen rau und abgerissen. Jetzt verstehe ich, dass er sie dort hineingesteckt hat, um sie an seiner Brust zu wärmen. Er zieht mir die Handschuhe über, ich passe leicht rein.

Ich gebe einen kleinen maunzenden Protestlaut von mir – jetzt bekommt er doch kalte Hände –, aber wir wissen beide, dass es nur aus Höflichkeit ist. Er schüttelt kurz den Kopf, darüber lässt er nicht mit sich reden, beugt sich dann rasch und behutsam vor, legt mir eine schwielige Hand auf den Hinterkopf, aufs Haar, zieht meinen Kopf ein wenig zu sich und küsst mich auf den Scheitel. Ganz kurz bleibt er so, ehe er sich umdreht und den Pfad weiter absteigt, und ich folge ihm, und mit einem Mal ist mir überall ganz so warm, wie es sein soll, eine glückliche Wärme durchströmt mich, denn zwischen uns ist jetzt etwas Unmissverständliches passiert, und ich weiß, dieser kurze Augenblick enthält den Keim zu allem, was sich daraus ergeben wird.

Zusammen gehen wir den Weg hinunter zurück. Als wir unten angekommen sind, hat der Hagel so plötzlich aufgehört, wie er gekommen ist, und die Sonne scheint wieder. Die Asphaltstraße und das saftig-grüne Gras vor seiner Werkstatt glänzen. Dort angekommen, nimmt er mich wortlos an der Hand, und gemeinsam steigen wir die Außentreppe zur Wohnung über der Werkstatt hinauf, mit Füßen, die auf der Eisentreppe je eigene Geräusche machen. Die Tür führt direkt in ein offenes Wohnzimmer mit Kochnische, ganz so, wie ich es mir vorgestellt hatte: vanillegelbe Wände, ein verschlissenes Ledersofa, ein großer altmodischer Fernseher, ausgebreitete Zeitungen auf einem niedrigen Couchtisch und in einer Ecke ein Stapel von, so nehme ich an, irgendwelchen Reparaturhandbüchern.

Drinnen führen wir beide das gleiche Tänzchen auf: unsere Stiefel mit der Fußspitze des einen an der Hacke des anderen Schuhs abstreifen. Er bückt sich und stellt seine ordentlich ins Schuhregal hinter sich, also mache ich es ihm gleich. Als wir uns aufrichten, sehen wir einander lächelnd ins Gesicht, und ich halte beide Hände hoch. Er sieht mich an, holt sich einen nach dem anderen seine Handschuhe wieder und lässt sie auf seine Schuhe fallen. Dann nimmt er mich ohne ein Wort an der Hand und führt mich ins Schlafzimmer.

Die Fensterläden sind noch geschlossen. Der Raum ist warm und dunkel. Wir ziehen einander noch im Stehen aus; er schält mir die feuchten Klamotten so langsam und zart vom Leib, dass ich vor Vorfreude erschauere. Er streicht mir mit seiner schwieligen Hand über eine Brustwarze, ehe er mich ein wenig plump aufs Bett legt und ohne Umschweife in mich eindringt. Ich spüre seine heiße Haut an meiner, und das alte Bett quietscht. Sein Gewicht auf mir fühlt sich gut an. Normalerweise würde mir das nicht reichen, wenn jemand einfach nur eindringt, aber jetzt bin ich so ausgehungert nach menschlichen Berührungen, dass ich spüre, wie mein Unterleib sich hebt. Er steckt mir den Daumen in den Mund und hält mit der anderen Hand meinen Hinterkopf, und als ich komme, ist es wie das Fallen von Wasser an einer Bergseite beim Fjord, direkt und unwillkürlich. Ich weine sogar ein wenig, was ihn zum Lächeln bringt. Er streicht mir übers Haar.

Er bringt mir Kaffee ans Bett und bietet mir an, mir ein Bad einzulassen, so ungefähr das Süßeste, was je ein Mann zu mir gesagt hat, und ich verzehre mich nach einem Bad, schüttele aber mit großer Willensanstrengung den Kopf und sage: »Schon okay, lass uns einfach nur reden. Warst du schon mal in England?«

Keine fünf Minuten und er erzählt mir von seiner Cousine, die mit einem Anwalt verheiratet ist und in der Nähe einer der größten Städte des Landes wohnt, und ich sage: »Komisch, ich habe einen Freund, der Anwalt und mit einer Norwegerin verheiratet ist. Er heißt Vikram.«

»Wirklich?«, sagt Aksel mit weit aufgerissenen Augen.

Wir sind uns einig: Es ist ein schier unglaublicher Zufall, nicht zu fassen. Der massige Aksel bekommt rote Backen wie ein Knabe, wenn er von etwas überrascht ist, richtig niedlich. »Ich wusste ja, dass unsere Länder klein sind, aber so was!«

Ich will mein Glück nicht herausfordern, aber weil ich nicht weiß, ob sich noch so eine Gelegenheit ergeben wird, sage ich eifrig: »Hey, warum rufen wir sie nicht an? Jetzt gleich, los, komm! Ich hab Vikram schon ewig nicht mehr gesprochen, ich bin ihm einen Anruf schuldig.«

Aksel schüttelt stirnrunzelnd den Kopf. »Anne und ich haben wenig Kontakt zueinander, weißt du, unsere Väter haben sich nicht verstanden. Ist ’ne lange Geschichte.«

»Ach komm«, sage ich, »ich hab Vikrams Nummer verloren, als mir mein altes Handy in Bergen abhandengekommen ist. Wenn wir jetzt mit deinem Telefon anrufen, kann ich ihn bitten, mich auf meiner neuen Nummer zurückzurufen, und dann kann ich mich ein andermal wieder richtig mit ihm austauschen.«

Aksel zuckt mit den Schultern. Er hat ein Festnetztelefon am Bett. »Vielleicht sollten wir ihnen besser nicht sagen, wo genau wir sind …«

»Bloß nicht«, sage ich lachend.

Dann fällt ihm wie von ungefähr ein: »Hast du Hunger? Ich hab Obst und Kuchen da.«

»Toll«, sage ich, »lass uns erst anrufen.«

Mit etwas verwirrter Miene wählt Aksel. Bald darauf höre ich ihn »Anne …« sagen. Er redet Norwegisch, aber ich höre ihn Vikrams Namen sagen, und meinen, den er »Soff-ie« ausspricht. Nach etwas Geplauder wendet er sich mir zu und sagt: »Vikram ist nicht da, möchtest du mit Anne reden?«

»Nein, schon gut«, sage ich, »kann sie ihm nur bitte ausrichten, dass er mich anruft, erklär ihr, dass ich mein Handy verloren hab. Sag ihr, sie soll ihm sagen, es ist Sophie, und meine neue Nummer ist …« Ich gebe die Nummer meines norwegischen Handys an, und Aksel wiederholt sie in den Hörer. »Bitte Anne, es ihm auszurichten – er könnte mich morgen anrufen.«

Nachdem er aufgelegt hat, schüttelt er den Kopf: »Also sie fand das jetzt sehr komisch – ich hatte seit fast zwei Jahren nicht mehr mit ihr geredet. Sonst noch irgendwelche Zufälle für mich?«

»Nur, dass ich Kuchen mag.«

Er steht vom Bett auf.

»Soll ich rüberkommen?« frage ich.

Er sieht mich sanft an. »Nein«, sagt er, »du kannst hierbleiben.«

Als ich von Aksel weggehe, ist es dunkel. Er hat mir eine dicke Jacke und sein zweites Paar Handschuhe geliehen. Er hat mir auch angeboten, bei ihm zu übernachten, aber ich wollte zur Hütte zurück, zu dem Handy, das ich dort gelassen habe. Hoffentlich denkt Vikram daran, in eine Telefonzelle zu gehen oder ein Wegwerfhandy zu benutzen, wenn er mich anruft.

In der Hütte ist es kalt; die Außentemperatur ist gesunken. Ich muss Feuer machen, gehe aber erstmal zum Handy, das in der Tasche meiner Outdoorjacke steckt.

Ich habe eine Sprachnachricht:

»Heather. Scheiße, was ist los. Ich ruf morgen an.«

In dieser Nacht kuschele ich mich in das kleine Bett in der Hütte, zwei altmodische Federbetten über mich gezogen, umarme mich selbst und denke an Aksel in mir, an seinen stämmigen Körper. Er hat jetzt seinen Zweck erfüllt: Ich habe einen nicht nachverfolgbaren Kontakt zu Vikram hergestellt. Trotzdem könnte es ja nicht schaden, wenn ich ihn weiter treffe, solange ich hier bin, oder?

Ich werde vom Telefonklingeln auf dem Nachttisch geweckt – mein neues Handy.

»Vikram«, sage ich, »wie spät ist es?«

»Ich bin gerade am Joggen, meine Morgenrunde«, sagt er, »hier ist es sechs Uhr.«

»Bist du in einer Telefonzelle?«

»Nein, ich hab ein Wegwerfhandy. Wenn Anne es findet, wird sie glauben, dass ich fremdgehe. Ich musste mir schon eine Geschichte ausdenken, wer diese Sophie ist.« Er hört sich ziemlich mürrisch an. »Was ist los, verdammt? Ich wusste nicht mal, dass du abgehauen bist – erst als sie bei mir in der Kanzlei aufgetaucht sind.«

»Ah, sorry. Aber wenigstens war deine Überraschung dann nicht gespielt. Was wollten sie von dir wissen?«

»Kam mir hauptsächlich routinemäßig vor. Sie haben mich nach unserem Kontakt in den letzten zwei Jahren befragt. Von deinem Besuch im Schrebergarten wussten sie nichts, oder falls doch, haben sie es sich jedenfalls nicht anmerken lassen.«

»Gut«, sage ich. »Zweierlei. Ich hab den Gmail-Account eingerichtet, Name und Passwort wie besprochen. Ich gehe heute da rein, und im Entwürfe-Ordner wirst du dann eine Liste offizieller Anweisungen für dich als meinen Anwalt finden. Denk nur dran, mir zu antworten, indem du den Entwurf bearbeitest, schick mir bloß nichts.«

Er hört sich immer noch gereizt an. »Ja, ich weiß, was Foldering ist. Aber sobald ich sie für dich kontaktiere, werden sie jede meiner Bewegungen nachverfolgen – und dann werden sie früher oder später deinen Standort ermitteln, das solltest du wissen.« Durch Foldering, den Austausch in einem geteilten Entwürfe-Ordner, kann man seine Kommunikation vor MTAs, zufälligen Internetrecherchen, schützen, aber was man schreibt, erscheint natürlich trotzdem im E-Mail-Client. Es bietet nur Aufschub, keinen Schutz. »Ich weiß, deshalb wirst du es jetzt noch nicht machen«, sage ich. »Ich werde wieder aufbrechen, sobald wir die Verhandlungen eröffnet haben.«

»Und was ist das zweite?«

»Welches zweite?«

»Du hast gesagt, zweierlei.«

»Du musst einer Kollegin von mir vor ihrer Haustür auflauern.«

»Das kann ich nicht machen.«

»Ich gebe dir ihre Adresse und die beste Zeit, um vor ihrem Haus zu warten. Du brauchst ihr bloß eine einzige Frage zu stellen.«

»Verfluchter Mist …«, sagt er mit leiser Stimme, aber mehr zu sich selbst als zu mir.

»Das ist wirklich sehr, sehr wichtig für mich, Vikram, und du musst es machen, bevor wir Verhandlungen mit dem Service eröffnen können. Eine Frage – sag bloß zu ihr: ›Wer hat entschieden, Heather zu dem Weiterbildungskurs in London zu schicken?‹«

Drei Tage später radle ich bei schönem Wetter zu Aksels Werkstatt. Ich habe einen Kuchen gebacken, einen großen Kuchen. Den will ich ihm überreichen, um mich dafür zu bedanken, dass er mir Jacke und Handschuhe geliehen hat. Als ich mich dem Laden nähere, sehe ich, dass er auf dem Vorhof steht und sich die Hände an einem Lappen abwischt, ihm gegenüber ein Mann und eine Frau. Aksel wendet sich der Werkstatt zu und sieht mich nicht. Der Mann und die Frau schauen zur Straße, aber ich trage Sonnenbrille und Mütze und fahre ein klappriges Rad, das offensichtlich nur zum Herumgondeln vor Ort gedacht ist, selbst wenn sie mich also im Vorbeifahren sehen, liefere ich ihnen keinen Grund, mich für jemand anderen als eine Einheimische zu halten.

Bei ihnen wiederum handelt sich eindeutig um Großstädter: Ihre Jacken und Stiefel sehen neu aus, und sie haben die Hände gegen die ungewohnte Kälte in die Taschen gesteckt. Es könnte sich um ein frisch angekommenes Touristenpärchen handeln, doch dafür reden sie ein wenig zu energisch auf Aksel ein, nehmen ihn zu konzentriert ins Visier.

Ich muss mich beherrschen, nicht fester in die Pedale zu treten, und mache mit meinem gemütlichen Tempo weiter, sämtliche verfügbaren Daumen gedrückt, dass Aksel sich nicht umdrehen und mich sehen möge, bevor ich um die Kurve und in Sicherheit bin. Verdammt, denke ich, ich werde ewig lange aus der Stadt rausradeln müssen, um ihnen Zeit zum Weiterfahren zu geben, nur für alle Fälle. Ab hier steigt die Straße bergauf an.

Auf meinem Rückweg durch den Ort radle ich bis hinter die Bücherei und stelle das Fahrrad dort ab, neben den Mülltonnen. Das Gebäude ist eigentlich nur ein einziger großer L-förmiger Raum mit bodentiefen Fenstern, sodass ich mir leicht einen Überblick verschaffen kann, wenn ich es einmal bis zum Eingang umrunde. Es ist ein ruhiger Tag, mitten unter der Woche. Außer mir ist kaum jemand da. Ich habe mich die ganze Zeit auf meinen Instinkt verlassen, und bis jetzt hat er mich nicht enttäuscht.

In der Bücherei gehe ich direkt zum Computerbildschirm und checke den Gmail-Account. Vikram hat meine offiziellen

Anweisungen erhalten – unter anderem auch, dass er nicht an den Service herantreten und Verhandlungen eröffnen soll (Immunität vor Strafverfolgung und Zeugenschutz im Gegenzug für das, was ich weiß), bis ich entschieden habe, an wen genau er sich wenden soll. Die Verzögerung verwirrt ihn, was daran liegt, dass ich ihm nicht mitgeteilt habe, was in Schottland passiert ist.

Am Ende seiner Nachricht schreibt er: *Ich habe vor dem Haus Ihrer Freundin gewartet. Sie war alles andere als begeistert, dass ich ihre Adresse hatte, und drohte mir mit diesem und jenem, falls ich mich je wieder blicken lassen sollte. Ich habe ihr gesagt, ich hätte nur eine Frage. Als ich ihr die stellte, machte sie einen ziemlich verwirrten Eindruck: Warum ich das wissen wolle, und sie muss wohl gemerkt haben, dass ich selber keine Ahnung hatte. Jedenfalls hat sie einen Namen genannt, bevor sie mir die Tür vor der Nase zuschlug: Richard. Sagt Ihnen das was?*

Ich lehne mich auf dem Stuhl zurück. Eine Bestätigung mag noch so genugtuend sein, angenehm ist sie deswegen noch lange nicht immer.

Richard Semple hat mich als Lockvogel benutzt. Es kann sogar sein, dass ich nur aus diesem Grund nach Birmingham versetzt wurde. Vielleicht dachte er sich, dass ich etwas schwer von Begriff war, und rief deshalb Carmella an und bat sie, mich statt James zu dem Malware-Weiterbildungskurs nach London zu schicken. Bestimmt dachte er sich als Vorwand etwas mit der Arbeit aus – vielleicht dass er sich Sorgen um meine IT-Kompetenzen machte, was sie mir gegenüber nicht erwähnen sollte –, während er das alles nur einfädelte, um mir in der Eingangshalle über den Weg laufen und die Informationen zustecken zu können, die ich brauchte, über Unseren Mann in Sidcup, damit ich bezüglich Kierons Aktivitäten zwei und zwei zusammenzählen konnte.

Richard hatte alles arrangiert. Er wusste, dass Kieron jeder Person, die ihn verdächtigte, Beweise unterschob, hatte aber selbst nicht genug Beweise dafür und setzte mich deshalb bewusst der Gefahr aus. Diesmal wollte er ihm auflauern. Er wusste, dass es nur eine Frage der Zeit war, bis Kieron versuchen würde, mich zu belasten.

Kam er je auf den Gedanken, dass Kieron seinen Gangsterfreunden – oder wer auch immer ihn bezahlt haben mag, unsere internen Ermittlungen zu manipulieren – sagen könnte, dass ich ihm auf der Spur war? Hat Richard je an die Gefahr gedacht, in die er mich damit gebracht hätte? Vielleicht wusste er es, blendete aber alle etwaigen Gewissensbisse aus, denn das Risiko war ja in Kauf zu nehmen für das höhere Ziel, ein ganzes Korruptionsnetzwerk auffliegen zu lassen.

Der Wichser hat mich als Lockvogel benutzt – aber er hat die Rechnung ohne meine Flucht gemacht.

Als ich zur Hütte zurückkomme, durchdenke ich das alles, während ich das Rad gegen die Schuppenwand lehne, den Kuchen in seiner Dose aus dem Korb hole und reingehe. Ich stehe an der Garderobe und wickle mir den Schal vom Hals.

Als ich mir in der Küche einen Kaffee mache, brummt mein Telefon. Ich nehme es von der Arbeitsfläche.

Aksel und ich haben Telefonnummern ausgetauscht, bevor ich von ihm wegging. Seither haben wir uns ein paarmal geschrieben, aber beide noch keinen Vorschlag zu einem Wiedersehen gemacht – als warteten wir nur darauf, dass sich der andere vorwagt –, weshalb mir seine Nachricht nicht verdächtig vorkäme, hätte ich nicht das Pärchen vor seiner Werkstatt gesehen.

Hey. Hast du vielleicht Lust, heute Abend zum Essen zu kommen? Ich bin nicht bester Koch, aber ich habe Wein.

Ich sehe mir den Text lange an, als würden sich die Buchstaben auf dem Display zu Antworten umformieren, wenn ich sie nur lange genug in den Blick nehme.

Ich antworte: *Klar. Ich hab einen Kuchen gebacken, den bring ich dir mit. Wie viel Uhr?*

Hört sich gut an. Komm um sieben.

Super, bis dann.

Ich brauche nicht zu packen, denn ich habe nie ausgepackt. Ich habe meine Segelklamotten in Stavanger zurückgelassen und bin mit meinem Rucksack weitergereist. Ich lege die Kuchendose auf den Tisch und den Schlüssel für Ida obendrauf. Keine fünf Minuten, und ich bin aus der Hütte raus und wieder auf dem Fahrrad.

Auf dem alten Rad ist es kein Sonntagsspaziergang, zur Landstraße bergaufzuradeln, und als ich sie erreicht habe, sind es noch etliche Kilometer bis zur Bushaltestelle. Es herrscht wenig Verkehr, und immer, wenn sich von hinten ein Auto nähert, bremse ich ab und sehe mich nach beiden Seiten um, für den Fall, dass mich das Fahrzeug erst überholt, dann vor mir anhält. Was nicht passiert. Mit einem Gefühl von Ernüchterung trete ich in die Pedale, hebe ein wenig vom Sattel ab, um mehr Gewicht reinzulegen – nach all den vielen Bergwanderungen bin ich zwar stark, gerate aber doch vor Anstrengung außer Atem. Das Paar, das ich vor Aksels Werkstatt gesehen habe, könnte auf Richards Betreiben von den norwegischen Behörden kommen, oder es sind neue Auftragsmörder, von Kierons Geldgebern auf mich angesetzt, oder vollkommen unschuldige Touristen, aber auf das Risiko kann ich mich nicht einlassen.

Ich male mir aus, wie es hätte kommen können. Ich hätte hinradeln können, den Kuchen in meinem Korb, und die Außentreppe zur Wohnung über dem Fahrradladen hinaufsteigen, aus der ein gelber Lichtschein gedrungen wäre. Aksel wäre zur Tür gekommen, hätte mich hineingebeten, mir die Kuchendose mit anerkennendem Murmeln abgenommen, ohne mir in die Augen zu sehen, hätte sie dann auf der Küchenarbeitsplatte abgestellt und sich wieder zu mir umgewandt, während ich mich vom Stiefelausziehen aufrichtete. Erst da, während ich den Reißverschluss an meiner Jacke aufzog, hätte ich seinen Gesichtsausdruck bemerkt: halb betrübt, halb wie betäubt. Gleichzeitig wäre zweierlei passiert: Mir wäre aufgefallen, dass nichts auf Essenkochen hindeutete, kein brodelnder Schmortopf auf dem Herd, kein halb gehacktes Gemüse auf einem Schneidebrett –, und dabei hätte ich ein Geräusch gehört: den Klang von Schritten auf der Eisentreppe, die ich gerade heraufgekommen wäre und die der einzige Aus- und Eingang aus und zu Aksels Wohnung ist.

Vielleicht. Oder vielleicht würden sie draußen warten, um mich abzufangen, während ich mich der Werkstatt näherte – oder wären sogar noch davor in der Hütte aufgetaucht. Vielleicht hatten sie im Ort herumgefragt, während ich in der Bücherei Zeit verschwendete. Ich hatte Aksel mit Bedacht nicht gesagt, wo ich wohnte, aber es war ein kleines Städtchen; es hatte sich bestimmt herumgesprochen. Er konnte es gesagt haben, oder die Bibliothekarin, oder der Mann im Café, während er ihnen eine Kardamomschnecke reichte.

»Ach ja, die Engländerin, die wohnt in Idas Hütte.«

Wenn ich die Bushaltestelle erreiche, muss ich mir ein Gestrüpp suchen, in dem ich das Fahrrad lassen kann, und sobald ich dann im Fernbus sitze, werden es noch ganze sechs Stunden bis Bergen sein.

Norwegen war ein Irrtum. Ich hatte gehofft, hier in Verhandlungen mit dem Service eintreten und vielleicht ein Weilchen bleiben zu können, aber das geht nicht, solange mein Verdacht noch nicht bestätigt ist, und so lange muss ich auf der Flucht bleiben. Der Gedanke, dass ich Aksel nie meine Geschichte werde erzählen können, macht mich ein wenig traurig. Es wäre schön, sie eines Tages jemandem zu erzählen. Nicht ohne Bedauern denke ich, dass er sich fragen wird, warum ich einfach aufgebrochen bin, ohne ihn vorher noch einmal wiederzusehen, falls ich mich in dem Paar irre. Er wird sich fragen, was er falsch gemacht hat.

Immerhin habe ich mir nicht gestattet, mich selbstzufrieden zurückzulehnen, nicht einmal, als ich mich Fantasien darüber hingab, eine Zeitlang in diesem Städtchen am Fjord zu bleiben und mich, umhüllt von Aksels bärenhaften Körpermassen, geborgen zu fühlen – nicht mal da.

27

Der Flughafen von Keflavík ist klein und glänzend sauber. Ich sehe mich um, während ich betont lässig in die Ankunftshalle schlendere. Zwei Fremdenführer warten auf ihre Gruppen, in den Sweatshirts ihrer jeweiligen Firmen, türkisblau und konkurrenzorange. Außerdem Singles, Pärchen und Dreiergruppen von Verwandten. Ich zähle fünf Fahrer, die Schilder mit den Namen der Passagiere halten, auf die sie warten, und überprüfe sie rasch, aber sehr genau, denn wenn jemand auf mich warten sollte, wäre nichts einfacher, als einen unauffälligen Mann mit Klemmbrett einzuschleusen, auf dem *Mr John Edwards* stünde.

Unterwegs zum Schalter der Autovermietung halte ich an – als Tarnung dient mir, mich zu bücken, um das Airline-Etikett von meinem Koffergriff zu reißen – und schaue zu den Männern zurück. Sie haben mir noch den Rücken zugekehrt. Niemand in der ganzen Halle sieht auch nur in meine Richtung. Wie Norwegen liegt Island außerhalb des Geltungsbereichs europäischer Haftbefehle, aber solange sich mein Verdacht hinsichtlich der Touristen, die mit Aksel redeten, nicht gelegt hat, bleibe ich auf der Hut. Mag sein, dass sich der Service an die Regeln halten muss, aber Auftragskiller scheren sich nicht um Haftbefehle.

Weder am Europcar-Schalter noch an einem der anderen Schalter zu beiden Seiten davon steht jemand an. Als ich ankomme, betrachtet mich der junge Mann mit dem höflichen, nichtssagenden Lächeln eines Jungen, der nur seine Arbeit macht, und sagt akzentfrei: »Guten Tag.« Auf mich wirkt seine entspannte Effizienz verstörend – ich bin es immer noch nicht gewöhnt, Dinge einfach so erledigen zu können.

Ich reiche ihm Sophies Ausweisdokumente. Er nimmt sie mit

einer Hand und überprüft sie, während er mit der anderen ein Formular über die Theke in meine Richtung schiebt.

Ich mustere das Formular und bin mir dabei bewusst, dass der Knabe mich ansieht, mir höflich seine Aufmerksamkeit zuteilwerden lässt. Ich halte den geliehenen Kuli wie ein Skalpell umfasst, wie eine Chirurgin vor dem ersten Schnitt. Ich blicke wieder auf, nur um zu sehen, dass er mich mit verstecktem Lächeln beobachtet und sich wahrscheinlich dabei denkt, dass ich eine von diesen komischen Leuten bin, die Autovermietungsformulare tatsächlich lesen, bevor sie sie unterschreiben – und wünschte, ich könne ihm sagen: *Sorry, mein letztes Mal ist schon ein Weilchen her. Ich bin aus der Übung.*

In ein paar Minuten ist alles abgewickelt. Er zeigt auf eine laminierte Karte an einem aufrechten Klemmbrett zu meiner Rechten und macht mich auf mehrere Straßen im Norden aufmerksam, die aufgrund der Wetterlage gefährlich geworden sind. Jetzt bin ich an der Reihe, leise zu lächeln, und versichere ihm, dass ich nicht vorhabe, mich in irgendwelche Gefahren zu begeben.

Ich gehe zum Parkplatz vor dem Flughafen und ziehe den Rollkoffer, den ich in Bergen gekauft habe, über mit grauem Schneematsch bedeckte Gehwege. Unter dem Matsch liegen hie und da festgetretene Schneestellen. Ein eisiger Wind peitscht mir die Haare übers Gesicht, aber es lohnt sich nicht, deswegen anzuhalten, den Koffer abzustellen, mir den kleinen Rucksack von den Schultern zu nehmen und meine Mütze rauszukramen. Während ich so dahinrutsche, fällt mir auf, dass ich eine gute Nachahmung einer normalen, von der Reise etwas verwirrten Touristin abgebe. Trotzdem geht mir die volle Realität meiner neuen Lage erst auf, als ich stehen bleibe, um mich nach dem grünen Europcar-Schild im Abschnitt Eins A umzusehen – und es fühlt sich an wie unter die Dusche gehen, um wach zu werden, wenn man einen Kater hat. Ich habe ein Formular ausgefüllt. Ich habe die Papiere meiner neuen Identität ausgehändigt. Und am allerwichtigsten – ich habe Autoschlüssel in der Hand, bin mobil, was mir das kühle Metall in meinen Fingern beweist. Es ist fast, als wäre ich wieder ein normaler Mensch.

Meinem Gefühl von Desorientierung hilft es nicht weiter, dass das Auto ein Automatikgetriebe hat und natürlich zum Fahren auf der rechten Spur bestimmt ist. Es ist gar nicht so lange her, dass ich an einem Steuer gesessen habe, aber schon ziemlich lange nicht mehr an so einem. Ich stecke den Schlüssel ins Zündschloss und drücke ein paar Knöpfe am Lenkrad – eins davon muss der Tempomat sein, nützlich auf den leeren isländischen Straßen, wo sich jeder an die vorgeschriebenen neunzig Stundenkilometer hält. Auf dem Flughafen in Bergen habe ich mir einen Reiseführer gekauft, um ihn demonstrativ dabeizuhaben. Ich brauche ewig, um herauszufinden, wie man den Sitz verstellt – und als ich es raushabe, katapultiere ich mich selbst gegen das Lenkrad.

Irgendwann gelingt es mir, richtig auf dem Fahrersitz Platz zu nehmen und das Auto in Bewegung zu setzen; langsam fahre ich auf dem knirschenden Matsch los, vorgebeugt, um die Exit-Schilder zu finden. Ah, denke ich, während ich am Lenkrad kurbele, welch schlichtes, aber ergreifendes Vergnügen: wieder fahren zu können, nach eigenem freiem Wunsch und Willen rechts oder links einschlagen zu können – und bald werde ich spüren, wie die Kilometer unter meinen Rädern dahinfliegen. Ich werde einfach nur dasitzen und große Entfernungen überwinden, ohne mich ständig nach allen Seiten umsehen und überlegen zu müssen, ob ich beobachtet oder verfolgt werde. Ich stoße einen Freudenschrei aus, jubele lauthals. *Ja, ja,* denke ich. *Das ist viel besser als Norwegen. Noch weniger Leute per Quadratkilometer; noch mehr Leere, in der ich mich verlieren kann.*

Kleine Schneehäufchen schmücken die Motorhaube meines Autos, noch lange nachdem ich den Flughafen verlassen habe. Es ist das reine Glück, auf die Leerstellen zu blicken, die hier die Straßen sind und sich weit vor mir und, im Rückspiegel, hinter mir erstrecken. Ich begegne nur einer Handvoll Autos, und niemand könnte mir hier folgen, ohne sofort aufzufallen. Ich beschließe, von der Straße Nr. 41 nach Reykjavík ab Richtung Süden zu fahren, mit keinem anderen Ziel, als der Hauptstadt auszuweichen.

Über mir hängen die Wolken tief am Himmel, weiche weiße Schichten, hie und da ganz hellgrau oder hellblau getönt, ab und an eine betörende Mischung von beidem. Meilenweit ist die Straße ein anthrazitfarbener gerader Strich, der durch schwarze Lavafelder führt, bedeckt von reinweißen Schneewehen. Ich habe im Flugzeug etwas über Lavafelder gelesen, aber sie zu sehen, ist etwas ganz anderes – riesige Wellen vulkanischer Lava, wie die Nordseewellen, die ich überlebt habe, aber mitten in der Bewegung zu Gestein verhärtet, von einer Zuckerglasur aus Puderschnee überzogen. Sie sind so atemberaubend, dass ich irgendwann am Straßenrand anhalte und aussteige, um sie mir näher anzusehen. Auf Island ist es verboten, am Straßenrand zu parken, weil die Straßen einspurig sind und es so wenig Ausweichstellen gibt – ein Unfall oder eine Panne könnten den Verkehr im halben Land lahmlegen –, aber ich werde mich beeilen.

Ich ziehe mir die Wollmütze und dicke Handschuhe über, ehe ich die Warnblinkanlage einschalte und aussteige. Der Wind ist so stark, dass ich zum Öffnen fest gegen die Autotür drücken muss, und sowie ich sie loslasse, knallt sie hinter mir zu. Einen Moment lang befürchte ich panikartig, mich aus dem Wagen ausgesperrt zu haben, obwohl das technisch nicht möglich ist, und muss die Tür nochmal öffnen und schließen, um mich zu vergewissern.

Ich wende mich dem Feld zu mit einer Ahnung, dass mich dort etwas erwarten wird, keine Ahnung, was. Das borstige Gras unter meinen Füßen ist gefroren. Vor mir liegen wellenförmiges schwarzes Gestein, löchrig und voller Aushöhlungen, Kuppen und Täler von Schnee – hie und da eine kohlschwarze große Lache gefrorenen Wassers, in der sich die Wolken spiegeln, die schwer am Himmel hängen. Es ist die ödeste Landschaft, die ich je gesehen habe, eine Gegend, in der menschliches Wohnen oder auch jede andere Art von Leben ausgeschlossen scheint. Wie auf dem Mond. Island fühlt sich vollkommen anders an, wenn man nicht im Auto sitzt.

Ich halte mich in der Nähe meines Wagens, schaue weit über die schneefleckige Lava und denke über Unmöglichkeiten nach. Ich denke an das viele Weglaufen, das hinter mir liegt, und wie es wohl wäre, wenn ich dieses Feld überqueren müsste, wie anstrengend, die eine gefrorene Felswelle hinaufzukraxeln, nur um auf der anderen Seite wieder runterzustolpern. Vulkanisches Gestein ist so rau, so voller Löcher und scharfer Kanten, dass es einen beim Versuch in Stücke reißen könnte.

Ich habe von einem Phänomen gelesen, das Lavakessel heißt. Vor vielen Jahrhunderten, als die Lava geschmolzen war, bildeten sich darin Blasen, während sie sich kochend heiß die Vulkanhänge hinab und über die Felder ergoss, Blasen, die groß genug waren, um eine Kuh, einen Pferdewagen zu umschließen. Als die Lava erstarrte, bestand die gewölbte Oberseite mancher Blasen aus einer dünnen Kruste, die wie fester Fels aussah, unter der sich aber eine Aushöhlung verbarg. Man darf nie allein über ein Lavafeld wandern, denn wenn man auf einen Lavakessel tritt, könnte man durch diese eierschalenartige Kruste einbrechen, und einmal im Kessel gelandet, kommt man nicht mehr heraus, weil die

Seiten nach innen gewölbt und glatt sind, und obgleich man nach oben schauen und den hellen Himmel durch das Loch sehen kann, das man selbst in die Spitze des Eises gebrochen hat, sitzt man in der Falle.

Selbst wenn Suchtrupps unterwegs wären, die die weite schwarz-weiße Landschaft mit dem Fernglas abgrasen und einen, die Hände als Trichter an den Mund gelegt, wieder und wieder rufen würden – könnten sie nichts sehen als meilenweit aufwogende Gesteinswellen. Selbst wenn sie wüssten, dass man dort irgendwo sein muss, und denken würden, sie hätten einen dünnen, vom Wind weggerissenen Schrei gehört, könnten sie einen nie und nimmer finden. So gut wie sicher wird es eine isländische Volkssage mit einem jungen Mädchen wie der Norwegerin Marta geben, das in einem Lavakessel gefangen wird, aber so tapfer und erfinderisch ist, dass sie sich selbst retten kann. Warum müssen in solchen Geschichten immer junge Mädchen tapfer sein?

Dann stelle ich mir vor, wie ich selbst in einem Lavakessel festsitze und zum Stück hellen Himmels über mir hinaufblicke, sichtbar durch das Loch, das mein Sturz gerissen hat. Danach kommt es mir vor, als schwebte ich am Himmel über diesem Loch und würde zu meinem hochgewandten Gesicht mit seinem verzweifelten Ausdruck hinabsehen. Langsam steige ich auf, während ich noch auf mich selbst hinabschaue. Nach und nach kommen immer weitere Teile des umgebenden Felds in meinen Blick, und mein Gesicht wird immer kleiner, bis es nur noch stecknadelkopfgroß ist – und dann bin ich weg, irgendwo verloren im endlosen Auf und Ab aus schwarzem Felsgestein.

Ich ertappe mich dabei, wie ich vom Rand des Feldes zurückweiche, bis ich das kalte Metall der Autotür hinter mir spüre – da drehe ich mich um, reiße die Tür auf, steige ein und betätige die Zentralverriegelung. Ich werfe Mütze und Handschuhe auf den Beifahrersitz, schnalle mich an und starte den Motor. Ich fahre übereilt und mit quietschenden Reifen los und merke erst nach gut einem Kilometer, dass die Warnblinkanlage noch an ist.

Ich beruhige mich erst wieder richtig, als ich den Küstenort Grindavík erreiche, das Auto neben einem kleinen Fischereihafen abstelle und ein winziges Café am Ufer finde, das Hummersuppe für 2300 Krónur anbietet. Ich habe jetzt eine Debitkarte, ohne die ich keine Hotels bezahlen kann, aber in meinem Kopf zählt immer noch jede kleinste Spur, weshalb ich das Bargeld verwende, das ich am Flughafen abgehoben habe. Der Mensch ist ein Gewohnheitstier.

Das Lavafeld hat mich aufgewühlt. Ich bin erst wieder ganz bei mir, als ich die halbe Suppe in mich reingelöffelt habe. Sie ist heiß und grobkörnig, und allmählich, ganz allmählich versuche ich zu werden, was ich sein will – nichts als eine Touristin, die die regionale Suppe probiert.

Aus dem Café kommend bleibe ich stehen, um mir ein Fischerboot anzusehen, das am Kai vertäut ist, ein hübsches kleines Ding, Rumpf, Radar und Hebekräne alle in der gleichen hellgrauen Farbe gestrichen. Ein metallener Landungssteg führt zur Brücke hinauf, aber die Eingangstür steht offen, und niemand ist in der Nähe. Reflexartig überlege ich, wohin dieser Trawler wohl ablegen wird und ob er groß genug für mich wäre, um drinnen ein Versteck zu finden. Ich könnte an Bord gehen, ohne von irgendwem bemerkt zu werden, aber der Laderaum wird bestimmt häufig benutzt, sodass es ohne Zustimmung des Kapitäns, mich als Besatzungsmitglied auszugeben, nicht in Frage käme.

Kopfschüttelnd gehe ich zum Auto zurück. Drinnen greife ich nach meinem kleinen Rucksack und hole meinen Reiseführer raus. Ich muss etwas finden, wo ich ein paar Tage bleiben und nachdenken kann.

Das Hotel liegt nicht weit von der Ringstraße entfernt, abseits von menschlichen Siedlungen, um die Chancen auf Nordlicht-Sichtungen zu erhöhen – obwohl, man muss zugeben, dass es auf Island kein Problem ist, abseits von menschlichen Siedlungen zu landen. Es ist ein langes niedriges Gebäude im Ranch-Stil, alle Zimmer im Erdgeschoss, alles aus Holz, und mit einem ausgestopften Eisbären auf den Hinterbeinen in angespannter Abwehrhaltung in der Lobby, was mir ein wenig komisch vorkommt, wo es doch eigentlich keine Eisbären auf Island gibt – Lavakessel, Gletscher, Vulkane, das wohl, also jede Menge natürliche Gefahrenherde, aber Raubtiere sind hier eher dünn gesät.

Ich bleibe drei Tage mit ausgeschaltetem Handy da, fühle mich einsam und mache mir Gedanken, ob die beiden, die mit Aksel geredet hatten, wirklich Leute waren, vor denen ich fliehen musste, oder ob ich mich inzwischen einfach zu gern in die Flucht schlagen lasse. In der Bar ist Happy Hour zwischen drei und sechs Uhr nachmittags. Sie servieren einen eigenen Cocktail, der nach Wodka und Wald schmeckt. Jeden Abend genehmige ich mir ein paar davon vor dem Essen, bestehend aus jedweder Kombination von Fisch, Fett und Kohlehydraten, die mich gerade anlacht, was mir im Verein mit ein, zwei Gläsern Sauvignon beim Einschlafen hilft. Restaurantessen fühlt sich immer noch neuartig für mich an. Jeden Morgen wache ich verschlafen und schwergewichtig vom vielen Verzehr auf. Ich hatte schon lange keine Gelegenheit mehr, mich zu wiegen, nehme aber an, dass ich auf der Flucht gut sechs Kilo abgenommen habe – wenn das hier so weitergeht, werde ich die im Nu wieder draufhaben.

Alle anderen Gäste treten paarweise oder als Familie auf, allerdings kommt am Wochenende eine Hochzeitsgesellschaft, und ich hänge mich im Frühstücksraum bewusst an ein paar Leute aus dieser Gruppe und plaudere mit ihnen, damit andere Leute im Raum denken, ich würde dazugehören. Alles ist holzgetäfelt: die Rezeption, die Flure. Mein Zimmer liegt ganz am Ende eines solchen Flurs und ist, wie eine Holz-Sauna, abgeschieden und versteckt. Ich halte mich sehr viel darin auf.

Hinter dem Hotel fließt ein Fluss vorbei, keine hundert Meter von meinem Zimmer. Ich habe eine Hintertür zu einer kleinen Terrasse, die mit grob behauenen Planken vor den fürchterlichen isländischen Winden geschützt ist. Von der Terrasse kann ich ein paar Stufen zu einem verwilderten Stück Buschland gehen, das mit einer dünnen Kruste harschen Schnees bedeckt ist, und zum Fluss hinunter und aufs Wasser schauen, auf dem dünne Eisschollen wie weggeworfene Plastikfolien vorbeischwimmen. Die anderen Gäste wagen sich kaum nach hinten raus, sodass ich die Illusion völliger Abgeschiedenheit habe, obwohl ich mit zusammengekniffenen Augen am Horizont die Touristenbusse die Straße Eins entlangbrettern sehen kann, die Haupt- oder Kreisstraße, die einmal um die ganze Insel führt und britische, holländische, japanische, indische und amerikanische Schaulustige zum größten Gletscher Europas bringt, und an den Diamantstrand, wo Eisbrocken so groß wie Gartenschuppen auf einem Strand aus schwarzem Vulkansand liegen.

Die Leute kommen nach Island. Von London nach Reykjavík ist es nur ein zweieinhalbstündiger Flug. Sie kommen in Flugzeugladungen, um sich die Wildnis anzusehen, und warum auch nicht? Es ist noch gar nicht so lange her, da war die Wildnis unerschwinglich, aber die Finanzkrise hat sie für die Mittelklasse, wenn nicht gar die Massen erreichbar gemacht. Jeder Brite, jede Britin könnte ohne Weiteres hierherkommen.

Ich steige die Stufen meiner Holzterrasse runter, knirsche in meinen Stiefeln durch den Schnee, stelle mich an den Fluss und sehe ihm beim Vorüberfließen zu. Im Fluss schwimmen keine Leichen neben den Eisschollen. Keine Gesichter starren mich aus dem Wasser an. Es ist nur ein Fluss, ein kalter, halbgefrorener Fluss. Wie lange man wohl überleben würde, wenn man da reinfiele?

Ich bin immer noch verängstigt, und nur eine einzige Sache kann passieren, die mir da raushilft: Seit ich auf der Flucht bin, bestand meine einzige Macht darin, meinen Verfolgern immer einen Schritt voraus zu sein, doch das ist eine negative Macht, die Macht der Flucht. Das muss sich ändern, wenn ich jemals mit Weglaufen aufhören will. Ich starre auf den Fluss. Meine einzige Option besteht darin, die Leute, die wirklich das Sagen haben, davon zu überzeugen, dass es in ihrem Interesse liegt, mir zu helfen, und dafür muss ich etwas haben, das sie wollen.

Während meines Aufenthalts im Ranch-Hotel erkunde ich ein wenig die Umgebung, und eines Tages halte ich in einem Dorf namens Vík an, eine gute Autostunde entfernt, unweit der schwarzen Strände: eine weiße Kirche mit rotem Dach, kleine Häuser und bei der Einfahrt in den Ort ein Café mit großen Fenstern an der Tankstelle.

Ich biege auf das Tankstellengelände ein, und während ich volltanke, wird mir klar, wie sehr ich immer noch die Neuigkeit genieße, normale Sachen machen zu können. Anschließend stelle ich den Wagen ab und gehe ins Café, um mir einen Kaffee und eine Blätterteigstange mit Spinat zu holen.

Nach meinem Snack habe ich Lust, mir die Beine zu vertreten, und gehe nach unten zum Strand. Die grauen Wolken hängen schwer und tief über mir, brechen aber hie und da auf und geben einen kurzen Blick auf eisiges Blau frei. Der Wind ist eiskalt und furchterregend. Schilder weisen Touristen darauf hin, vorsichtig zu sein – anscheinend gibt es da etwas, das Sneaker-Wellen heißt und sich urplötzlich sehr viel höher als von Besuchern erwartet am Ufer bricht. Immer mal wieder reißt so eine Sneaker-Welle einen Menschen, ob Mann, Frau oder Kind, mit sich ins eisige Meer. Diese Wellen können Eisschollen wie Konfetti umherschleudern. Wenn einen so eine erwischt, ist man verloren.

Ich stehe auf der Uferpromenade, nur wenige Meter von zwei Touristinnen entfernt, einer Mutter Mitte vierzig mit ihrer Teenie-Tochter. Die Mutter bemüht sich, ihren Teenager von der Majestät der Natur zu begeistern. »Guck doch«, sagte sie, »guck dir die Wellen an, wie gewaltig die sind. Unglaublich, oder, dass die Wikinger mit Holzbooten angekommen sind, als die Insel noch total unbewohnt war, und hier gelandet sind? Schau bloß, wie kahl das alles ist, aber sie haben eine ganze Gesellschaft aufgebaut – Wahnsinn, wie tapfer die gewesen sein müssen.«

Der Teenie zuckt mit den Schultern. »Mum, die Wikinger, weißt du, na ja, das war halt einfach denen ihr Ding.«

Vor mir ragen schaumgekrönte Wellen von der Größe eines Doppeldeckerbusses auf und brechen sich auf dem Lava-Sand. Ich bin hierhergekommen, an diesen Ort, wo Menschen mickrig sind, um draufzukommen, dass ich mich nicht den Rest meines Lebens vor Sneaker-Wellen wegducken kann.

Wieder im Auto, stelle ich mein Handy an, öffne den Gmail-Account und hinterlasse eine Nachricht für Vikram im Entwurfsordner: *Okay, es ist so weit. Kontaktiere Richard Semple. Sag ihm, ich weiß, dass er mich als Lockvogel benutzt hat, um Beweise gegen Kieron Blythe zu sammeln, und mich dadurch einem unzumutbaren Gefahrenlevel ausgesetzt hat. Bedingungen wie folgt: von meiner Seite keinerlei Kooperation mit dem Service, solange Kieron Blythe noch nicht verhaftet und meine Sicherheit garantiert ist. Selbst dann werde ich vollen Zeugenschutz in einem Land meiner Wahl brauchen. Keine Behörden, ob britisch oder anderweitig, dürfen sich mir nähern, während wir die Einzelheiten festklopfen. Bei jedwedem Verstoß gegen diese Bedingungen tauche ich unter, und der verlogene Drecksack erfährt nie, was ich weiß – das letzte Häppchen wirst du vermutlich etwas taktvoller formulieren.*

Natürlich bluffe ich. Richard wird Kieron nicht verhaften wollen, solange er keine stichhaltigen Beweise nicht nur gegen ihn, sondern auch gegen seine Auftraggeber, wer auch immer das sein mag, in der Hand hat. Meine Nachricht deutet darauf hin, dass ich ihm die liefern könnte, sobald ich weiß, dass ich in Sicherheit bin. Was natürlich nicht stimmt. Ich weiß weniger als Richard über Kierons Umtriebe, aber bis ihm das aufgeht, hat er jetzt erstmal die nötige Motivation, sicherzustellen, dass Kieron Blythe in Gewahrsam genommen wird. Ich googele Kurzzeitvermietungen in Vík – hochpreisig, aber immer noch deutlich günstiger als das Leben im Hotel. Offenbar ist eine Hütte am Stadtrand für sechs Monate zu haben. So lange werde ich sie nicht brauchen, denke ich.

Ich weiß noch nichts davon, aber eine andere Macht wirkt gerade darauf hin, dass ich deutlich länger auf Island bleiben werde als geplant. Manchmal nimmt einem doch etwas Größeres als man selbst die Entscheidung ab.

28

Vikram formuliert es natürlich taktvoller – so taktvoll, dass meine Eröffnungsbedingungen acht Seiten einnehmen. Als Antwort erhalte ich eine einstweilige Verfügung der Regierung Ihrer Majestät: Der Service stellt kategorisch in Abrede, dass ich in ihren Ermittlungen zur Korruption innerhalb des Department of Standards in irgendeiner Weise manipuliert wurde. Hingegen erklärt er sich bereit, mich weder zu verfolgen noch meine Auslieferung zu beantragen, während er mein Vorgehen untersucht, wenn ich mich bereiterkläre, weder Kieron Blythe noch Carmella Adebayo oder irgendwen aus meinem ehemaligen Kollegenkreis in Birmingham oder London zu kontaktieren noch mich an die Presse zu wenden: persönlich, via Telefon, online oder über eine wie auch immer geartete Stellvertretung. Mit anderen Worten, ich bin erfolgreich abgetaucht, und sie lassen mich erstmal in Ruhe, solange ich die Füße stillhalte.

»Sie haben Kieron Blythe also nicht verhaftet?«, gebe ich eines Tages als Nachricht an Vikram ein. »Halten sie mich für seine Komplizin?« Wir nutzen immer noch den Entwurfsordner, um miteinander zu kommunizieren, werden es im neuen Jahr aber bleiben lassen.

Er antwortet mir mit zwei Wörtern: »Schätze schon.«

Ich habe Vikram nicht erzählt, was in jener Nacht am Rande von Thurso passiert ist. So wie die Dinge liegen, könnte ich, falls der Service mich ausschalten will, der Bestechlichkeit und Korruption, der arglistigen Täuschung sowie Verstößen gegen das Gesetz über Amtsgeheimnisse angeklagt werden – und des Mordes.

Ich bitte Vikram, weiter auf Kieron Blythes Verhaftung als Bedingung für meine vollständige Kooperation zu drängen.

Schließlich ist der Service nicht der Einzige, wegen dem ich mir Sorgen machen muss – begreifen sie das nicht?

Es geht auf Weihnachten zu. Ich mache keinerlei Anstalten, mich ins Dorfleben zu integrieren. Was bei der Kürze der Zeit mit Tageslicht kein Problem ist – und selbst am helllichten Tage zieht manchmal eine pechschwarze Wolke über den eisblauen Himmel, als wolle das Wetter mich mahnen, *Denk dran, du bist kein normaler Mensch.* Die Luft riecht hier in der Gegend komisch. Mein Koffer bleibt in Türnähe meines kleinen weißen Chalets am Rande von Vík, genau wie mein Rucksack damals in Norwegen, genau wie Flavias Koffer gepackt blieben, als sie in der Hütte in Plockton wohnte. Ich lege ihn flach auf den Boden, mit hochgeklapptem Deckel, um ihn als Kommode zu benutzen, und lege saubere Kleider zusammengefaltet wieder rein, sobald sie nach dem Waschen getrocknet sind. Ich bin jederzeit bereit, den Deckel runterzuklappen, den Reißverschluss zuzuziehen und zu gehen.

Es gibt viele dunkle Stunden. Ich denke an Flavia, und ich denke an meine Mutter. Ich denke an meinen kleinen Freundeskreis damals in London, an das Gemeinschaftsgefühl mit meinen Kollegen im Verbindungsbüro 2.6, bevor alles abgeschmiert ist. Aus was für losen Maschen ein Leben gestrickt ist, denke ich – und wie wenige Leute sich dessen bewusst sind. Ein Todesfall, Schulden, ein Umzug quer durchs ganze Land – auch nur eine Kündigung, und ehe wir es uns versehen, löst sich das Gewebe, das wir für unsere vielschichtige, fest verwurzelte Existenz gehalten hatten, wie ein feuchtes Papiertaschentuch auf. *Mach dir nichts vor, du hattest von Anfang an kein Leben, aus dem du hättest fliehen können.*

In dem Cottage in Plockton lackierte Flavia mir die Nägel. »Komm schon«, sagte sie und lachte über mich, »wir sind nicht mehr beim Militär, wir können ruhig *weiblich* sein!«

Ich verzog das Gesicht und warf einen vielsagenden Blick auf ihren schwangeren Bauch.

»Ich weiß, ich weiß!«, sagte sie. »An der Front bin ich von null auf hundert gegangen, aber hey, vielleicht solltest du's auch mal probieren.«

»Nein danke«, sagte ich.

Sie griff nach meiner linken Hand und zog sie zu sich. »Rosenrot oder Blasse Morgenröte?«

»Dann schon lieber die Morgenröte«, sagte ich. »Als Rose musste ich mich noch nie bezeichnen lassen.«

Im Januar fangen die Dunkelheit und das Warten an, mir zu schaffen zu machen. Um diese Jahreszeit geht die Sonne erst vormittags auf und nachmittags wieder unter. Im trüben Licht und bei der Eiseskälte kann man nicht unbegrenzt Spaziergänge machen, Bücher lesen oder abends fernsehen. Die isländischen Nächte sind lang, meine Haut trocknet aus und ich habe mir einen hartnäckigen Husten zugezogen.

An einem Nachmittag, der besonders langsam vergeht, google ich Adelina Bianchi. Sie ist wissenschaftliche Mitarbeiterin an der Bristol University, am Institut für Anthropologie. Ich finde ein Foto von ihr inmitten einer Gruppe anderer junger Geisteswissenschaftlerinnen, aufgenommen auf den Stufen vor einem Institutsgebäude. Sie trägt einen langen Wollmantel und einen grobmaschigen Kapuzenschal, das dunkle Haar zu einem losen Pferdeschwanz zusammengefasst, aus dem sich einige lange Ringellocken gelöst haben. Die ganze Gruppe scheint miteinander befreundet zu sein, sie halten einander umfasst, sehen alle aus wie Mitte zwanzig bis Anfang dreißig. Sie steht auf der rechten

Bildseite, hält den Arm einer anderen jungen Frau und beugt sich beim Lachen etwas vor. Sie ist der Prototyp einer unbeschwerten, selbstbewussten jungen Frau, die geschätzt und geliebt wird und das ganze Leben noch vor sich hat.

Ich kann mich nicht von diesem Foto losreißen, als könnte ich daran die Geschichte ihres Lebens ablesen, seit ich sie mit acht Jahren das letzte Mal gesehen habe – das vielgeliebte Kind einer Alleinerziehenden, der tragische Verlust, das tapfere Weiterkämpfen um ein erfolgreiches Leben. All das will ich aus ihrem heiteren Gesichtsausdruck herauslesen. Der Ausdruck *eine bemerkenswerte junge Frau* kommt mir in den Sinn, eine, auf die jede Mutter stolz wäre. Ich denke daran, dass Flavia nicht hier ist, um zu sehen, wie beachtlich ihre Tochter sich herausgemacht hat. Ich denke an meine Mutter und wüsste gern, ob sie mich so gesehen hat, als ich in Adelinas Alter war. Ganz gegen meine Gewohnheit weine ich, zum ersten Mal seit Plockton.

Danach bin ich erschöpft. Ich mache mir einen Kaffee, lege mir eine Decke um die Schultern und trete auf den Balkon hinaus, um mir anzusehen, wie das Licht am Himmel schwindet. Er ist seltsam fliederfarben. Draußen ist es unter null, und obwohl ich die Kaffeetasse in gewölbten Händen halte, wird der Inhalt im Nu kalt. Als ich sie zum Mund führe, streife ich das Porzellan klackend mit den Zähnen.

Eines Nachts weckt mich ein Grollen. Ich schrecke auf, alle Sinne angespannt, auf Empfang, wie immer, wenn mich etwas Unerwartetes wach macht. Es kommt mir so vor, als sei das rätselhafte Geschehen nicht nur laut, sondern auch weit weg gewesen. Es hatte was von einem Traum, aber ich weiß, dass es wirklich war. Ich werfe die Daunendecke ab, weil ich schwitze, kühle aber sofort aus. Ich ziehe mir die Decke über und schlafe wieder ein.

Ich träume nie von ihm. Man sollte es eigentlich meinen. Man sollte meinen, ich würde von meinen auf dem Schlamm ausrutschenden Fußsohlen träumen, während ich mich durchs Wasser kämpfte; davon, wie seine Arme zur Seite wegflogen, als er hintüberfiel; davon, in der stockfinsteren Nacht mitten im Loch zu sein und ihn von dem gegabelten Ast gleiten zu lassen, davon, dass sich das Wasser wie Öl über ihm schloss.

Wenn sie Kieron Blythe nicht bald verhaften, breche ich wieder auf. Das Warten ist nichts für mich.

Eine Woche später bekomme ich ein Päckchen von Vikram. Ich hole es aus meinem Postfach an der Tankstelle ab und gehe damit unter dem Arm nach Hause. In meiner einfachen kleinen Küche öffne ich den gefütterten Umschlag, lasse die Sammelmappen herausgleiten und drehe die Schreibtischlampe so herum, dass sie sie beleuchtet, das Licht ist heute so schlecht. In der ersten Mappe ist eine Akte mit meinem Namen und meiner Codenummer vorne drauf. Das ist die Service-Akte zu meinem Fall, die Vikram als Bedingung für unsere Verhandlungen eingefordert hat.

Ich lasse sie auf dem Tisch liegen, während ich zum Kühlschrank gehe und die Reste von einem Pasta-Gericht heraushole, das ich am Vorabend zubereitet habe. Ich wärme die Pasta in der Mikrowelle auf, setze mich an den Tisch, esse sie mechanisch direkt aus der Tupperware-Dose und sehe die Akte etwa so an wie ein Geburtstagsgeschenk, das zu öffnen ich mir aufgespart habe, weil ich das Vergnügen noch länger hinauszögern wollte, oder wie eine nicht losgegangene Bombe – oder vielleicht irgendwas dazwischen.

Als ich sie aufschlage, ist sie dermaßen bearbeitet, dass es einen wütend machen kann – Seite um Seite voll dicker schwarzer Balken. Aber als ich die restlichen Textstellen durchlese, wird mir klar, dass mich das DOS tatsächlich über einen längeren Zeitraum der Korruption verdächtigt hat – nicht anstelle von Kieron, wie er hoffte, sondern als seine Komplizin. Was sie über ihn wussten, reichte schon zur Überführung aus, aber sie waren sich sicher, dass er Hilfe im Service hatte, möglicherweise von mehr als einer Quelle. Sie wussten von meinen finanziellen Schwierigkeiten und von Cheltenham – und als ich die Flucht ergriff, erließen sie tatsächlich Haftbefehl gegen mich und schickten, zu meiner grimmigen, aber spürbaren Genugtuung, Polizeibeamte zum Bahnhof von Carlisle. Sie hörten Kierons Telefon ab, und als er mein Wegwerfhandy anrief, nutzten sie den Anruf, um meine Position zu triangulieren. Die Beamten kamen am Bahnsteig an, kurz nachdem der Zug abgefahren war – zu der Zeit lief ich mit großen Schritten die English Street lang. Weil ich mein Handy mittlerweile ausgeschaltet hatte, nahmen sie an, ich wäre noch im Zug. Der Zug wurde an einem Knotenpunkt kurz hinter Glasgow angehalten, damit mehr Polizisten zusteigen konnten, doch da saß ich schon in einem Auto mit einem Mann in hellblauem kurzärmeligem Hemd und würde bald an mich halten müssen, um ihm nicht auf einem Parkplatz den Zeigefinger zu brechen. Was für eine Befriedigung, herauszufinden, dass ich mich nicht in allem getäuscht habe.

Sobald ich in Schottland war, verloren sie meine Spur. Anders als der blasse junge Mann mit dunklen Haaren.

Die Behörden nahmen meine Fährte erst wieder in Lerwick auf. In meiner Eile, das Wegwerfhandy loszuwerden, hatte ich eins vergessen: Ich hatte Stuart damit angerufen, bevor ich es wegwarf. Mit Hilfe eines Radarsystems namens See Me, das kleine Boote benutzen, um auf vielbefahrenen Wasserstraßen nicht von Tankschiffen gerammt zu werden, verfolgten sie den Kurs der Jacht über die Nordsee. Nach Stavanger verloren sie mich eine Zeitlang aus den Augen, aber es gibt einen stellenweise geschwärzten Hinweis auf Hilfe durch den norwegischen Geheimdienst – bestimmt das Pärchen, das mit Aksel gesprochen hat.

Eins verstehe ich nicht: Wenn sie von Stuart, dem Jachtkapitän, wussten, warum haben sie dann niemanden geschickt, um mich im Hafen von Lerwick zu verhaften, bevor ich die Jacht bestieg und den Bereich ihrer Rechtshoheit hinter mir ließ?

Nachdem ich die zu weiten Teilen geschwärzten Unterlagen gelesen habe, rufe ich Vikram an. Wir reden ein wenig über die Papiere, aber er wirkt nicht ganz bei der Sache. Als mir nichts mehr einfällt, schweigt er, und in dieser Gesprächspause geht mir auf, dass er Neuigkeiten hat.

»Also«, sagt er mit einer Spur jungenhafter Freude in der Stimme, »wie wär's mit einem sehr verspäteten Weihnachtsgeschenk?«

»Sehr gern ...«

»Kieron Blythe wurde vor zwei Tagen in der Zweigstelle in Birmingham verhaftet – sie haben mich eben erst informiert. Ich hatte mich schon gewundert, warum sie plötzlich einverstanden waren, uns die Unterlagen zu überlassen. Dazu waren sie erst bereit, als sie genug beisammenhatten, um ihn hochgehen zu lassen.«

Es bereitet mir nicht ganz so viel Freude, wie ich erwartet hätte. Es ist längst überfällig, und ich bin mir nicht einmal mehr sicher, was es für mich und meine Situation bedeutet. »Wo genau, in welchem Raum?« frage ich. »Kennst du weitere Einzelheiten?«

Vikram lacht kurz auf. »Was für eine Rolle spielt der Raum? Wahrscheinlich wurde er in Handschellen durchs Service-Treppenhaus abgeführt und mit einer Hand am Hinterkopf, als Einstiegshilfe, in einen Transporter bugsiert. Ich hab gedacht, du freust dich drüber.«

»Ja, schon ... doch ...«, sage ich und kann ihm unmöglich erklären, dass ich ein anderes Bild vor mir sehe: Kieron am raumhohen Fenster in Alaska, wie er den Blick über Birmingham schweifen lässt, eine Kaffeetasse an den Mund führt und sich umdreht, als sie zur Tür hereinkommen.

Vikram hat keine weiteren Informationen über Kierons Verhaftung. Wir reden noch etwas über die Unterlagen. Ich frage ihn, warum ich seiner Meinung nach nicht in Lerwick aufgegriffen wurde, und er hat auch keine Erklärung dafür. Bei solchen Sachen steckt viel mehr Bürokratie dahinter, als man gemeinhin annehmen würde; weniger Effizienz, mehr Papierkram, Antragsformulare, die bei diversen Polizeieinheiten und Behörden gegenseitig eingereicht werden müssen, mehr Murks als Machenschaften in jedem Aspekt einer Verhaftung. Trotzdem.

Mir fällt etwas ein. Meine Stimme wird ein wenig heiser, langsamer.

»Ich brauche noch bei etwas anderem deine Hilfe.«

Vikram bemerkt meinen geänderten Tonfall. In den letzten paar Wochen wurde seine Reaktion auf meine Bitten immer besorgter. Er unternimmt den erfolglosen Versuch, sich witzig anzuhören: »Gehört dazu, dass ich wieder einem deiner Ex-Kollegen vor der Haustür auflauere? Denn in dem Fall lautet die Antwort nein. Unter den Bedingungen deiner Zwischenabsprache würdest du gegen das Gesetz verstoßen, und ich würde bei diesem Verstoß mit dir konspirieren.«

»Nein, nein«, beteuere ich. »Es geht bloß drum, mir bei etwas Online-Recherche zu helfen, total legal.«

Das Family Records Centre in London wurde 2008 für den Publikumsverkehr geschlossen. Jetzt muss man Online-Anfragen stellen, um Geburts-, Heirats- oder Sterbeurkunden einer Person zu finden. Kieron Blythe müsste 1963 oder 1964 geboren sein. Ich erkläre Vikram, dass wir fürs Erste seine Geburtsurkunde benötigen, um seine Eltern und deren Urkunden ausfindig zu machen, die uns zu Kierons Großeltern führen werden. »Ich will jedes mögliche Geschwisterteil seiner Eltern nachverfolgen und deren Nachkommen, was bedeutet, sich für die gebärfähigen Zeiträume zu entscheiden und eine Namenssuche über ziemlich lange

Zeitspannen zu veranstalten, je nachdem, wie viele es sind. Es bedeutet, sich in der Zeit rückwärts und dann wieder vorwärts durchzuarbeiten, wenn du verstehst, worauf ich hinauswill.«

»Wonach suchen wir?«

»Ich muss wissen, ob Kieron Blythe jemals eine Cousine namens Ruth hatte.«

Nach meinem Gespräch mit Vikram gehe ich zu einem kurzen Spaziergang raus. Zurzeit ist im Dorf mehr los, Touristen und Vulkanologen kommen, um sich das nahe gelegene Grollen anzusehen. Ich gehe meine Lieblingsstrecke, runter zum schwarzen Sandstrand, wo ich mir die grau-weiße Dünung ansehe – in letzter Zeit hat es ein paar schlimme Stürme gegeben. Ich starre auf die Felsensäulen, die hohen dunkelgrauen Basaltformationen, von Puderschnee bestäubt. Es geht die Volkssage, dass es drei Trolle sind, die vom Sonnenaufgang überrascht wurden und im Frühlicht versteinerten. Ich stelle sie mir eher als weise alte Frauen vor, die ihr Wissen still für sich behalten. Ich gehe gern hin, halte Zwiesprache mit ihnen, sehe mir an, wie sich die hoch aufragenden Brandungswellen des eisigen Meers auf dem schwarzen Lavasand brechen, und denke daran, wie winzig ich bin, wie wenig es im Universum auf mich ankommt. Der Gedanke tröstet mich.

Meine Mutter fehlt mir. Ich verstehe, dass sie auf ihre bescheidene, stille Art einen kleinen inneren Kern hatte, den man moralische Güte nennen könnte, und der Kern kam von ihrer Fähigkeit zu lieben. Sie war glücklich, weil sie geliebt hat. Kieron Blythe ist in Gewahrsam. Gut möglich, dass die Kriminellen meine Fährte verloren haben, als ich Großbritannien verließ – doch selbst wenn nicht, werden sie sich jetzt, da Kieron verhaftet wurde, ganz auf ihn einschießen, nicht auf mich. Meine Verhandlungen mit dem Service laufen. Ich sollte zufrieden sein. Ich sollte mich endlich sicherer fühlen.

Während ich den Pfad nach oben zurückstapfe, denke ich, *Na los. Jetzt ist es Zeit, damit aufzuhören.* Doch wenn ich aufhören will, hier oder anderswo, muss ich zuvor noch etwas anderes erledigen.

29

Ich brauche vierzehn Tage dafür. Ich entwerfe die E-Mail, überarbeite den Entwurf einmal und noch einmal. Dann lasse ich ihn ein paar Tage liegen und ändere ihn erneut, woraufhin ich ihn lösche und wieder ganz von vorn beginne. Selbst mit all dem vielen Umformulieren bringe ich wohl kaum eine Glanzleistung zuwege – aber ich will auch nicht, dass es zu geschliffen wirkt. Sondern aufrichtig, was es ja auch ist.

Ich sende sie eines Abends ab, als die Hütte in Stockdunkel gehüllt ist und draußen Eiseskälte herrscht. Erst wärme ich mir etwas Suppe auf, reiße ein Stück Brot von einem Laib ab, mache ein Feuer an – lauter Übersprungshandlungen –, setze mich an den Kamin und löffele langsam die Suppe. Schließlich stehe ich auf, stelle meine Suppenschüssel und den Teller in die Spüle, hole meinen Laptop und setze mich damit wieder ans Feuer. Ich habe ihre Uni-Mailadresse recherchiert. Das war der einfache Teil.

Liebe Adelina,

weil diese E-Mail unerwartet kommt, kann ich nur auf deine Nachsicht hoffen, und darauf, dass du mir erlaubst, mich dir vorzustellen. Ich kannte dich ziemlich gut, als du klein warst – eigentlich sogar, bis du knapp neun warst, du könntest dich also noch ein bisschen an mich erinnern. Ich bin Heather Berriman. Von klein auf wurde ich Bird genannt, aber deine Mutter hat immer Heather zu mir gesagt, und du auch, auch wenn du als Kleinkind stark gelispelt hast und es sich eher wie ›Fevver‹ angehört hat.

Deine Mutter und ich haben uns in den 1970er Jahren als Rekrutinnen im Women's Royal Army Corps kennengelernt. Ich weiß nicht, wie viel sie dir über diese Zeit erzählt hat, aber wir sind eng befreundet geblieben, nachdem sie austrat, als sie mit dir schwanger wurde. Damals musste man wegen einer Schwangerschaft seinen Abschied vom WRAC nehmen, ja sogar, wenn man heiratete.

Zuerst einmal muss ich mit einer Entschuldigung anfangen. Ich habe keine Ahnung, was deine Mutter dir über mich erzählt haben mag, vielleicht weißt du also schon einiges davon, aber wir beide waren ausgesprochen eng befreundet, so eng, dass ich mich, auch wenn ich nie nah genug gewohnt habe, um täglich in deinem Leben vorzukommen, so ziemlich in der Rolle einer Tante gesehen habe. Wir haben ein paarmal zusammen Urlaub gemacht, als du wahrscheinlich noch zu klein warst, um dich dran zu erinnern, und du kamst in vieler Hinsicht dem am nächsten, was für mich eine eigene Familie gewesen wäre – doch dann nahm ich eine neue Stelle an, die mich davon abhielt, dich und deine Mutter so oft zu treffen, wie es mir lieb gewesen wäre.

Kurz vor deinem neunten Geburtstag haben deine Mutter und ich uns verkracht, ziemlich schlimm sogar, obwohl ich ehrlich zugeben muss, ich sehe die genauen Gründe heute so verschwommen vor mir, dass ich mir fast sicher bin, wenn wir uns darüber ausgesprochen hätten, hätten wir das Problem aus der Welt schaffen können. Aber wir waren beide stur – das hatten wir gemeinsam –, und eine Woche nach der anderen verging, in der wir beide darauf warteten, dass sich die andere entschuldigte, und aus den Wochen wurden Monate und aus den Monaten Jahre, und dann, so aberwitzig es einem auch vorkommen mag, hatten zwei Menschen, die

sich einmal so nahegestanden waren, plötzlich einfach so keinen Kontakt mehr zueinander. Hoffentlich findest du es nicht anmaßend von mir, wenn ich zugebe, dass es die schwerste ›Trennung‹ meines Lebens war. Ich glaube, irgendwo im Hinterkopf habe ich immer erwartet, dass eine von uns sich wieder melden würde – dafür blieb ja noch jede Menge Zeit. Bis eben keine mehr blieb.
Als ich vom Unfall deiner Mutter erfuhr, war es ein gewaltiger Schock für mich. Und an dieser Stelle muss ich dir mein tiefstes Beileid aussprechen. Ich kann mir nur ansatzweise vorstellen, wie es für dich gewesen sein muss, deine Mutter unter solchen Umständen zu verlieren. Jede Erschütterung und Trauer, die ich empfunden haben mag, löst sich in nichts auf angesichts dessen, was du durchgemacht haben musst.
Das Eine möchte ich am deutlichsten herausstellen, auch wenn ich mich ehrlich dafür schäme: Ich habe erst Jahre später vom Tod deiner Mutter erfahren. Selbst jetzt bin ich noch entsetzt darüber, dass ich diese Lücke in unseren Leben zulassen konnte. Als ich herausfand, dass du keine Mutter mehr hast, warst du längst herangewachsen, und dennoch werde ich mir nie verzeihen, dass ich in den Jahren zwischen dem so plötzlichen Verlust deiner Mutter und meiner Erkenntnis dessen nicht für dich da war. Bis ans Ende meiner Tage werde ich es mir als mein größtes Versagen vorhalten, dass ich kein Teil deines Lebens war. Auch wenn es zugegebenermaßen nicht das einzige war.
Jetzt verstehst du vielleicht den etwas förmlichen Ton dieser E-Mail, der daran liegt, dass sie als eine äußerst ernstgemeinte Entschuldigung gedacht ist, von einer, die dich sehr gern hatte, als du klein warst, und die deiner Mutter sehr nahestand. Es war ein Pflichtversäumnis von

mir, auch nicht das kleinste bisschen für dich da gewesen zu sein, als sie starb, und eins, das letzten Endes ein Verlust ebenso sehr für mich wie für dich war.

Ich habe immer an Pflicht geglaubt, an das Konzept von Pflichtgefühl als oberstem Gebot, nach dem man sein Leben unabhängig von religiösen Überzeugungen oder jedwedem Patriotismus ausrichten kann. Ich habe geglaubt, dass wir zu guter Letzt hier auf dieser Erde sind, um zu dienen, um dafür zu sorgen, dass Menschen, die nichts verbrochen haben, nichts Böses mehr zustößt. Deshalb bin ich ein paar Jahre nach meinem Austritt aus der Armee in eine andere Form des Dienstes an der Öffentlichkeit zurückgekehrt, eine Funktion in einer Behörde, die mit etlichen Reisen einherging.

Aber bei einem Vorwurf deiner Mutter an mich muss ich heute einräumen, dass sie recht hatte: Manchmal benutzen wir die Pflicht aus Ausflucht – wir sagen uns, dass wir höheren Zwecken dienen, während wir es als Vorwand dafür nutzen, uns nicht um diejenigen zu kümmern, die uns wirklich nahestehen. Ich war keine besonders gute Tante, Adelina, obwohl ich dich sehr gern hatte. Ich bin in deinem Leben auf- und wieder abgetreten, wann es mir gepasst hat, und deine Mutter hatte recht, mich deshalb zu rügen. Und dann, als ich endlich von ihrem Tod erfuhr, habe ich mir gesagt, dass du erwachsen warst und dass ich aufgrund der Restriktionen meines Berufs ohnehin keine feste Rolle in deinem Leben übernehmen konnte – während ich in Wirklichkeit diese unbestrittenen Wahrheiten als Ausrede dafür benutzte, mir die Mühe zu sparen, die ich mir mit dir hätte geben sollen, und weil ich Schuldgefühle hatte wegen des Zerwürfnisses mit deiner Mutter.

Es tut mir aus tiefstem Herzen leid.
Ich wünsche mir nichts so sehr, als dass es dir gutgeht, was auch immer du jetzt machst – wer weiß, vielleicht hast du ja sogar eine eigene Familie. Wenn du diese E-Mail in irgendeiner Hinsicht aufdringlich findest, dann verzeih mir bitte auch das und ignoriere sie einfach, aber solltest du je wieder Kontakt aufnehmen mögen, um über deine Mutter zu reden oder sonst irgendwie wieder in Verbindung zu kommen, würde mich nichts mehr freuen, als von dir zu hören.
Mit lieben Grüßen einer alten Tante von früher,
Heather
X

Als ich an dieser letzten Fassung angelangt bin, klicke ich auf Senden und mache mich dann gefasst auf langes Warten oder – wahrscheinlicher – keine Antwort. Nach dem Absenden lese ich sie mir noch mehrmals durch und versuche mir vorzustellen, wie es aus Adelinas Sicht wäre, sie zu bekommen. Irgend so eine Frau aus der Militärzeit deiner verstorbenen Mutter, an die du dich kaum erinnerst, wendet sich aus heiterem Himmel an dich und will – was? Absolution? Mit dir darüber reden, wie schwer der Tod deiner Mutter für sie war, wie schlimm, dass sie erst Jahre später davon erfahren hat?

Ich versuche mich zu erinnern, wie ich in Adelinas Alter war, und komme noch am ehesten darauf, dass sie die E-Mail lesen, die Löschtaste drücken und mit ihrem Leben weitermachen wird.

Nachdem ich die Mail abgeschickt habe, geht es mir eine Weile nicht so gut – keine Ahnung, warum. Wahrscheinlich hat sie mich dazu gebracht, zu viel über die verschiedenen Arten nachzudenken, auf die ich Menschen im Stich gelassen habe. Ich denke an meine Eltern, daran, dass ich immer angenommen habe, es würde in irgendeiner fernen Zukunft noch genügend Zeit geben, wenn der richtige Moment gekommen wäre, mich für sie zu interessieren. An meine weit entfernten Brüder und an die Nichten und Neffen, von denen ich nichts weiß. An diesen Wochenendtrip nach Margate, und wie gerne Mum mitgekommen wäre, dass ich sie aber nicht eingeladen habe, weil ich allein am Strand spazieren gehen und über mein Leben nachdenken wollte. Ich hatte gedacht, es würde andere Gelegenheiten geben. Die nie kamen. Vikram und seine Recherche nach Kierons Stammbaum können mir gestohlen bleiben. In meiner finsteren Stimmung scheint es mir darauf nun auch nicht mehr anzukommen.

Niemand hat mich hier in Vík aufgespürt. Der Service lässt mich während der Verhandlungen in Ruhe, und die Gangster haben offenbar auch aufgegeben. Ist meine Fährte kalt geworden, oder konzentrieren sie sich auf Kieron? Ihn zum Schweigen zu bringen, wird nun ihre oberste Priorität sein. Vielleicht kümmert sich so oder so keiner um mich, nicht mehr.

Eine Woche darauf ruft Vikram an. Er klingt munter. Vikram wird immer zu einem gewissen Teil der begeisterungsfähige, aufgeweckte Schuljunge bleiben, der er garantiert früher einmal war. »Nur zur Sicherheit, Kieron Blythe *ist* doch eindeutig weiß, oder?«

»So weiß wie Neuschnee.«

»Okay. Hab ich mir gedacht. Unter uns verwenden wir das Wort Cousine etwas allgemeiner, aber ich weiß, dass die Weißen es eher wörtlich nehmen, daher hat es eine Weile gedauert, wie du gesagt hast, denn ich hab mir auch Cousins und Cousinen zweiten Grades und angeheiratete angesehen, aber jetzt bin ich mir ziemlich sicher. Kieron Blythe hat eine unverheiratete Tante väterlicherseits und zwei Onkel mütterlicherseits, beide verheiratet, jeder mit drei Kindern, also insgesamt sechs Cousins und

Cousinen, aber keine von denen ist oder war jemals eine Ruth, ebenso wenig wie einer von ihnen mit einer Ruth verheiratet wäre. Ich habe auch die Verwandten seiner Frau durchgecheckt. Meines Wissens hat es nie eine Ruth gegeben.«

Ich schweige am anderen Ende der Leitung, während mich etwas durchflutet, das ich mir später als kalte harte Wut vorstelle, dabei ist es gar nichts so Eindeutiges. Sondern eher so, dass etwas blitzartig einrastet: Meine Entschlusskraft meldet sich zurück.

»Wende dich an Richard Semple. Sag ihm, er muss nach Reykjavík kommen. Ich will ihn persönlich sprechen.«

Eine kurze Pause kommt auf, wie ich sie mittlerweile gut genug kenne: die Lücke in einem Gespräch, die mir sagt, dass Vikram innerlich ein wenig seufzt. »Warum sollte Richard Semple nach Reykjavík kommen?«

»Kann sein, kann auch nicht sein«, sage ich, »aber lass es drauf ankommen.«

Wenn ich richtig liege, wird Richard kommen. Ich weiß, dass er kommen wird.

Drei Wochen nach meiner Mail an sie antwortet Adelina.

Liebe ›Fevver‹,

ja, natürlich erinnere ich mich an dich! Du hast mir dieses riesige LEGO-Set mitgebracht, weißt du noch? Das muss an meinem sechsten Geburtstag gewesen sein. An meinen Geburtstagen warst du so unheimlich großzügig. Mum hat mir natürlich auch immer was gekauft, aber du bist jedes Mal mit den gigantischsten Mega-Paketen angekommen!

Ich finde es toll, dass du dich nach all den Jahren meldest, und tut mir leid, dass ich so lange zum Antworten gebraucht habe. Ich wollte abwarten, bis ich mir richtig

> Zeit dafür nehmen konnte. Ich finde nicht, dass du dich überhaupt zu entschuldigen brauchst. Es tut mir wirklich leid, dass ihr euch verkracht habt, Mum und du, aber ich kann mich nicht erinnern, dass sie mir etwas darüber gesagt hat oder dass du plötzlich weg warst. Bestimmt ist es passiert, kurz bevor sie meinen Stiefvater kennengelernt hat. Die beiden haben geheiratet, als ich zehn war, das muss es also sein.
>
> Ja, es war wirklich furchtbar, als Mum starb, so ein zufälliger, dummer Unfall. Zu der Zeit hatte ich meinen Stiefvater und meinen kleinen Bruder Gabriel, und als wir Mum verloren haben, war es so schlimm für ihn, und ich hab mich irgendwie ganz darauf geschmissen, sie ihm in mancher Hinsicht zu ersetzen, und natürlich war es auch für mich furchtbar, aber nichts war wichtiger, als mich um ihn zu kümmern, also musste ich einfach weitermachen. Er war ein typischer Teenager und hat ein paar schlimme Dinge durchgemacht, ist jetzt aber auf einem sehr guten Weg. Ich bin so stolz auf ihn. Die Familie meines Stiefvaters hat uns auch geholfen. Seine Eltern sind meine Oma und Opa, genauso als wären sie von Anfang an da gewesen. Opa ist der weltbeste Koch. Aber schon komisch, dass du dich gerade jetzt meldest, weil ich nämlich in letzter Zeit viel an meine Mum gedacht habe. Eine Freundin von mir hat einen kleinen Jungen gekriegt, und ich bin sie besuchen gegangen, als er vier Tage alt war. Ihre Mutter mit dem Baby zu sehen und mir klarzumachen, dass ich so etwas nie erleben werde, hat mich ziemlich getroffen.

An dieser Stelle halte ich inne und versuche mir die Realität von Adelinas Trauer bewusst zu machen – alles, von dem sie weiß, dass es sie in ihrer Zukunft erwartet, glückliche Ereignisse, bei denen ihre Mutter fehlen wird. Trotz ihres fröhlichen, pragmatischen Stils spüre ich die Trauer unter den Worten heraus.

> Ich würde echt gern weiter Kontakt mit dir haben und über Mum reden. Sie war eine geniale Mutter, aber weil sie jung gestorben ist, hatte ich nie Gelegenheit, sie nach ihrer Geschichte zu fragen – einmal hat sie mir vom Tod ihres Vaters erzählt, als sie mir erklärt hat, dass sie auch ohne Vater aufgewachsen ist. Meinen Stiefvater hat es immer so mitgenommen, wenn ich auf sie zu sprechen kam, und überhaupt hat er sie ja auch bloß seit drei Jahren gekannt, als sie gestorben ist, und konnte nicht wirklich helfen. Also ja, lass uns in Verbindung bleiben – vielleicht können wir uns mal zum Lunch treffen, oder so?

Ah, denke ich. Lunch, tja, das wäre natürlich toll, aber … früher oder später werde ich Adelina erklären müssen, dass es da gewisse Hindernisse gibt.

> Jedenfalls freue ich mich wirklich sehr, von dir zu hören, und mach dir bitte keine Gedanken wegen der langen Funkstille. So was passiert nun mal, so ist das halt.
> Wo wohnst du jetzt? Ich bin in Bristol – vielleicht kann ich dich besuchen kommen? Nicht bloß wegen mehr Geschenken, versprochen!
> Lass uns auf jeden Fall in Kontakt bleiben, alles Liebe
> *Adelina*
> Xoxox

Ich lese die Mail immer und immer wieder – ich weiß, es ist Einbildung, aber ich kann mir nicht helfen, ich höre Flavia aus Adelinas Schreibweise heraus. Sie will mit mir in Verbindung bleiben. Das fällt ihr leicht, das merke ich schon: ihre Herzlichkeit, der lockere Plauderton.

Als kurze Antwort schreibe ich ihr eine erfreute Bestätigung, in der ich ihr in Aussicht stelle, mich bald wieder wegen der Möglichkeit eines Treffens zu melden – vorläufig muss ich sie hinhalten.

Am nächsten Tag fahre ich in neuer, aufgeräumter, abenteuerlustiger Stimmung auf Erkundungstour nach Evindarhólar. Dort oben gibt es ein Freiluft-Schwimmbecken, das ich ausprobieren möchte – ich habe mir angewöhnt, jeden Tag nicht nur wandern, sondern auch schwimmen zu gehen. Ich bin auf der Ringstraße und überlege gerade, ob ich unterwegs anhalten und zu Fuß zum Flugzeugwrack am Strand von Sólheimsandur gehen soll, als ich vor mir eine Reihe von Autos sehe, die am Straßenrand abgestellt sind; daneben stehen Leute, halten Ferngläser hoch und zeigen in die Luft.

Der Geruch, der mich schon wochenlang in Vík begleitet hat, wird überwältigend, sobald ich aussteige. Er füllt meine Lunge. Hinter und über der Stelle, wo die Leute stehen und auf etwas zeigen, sehe ich es: wie düster der Himmel ist, wie von einem Film überzogen, ein feiner, gazeartiger grauer Wasserfall. Wenn ich es nicht besser wüsste, würde ich das für Regen halten, dabei ist es natürlich das Gegenteil.

Aus weiter Ferne ertönt ein allmächtiges, elementares Grollen, ein tiefer, geröllhaltiger, an- und abschwellender Laut. Noch nie im Leben habe ich etwas Vergleichbares gehört.

Als ich nach Vík zurückkehre, biege ich bei der Tankstelle ein, und die Frau, die sie betreibt, kommt raus und sagt, ich solle wissen, dass sie die Kirche geöffnet haben. Für den Fall, dass die Zivilschutzbehörde Leute aus den Bauernhöfen in der Umgebung dort unterbringen muss. Es werden Übungen stattfinden. Sie will sichergehen, dass ich Bescheid weiß: Wenn eine Eruption eine Gletscher-Flutwelle auslöst, rennen alle zur Kirche, weil sie höher gelegen ist. Ich solle vorausplanen, sagt sie, für den Fall, dass ein Ascheregen kommt. Dann könnte die Luftverschmutzung gefährlich sein, und ich müsste vielleicht ein paar Tage drinnen im Haus bleiben, daher solle ich mich mit Lebensmittelvorräten eindecken. Ich frage sie, wie das eigentlich ist, so ein Ascheregen. Sie erwidert kopfschüttelnd, der käme so dick runter wie ein heftiger Schneesturm. Da kämen solche Mengen herab, dass man meinen könnte, die ganze Stadt würde drunter begraben – aber mit dem nächsten starken Wind, der aufkäme, verschwinde das wieder. Die Bauern vor Ort seien bestimmt um ihr Vieh besorgt.

Ich lege Lebensmittelvorräte an und klebe vor den Nachrichten. Mein Balkon geht nach hinten raus, sodass ich nicht in den Ort blicke, sondern über ein Stück offene Tundra. Noch bei Tageslicht gehe ich jeden Tag dort hinaus, um mir den Himmel anzusehen, während es dämmert. Auf Island gibt es immer gute Gründe, sich den Himmel anzusehen, aber jetzt haben wir einen weiteren. Von den Ausbrüchen werden Staubpartikel in die Luft hochgeschleudert, verbleiben vermischt mit Schwefelverbindungen in der Stratosphäre und streuen ein unsichtbares blaues Leuchten, das am Abend, vermischt mit dem roten Licht der untergehenden Sonne, einen Farbton erzeugt, der als »vulkanisches Violett« bekannt ist und von winzigen Glaspartikeln in der Asche so reflektiert wird, dass alle Farben des Regenbogens auftauchen: Violett, Orange, Blau. Offenbar liegt es daran, dass der Vulkan unter Gletschereis ausbricht und das Schmelzwasser die Lava so abrupt abkühlt, dass sie ganz spröde wird – so kommt es schließlich zum Glas. Himmelsglas. Vulkanisches Violett. Lavakessel. Warum sollte ich je wieder in die Realität zurückwollen?

Dann höre ich eines Tages im Tankstellenladen das Gerücht: Wenn der Vulkanausbruch heftiger wird, könnte der Luftraum über Island wegen der Aschewolken gesperrt werden. Ich schreibe Vikram eine Nachricht, er möge Richard unter Druck setzen. Er soll ihm ruhig zu verstehen geben: Wenn er sich nicht beeilt, werde ich wieder untertauchen.

Es wird Zeit, Adelina zu schreiben und ihr zu gestehen, dass ich gar nicht im Lande bin und nicht genau weiß, wann ich wiederkommen werde – wir müssen uns vorläufig an E-Mail-Verkehr halten. Damit fängt ein regelmäßiger Nachrichtenaustausch zwischen uns an. Sie erzählt mir mehr aus ihrem Leben – es gibt da einen festen Freund namens Pieter, den sie in Amsterdam kennengelernt hat. Sie glaubt, es könnte was Ernstes sein, doch weil sie beide Stellen in verschiedenen Ländern haben, führen sie halt eine Fernbeziehung. Aber sie mag Amsterdam. Leider kann ich ihr nicht im Gegenzug erzählen, wie es ist, in einem einsamen Dorf an der Südküste Islands zu wohnen. Wie schön wäre es, wenn ich es jemandem schildern könnte. Ich würde ihr so gern beschreiben, wie weißer Schnee und schwarzer Sand die ganze Welt monochrom erscheinen lassen, sodass man regelrecht erschrickt, wenn man das rote Dach der Kirche sieht. Wie gern ich sagen würde: *Es gibt so viele Orte auf der Welt, sie ist so vielfältig. Was auch immer du ansonsten mit deinem Leben anfängst, lass dir die Welt nicht entgehen.*

Wenn ich an diesen Mailwechsel zurückdenke, scheint er mir von Hoffnung getragen zu sein – von der Hoffnung, dass es mehr für mich gäbe als das, was aus mir geworden war.

30

Ich fahre um vier Uhr morgens los. In den letzten Tagen gab es einen Kälteeinbruch, und wenn der Wind weht, ist es immer noch unter dem Gefrierpunkt. Ich brauche etwas, um im Dunkeln das Eis von der Windschutzscheibe zu kratzen, während mich die kalte Luft harsch in die Kehle beißt. Ein paar Schneeflocken trudeln durch die dunkelblaue Luft, bleiben aber nicht liegen. Obwohl ich am Vorabend Streusand um meine Parkbucht verteilt habe, rutschen die Reifen und drehen auf etwas dünnem Eis durch, ehe sie so greifen, dass ich langsam und vorsichtig auf die Straße einbiegen kann.

Um diese Zeit lässt sich niemand blicken. Als ich die Ringstraße erreiche, fühlt es sich an, als führe ich nachts durch eine Mondlandschaft, auf einsamer Expedition durch düstere, ferne Berggegenden und weite Ebenen auf der dunklen Seite des Mondes. Dann sehe ich einen spannenden grünen Lichtschein weit hinten am Himmel, die Andeutung eines Nordlichts, das nie vollständig in Erscheinung tritt, und wenn ich mich noch so weit vorbeuge, das Lenkrad umklammernd durch die Frontscheibe spähe und es herbeisehne.

Der Nachthimmel ist wolkenverhangen, als ich mich meinem Ziel nähere, und am Flughafen lässt sich immer noch keine Spur von einem Sonnenaufgang blicken. Ich kurve eine Weile im Dunkeln herum und suche das richtige Gebäude. Die Polizeidienststelle befindet sich an der Rückseite einer Reihe von Hangars und ist ungefähr so groß wie eine Polizeiwache in einer britischen Kleinstadt. Ich parke neben dem Haupteingang und gehe rein, wo zwei Beamte in schwarzen Uniformen mit gelben Abzeichen an den Ärmeln an der Tür stehen und Kaffee trinken. Eine wuchtige junge Dame sitzt an einem Schiebefenster, einem

Schalter in der Wand. Ich sage ihr, warum ich hier bin, und sie notiert meinen Namen auf einem Klemmbrett, steht auf, öffnet eine Tür seitlich vom Schalter und winkt mich hinein. Sie führt mich durch ein kurzes, aber verwirrendes Labyrinth von Gängen mit so vielen Abzweigungen, dass mein innerer Kompass mir sagt, wir müssen wieder am Ausgangspunkt angelangt sein. Nach der letzten Abbiegung kommt eine Sperrholztür – wir müssen uns in einer Art provisorischem Anbau befinden. Über uns startet ein Flugzeug, und der ganze Gang scheppert.

Die Polizistin macht die Tür auf und winkt mich in einen kleinen Besprechungsraum – ein schlichtes Zimmer mit hellgrauen Wänden und einem zweckmäßigen Tisch, um den vier Stühle gruppiert sind. Es erinnert mich ein wenig an Alaska. Den Blick hinaus auf das Rollfeld gerichtet, einen Styroporbecher in der Hand, steht Richard am Fenster.

Er dreht sich lächelnd zu mir um – und mich durchschießt unerwartet ein Gefühl von Wärme ihm gegenüber. Es ist so lange her, dass ich jemandem aus meinem alten Leben persönlich begegnet bin. Sein Haar wirkt etwas schütterer, und er sieht müde aus. Der Styroporbecher in seiner Hand erscheint mir wie eine obskure Beleidigung seines guten Geschmacks – er ist der typische Porzellangedeck-Mann. Er trägt ein Jackett über einem cremeweißen Hemd und dunkelgrauer Stoffhose, statt wie sonst einen Anzug, aber mir entgeht nicht, dass seine Fingernägel so gepflegt sind wie eh und je, seine Schuhe auf Hochglanz poliert.

»Heather«, sagt er schlicht, wie es scheint, mit unverstellter Herzlichkeit in der Stimme. »Möchtest du …?« Er hebt seinen Becher.

Ich schüttele den Kopf.

Er sieht sich den Becher an, ehe er ihn auf den Tisch stellt, einmal nachdenklich herumdreht, Platz nimmt.

Ich setze mich ihm gegenüber und sehe ihn erwartungsvoll an.

»Es tut mir leid, wie sich die Dinge entwickelt haben, Heather«, sagt er.

»Du hast mich als Lockvogel benutzt.«

Mit langsamem Kopfnicken, ein paarmal nacheinander, räumt er die Tatsache ein. Dann sagt er: »Wir hatten natürlich keine Ahnung, dass es so weit kommen würde. Wir hatten uns gedacht, wenn du merken würdest, dass Blythe korrupt ist, würdest du gegen ihn ermitteln, und dass euer enger Kontakt dazu führen …«

»Tja, na ja, damit bin ich nicht allzu weit gekommen, hatte da so ein paar private Probleme. Ihr habt mich überschätzt.«

»… und wenn es so weit war, würde er damit anfangen, dir Beweise unterzuschieben, wie er es mit meinem Level-Four-Mann getan hat.«

»Collins.«

»Ja, Collins. Blythes Fallakte gegen ihn war unglaublich, muss ich schon sagen. Wenn wir Blythe nicht bereits im Verdacht gehabt hätten, hätte Collins eine Menge Ärger bekommen.«

Ich gebe ein ungläubiges Schnaufen von mir. »Du meinst, eher mit einer Menge Ärger am Hals als tot, abgeknallt von einer Bande kasachischer Gangster oder wer auch immer das war …«

Richard unterbricht mich mit einem sonnigen Lächeln. »Ach Heather, Heather, für was für ein Monster hältst du mich eigentlich! Collins ist nicht *tot*. Das ist nur ein Gerücht, das wir in Umlauf gebracht haben, damit Blythe nicht merkt, dass wir ihm auf der Schliche sind. Wir haben den armen Collins im Morgengrauen verhaftet, so viel davon stimmt, haben dem armen Kerl einen Heidenschrecken eingejagt, aber als wir ihn in Gewahrsam hatten und die Gerüchte eindämmen konnten, haben wir ihn nach Neuseeland geschickt. Zwei Wochen später kam seine ganze Familie nach. Sie bleiben ein halbes Jahr lang dort, während er remote arbeitet und jedes Wochenende bergsteigen geht. Dem geht's prächtig.«

»Du hast mich als Lockvogel benutzt«, wiederhole ich. »Und hast als Rechtfertigung anderen im Service weisgemacht, ich wäre Kierons Komplizin, wider besseres Wissen.«

»Tja, genau genommen wusste ich das nicht mit Gewissheit.«

Ich lehne mich auf dem Stuhl zurück. »Du hast gewusst, dass ich nicht bestechlich war. Du kanntest mich seit Jahren – und meinen Vater. Du bist rücksichtslos mit mir umgesprungen, Richard, nur weil du ihm eine Falle stellen und dir ansehen wolltest, wie er Mist baute, wenn er mich in sein Spiel mit reinzieht. Du wirst ihm ja wohl von meinen Schulden und von meiner Freundin Flavia erzählt haben? Du hast ihm das Werkzeug an die Hand gegeben, mich zu manipulieren.«

Er schüttelt den Kopf. »Absolut nicht. Wir haben ihm keinerlei Hilfe gegeben – das wäre ein eklatanter Verstoß gegen unsere ethischen Grundsätze gewesen. Was auch immer er über dich herausgefunden hat, war allein seine Recherche.« Nach kurzer Pause fährt er fort: »Er muss irgendwie an deine vollständige Service-Akte rangekommen sein. Vielleicht hat ihm jemand in der Hauptstelle in London geholfen. Ja, du könntest recht haben, ich sollte da mal nachforschen.«

Bei diesen Worten hält er den Blick auf seinen Schoß, seine Hände gesenkt. Er dreht seinen Hochzeitsring am Finger, pustet durch den Mund Luft aus. Er muss den Reumütigen geben, die reine Scharade. »Wir hatten nicht die leiseste Ahnung, was Blythe tun würde. Dabei war er nicht mal dafür verantwortlich, wusstest du das?«

Jetzt komme ich nicht mehr mit.

»Wir haben die Leiche gefunden, meine Liebe, beziehungsweise die schottische Polizei. Uns ist es gerade eben noch gelungen, es nicht an die Presse durchsickern zu lassen, aber deine DNA war überall dran. Falls du irgendwann in nächster Zeit nach Großbritannien zurückkehrst, steht dir eine Verhaftung bevor. Da sind mir die Hände gebunden.«

»Es war Notwehr – er hätte mich fast umgebracht.«

Richard sieht mich ungerührt an. »Das wird natürlich ein Gericht entscheiden müssen.« Um geschmeidig fortzufahren: »Blythe war ausnehmend clever, und wir sind uns ziemlich sicher, dass er Mittäter hatte. Übrigens nicht deine Freundin Carmella. Das Einzige, was sie falsch gemacht hat, war, ihm zu glauben, was er ihr über dich erzählt hat. Wohlgemerkt hat es dir wenig geholfen, dass sie dich nach Feierabend beim Durchstöbern seines Büros erwischt hat.«

Er hält inne. Das Kind in mir möchte sagen: *Du willst mir also erzählen, dass es meine Schuld ist, in was für ein Schlamassel ich geraten bin?* Doch da steckt ein Fünkchen Wahrheit drin, das ich mir nicht eingestehen möchte.

»Die Einheit in Birmingham wurde aufgelöst«, sagt er dann. »Druck von oben. Ein Jammer, denn abgesehen von den Fällen, die Blythe sich unter den Nagel gerissen hat, wurde da wirklich gute Arbeit geleistet. Jetzt müssen wir feststellen, welche genau das waren – ein einziges Schlamassel, kann ich dir sagen. Wir brauchen einen vollständigen Bericht über deine Zeit dort, jede Einzelheit jedes Falles sowie alles, was du über Blythe weißt. Natürlich nicht jetzt sofort, das wird Tage dauern. Ich schick dir ein Team.«

Kann Richard wirklich so in der Bürokratie aufgehen, dass für ihn nichts zählt als die Ermittlungen? Was mir in Thurso zugestoßen ist, was mir hätte zustoßen können, spielt für ihn keine Rolle? Sie haben menschliche Überreste in dem Loch gefunden und wussten, dass ich die Täterin war – und Richard hat sich die Realität dieses Vorfalls niemals vor Augen geführt. Niemand hat je *seinen* Kopf unter Wasser gehalten.

Ich für meinen Teil kann das nicht so einfach auf sich beruhen lassen. »Was meinst du damit, dass Kieron Blythe nicht verantwortlich war?«

Richard hebt beide Hände mit weit gespreizten Fingern, wie um anzudeuten, dass er in dem Punkt auf Spekulation angewiesen ist. »Wir glauben nicht, dass es Blythes Idee war, wissen aber, dass er seinen Auftraggebern von der Möglichkeit berichtet hat, dass du ihm auf die Schliche gekommen bist, Beweise gegen ihn hast. Als du abgehauen bist, muss er in Panik geraten sein. Wahrscheinlich haben sie einen Mann auf dich angesetzt, um dich zur Strecke zu bringen. Blythe muss natürlich Todesängste um sein eigenes Leben ausgestanden haben. Ich weiß es nicht.«

»Aber ihr habt ihn doch in Gewahrsam. Was hat er gesagt?«

Richard kneift mit einem Ausdruck des Bedauerns die Lippen zusammen. »Leider Gottes nicht. Wir haben ihn gegen Kaution laufen lassen, natürlich unter Bewachung, und er scheint uns durch die Lappen gegangen zu sein.«

Es ist vollkommen ausgeschlossen, dass das DOS Kieron laufen gelassen oder aus den Augen verloren haben könnte, jedenfalls nicht unbeabsichtigt.

»Er ist auf der Flucht?«

Richard lächelt. »Die Ironie daran entgeht vermutlich uns beiden nicht, aber ich weiß nicht, meine Liebe – er verfügt nicht über deine Fähigkeiten. Womöglich. Wir haben über einen unserer Kanäle durchsickern lassen, dass er mit uns kooperiert hat.«

»Stimmte das?«

»Nein, natürlich nicht – er hat viel zu viel Angst vor dem Pack, für das er tätig war. Nicht zu Unrecht, könnte man sagen.«

»Ihr habt mit ihm also gemacht, was ihr vorgeblich mit Collins gemacht habt.«

Richard antwortet nicht.

»Ihr habt ihn hingerichtet.«

Da wird er ein wenig ärgerlich, als hätte ich seinen guten Namen soeben besudelt. »Wie du ganz genau weißt, ist das bloße Spekulation.« Er lehnt sich auf seinem Stuhl zurück, macht ein kleines Ploppgeräusch mit dem Mund und sagt dann verächtlich: »Ich weiß nicht, Heather. Wenigstens haben die Verräter aus der Generation deines Vaters ihre Länder aus Prinzip verraten. Jetzt geht es nur noch um Geld. Die Leute verkaufen ihre Seele für einen Swimmingpool. Kieron Blythe hat abkassiert, so einfach ist das. Er war eine Marionette, gesteuert von Kriminellen, die Geheimnisse an den Höchstbietenden verkauft haben – verlang nicht von mir, dass ich mir Sorgen mache, ob er deswegen auf die Schnauze fliegt.«

Ich stehe auf und gehe ans Fenster. Wir reden erst seit wenigen Minuten, aber es kommt mir viel länger vor. Ich schaue nach draußen auf die Startbahn, wo ein Flugzeug zum Abheben rollt, und frage mich, wo die Morgendämmerung bleibt, warum sie sich so viel Zeit lässt. Noch klarer als Richard sollte ich mir jedwedes Mitleid mit Kierons Schicksal sparen –, doch jetzt, da dieselben Leute, die hinter mir her waren, wahrscheinlich hinter ihm her sind, empfinde ich keine Freude, nicht einmal Schadenfreude. Sondern bin verwirrt.

Richard sagt: »Schon komisch, als du eben reingekommen bist, habe ich deinen Vater in dir gesehen, etwas mit den Augen. War mir früher noch nie aufgefallen.«

Ich wende mich nicht vom Fenster ab.

»Wie alt war er, als er zum Service kam?« sagt Richard.

»Ich weiß nicht«, sage ich, immer noch mit dem Rücken zu ihm, »aber es war vor Kriegsende. Die Bombennacht war der Auslöser. Operation Mondscheinsonate.«

»Ja, ich weiß«, sagt Richard. Ich wende mich wieder zu ihm um. Er blickt auf den Tisch. »Kennst du eigentlich die Geschichte?«

»Natürlich«, sage ich. »Er war mit seiner Mutter im Luftschutzbunker, aber sein Vater und Bruder waren in der Innenstadt. Er ging sie suchen, sobald die Entwarnung kam, aber hat sie nie gefunden.«

Richard schweigt eine Weile. »Männer aus dieser Generation«, sagt er leise, »die haben ihren Frauen und Töchtern bestimmte Dinge nicht erzählt – also Einzelheiten.« Er hebt den leeren Styroporbecher an, stellt ihn wieder hin, sieht mich an. »Er hat sie gefunden. An manchen Stellen ging der Feuersturm noch weiter. Die Suche nach ihnen muss sehr gefährlich gewesen sein. Er fand ihre verkohlten Leichen hinten in der Werkstatt seines Vaters, wo sie versucht hatten, unterzukriechen. Er hat es seiner Mutter nie erzählt, oder etwa deiner Mutter. Er trug es sein ganzes Leben mit sich herum und verschwieg allen, was er gesehen hatte. Er hat es mir einmal in einem Einsatz erzählt, als wir Whisky aus Flachmännern tranken, eines Nachts, beim Warten in einem Auto.«

Ich erwidere nichts.

»Er war ziemlich hochrangig, als ich beitrat, und du weißt ja, die meisten Führungsbeamten seines Ranges hätten sich nie mit einem Frischling wie mir abgegeben. Aber dein Vater hat mich unter seine Fittiche genommen.«

Ich kehre an den Tisch zurück, und wir sitzen eine Zeitlang schweigend da. »Ich kann verstehen, warum du weggelaufen bist«, sagt Richard. »Ich hatte es nicht erwartet, aber hätte es vielleicht sollen, da ich ja nun mal deinen Vater in all seiner Raffiniertheit kannte.«

Ich will nicht mehr über meinen Vater reden, oder über mich. Es kränkt mich, dass Richard mir Dinge über meinen Vater erzählt, als stellte er sich vor, so zu mir durchzudringen. Wahrscheinlich sollte ich ihn nach mehr Einzelheiten unserer Vereinbarung fragen, aber Vikram ist derjenige, der das alles aushandeln muss. Exil. Was für ein schlichtes Wort. Es hat was Sauberes, Glattes, wie ein Eiszapfen.

Er spürt, dass ich unser Gespräch bald beenden könnte. »Du hast noch nicht erwähnt«, sagt er, »warum du wolltest, dass ich persönlich erscheine.«

Ich sehe ihm beim Lügen fest in die Augen und trage dick auf, schwer ist das nicht. Meine Wut ist absolut echt. »Was für eine offizielle Erklärung auch immer ihr euch zurechtgelegt habt, ich will, dass du dich von Angesicht zu Angesicht bei mir dafür entschuldigst, dass du mich als Lockvogel benutzt hast. Du hättest es mir erklären und mich um Hilfe bitten können, anstatt mich so auszunutzen. Das war abscheulich von dir.«

Er erwidert meinen Blick aus kühlen, blassen Augen – er will es mit der Aufrichtigkeit nicht übertreiben. »Tut mir leid.«

Richard und ich reden noch etwas weiter, und als ich zum Gehen aufstehe, erhebt er sich von seinem Stuhl, tritt zu mir, neigt den Kopf und küsst mich aufs Haar.

Ich warte ab, ob er noch eine Bemerkung über meinen Vater machen wird. Doch nach kurzer Pause murmelt er: »Die Welt verändert sich, Heather.«

O nein, denke ich, *das stimmt nicht*. Ist nicht genau das das Problem, dass sie sich nie ändert?

An der Tür des kleinen Zimmers drehe ich mich um, bevor ich die Klinke erreiche, und frage: »Wie hieß er?«

Richard sieht mich an.

»Der Mann, den ich getötet habe, wie hieß er?«

Wieder dieses schmallippige Lächeln. »Das brauchst du nicht zu wissen. Wir haben sie im Visier, das ist alles, was du wissen musst. Bis auf Weiteres bist du hier in Sicherheit, und je weniger du weißt, desto besser.«

Ich warte kurz ab. »Okay, dann sag mir nur das eine.«

Richard muss plötzlich niesen. Das ist etwas so Menschliches, dass wir beide lächeln, trotz unserer gegenseitigen Verbitterung.

Ich warte, bis der Moment vorübergeht, er ein Taschentuch aus der Tasche gezogen und sich die Nase geputzt hat und das Lächeln aus unseren Gesichtern verschwunden ist.

»Wie alt war er?«

Richard sieht mich traurig groß an und sagt leise: »Dreiundzwanzig.«

Die Polizistin sitzt auf einem Plastikstuhl vor dem Raum. Sie steht auf, als ich herauskomme, und geht wortlos durch den Korridor zurück. Ich folge ihr.

Am Eingang stehen noch die beiden, die vorhin Kaffee getrunken haben, ins Gespräch vertieft, nicken. Als ich die Dienststelle verlasse, sehe ich die allererste Andeutung eines Sonnenaufgangs am anderen Ende des Himmels, einen schmalen Lichtstreifen ganz unten am Horizont. Wie lange Richard wohl auf den ersten Flug zurück nach London warten muss?

Ich fahre langsam vom Flughafengelände. Die Zufahrtsstraßen wurden geräumt. Im Dunkeln liegt immer noch zu beiden Seiten angehäufter Schneematsch, aber der ist schmutzig und fällt in sich zusammen, sieht mit den Luftlöchern pockennarbig aus – ein sonniger Tag, und er schmilzt weg. Der Frühling ist nicht mehr fern, es sei denn, der Vulkan explodiert so richtig und bringt uns einen andersartigen Winter. Es heißt, wenn sich die kleinen Ausbrüche zu einem gewaltigen zusammenballen, könnten die Ascheschwaden nahezu zehntausend Meter hoch aufsteigen, sodass fast der gesamte Luftraum über Westeuropa gesperrt werden müsste. Noch vor ein paar Monaten hätte ich das kaum glauben können, weil mir die Welt damals noch stabil und durchschaubar vorkam, aber hier und jetzt fühlt es sich an, als könne alles geschehen, selbst Ereignisse, die Flugzeuge stilllegen und Flüge verhindern. Wenn das Unerwartete geschieht, weiß man immer erst hinterher, dass es geschehen kann. Dieses Wissen lässt sich nicht rückgängig machen.

Mit dem Flughafen im Rücken weiß ich, dass sich die Straße bald gabeln wird – und dann bin ich vor die Wahl gestellt. In nordöstlicher Richtung geht es auf der einundvierzigsten Straße bis Reykjavík weiter. Wenn ich den rechten Abzweig nehme, komme ich auf einen Kreisverkehr, in dem mich die nächste rechts auf die Straße nach Grindavík führt, wonach ich derselben Strecke folgen kann, die ich am Tag meiner Ankunft nahm, an der Südküste entlang. Für den Heimweg würde ich etwa drei Stunden brauchen. Ich denke an das kleine Dorf am schwarzen Sandstrand. Was wäre so schwer daran, mir dort ein Leben aufzubauen? Vielleicht würde ich einen Job im Café oder der Tankstelle bekommen. Die Winter wären schwer. Da denke ich an Norwegen, an Aksel, der so bärenhaft und so handfest war, dass er Nachtschatten durch seine bloße Existenz vertreiben würde. Mir fällt meine Fantasievorstellung ein, ein Bett mit ihm zu teilen, in die Höhle zu schlüpfen, die er aus sich und dem Bettzeug machen würde, wie er mich an sich ziehen, mich halten würde. Das wäre, wie unter einem Schwanenflügel geborgen zu sein.

Ich denke an all die Orte, an denen ich war, alles, was ich bin – eisig, gefroren, kalt. Ich will nicht mehr weglaufen. Ich will mir ein Leben aus all dem aufbauen, das für eine gute Geschichte zu alltäglich ist – und dazu gehört Adelina, auch wenn ich weiß, dass ich nicht von ihr erwarten kann, mich als Teil ihres Lebens anzunehmen. So ein Vertrauen muss man sich schließlich verdienen, und man wird sehen müssen, ob Adelina den Winter in diesem alten Vogel aufgetaut bekommt. Aber ich will ein Mensch werden, der einen Gast empfängt, eine Person, auf deren Ankunft ich mich freue – vielleicht eine, deren Gesellschaft die reine Freude ist, die einen aber auch ein wenig nervt, wenn sie ihre schmutzige Tasse nicht zur Spüle bringt.

Ich stelle mir vor, wie Adelina am Flughafen von Reykjavík ankommt, wie ich eine Hand ausstrecke, um ihr das Gepäck abzunehmen, wenn sie sich nähert, wie unverfänglich ich plaudern werde, während wir zu meinem Auto gehen, weil sie vielleicht etwas befangen sein wird. Ich stelle sie mir jetzt auf dem Beifahrersitz neben mir vor, wie ich sie nach ihrem Leben frage. Wahrscheinlich würde ich ihr erst später, wenn ich sicher sein könnte, dass sie sich in meiner Gesellschaft wohlfühlt, etwas von meiner Geschichte erzählen, natürlich eine zurechtgestutzte Fassung, darüber, wie ich hier gelandet bin.

Vielleicht werde ich ihr eines Tages von ihrer Mutter erzählen, Flavia, und wie wir uns ausgerechnet beim britischen Militär kennengelernt haben, diesem Zuhause für verlorene Seelen, die ganz gut rennen können. Und wie wir uns geliebt und zusammengehalten haben, und dass unser Zerwürfnis der größte Kummer meines Lebens ist und dass ich einfach gedacht habe, wir würden uns schon irgendwann wieder versöhnen, aber dass es nie zu diesem Irgendwann gekommen ist. Falls ich mich in der Lage sehen würde, frei mit ihr zu reden, könnte ich hinzufügen, Reue ist sinnlos, liebe Adelina, aber ich bereue wirklich aufrichtig, dass ich den Rest deiner Kindheit verpasst habe. Ich bereue, dass ich nicht da war, um zu deiner Mutter zu sagen: Tut mir leid, du hattest recht, ich bin immer vor Nähe weggelaufen, weil ich sie eher als Belastung denn als Belohnung betrachtet habe. Ich liebe das Silberarmband. Ich liebe dich. Bitte sei vorsichtig, wenn du einkaufen gehst, und wenn du an einem Kleinkind im Buggy vorbeigehst, das ein Spielzeug runtergeworfen hat, schau weg, sei nicht so weichherzig.

Ich kann Adelina keine Mutter sein – es ist zu spät, und ich habe kein Recht dazu, aber ich könnte etwas anderes sein: eine feste Größe in ihrem Leben.

Die Straße vor mir ist leer. Hinter mir hält ein Auto mit grell blendendem Scheinwerferlicht Abstand. Der Himmel wird ganz allmählich heller, der dunkelblaue Farbton am Horizont verblasst und lässt die Morgendämmerung ahnen. Nicht mehr lange.

Ich denke an Richards aufrichtigen Gesichtsausdruck, wie er das Gespräch auf meinen Vater gelenkt hat, weil er sich vorstellte, mich mit dem Austausch von Erinnerungen für sich gewinnen zu können. Ebenso gut hätte er sich mit einer Spritze in der Hand über mich beugen können, überlegend, wo die Nadel am besten einzuführen wäre, weil sie auf den geringsten Widerstand stoßen würde – wo er Knochen und Muskeln ausweichen und auf weiches Fleisch stoßen würde.

Scheiß drauf.

Kieron Blythe hat keine Cousine namens Ruth, und selbst wenn er eine hätte, ist die Vorstellung absurd, dass er Michael zufällig auf einer Familienfeier begegnet sein soll. Wäre ich nicht so schockiert gewesen über die Nachricht von Flavias Tod, hätte ich diese Finte damals durchschaut. Kieron Blythe hatte seine Hausaufgaben gemacht. Er hatte meine Akte gelesen, die vollständige, zu der nur die Londoner Ressortleiter Zugang haben – oder vielleicht hat jemand, der über mich Bescheid wusste, zu ihm gesagt: *Hier ist alles, was du über sie wissen musst, all ihre Schwachstellen. Mach damit, was du willst.*

Wie konnte mich der junge Mann von einer Stelle während meiner Flucht durch Schottland bis zu dem Loch bei Thurso verfolgen? Wenn der Service von Stuarts Jacht wusste, warum haben sie nicht auf mich gewartet, um mich zu verhaften, sobald ich mich dem Hafen in Lerwick näherte? Weil jemand die ganze Zeit über gehofft hat, dass ich von einem Killer ausgeschaltet würde, bevor mich die Behörden aufgreifen konnten.

Die Wahrheit liegt im Auge der Betrachterin. Ich denke an Kieron, wie er in Alaska steht und aus dem raumhohen Fenster blickt, die Kaffeetasse zum Mund führt. Statt am Tisch zu bleiben und uns alle auf unsere Reaktionen hin zu mustern, stand er auf und ging lässig ein, zwei Schritte weg, Kaffeetasse in einer Hand. Ich sehe wieder die Kaffeetasse vor mir, wie sie von seinem Arm mechanisch zum Mund geführt wird. Und wie seine Finger sich gleich darauf um Carmellas Schulter schließen. Warum war er nicht nervöser? Dafür konnte es nur einen Grund geben. Er fürchtete keine schlagkräftige Untersuchung, weil er unter schlagkräftigem Schutz stand. Mit der Angst bekam er es erst zu tun, als ich die Flucht ergriff.

Dein Vater war auch vor ihm auf der Hut.

Wenn man das Glück hat, liebende Eltern zu haben, beschützen sie einen noch lange nach ihrem Tod.

Die Straße geht weiter. Das Auto in meinem Rückspiegel hält die Entfernung. Isländische Autofahrer sind so höflich. Ich habe noch schätzungsweise zehn Minuten, bis ich mich für eine der beiden Straßen entscheiden muss.

Es gibt keine Fähre nach Grönland, das ist der Haken. Ein Jammer. Es ist ein riesengroßes Land, aber wenn man die südliche Halbinsel bis Nuuk überquert, entgeht einem die Ausbuchtung an der Spitze, und von da ist man schon fast in Neufundland, bloß ein Katzensprung über die Davisstraße. Kanada durchqueren wäre ein Klacks. Dort drüben sind die Leute freundlich, der Kaffee ist gut, und in der Touristensaison bieten sie noch die Zugfahrt durch die Rocky Mountains an. Von da könnte man nach Alaska aufbrechen. Die Beringstraße, wohlgemerkt – hört sich kalt und beängstigend an, was sie vermutlich auch ist, aber sie muss sich ja wohl irgendwie überqueren lassen. Über diese ganzen Steppen fährt jetzt ein Transsibirien-Express, und sicher,

Russland ist immens, es würde schon eine ganze Weile dauern – aber eines Tages wäre man wieder an den Toren Europas, mit seinen Kunstmuseen und Cafés und jahrhundertealten Streitereien um den Nationalstaat. Von da könnte man die kleine graue Insel links liegen lassen, die man immer seine Heimat genannt hat, und nordwärts nach Skandinavien ziehen und den Rest seines Lebens immer so weiter im Kreis fahren … Alles nur eine Frage der Zeit, des Geldes und der Ausdauer – und natürlich des Einfallsreichtums. Die Entfernungen, die Vorstellung, dass etwas unmöglich wäre, das gibt es alles nur in unseren Köpfen.

Die Straße Nummer Eins führt einmal im Kreis um ganz Island, knapp dreizehnhundert Kilometer lang. Wenn sie den Luftraum sperren, könnte ich vielleicht immer weiter im Kreis fahren, immerzu, hie und da anhalten, um an verschiedenen Orten je eine Nacht zu schlafen. Das würde mir die Illusion einer ununterbrochenen Flucht verschaffen, auch wenn ich nie das Land verließe. Wenn ich genug vom Fahren hätte, könnte ich den Kreis noch enger ziehen – mich um mich selbst drehen, was vielleicht die ultimative Flucht wäre.

Ich glaube, dass es mir gelungen ist, Richard von meiner Kooperationsbereitschaft zu überzeugen: Diese Entschuldigung zu verlangen, war ein schlauer Schachzug. Damit kann ich etwas Zeit gewinnen. Er weiß nicht, dass ich meinen Koffer in den Laderaum gepackt habe, bevor ich vor vier Stunden von Vík losfuhr, für alle Fälle.

Wenn ich recht habe, wird noch sehr lange ein Kopfgeld auf mich ausgesetzt sein, und das heißt, dass ich Adelina nie wieder kontaktieren darf. Bei dem Gedanken überkommt mich kurz etwas wie Düsterkeit, während ich auf meine Entscheidung zufahre. Ich denke an mein Fantasiebild von mir selbst am ersten Tag, als ich nach Island kam, in einem Lavakessel gefangen.

Mit geraden Schultern fahre ich auf die Straßengabelung zu und verlangsame das Tempo. Im Rückspiegel zeigt sich das erste Frühlicht, blass, aber unverkennbar und von Minute zu Minute zunehmend. Beidseits der Straße bedeckt eine dünne, krosse Schneekruste die Landschaft, und die zarte Morgenröte verströmt goldenen Glast über die Felder, bis sie glitzern wie Wiesen voll winziger Diamanten. Wer weiß, was für Farben der Himmel bei Tagesanbruch für mich bereithält?

Danksagung

Obgleich dieses Buch in der Welt des britischen Geheimdienstes angesiedelt ist, habe ich meine eigene Version davon erfunden – insbesondere die Ressorts, die ich Verbindungsbüro 2.6 und das DOS nenne. Bei meinen Recherchen zur Frage, was möglich oder wahrscheinlich wäre, stehe ich in tiefer Schuld bei zwei Mitarbeitenden der Organisation, die nicht zu benennen ich versprochen habe – sie wissen, dass sie gemeint sind. Zudem wurde mir zu meinem Glück ein Gespräch mit Lord Evans of Weardale, ehemaligem Generaldirektor des MI5, gewährt. Es kommt nicht oft vor, dass ich meine Unwissenheit vor solch einem hohen Tier ausbreiten kann – er hat es mit Fassung getragen. Was meine Recherchen zur Armee und dem WRAC angeht, bin ich Colonel (a.D.) Frances E. Castle, MBE, und Lieutenant Colonel (a.D.) Sue Westlake, MBE, sowie Paul Weatherald äußerst dankbar. Chief Superintendent Tara McGovern vom Metropolitan Police Service und der Autor Mark Thompson ließen mir in anderen Fragen unschätzbare Unterstützung zukommen. Hoffentlich verzeihen mir alle hier Genannten die Stellen in diesem Buch, an denen ich ihre Welten falsch dargestellt, es mit der Wahrheit nicht so genau genommen oder mir manches schlichtweg ausgedacht habe.

Ich bin dankbar für die Erlaubnis, Epigrafen von John Burgis, John le Carré und Geoffrey Household verwenden zu dürfen, und kann jedes der zitierten Werke nur empfehlen. Auf Rechercheeisen nach Norwegen und Schottland habe ich mir den Podcast *Death in Ice Valley* angehört, vom BBC World Service und der NRK, präsentiert von Marit Higraff und Neil McCarthy. Die Identität und das Schicksal der Frau von Isdal verfolgen mich bis heute, und ich empfehle allen ihre Untersuchung dieses weiterhin ungelösten Rätsels, auch wenn sich vielleicht darüber streiten lässt, wie klug es ist, sich das auf einsamer Wanderung durch abgelegene Gegenden anzuhören. Pétur Már Ólafsson und Michael Ridpath haben mir beide bei isländischen Detailfragen ausgeholfen.

Danke an Heather Kneale für ihre Spende an *Young Lives vs Cancer* im Gegenzug für die Verwendung ihres Namens in einem Roman. Ich tue mich schwer mit Namen und bin immer dankbar, wenn Menschen mir ihre anbieten, erst recht, wenn es einem guten Zweck dient. Ein erheblicher Teil dieses Buchs wurde im Château de Lavigny in der Schweiz geschrieben; danke an die Fondation Heinrich Maria & Jane Ledig-Rowohlt.

Jacqui Lofthouse, Raj Kohliu und Russell Celyn Jones, mit denen ich befreundet bin, haben alle das Manuskript für mich gelesen und zu einem Zeitpunkt, als dieses Buch noch ein wüstes Durcheinander war, Kommentare beigesteuert – für ihren Einsatz könnte ich nicht dankbarer sein. Meiner einzigartigen Faber-Lektorin Louisa Joyner blieb immer noch eine Menge zu tun übrig. Ohne ihre Hilfe würde dieses Buch bei Weitem nicht an das nun vorliegende Ergebnis rankommen. Danke an Lesley Jones fürs Entwirren der Kommas und vieles andere obendrein.

Wie immer wäre nichts aus meiner Laufbahn geworden ohne all die bereits Erwähnten und meine anderen Haupt-Verbündeten: Antony Harwood von Antony Harwood Ltd., Rebecca Watson von Valerie Hoskins Associates und die Schar fulminanter und unermüdlich hilfreicher Mitarbeitender bei Faber & Faber UK Ltd., zu zahlreich, um sie alle beim Namen zu nennen. Hinsichtlich der vielen Menschen, die alles erst möglich machen, kann ich auch heute noch, bei diesem meinem zehnten Roman, mein Glück kaum fassen.

Zitatnachweis

Geoffrey Household: *Einzelgänger, männlich*. Deutsch von Michel Bodmer. Kein & Aber, Zürich 2009, S. 35

Louis MacNeice: *Unbelehrbar Mehrzahl. Gedichte aus dem Englischen.* In der Übersetzung von Henry Holland und Jonis Hartmann. Elif Verlag, Nettetal 2019; *Snow/Schnee*, S. 52 f.

Tom Burgis: *Kleptopia. Wie Geheimdienste, Banken und Konzerne mit schmutzigem Geld die Welt erobern*. Deutsch von Michael Schiffmann. Westend Verlag, Frankfurt/Main 2021, S. 71

Die Zitate aus zuvor ins Deutsche unübersetzten Gedichten von Isaac Rosenberg (*On Receiving News of the War*, S. 7) und Louis MacNeice (*London Rain*, S. 241) sowie das Zitat von John le Carré aus einem ebenfalls ins Deutsche unübersetzten Brief an Stanley Mitchell (S. 261) wurden von Astrid Arz aus dem Englischen übertragen.

Zoë Beck
Memoria
Thriller
st 5292. 280 Seiten
(978-3-518-47292-7)
Auch als eBook erhältlich

Wem gehört deine Erinnerung?

Ein Sommer in naher Zukunft. Harriet wird von Erinnerungen heimgesucht, die ihr vollkommen fremd vorkommen. Nach und nach tauchen immer mehr Bruchstücke auf, und Harriet muss sich eingestehen, dass das, was sie bislang für ihr Leben hielt, vielleicht niemals so stattgefunden hat.

»Ein dichter, spannender Krimi im Hitchcock-Format, raffiniert gebaut und mit hohem Tempo erzählt.«
Kolja Mensing, Deutschlandfunk

»Intelligente Science-Fiction aus Deutschland? Zoë Beck!«
Denis Scheck

suhrkamp taschenbuch

Weitere Informationen erhalten Sie unter www.suhrkamp.de
oder in Ihrer Buchhandlung.

Ausgezeichnet mit dem
Ned Kelly Award 2022

Candice Fox
606
Thriller
Aus dem australischen Englisch von
Andrea O'Brien
Herausgegeben von Thomas Wörtche
st 5290. Broschur. 467 Seiten
(978-3-518-47290-3)
Auch als eBook erhältlich

Ein genial inszenierter Massenausbruch aus einem Hochsicherheitsgefängnis mitten in der Wüste von Nevada: 606 der gefährlichsten Verbrecher – Mörder, Psychopathen, Wahnsinnige – schwärmen in alle Himmelsrichtungen aus und verbreiten Schrecken und Chaos. Die größte Menschenjagd in der US-Geschichte beginnt. Doch für einen der Flüchtigen, John Kradle, ist dies die einzige Chance, endlich seine Unschuld zu beweisen.

»Ein psychologisch versiertes, ultimatives Verfolgungsrennen.« *Die Zeit*

»Candice Fox lässt jedes Nackenhaar vor Spannung erzittern.« *Kulturnews*

»Das pure Vergnügen für alle, die gern Genreliteratur lesen.« *Deutschlandfunk Kultur*

»So episch, so lustig, so traurig, dass man nicht mehr aufhören kann.« *Die Welt*

»Candice Fox – eine Schwester im Geiste von Quentin Tarantino.« *Kleine Zeitung Graz*

suhrkamp taschenbuch

Weitere Informationen erhalten Sie unter www.suhrkamp.de
oder in Ihrer Buchhandlung.

Ausgezeichnet mit dem Barry Award 2022, dem Edgar Award 2022 und dem Deutschen Krimipreis 2023

James Kestrel
Fünf Winter
Thriller
Aus dem amerikanischen Englisch
von Stefan Lux
Herausgegeben von Thomas Wörtche
st 5419. Broschur. 499 Seiten
(978-3-518-47419-8)
Auch als eBook erhältlich

Honolulu, Dezember 1941. Detective Joe McGrady, mit der Untersuchung eines grausamen Mordfalls beauftragt, folgt einem Verdächtigen bis nach Hongkong, das gerade von den Japanern eingenommen wird. Nicht nur der Krieg, sondern auch die Liebe zu einer Frau werden sein Leben für immer verändern. *Fünf Winter* ist ein gewaltiges Epos im Cinemascope-Format: ein fesselnder Thriller, ein erschütterndes Porträt des Krieges und eine herzzerreißende Liebesgeschichte in einem.

»Eine höllisch gute Geschichte. *Fünf Winter* hat mich umgehauen.« *Stephen King*

»Elegant und hochspannend.« *Frankfurter Allgemeine Zeitung*

»*Fünf Winter* gehört zu den ganz großen amerikanischen Kriminalromanen, die man gelesen haben muss.«
Tobias Gohlis

»Poetisch, gewalttätig, intelligent, atemberaubend: ein überwältigendes Buch.« *The Wall Street Journal*

suhrkamp taschenbuch

Weitere Informationen erhalten Sie unter www.suhrkamp.de
oder in Ihrer Buchhandlung.

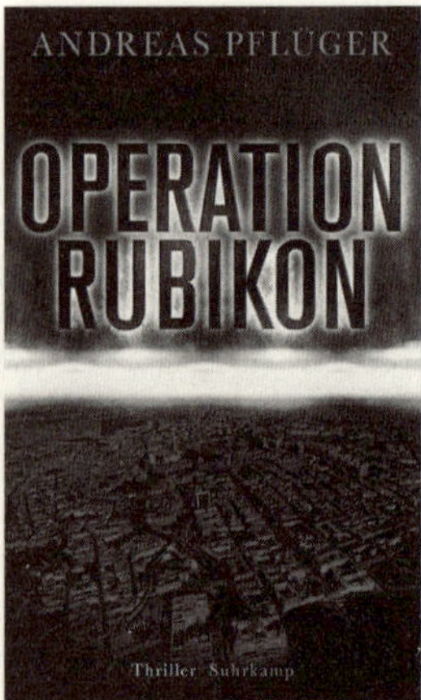

Andreas Pflüger
Operation Rubikon
Thriller
suhrkamp taschenbuch 5051
798 Seiten.
(978-3-518-47051-0)
Auch als eBook erhältlich

»Der beste deutsche Thriller, den es je gegeben hat.«

Deutschlandfunk

Die junge Staatsanwältin Sophie Wolf leitet zum ersten Mal einen geheimen Einsatz des Bundeskriminalamts. Doch er endet in einem Desaster. Alles verweist auf ein neues Kartell, das mit Erpressung, Korruption und Mord den internationalen Waffen- und Drogenmarkt zu erobern versucht. Der BKA-Präsident geht einen gefährlichen Weg: Er gründet die Gruppe Rubikon. Nur Sophie und vier seiner engsten Mitarbeiter wissen davon. Vielleicht einer zu viel …

»Ein Hochspannungswerk auf Weltniveau … John le Carré ebenbürtig.«

3sat Kulturzeit

suhrkamp taschenbuch

Weitere Informationen erhalten Sie unter www.suhrkamp.de
oder in Ihrer Buchhandlung.